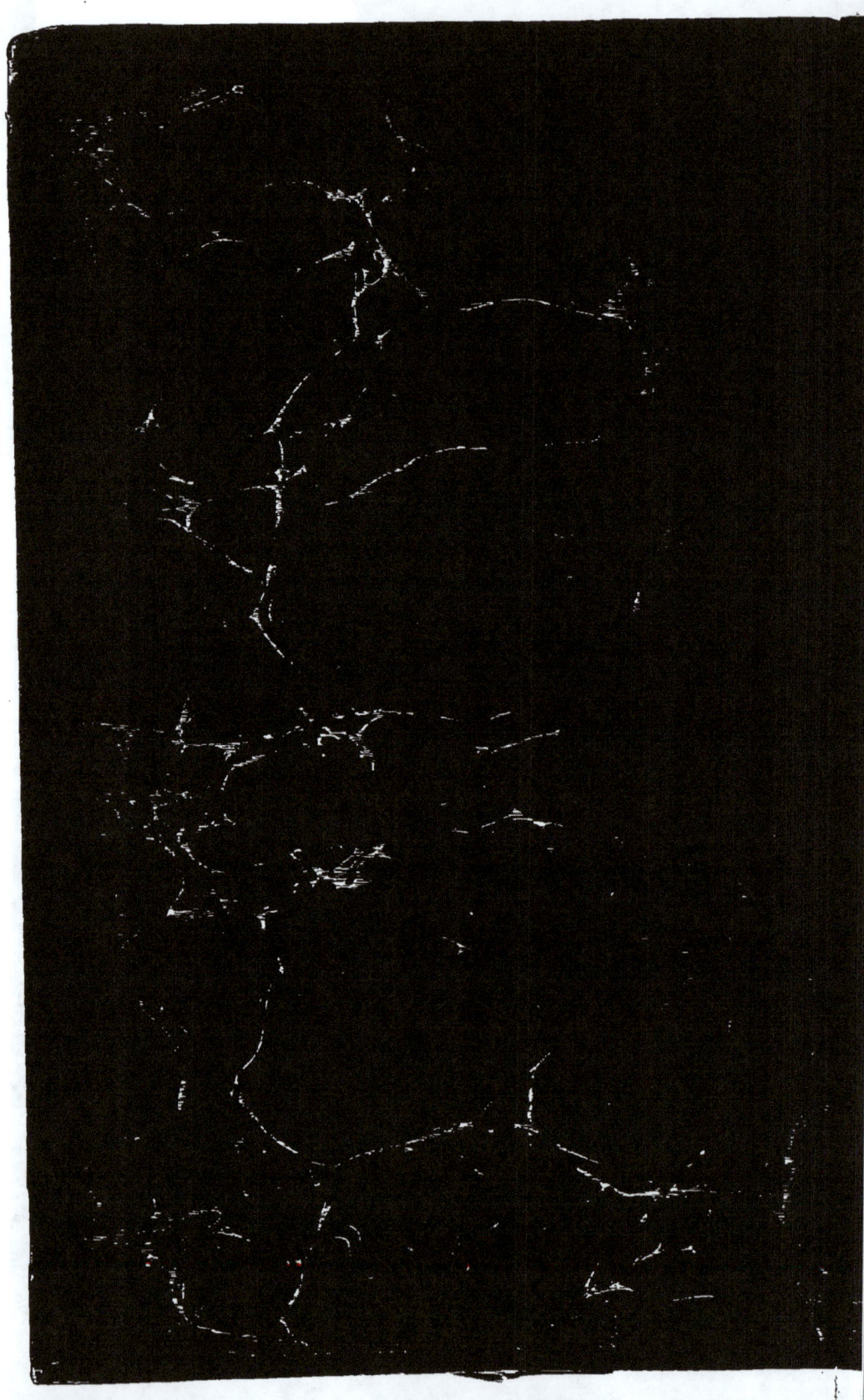

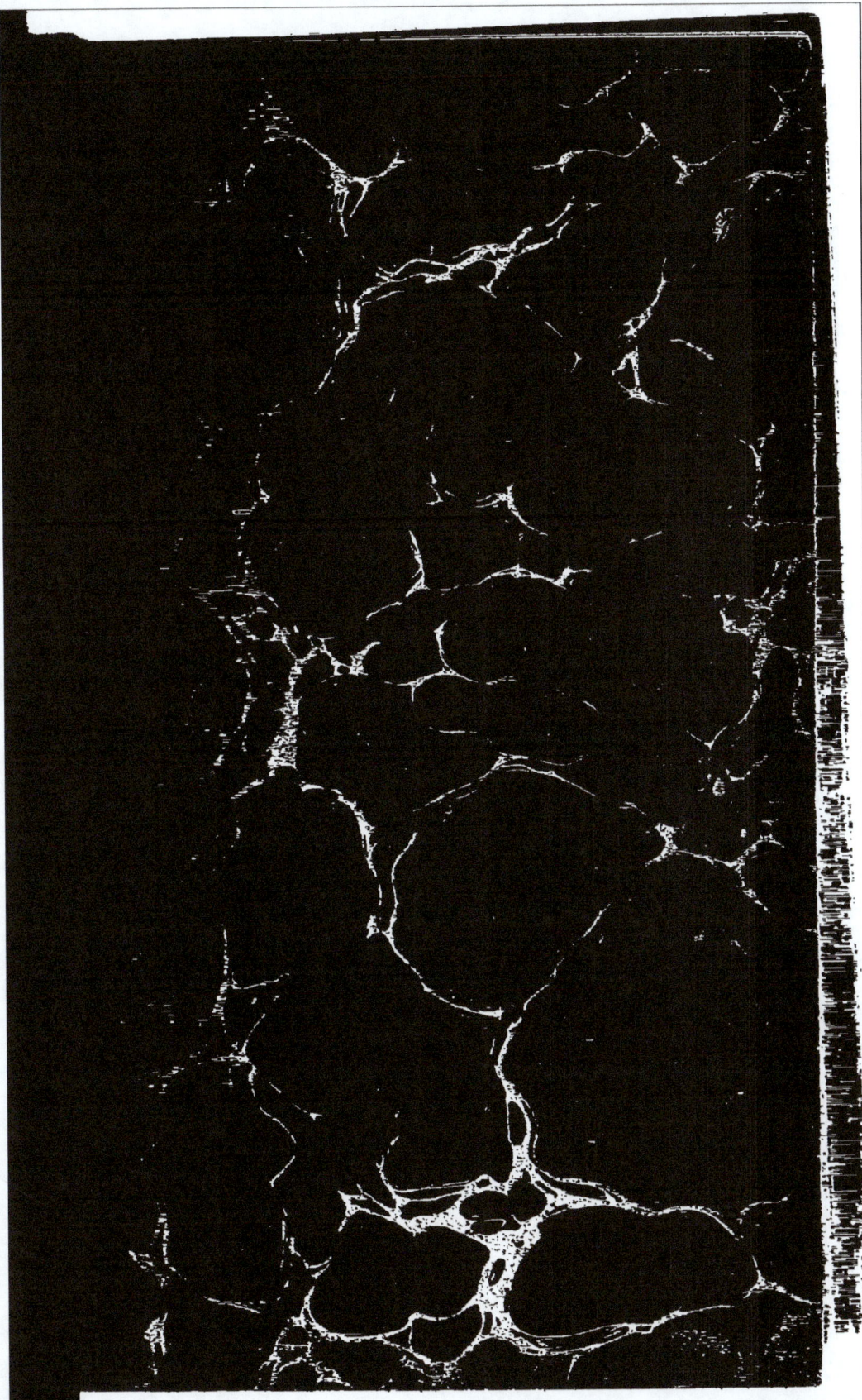

L'ÉPAVE

DU

CYNTHIA

COLLECTION HETZEL

ROMANS D'AVENTURES

L'ÉPAVE

DU

CYNTHIA

PAR

JULES VERNE ET ANDRÉ LAURIE

DESSINS DE GEORGE ROUX

BIBLIOTHÈQUE

D'ÉDUCATION ET DE RÉCRÉATION

J. HETZEL ET Cⁱᵉ, 18, RUE JACOB

PARIS

1886

L'ÉPAVE
DU CYNTHIA

CHAPITRE PREMIER

L'AMI DE M. MALARIUS

Il n'y a probablement, ni en Europe ni ailleurs, un savant dont la physionomie soit plus universellement connue que celle du docteur Schwaryencrona, de Stockholm; son portrait, reproduit par les marchands au-dessous de sa marque de fabrique sur des millions de bouteilles cachetées de vert, circule avec elles jusqu'aux confins du globe.

La vérité oblige à dire que ces bouteilles ne contiennent que de l'huile de foie de morue, médicament estimable et même bienfaisant, qui, pour les habitants de la Norvège, représente tous les ans, en *kroners* ou « couronnes » de la valeur d'un franc trente-neuf centimes, des totaux de sept à huit chiffres.

1

Jadis cette fabrication était aux mains des pêcheurs. Aujourd'hui les procédés d'extraction sont plus scientifiques, et le prince de cette industrie spéciale est précisément le célèbre docteur Schwaryencrona.

Il n'est personne qui n'ait remarqué cette barbe en pointe, cette paire de lunettes, ce nez crochu et ce bonnet de loutre. La gravure n'est peut-être pas des plus fines, mais il est certain qu'elle est d'une ressemblance frappante. A preuve ce qui arriva un jour dans l'école primaire de Noroë, sur la côte occidentale de Norvège, à quelques lieues de Bergen.

Deux heures après midi venaient de sonner. Les élèves étaient en classe dans la grande salle sablée, — les filles à gauche et les garçons à droite, — occupés à suivre au tableau noir la démonstration d'une théorie que leur faisait le maître, M. Malarius, quand soudain la porte s'ouvrit, et une pelisse fourrée, bottes fourrées, gants fourrés, bonnet de loutre, se présenta sur le seuil.

Aussitôt les élèves de se lever avec respect, comme il convient lorsqu'un visiteur pénètre dans une classe. Aucun d'eux n'avait jamais vu le nouveau venu. Tous, pourtant, ils chuchotèrent en l'apercevant :

« M. le docteur Schwaryencrona ! »

Tant était grande la ressemblance du portrait gravé sur les bouteilles du docteur !

Il faut dire que les élèves de M. Malarius avaient
à peu près constamment ces bouteilles sous les
yeux, par la raison que l'une des principales
usines du docteur se trouve précisément établie à
Noroë. Mais enfin il n'en est pas moins vrai que,
depuis des années, le savant homme n'avait pas
mis le pied dans le pays, et que pas un des enfants
ne pouvait se flatter jusqu'à ce jour de l'avoir
aperçu en chair et en os.

En imagination, c'était une autre affaire. On
parlait beaucoup du docteur Schwaryencrona aux
veillées de Noroë. Et les oreilles lui auraient tinté
souvent, si le préjugé populaire avait le moindre
fondement à cet égard.

Quoi qu'il en soit, cette reconnaissance aussi
unanime que spontanée constituait un véritable
triomphe pour l'auteur inconnu du portrait, —
triomphe dont cet artiste modeste aurait eu le droit
d'être fier, et plus d'un photographe à la mode le
droit d'être jaloux.

Oui, c'étaient bien là, évidemment, la barbe en
pointe, la paire de lunettes, le nez crochu et le bonnet de loutre du fameux savant. Il n'y avait pas
d'erreur ni de confusion possible. Tous les élèves
de M. Malarius en auraient mis la main au feu.

Ce qui les étonnait et même les désappointait
un peu, c'était de trouver dans le docteur un
homme de taille ordinaire et moyenne, au lieu du
géant qu'ils auraient plutôt imaginé. Comment un
savant aussi illustre pouvait-il se contenter d'une

stature de cinq pieds trois pouces? A peine sa tête
grise arrivait-elle à l'épaule de M. Malarius. Et
pourtant M. Malarius était déjà voûté par l'âge.
Mais il était bien plus maigre que le docteur, ce qui
le faisait paraître deux fois plus grand. Sa vaste
houppelande marron, à laquelle un long usage
avait donné des tons verdâtres, flottait sur lui
comme un drapeau sur sa hampe. Il était en cu-
lottes courtes et souliers à boucles, avec un bonnet
de soie noire d'où s'échappaient quelques mèches
de cheveux blancs. Sa figure rose et souriante
respirait la douceur la plus parfaite. Lui aussi, il
portait des lunettes, qui ne vous transperçaient pas
comme celles du docteur, et à travers lesquelles
ses yeux bleus semblaient contempler toutes choses avec une bienveillance inépuisable.

De mémoire d'écolier, M. Malarius n'avait puni
un de ses élèves. Ce qui ne l'empêchait pas d'être
respecté à force d'être aimé. C'était un si brave
cœur, et tout le monde le savait si bien! On
n'ignorait pas, à Noroë, qu'en sa jeunesse, il avait
passé de brillants examens, et que, lui aussi, il
aurait pu prendre des grades, devenir *herr profes-
sor* dans une grande université, conquérir honneurs et fortune. Mais il avait une sœur, la pauvre
Kristina, toujours malade et souffreteuse. Et,
comme elle n'aurait voulu pour rien au monde
quitter son village, comme elle avait peur de la
ville et craignait d'y mourir, M. Malarius s'était
tout doucement sacrifié. Il avait accepté les rudes

et humbles fonctions de maître d'école. Puis, quand, après une vingtaine d'années, Kristina s'était éteinte en le bénissant, M. Malarius, habitué à sa vie obscure et ignorée, n'avait même pas songé à en commencer une autre. Absorbé par des travaux personnels dont il oubliait de faire part au monde, il trouvait un plaisir suprême à être un instituteur modèle, à avoir l'école la mieux tenue du pays, et surtout à sortir du domaine de l'enseignement primaire pour aborder des leçons plus relevées. Il aimait à pousser les études de ses meilleurs élèves, à les initier aux sciences, aux littératures anciennes et modernes, à tout ce qui est habituellement le lot des classes riches ou aisées et non pas celui des pêcheurs et des paysans.

« Pourquoi ce qui est bon aux uns ne le serait-il pas aux autres ! disait-il. Si les pauvres gens n'ont pas toutes les joies d'ici-bas, pourquoi leur refuser celle de connaître Homère et Shakespeare, de nommer l'étoile qui les guide sur les océans ou la plante qu'ils foulent à terre ! Le métier viendra assez tôt les prendre à la gorge et les courber sur le sillon ! Qu'au moins leur enfance ait bu à ces sources pures et participé à ce patrimoine commun des hommes ! »

En plus d'un pays, on eût jugé ce système imprudent, propre à dégoûter les humbles de la modestie de leur lot et à les jeter dans les aventures. Mais, en Norvège, personne ne songe à s'inquiéter de ces choses. La douceur patriarcale

des natures, l'éloignement des villes, les habitudes laborieuses d'une population très clairse-
mée, semblent ôter tout danger à ces sortes d'expériences. Aussi sont-elles plus fréquentes qu'on
ne pourrait le croire. Nulle part elle n'est poussée
aussi loin, dans les plus pauvres écoles rurales
comme dans les collèges. Aussi la péninsule scandinave peut-elle se flatter de produire, proportion-
nellement à sa population, plus de savants et plus
d'hommes distingués dans tous les genres que
n'importe quelle autre région de l'Europe. Le
voyageur y est constamment frappé du contraste
que présente une nature à demi sauvage avec des
usines et des travaux d'art qui supposent la civilisation la plus raffinée.

Mais peut-être est-il temps de revenir au docteur Schwaryencrona, que nous avons laissé sur
le seuil de l'école de Noroë.

Si les élèves avaient été prompts à le reconnaître, sans l'avoir jamais vu, il n'en était pas de
même de leur instituteur, qui pourtant le connaissait de longue date.

« Eh ! bonjour, mon cher Malarius ! s'écria cordialement le visiteur en s'avançant, la main ouverte, vers le maître d'école.

— Monsieur, soyez le bienvenu, répondit celui-
ci un peu interdit, un peu timide comme tous les
solitaires, et surpris au milieu de sa démonstration... M'excuserez-vous si je vous demande à qui
j'ai l'honneur... ?

— Quoi!... Ai-je donc tant changé depuis que nous courions ensemble sur la neige et que nous fumions de si longues pipes à Christiania?... As-tu donc oublié la pension Krauss, et faut-il vraiment que je te nomme ton camarade et ton ami?

— Schwaryencrona!... s'écria M. Malarius. Est-il possible? Est-ce bien toi?... Est-ce vous, monsieur le docteur?

— Oh! je t'en prie, trêve aux cérémonies!... Ne suis-je pas ton vieux Roff, comme tu seras toujours mon brave Olaf, — le meilleur, le plus cher ami de ma jeunesse? Oui! je sais bien!... Le temps passe, et nous avons un peu changé tous les deux, en trente ans!... Mais le cœur est resté jeune, n'est-ce pas? et il y a toujours un petit coin pour ceux qu'on a appris à aimer, quand on mangeait côte à côte le pain sec de la vingtième année? »

Et le docteur riait, et il serrait les deux mains de M. Malarius, qui, de son côté, avait les yeux tout humides de larmes.

« Mon cher ami, mon bon, mon excellent docteur! disait-il. Nous n'allons pas rester ici. Je vais donner congé à tous ces malandrins, qui n'en seront pas fâchés, assurément, et nous passerons chez moi...

— Point du tout, déclara le docteur en se retournant vers les élèves, qui suivaient avec un vif intérêt les détails de cette scène. Je ne dois ni te déranger dans tes travaux ni troubler les études de cette belle jeunesse!... Si tu veux me faire un

grand plaisir, tu me permettras de m'asseoir ici,
près de toi, et tu reprendras ta leçon...

— Volontiers, répondit M. Malarius ; mais, à vrai
dire, je n'aurai plus guère le cœur à la géométrie,
et, après avoir parlé congé à ces gamins, je me fais
un peu scrupule de rétracter le mot!... Il y aurait
un moyen de tout concilier. C'est que le docteur
Schwaryencrona daignât faire à mes élèves l'honneur de les interroger sur leurs études, et puis,
qu'il leur donnât la volée pour aujourd'hui!...

— Excellente idée!... C'est entendu!... Me
voici passé inspecteur! »

Puis, s'adressant à toute la classe :

« Voyons, quel est le meilleur élève? demanda le
docteur en s'installant dans le fauteuil du maître.

— Erik Hersebom! répondirent sans hésiter une
cinquantaine de voix fraîches.

— Ah! c'est Erik Hersebom?... Eh bien, Erik
Hersebom, voulez-vous venir ici? »

Un jeune garçon d'une douzaine d'années quitta
le premier banc et se rapprocha de la chaire. C'était
un enfant sérieux et grave, dont la physionomie
pensive et les grands yeux profonds, qui auraient
été remarqués partout, paraissaient surtout remarquables au milieu des têtes blondes qui l'entou-
raient. Tandis que ses camarades des deux sexes
avaient tous des cheveux couleur de lin, des teints
roses, des yeux verts ou bleus, ses cheveux à lui
étaient châtain foncé, comme son regard, et sa
peau brune. Il n'avait pas les pommettes saillantes,

le nez court et l'allure massive des enfants de la Scandinavie. En un mot, pour les caractères physiques, il se distinguait de la race si originale et si nettement marquée à laquelle appartenaient ses condisciples.

Comme eux, il était vêtu de gros drap du pays, à la mode des paysans de la province de Bergen ; mais la finesse, la petitesse de sa tête, portée sur un cou grêle et élégant, la grâce naturelle de ses mouvements et de ses attitudes, — tout en lui semblait indiquer une origine étrangère. Il n'est pas un physiologiste qui n'eût été frappé d'emblée de ces particularités, comme le fut le docteur Schwaryencrona.

Cependant, il n'avait au premier abord aucun motif de s'y arrêter. Aussi se mit-il simplement en devoir de procéder à son examen.

« Par où commencerons-nous? Par la grammaire? demanda-t-il au jeune garçon.

— Je suis aux ordres de monsieur le docteur, » répondit modestement Erik.

Le docteur lui posa deux questions fort simples et fut étonné de voir qu'il répondait en donnant la solution, non seulement pour la langue suédoise, mais pour le français et l'anglais. C'est une habitude qu'on prenait avec M. Malarius. Il prétendait qu'il était presque aussi aisé d'apprendre trois langues à la fois que d'en apprendre une seule.

« Tu leur enseignes donc le français et l'anglais? dit le docteur, en se retournant vers son ami.

1.

— Pourquoi pas, avec les éléments du grec et du latin?... Je ne vois pas le mal que cela peut leur faire.

— Moi non plus ! » s'écria le docteur en riant.

Et il ouvrit au hasard un volume de Cicéron dont Erik Hersebom traduisit fort bien quelques phrases.

Il était question dans ce passage de la ciguë bue par Socrate. M. Malarius pria le docteur de se faire dire de quelle famille était cette plante. Erik déclara sans hésiter qu'elle était de la famille des ombellifères, tribu des smyrnies, et il en indiqua tous les caractères.

De la botanique on passa à la géométrie. Erik donna en fort bons termes la démonstration du théorème relatif à la somme des angles d'un triangle.

Le docteur allait de surprise en surprise.

« Parlons un peu géographie, reprit-il. Quelle est la mer qui borne au nord la Scandinavie, la Russie et la Sibérie ?

— C'est l'océan Glacial arctique.

— Et quelles sont les mers avec lesquelles cet océan est en communication ?

— L'Atlantique à l'ouest et le Pacifique à l'est.

— Voulez-vous me citer deux ou trois ports importants sur le Pacifique ?

— Je citerai Yokohama au Japon, Melbourne en Australie, San-Francisco dans l'État de Californie.

— Eh bien, puisque l'océan Glacial arctique communique d'une part avec l'Atlantique qui baigne nos côtes, d'autre part avec le Pacifique, — ne pensez-vous pas que le chemin le plus court pour se rendre à Yokohama ou à San-Francisco serait cette mer arctique ?

— Assurément, monsieur le docteur, répondit Erik, ce serait le chemin le plus court, s'il était praticable. Mais jusqu'ici tous les navigateurs qui ont tenté de le suivre se sont trouvés arrêtés par les glaces, et ils ont dû renoncer à l'entreprise, quand ils n'y ont pas rencontré la mort.

— Vous dites qu'on a souvent tenté de découvrir le passage nord-est ?

— Une cinquantaine de fois depuis trois siècles, et toujours en vain.

— Pourriez-vous me citer quelques-unes de ces expéditions ?

— La première s'organisa en 1523 sous la direction de François-Sébastien Cabot. Elle se composait de trois navires placés sous le commandement de l'infortuné sir Hugh Willoughby, qui périt en Laponie avec tout son équipage. Un de ses lieutenants, Chancellor, fut d'abord plus heureux que lui et réussit à s'ouvrir une route directe, par les mers arctiques, entre la Manche et la Russie. Mais lui aussi devait, au cours d'une seconde tentative, faire naufrage et périr. Un capitaine envoyé à sa recherche, Stephen Borough, réussit à franchir le détroit qui sépare la Nouvelle-Zemble de l'île

Waigate et à pénétrer dans la mer de Kara; mais les glaces et les brumes l'empêchèrent d'aller plus loin... Deux expéditions tentées en 1580 sont également infructueuses. Le projet n'en est pas moins repris, quinze ans plus tard, par les Hollandais, qui arment successivement trois expéditions sous le commandement de Barentz pour chercher le passage nord-est. En 1596, Barentz périt dans les glaces de la Nouvelle-Zemble... Dix ans plus tard, Henry Hudson, envoyé par la Compagnie hollandaise des Indes, échoue également au cours de trois expéditions successives... Les Danois ne sont pas plus heureux en 1653... En 1676, le capitaine John Wood échoue pareillement... Et dès lors l'entreprise est jugée irréalisable, abandonnée par toutes les puissances maritimes.

— N'a-t-elle jamais été reprise depuis cette époque?

— Elle l'a été par la Russie, qui aurait un intérêt immense, comme toutes les nations septentrionales d'ailleurs, à trouver une route maritime directe entre ses côtes et la Sibérie. En un siècle de durée, elle n'a pas envoyé moins de dix-huit expéditions successives pour explorer la Nouvelle-Zemble, la mer de Kara, les abords orientaux et occidentaux de la Sibérie. Mais, si ces expéditions ont eu pour résultat de mieux faire connaître ces parages, elles ont conclu à l'impossibilité de se frayer un passage continu par la grande mer arctique. L'académicien Van Baër, qui tenta aussi une dernière fois l'aventure en 1837, après l'amiral Lütke et Pachtusow, déclare hautement que cet océan n'est qu'une « simple glacière » aussi impraticable aux navires que peut l'être un continent.

— Il faut donc renoncer sans retour au passage nord-est ?

— C'est du moins la conclusion qui semble résulter de ces tentatives si nombreuses et toujours impuissantes. On dit pourtant que notre grand voyageur Nordenskiold songe à renouveler l'entreprise, après s'y être préparé par des explorations partielles dans les mers arctiques. Si le fait est vrai, c'est que la chose lui paraît réalisable. Et si telle est son opinion, il est assez compétent pour qu'on le prenne au sérieux. »

Le docteur Schwaryencrona se trouvait être un des chauds admirateurs de Nordenskiold ; c'est pourquoi il avait mis l'entretien sur le passage nord-est. Aussi fut-il ravi de la netteté de ces réponses.

Son regard s'était fixé sur Erik Herscbom avec l'expression du plus vif intérêt.

« Où avez-vous donc appris toutes ces choses, mon enfant ? lui demanda-t-il, après un assez long silence.

— Ici, monsieur le docteur, répondit Erik, surpris de la question.

— Vous n'avez jamais appartenu à aucune autre école ?

— Assurément non.

— M. Malarius a le droit d'être fier de vous !
reprit le docteur en se retournant vers le maître.

— Je suis très content d'Erik, dit celui-ci. Il y
a bientôt huit ans qu'il est mon élève, car je l'ai
eu tout petit, et il a toujours été le premier de sa
section. »

Le docteur était retombé dans son silence. Ses
yeux perçants restaient attachés sur Erik avec une
intensité singulière. Il semblait poursuivre la solution d'un problème qu'il ne jugea pas à propos
d'énoncer à haute voix.

« Il n'est pas possible de mieux répondre à mes
questions, et je crois inutile de poursuivre cet
examen ! dit-il enfin. Je ne retarderai donc pas votre congé, mes enfants, et, puisque M. Malarius le
veut bien, nous en resterons là pour aujourd'hui. »

A ces mots, le maître frappa dans ses mains.
Tous les élèves se levèrent à la fois, rassemblèrent
leurs livres et vinrent se ranger sur quatre lignes
dans l'espace vide en avant des bancs.

M. Malarius frappa une seconde fois dans ses
mains. La colonne se mit en marche et sortit en
marquant le pas avec une précision toute militaire.

Un troisième signal, et l'école, rompant les
rangs, prit son vol avec des cris joyeux. En quelques secondes, elle se fut éparpillée autour des eaux
bleues du fiord, où Noroë mire ses toits de gazon.

CHAPITRE II

CHEZ UN PÊCHEUR DE NOROË

La maison de maaster Hersebom, comme toutes celles de Noroë, est couverte d'un toit de gazon et construite en énormes troncs de sapin sur le vieux plan scandinave : deux grandes pièces séparées par une allée médiane, conduisant au hangar où s'abritent les canots, les outils de pêche et les tas de dorsels ou petite morue de Norvège et d'Islande, qu'on roule après desséchement pour les livrer au commerce sous le nom de « rondfish » (poisson rond) et de « stock-fish » (poisson sur bâtons).

Chacune des deux salles sert à la fois de parloir et de chambre à coucher. Des espèces de tiroirs ménagés dans les murs de bois renferment la literie, composée de matelas et de couvertures de peaux qu'on exhibe seulement pour la nuit. Cet arrangement, — autant que la couleur claire des panneaux et la gaieté de la haute cheminée, placée dans un coin, où brûle toujours un grand feu de bois, — donne aux plus humbles demeures un air de propreté et de luxe domestique inconnu aux paysans de l'Europe méridionale.

Ce soir-là, toute la famille était réunie autour du foyer, où mijotait une colossale marmite contenant un mélange de « sillsallat » ou hareng fumé, de saumon et de pommes de terre. Maaster Hersebom, assis dans un haut fauteuil de bois, faisait du filet, selon son habitude invariable, quand il ne se trouvait pas à la mer ou au séchoir. C'était un rude marin, au teint brûlé par les bises polaires, aux cheveux grisonnants déjà, quoiqu'il fût encore dans la force de l'âge. Son fils Otto, un grand garçon de quatorze ans, qui lui ressemblait de tout point et paraissait destiné à devenir, lui aussi, un pêcheur émérite, était pour le présent fort occupé à pénétrer les mystères de la règle de trois, en couvrant de chiffres une petite ardoise, d'une grosse patte qui avait l'air de se connaître beaucoup mieux au maniement de l'aviron. Erik, penché sur la table à manger, était plongé dans la lecture d'un gros livre d'histoire, prêté par M. Malarius. Tout près de lui, Katrina Hersebom, la bonne femme, filait paisiblement à son rouet, — tandis que la petite Vanda, une blondine de dix à douze ans, assise sur un escabeau, tricotait avec ardeur un gros bas de laine rouge. A ses pieds, un grand chien d'un blanc jaune, à la fourrure aussi épaisse que celle d'un mouton, dormait couché en rond.

Depuis une heure au moins le silence n'avait pas été rompu, et la lampe de cuivre, alimentée d'huile de poisson, éclairait paisiblement de ses quatre becs tous les détails de ce tranquille intérieur.

Pour dire la vérité, ce silence semblait peser à dame Katrina, qui, depuis quelques instants, manifestait par divers symptômes le besoin de se délier la langue.

Enfin elle n'y tint plus.

« Voilà bien assez de travail pour ce soir, dit-elle. Il est temps de mettre la table et de souper. »

Sans un mot de protestation, Erik, prenant son gros livre, alla s'établir plus près de la cheminée, tandis que Vanda, après avoir déposé son tricot, se dirigea vers le buffet et se mit en devoir de prendre assiettes et cuillers.

« Et tu disais, Otto, reprit la fileuse, que notre Erik a bien répondu tantôt à M. le docteur?

— Bien répondu? s'écria Otto avec enthousiasme. Il a parlé comme un livre, voilà la vérité! Je ne sais où il allait chercher tout ce qu'il savait... Plus le docteur demandait, plus il en avait à dire!... Et les mots venaient, venaient!... C'est M. Malarius qui était content!

— Et moi aussi j'étais contente, dit gravement Vanda.

— Oh! nous l'étions tous, bien entendu! Si vous aviez vu, mère, comme tout le monde écoutait bouche béante!... Nous n'avions qu'une peur,

c'est que notre tour arrivât d'être interrogés !...
Mais lui, il n'avait pas peur, il répondait au docteur comme il aurait fait à notre maître !

— Tiens ! M. Malarius vaut bien le docteur, je
pense, et il est certes aussi savant que n'importe
qui ! » dit Erik, que ces éloges à bout portant semblaient gêner.

Le vieux pêcheur approuva d'un sourire.

« Tu as raison, petit, dit-il sans arrêter le travail de ses mains calleuses. M. Malarius en re-
montrerait, s'il le voulait, à tous les docteurs de la
ville !... Et au moins il ne se sert pas de la science,
celui-là, pour ruiner le pauvre monde !

— Le docteur Schwaryencrona a ruiné quelqu'un ? demanda curieusement Erik.

— Heu !... heu !... S'il ne l'a pas fait, ce n'est
pas sa faute !... Moi qui vous parle, croyez-vous
que j'aie vu avec plaisir s'élever cette usine, qui
fume là-haut au bord du fiord ?... La mère pourra
vous dire qu'autrefois nous récoltions nous-mêmes
notre huile, et nous la vendions fort bien à Bergen, pour cent cinquante et jusqu'à deux cents *kroners* par an... Maintenant c'est fini ! Personne ne
veut plus de l'huile brune, ou l'on en donne si
peu qu'à peine cela vaut-il de faire le voyage ! Il
faut se contenter de vendre les foies à l'usine, et
Dieu sait si le gérant du docteur s'arrange pour les
obtenir à bas prix !... C'est à peine si j'en tire qua-
rante-cinq kroners, en me donnant trois fois plus
de mal que jadis ! Eh bien !... je dis que ce n'est

pas juste et que le docteur ferait mieux de soigner ses malades à Stockholm que de venir ici faire notre métier et nous prendre notre gagne-pain ! »

Sur ces mots amers, le silence se fit. On n'entendit pendant quelques instants que le cliquetis des assiettes remuées par Vanda, tandis que sa mère vidait le contenu de la marmite sur un énorme plat de terre vernie.

Erik réfléchissait profondément à ce que venait de dire maaster Hersebom. Des objections se présentaient tumultueusement à son esprit ; comme il était la candeur même, il ne put s'empêcher de les formuler.

« Il me semble que vous avez raison de regretter le profit d'autrefois, père, dit-il, mais qu'il n'est pas tout à fait juste d'accuser le docteur Schwaryencrona de les avoir diminués ! Est-ce que son huile ne vaut pas mieux que l'huile de ménage ?

— Heu !... heu !... Elle est plus claire, voilà tout... Elle ne sent pas la résine comme la nôtre, à ce qu'ils disent !... Et c'est pourquoi toutes les mijaurées de la ville la préfèrent, sans doute ! Mais du diable si elle fait plus de bien aux poumons des malades que notre bonne vieille huile d'autrefois !...

— Enfin, pour une raison ou pour une autre, on la prend de préférence ! Et comme c'est un médicament très salutaire, il est essentiel que le public éprouve le moins de dégoût possible à s'en servir. Dès lors, si un médecin trouve le moyen de dimi-

nuer ce dégoût en modifiant le mode de fabrication, n'est-ce pas son devoir d'appliquer sa découverte? »

Maaster Herschom se grattait l'oreille.

« Sans doute, dit-il comme à regret, c'est peut-
être son devoir de médecin. Mais ce n'est pas une
raison pour empêcher les pauvres pêcheurs de
gagner leur vie...

— Je croyais que l'usine du docteur en occupait
trois cents tandis qu'il n'y en avait pas vingt à
Noroë au temps dont vous parlez, objecta timidement Erik.

— Eh justement! c'est pourquoi le métier ne
vaut plus rien! s'écria Hersebom.

— Allons! le souper est servi, mettez-vous à
table! » dit alors dame Katrina, qui voyait la discussion s'échauffer plus qu'il ne lui plaisait.

Erik, comprenant qu'une plus longue insistance
serait déplacée, ne répliqua rien à l'argument de
maaster Hersebom et prit sa place habituelle à côté
de Vanda.

« Le docteur et M. Malarius se tutoient, ils
sont donc amis d'enfance? demanda-t-il pour changer le cours de la conversation.

— Sans doute, répondit le pêcheur en se mettant à table. Ils sont tous deux nés à Noroë, et je
me rappelle encore le temps où ils jouaient sur la
place de l'école, quoiqu'ils soient mes aînés de
quelque dix ans. M. Malarius était le fils du médecin d'alors, et le docteur celui d'un simple pê-

cheur. Mais il a fait du chemin depuis cette époque !
On dit qu'il est riche à millions aujourd'hui et
qu'il habite à Stockholm un véritable palais !... Oh !
l'instruction est une belle chose ! »

Sur cet aphorisme, le brave homme s'apprêtait
à planter sa cuiller dans le plat de poisson et de
pommes de terre fumantes, quand un coup frappé
à la porte arrêta net ce mouvement.

« Peut-on entrer, maître Hersebom ? » criait
dans le couloir une voix forte et bien timbrée.

Et, sans attendre la permission, celui-là même
dont on venait de parler pénétra dans la salle,
apportant avec lui une grande bouffée d'air glacé.

« Monsieur le docteur Schwaryencrona ! s'écrièrent les trois enfants, tandis que le père et la mère
se levaient avec empressement.

— Mon cher Hersebom, dit le savant en prenant la main du pêcheur dans les siennes, nous ne
nous sommes pas vus depuis longues années ;
mais je n'ai pas perdu le souvenir de votre excellent père, et j'ai pensé que je pouvais me présenter
chez vous en ami d'enfance ! »

Le digne homme, un peu gêné sans doute par
le souvenir des accusations qu'il avait si récemment dirigées contre son visiteur, ne savait trop
comment répondre à ces paroles. Il se contenta
donc de rendre sa poignée de main au docteur
avec un sourire de cordiale bienvenue, tandis que
sa bonne femme courait au plus pressé.

« Vite, Otto, Erik, aidez monsieur le docteur à

ôter sa pelisse, et toi, Vanda, un couvert de plus !
disait-elle, hospitalière comme toutes les ména-
gères norvégiennes. Monsieur le docteur nous fera
bien la faveur de manger un morceau avec nous?

— Ma foi, ce ne serait pas de refus, croyez-le
bien, si j'avais le moindre appétit, car voilà un
plat de saumon fort tentant!... Mais il n'y a pas
une heure que j'ai soupé avec mon ami Malarius,
et je ne serais certes pas venu si tôt si j'avais cru
vous trouver encore à table!... Si vous voulez me
faire grand plaisir, vous reprendrez vos places et
vous fonctionnerez comme si je n'étais pas là.

— Oh ! monsieur le docteur, implora la bonne
femme, vous accepterez au moins quelques « snorgas » et une tasse de thé?

— Va pour la tasse de thé, mais à une condition, c'est que vous dînerez d'abord, » répondit le
docteur en s'installant dans le grand fauteuil qui
lui tendait les bras.

Aussitôt Vanda mit discrètement la bouilloire
sur le feu et disparut comme un sylphe dans la
salle voisine, tandis que toute la famille, comprenant avec une courtoisie native qu'elle désobligerait
son hôte en insistant, se remettait en devoir
d'attaquer les vivres.

En deux minutes le docteur se fut mis à l'aise.
Tout en tisonnant dans la cheminée et se rôtissant
les jambes à la flambée de bois sec que Katrina
venait d'y jeter avant de se remettre à table, il
causait du vieux temps, des anciens qui avaient

disparu, de ceux qui restaient, des changements
qui s'étaient opérés dans le pays et à Bergen
même. Il se trouvait tout à fait chez lui, et, chose
plus remarquable, il avait déjà réussi à remettre
maaster Hersebom dans son assiette, — quand
Vanda rentra avec un plateau de bois chargé de
soucoupes et le présenta si gentiment qu'il n'y eut
plus moyen de résister.

C'étaient les fameux « snorgas » de Norvège, —
aiguillettes de renne fumé, filets de harengs au
poivre rouge, minces tranches de pain noir, fro-
mage pimenté et autres condiments farouches
qu'on mange à toute heure pour s'ouvrir l'appétit.

Ceux-là répondaient si bien à leur destination
que le docteur, qui en avait goûté par complai-
sance, se trouva en état de faire honneur aux con-
fitures de mûres sauvages, qui étaient la gloire
spéciale de dame Katrina, et fut pris d'une soif que
sept à huit tasses de thé sans sucre suffirent à
peine à apaiser.

Maaster Hersebom produisit alors une jarre
d'excellent « schïedam » qui lui venait d'un ache-
teur hollandais. Puis, le souper se trouvant terminé, le docteur accepta de la main de son hôte
une énorme pipe qu'il bourra et fuma à la satisfaction générale.

Inutile de dire qu'à cette phase des opérations,
la glace était depuis longtemps rompue et que le
docteur semblait avoir toujours fait partie de la

famille. On riait, on bavardait, on était les meilleurs amis du monde, quand dix heures sonnèrent
à la vieille horloge de bois verni.

« Çà, mes bons amis, voilà qu'il se fait tard! dit
alors le docteur. Si vous voulez bien maintenant
envoyer les enfants au lit, nous causerons d'affaires
sérieuses. »

Sur un signe de Katrina, Otto, Erik, Vanda,
souhaitèrent immédiatement le bonsoir à tous et se
retirèrent.

« Vous devez vous demander pourquoi je suis
venu? reprit le docteur, après un instant de silence,
en fixant son regard pénétrant sur maaster Hersebom.

— Mon hôte est toujours le bienvenu, répondit
sentencieusement le pêcheur.

— Oui, je sais, je sais que l'hospitalité ne se
perd pas à Noroë!... Mais enfin, vous vous êtes
certainement dit déjà que je dois avoir un motif
pour avoir quitté ce soir la compagnie de mon vieil
ami Malarius et m'être ainsi présenté chez vous!...
Je gage que dame Hersebom n'est pas sans avoir
quelque soupçon de ce motif.

— Nous le saurons, quand vous nous l'aurez fait
connaître, répliqua diplomatiquement la bonne
femme.

— Allons! fit le docteur avec un soupir, puisque
vous ne voulez pas m'aider, il faut que j'arrive tout
seul au fait!... Votre fils Erik est un enfant des
plus remarquables, maaster Hersebom.

— Je ne me plains pas de lui, répondit le pêcheur.

— Il est singulièrement intelligent et instruit
pour son âge, poursuivit le docteur. Je l'ai inter-
rogé aujourd'hui à l'école, et j'ai été très vivement
frappé des facultés peu ordinaires de travail et de
réflexion que cet examen m'a révélées en lui !..
J'ai été frappé aussi, quand j'ai su son nom, de
voir comme il vous ressemble peu de visage et
comme il ressemble peu aux enfants du pays ! »

Le pêcheur et sa femme restaient immobiles et
silencieux.

« Bref, reprit le savant avec une certaine impatience, cet enfant ne m'intéresse pas seulement, —
il m'intrigue. J'ai causé de lui avec Malarius, j'ai
appris qu'il n'est pas votre fils, qu'un naufrage l'a
jeté sur nos côtes, que vous l'avez recueilli, élevé
et adopté jusqu'au point de lui donner votre nom !
Tout cela est vrai, n'est-ce pas ?

— Oui, monsieur le docteur, répondit gravement
Hersebom.

— S'il n'est pas notre fils par le sang, il l'est par
le cœur et par l'affection ! s'écria Katrina, l'œil
humide et la lèvre frémissante. Entre lui et notre
Otto ou notre Vanda, nous ne faisons point de différence ! Nous n'avons jamais songé seulement à
nous rappeler qu'il y en eût une !

— Ces sentiments vous font honneur à tous
deux, dit le docteur, ému de l'agitation de la brave
femme. Mais je vous en prie, mes amis, contez-moi

2

toute l'histoire de l'enfant. Je suis venu pour la savoir, et je ne lui veux que du bien, je vous l'assure. »

Le pêcheur, se grattant l'oreille, parut hésiter un instant. Mais, voyant que le docteur attendait son récit avec impatience, il finit par se décider à parler.

« Les choses sont bien ainsi qu'on vous les a contées, et l'enfant n'est pas notre fils, dit-il comme à regret. Voilà bientôt douze ans de cela, j'étais allé pêcher au delà de l'îlot, qui masque l'entrée du fiord vers la haute mer!... Vous savez qu'il repose sur un banc de sable et que la morue y est abondante!... Après une assez bonne journée, je relevais mes dernières lignes et j'allais hisser ma voile, quand je vis flotter sur les eaux, au soleil couchant, à environ un mille de distance, quelque chose de blanc qui attira mon attention. La mer était belle, et rien ne me pressait de rentrer au logis. Au lieu de mettre le cap sur Noroë, j'eus la curiosité de gouverner sur cette chose blanche et de voir ce que c'était. En dix minutes je l'avais rejointe. L'objet qui flottait ainsi, porté vers la côte par la marée montante, était un petit berceau d'osier, enveloppé d'une housse de mousseline et bien attaché sur une bouée. Je m'en rapprochai jusqu'à portée de la main avec une émotion que vous pouvez comprendre; je saisis la bouée, je la tirai de l'eau, et j'aperçus alors dans le berceau un pauvre bébé de sept à huit mois, qui dormait à

poings fermés ! Il était bien un peu pâlot et froid,
mais paraissait n'avoir pas trop souffert de son
aventureux voyage, s'il en fallait juger par la vi-
gueur avec laquelle il se mit à brailler en s'éveil-
lant, aussitôt qu'il ne se sentit plus bercé par les
vagues. Nous avions déjà notre Otto, et je savais
comment se gouvernent ces moutards. Je m'em-
pressai donc de faire une poupée avec un bout de
chiffon, de la tremper dans un peu d'eau coupée
de branvin [1] et de la lui donner à sucer !... Il se
calma tout de suite et parut accepter ce cordial avec
un véritable plaisir. Mais j'avais comme une idée
qu'il ne s'en contenterait pas longtemps. Aussi
n'eus-je rien de plus pressé que de rentrer à Noroë.
J'avais, bien entendu, détaché le berceau, et je
l'avais déposé à mes pieds dans le fond du bateau.
Tout en tenant l'écoute de ma voile, je regardais
le pauvre petit être, et je me demandais d'où il pouvait bien venir. D'un navire naufragé, sans nul
doute ! La mer avait été très mauvaise dans la
nuit, le vent avait soufflé en ouragan, et les
désastres avaient dû se compter par douzaines.
Mais par quel concours de circonstances cet enfant
avait-il échappé au sort de ceux qui avaient charge
de lui? Comment avait-on pu songer à l'attacher
sur une bouée? Depuis combien d'heures flottait-il
ainsi sur la cime des vagues? Qu'étaient devenus
son père, sa mère, ceux qui l'aimaient? Autant de

1. Eau-de-vie scandinave.

questions qui devaient toujours rester sans réponse,
car, cette réponse, le pauvre bébé ne pouvait pas
la donner! Bref, une demi-heure plus tard, j'étais
au logis et je remettais ma trouvaille à Katrina!
Nous possédions alors une vache, qui fut immédiatement donnée pour nourrice au petit. Il était si
gentil, si souriant, si rose, quand il se fut bien gavé
de lait et réchauffé à la chaleur du feu, que, ma foi,
nous nous mîmes tout de suite à l'aimer comme
s'il avait été à nous!... Et puis voilà!... Nous
l'avons gardé, nous l'avons élevé, et nous n'avons
jamais fait de différence entre lui et nos deux enfants!... Pas vrai, femme?... ajouta maaster Hersebom en se tournant vers Katrina.

— Bien sûr, le pauvre petit! répondit la ménagère en s'essuyant les yeux, que ces souvenirs
remplissaient de larmes. Et c'est bien notre enfant,
aussi, puisque nous l'avons adopté!... Je ne sais
pas pourquoi M. Malarius est allé dire le contraire! »

Et la brave femme, sincèrement indignée, se
remit à tourner son rouet avec énergie.

« C'est vrai! appuya Hersebom. Est-ce que
cela regarde personne autre que nous?

— A coup sûr, répliqua le docteur du ton le plus
conciliant; mais il ne faut pas accuser Malarius
d'indiscrétion. C'est moi qui ai été frappé de la
physionomie de l'enfant et qui ai demandé confidentiellement au maître de me dire son histoire.
Malarius ne m'a pas laissé ignorer qu'Erik se

croyait votre fils, que tout le monde à Noroë avait oublié comment il l'était devenu. Aussi, vous voyez que j'ai eu soin de ne pas parler devant le garçon et que j'ai commencé par l'envoyer au lit, comme son frère et sa sœur... Vous dites qu'il pouvait être âgé de sept à huit mois quand vous l'avez recueilli?

— A peu près! Il avait déjà quatre dents, le brigand, et je vous assure qu'il n'a pas été longtemps avant de s'en servir! dit Hersebom en riant.

— Oh! c'était un enfant superbe! reprit vivement Katrina, blanc, ferme, bien râblé!... Et des bras, et des jambes!... Il fallait voir...

— Comment était-il vêtu?» demanda le docteur Schwaryencrona.

Hersebom ne répondit pas, mais sa femme montra moins de discrétion.

« Comme un petit prince! s'écria-t-elle. Figurez-vous, monsieur le docteur, une robe de piqué toute garnie de dentelles, une pelisse doublée de satin, comme le fils du roi ne pourrait pas en avoir de plus belle, un petit bonnet plissé, une capote de velours blanc!... Tout ce qu'il y a de beau!... Du reste, vous pouvez en juger, car j'ai tout gardé intact. Vous pensez bien que nous ne nous sommes pas amusés à habiller le bébé de cette toilette!... Je lui mettais tout uniment les petites robes d'Otto, que j'avais conservées, et qui ont servi plus tard pour Vanda!... Mais son trousseau est là, et je vais vous le montrer. »

2.

Tout en parlant, la digne femme s'était age-
nouillée devant un grand coffre de chêne à serrure
antique, en avait levé le couvercle, et elle cherchait
activement dans un des compartiments.

Elle en tira un à un tous les vêtements annoncés, qu'elle déploya avec orgueil sous les yeux du
docteur, et aussi les langes d'une grande finesse,
un magnifique bavoir orné de dentelles, un petit
couvre-pieds de soie, des chaussons de laine
blanche. Toutes les pièces étaient marquées d'un
chiffre élégamment brodé aux initiales E. D.,
comme le docteur le vit d'un coup d'œil.

« E. D... Est-ce pour cela que vous avez donné
à l'enfant le nom d'Erik? demanda-t-il.

— Précisément, répondit Katrina, que cette
exhibition mettait visiblement en joie, tandis
qu'elle semblait assombrir le visage de son mari.
Et voici le plus beau, ce qu'il avait autour du
cou!... » ajouta-t-elle en tirant de la cachette un
hochet d'or et de corail rose, suspendu à une
petite chaînette.

Les initiales E. D. s'y retrouvaient entourées
d'une devise latine : *Semper idem.*

« Nous avions pensé d'abord que c'était le nom
du bébé, reprit-elle en voyant le docteur déchiffrer
cette devise ; mais M. Malarius nous a appris que
cela voulait dire : « Toujours le même. »

— M. Malarius vous a dit la vérité, répondit le
docteur à ce qui était évidemment une question
indirecte. Il est clair que l'enfant appartenait à

une famille riche et distinguée, ajouta-t-il, tandis
que Katrina replaçait le trousseau dans son coffre.
Vous n'avez aucune idée du pays d'où il pouvait
venir ?

— Comment voulez-vous savoir rien de pareil ?
répliqua Hersebom, puisque c'est en mer que j'ai
fait la trouvaille !

— Oui, mais le berceau était attaché sur une
bouée, m'avez-vous dit, et c'est l'usage, dans
toutes les marines, d'inscrire sur les bouées le
nom du navire auquel elles appartiennent ! riposta
le docteur en fixant de nouveau ses yeux péné-
trants sur ceux du marin.

— Sans doute, répondit celui-ci en baissant la
tête.

— Eh bien, cette bouée, quel nom portait-elle ?

— Dame, monsieur le docteur, je ne suis pas
savant, moi !... Je sais bien lire un peu ma propre
langue, mais les langues étrangères, bonsoir !...
Et puis, il y a si longtemps de cela !

— Cependant, vous devez vous rappeler à peu
près !... Et sans doute vous avez montré cette
bouée, comme le reste, à M. Malarius ?... Voyons,
maaster Hersebom, un petit effort. Le nom inscrit
sur la bouée n'était-il pas *Cynthia* ?

— Je crois bien que c'était quelque chose dans
ce genre, répondit vaguement le pêcheur.

— C'est un nom étranger !... De quel pays, à
votre jugement, maaster Hersebom ?

— Est-ce que je sais, moi !... Est-ce que je connais tous ces pays du diable?... Est-ce que je suis jamais sorti des parages de Noroë et de Bergen, si ce n'est une fois ou deux pour aller pêcher sur la côte d'Islande et du Groënland? répliqua le bonhomme d'un ton de plus en plus bourru.

— Je croirais assez volontiers que c'est un nom anglais ou allemand, dit le docteur, sans s'arrêter à cette nuance. Ce serait facile à décider d'après la forme des lettres, si je voyais la bouée. Vous ne l'avez pas conservée?

— Ma foi, non! Il y a beau temps qu'elle est brûlée! s'écria triomphalement Hersebom.

— D'après les souvenirs de Malarius, les lettres étaient romaines, dit le docteur comme se parlant à lui-même, et le chiffre du linge l'est certainement. Il est donc probable que le *Cynthia* n'était pas un navire allemand. Je penche pour un navire anglais... N'est-ce pas votre avis, maaster Hersebom?

— Ah bien! voilà de quoi je m'inquiète peu! répliqua le pêcheur. Qu'il fût ingliche, ou russe, ou patagon, c'est le cadet de mes soucis!... Il y a beau temps, selon toute apparence, qu'il a dit son secret à l'Océan, par trois ou quatre mille mètres de fond! »

On aurait véritablement pu croire que maaster Hersebom était ravi de savoir ce secret aussi bas au-dessous du niveau des mers.

« Enfin, vous n'êtes pas sans avoir tenté quelques efforts pour retrouver la famille de l'enfant?

dit le docteur, dont les lunettes semblèrent à ce moment briller d'une profonde ironie. Vous aurez écrit au gouverneur de Bergen, fait insérer une annonce dans les journaux?

— Moi! s'écria le pêcheur, je n'ai rien fait de pareil!... Dieu sait d'où venait le bébé, et qui s'en inquiétait?... Est-ce que j'avais le moyen de dépenser de l'argent pour retrouver des gens qui se souciaient fort peu de lui?... Mettez-vous à ma place, monsieur le docteur... Je ne suis pas millionnaire, moi!... Bien sûr, quand nous aurions dépensé tout notre avoir, nous n'aurions rien découvert!... On a fait de son mieux, on a élevé le petit comme son propre fils, on l'a aimé, choyé...

— Plus encore que les deux autres, s'il est possible!... interrompit Katrina en s'essuyant les yeux du coin de son tablier, car, si nous avons quelque chose à nous reprocher, c'est peut-être de lui avoir donné une trop grande part de notre tendresse!

— Dame Hersebom, vous ne me ferez pas cette injure de supposer que vos bontés pour le pauvre petit naufragé m'inspirent un autre sentiment que la plus vive admiration! s'écria le docteur. Non, vous ne pensez pas une chose pareille!... Mais si vous voulez que je parle avec une entière franchise, je crois que cette tendresse même vous a aveuglés sur votre devoir! Ce dernier étant avant tout de rechercher la famille de l'enfant dans la mesure de vos forces! »

Il y eut un grand silence.

« C'est possible ! dit enfin maaster Hersebom qui avait courbé la tête sous ce reproche. Mais ce qui est fait est fait ! Maintenant notre Erik est bien à nous, et je ne tiens pas du tout à lui parler de ces vieilles histoires.

— Soyez sans crainte, ce n'est pas moi qui trahirai votre confiance ! répliqua le docteur en se levant. Il se fait tard... Je vais vous quitter, mes bons amis, et je vous souhaite une bonne nuit, — une nuit sans remords, » ajouta-t-il gravement.

Sur quoi il endossa sa pelisse fourrée, et, sans vouloir accepter l'offre du pêcheur qui insistait pour le reconduire, il serra cordialement la main de ses hôtes et s'en alla vers l'usine.

Hersebom resta un instant sur le seuil, le regardant s'éloigner à la clarté de la lune.

« Diable d'homme ! » murmura-t-il entre ses dents, quand il se décida enfin à refermer sa porte.

CHAPITRE III

LES IDÉES DE MAASTER HERSEBOM

Le lendemain matin, le docteur Schwaryencrona finissait de déjeuner avec son gérant, après une inspection complète de l'usine, quand il vit entrer un personnage dans lequel il eut d'abord quelque peine à reconnaître maaster Hersebom.

Revêtu de son costume de cérémonie, de son grand gilet brodé, de sa redingote fourrée, coiffé de son haut chapeau tromblon, le pêcheur différait déjà beaucoup de ce qu'il était sous sa veste de travail. Mais ce qui achevait de le changer, c'était l'air profondément triste et humilié de sa physionomie. Il avait les yeux rouges et semblait n'avoir pas dormi de la nuit.

Tel était effectivement son cas. Maaster Hersebom, qui jusqu'à ce jour n'avait jamais eu le moindre remords de conscience, venait de passer sur son matelas de cuir de bien tristes heures ! Vers le matin, il avait échangé les plus douloureuses réflexions avec dame Katrina, qui, elle non plus, n'avait pas fermé l'œil.

« Femme, je pense à ce que nous a dit le docteur! s'était-il écrié au bout de plusieurs heures d'insomnie.

— J'y pense aussi depuis qu'il est parti, avait répondu la digne ménagère.

— M'est avis qu'il y a une part de vrai dans tout cela, et que nous avons peut-être été plus égoïstes que nous ne pensions! Qui sait si le petit n'a pas droit à quelque grande fortune dont il est privé par notre négligence?... Qui sait s'il n'est pas pleuré depuis douze ans par une famille qui pourrait à juste titre nous accuser de n'avoir rien tenté pour le lui rendre?

— C'est précisément ce que je me répète, répondit Katrina en soupirant. Si sa mère vit, la pauvre femme, quel affreux chagrin ça doit être pour elle de croire son enfant noyé!... Je me mets à sa place, et je suppose que nous ayons ainsi perdu notre Otto!... Jamais nous ne nous serions consolés!

— La mère n'est pas encore tout ce qui m'inquiète, car, selon toute apparence, elle est morte, reprit Hersebom après un silence entrecoupé de part et d'autre de nouveaux soupirs. Comment supposer qu'un enfant de cet âge voyageât sans elle ou qu'il pût être attaché sur une bouée et livré seul aux hasards de l'Océan, si elle avait encore été vivante?...

— C'est vrai... mais qu'en savons-nous, après tout?... Peut-être qu'elle aussi a échappé par miracle !

— Et peut-être même lui a-t-on pris son enfant !... C'est une idée qui m'est venue parfois, reprit Hersebom. Qui nous dit qu'on n'avait pas intérêt à le faire disparaître?... L'exposer ainsi sur une bouée est un procédé si extraordinaire, que toutes les suppositions sont possibles... Et, dans ce cas, nous nous serions faits les complices d'un crime, nous en aurions favorisé le succès !... N'est-ce pas horrible à penser?...

— Qui nous aurait dit chose pareille, à nous qui croyions si bien faire œuvre de charité en adoptant le pauvret?

— Oh! c'est clair, nous n'y avons pas apporté malice ! Nous l'avons nourri, élevé de notre mieux ! N'empêche que nous avons agi fort étourdiment et que le petit sera peut-être en droit de nous le reprocher un jour !...

— Pour cela, ce n'est pas à craindre, j'en suis sûre ! Mais c'est déjà trop d'avoir nous-mêmes quelque chose à nous reprocher !

— Est-ce étrange que la même action, regardée d'un point de vue différent, puisse être jugée de manières si opposées ! Jamais je n'aurais seulement imaginé chose pareille !... Et il a suffi de quelques mots du docteur pour nous mettre la cervelle à l'envers ! »

Ainsi devisaient les braves gens.

3

Le résultat de cet échange de leurs réflexions nocturnes, c'est que maaster Hersebom vint consulter le docteur Schwaryencrona sur ce qu'il était possible de faire pour réparer l'erreur passée.

Celui-ci ne crut pas d'abord devoir revenir sur ce qui s'était dit la veille. Il accueillit le pêcheur avec bienveillance, causa avec lui du temps et des prix du poisson, mais feignit de prendre sa démarche pour une simple visite de politesse.

Cela ne faisait pas du tout l'affaire de maaster Hersebom, qui commença par tourner autour du sujet de ses préoccupations, parla de l'école de M. Malarius, et se décida enfin à se jeter en pleine eau.

« Monsieur le docteur, dit-il en prenant son parti, ma femme et moi nous avons pensé toute la nuit à ce que vous nous avez dit hier soir au sujet du petit... Nous n'avions jamais cru lui faire tort en l'élevant comme notre enfant!... Mais vous avez changé notre opinion, et je voudrais savoir ce que vous nous conseillez pour ne plus pécher par ignorance... Pensez-vous qu'il soit encore temps de rechercher la famille d'Erik ?

— Il n'est jamais trop tard pour faire son devoir, répondit le docteur, — quoique, à coup sûr, la tâche soit aujourd'hui bien plus compliquée qu'elle ne l'aurait été au premier moment... Voulez-vous me la confier ? Je m'en chargerai avec plaisir, et je vous promets de m'en acquitter avec toute l'activité désirable, — à une condition, tou-

tefois : c'est que vous me confierez en même temps
l'enfant, pour l'emmener à Stockholm... »

Un coup de massue, tombant sur la tête de
maaster Hersebom, ne l'aurait pas étourdi davantage. Il pâlit et se troubla visiblement.

« Vous confier Erik... l'envoyer à Stockholm?...
Et pourquoi donc, monsieur le docteur? demanda-t-il d'une voix altérée.

— Je vais vous le dire... Ce qui a attiré mon
attention sur cet enfant, en même temps que les
caractères physiques par lesquels il se distingue à
première vue de ses condisciples, c'est sa vive intelligence, sa vocation marquée pour les hautes
études. Avant de savoir par suite de quels hasards
il était venu s'échouer à Noroë, je m'étais dit que
ce serait un meurtre de laisser un garçon si bien
doué dans une école de village, même sous un
maître comme Malarius, — car il n'y trouve rien
de ce qui pourrait aider au développement de ses
facultés exceptionnelles, ni musées, ni collections
scientifiques, ni bibliothèques, ni émules dignes de
lui... C'est ce qui m'a conduit à m'enquérir d'Erik,
à demander quelle était son histoire. Avant de la
connaître, j'avais déjà le plus vif désir de procurer
à cet enfant les avantages d'une éducation complète... Vous comprendrez donc aisément qu'une
fois en possession des renseignements que vous
m'avez donnés, je me sois d'autant plus attaché
à ce projet. Et ce n'est pas la mission dont je suis
disposé à me charger en sa faveur qui peut m'en

détourner... Je n'ai pas à vous rappeler, maaster Hersebom, qu'évidemment votre fils adoptif appartient à une famille riche et distinguée. Voulez-vous que je m'expose, si je la retrouve, à lui rendre un enfant élevé au village et dépourvu de cette éducation sans laquelle il serait déplacé dans son nouveau milieu ?... Ce ne serait pas raisonnable, vous avez trop de bon sens pour ne pas le comprendre... »

Maaster Hersebom baissait la tête. Sans qu'il s'en aperçût, deux grosses larmes coulaient sur ses joues hâlées.

« Mais alors, dit-il, ce serait une séparation définitive !... Avant même de savoir si le petit retrouvera une autre famille, il faudrait le chasser de la maison !... C'est trop me demander, monsieur le docteur, trop demander à ma femme !... L'enfant est heureux chez nous !... Pourquoi ne pas l'y laisser, — au moins tant qu'il ne sera pas sûr d'un sort plus brillant ?

— Heureux !... Qui vous dit qu'il le sera plus tard ?... Qui vous répond que, devenu grand, il ne regrettera pas d'avoir été sauvé ! Intelligent, supérieur comme il sera peut-être, il étouffera dans la vie que vous pouvez lui faire à Noroë, mon cher Hersebom !...

— Ma foi, monsieur le docteur, cette vie que vous dédaignez est assez bonne pour nous !... Pourquoi pas aussi pour le petit ?

— Je ne la dédaigne pas ! s'écria le savant avec

chaleur. Personne plus que moi n'admire et n'honore le travail! Croyez-vous donc, maître Hersebom, que je puisse oublier d'où je suis sorti!... Mon père et mon grand-père étaient des pêcheurs tout comme vous! Et c'est justement parce qu'ils ont eu la prévoyance de me donner de l'éducation que j'apprécie ce bienfait à sa valeur et que je voudrais l'assurer à un enfant qui le mérite!... Son intérêt seul me guide, croyez-le bien...

— Eh! que sais-je, moi?... Erik sera bien avancé quand vous aurez fait de lui un « monsieur », qui ne saura pas se servir de ses bras!... Et si vous ne retrouvez pas sa famille, comme c'est plus que probable, après douze années, nous aurons préparé de belle besogne!... Allez, monsieur le docteur, c'est une brave vie que celle de l'homme de mer, et qui en vaut bien une autre!... Un bon bateau sous ses pieds, la bise fraîche dans ses cheveux et quatre ou cinq douzaines de morues au bout de ses lignes de fond, un pêcheur norvégien ne craint rien et ne doit rien à personne!... Vous dites qu'Erik ne serait pas heureux de cette vie? Permettez-moi de croire le contraire! Je le connais bien, l'enfant!... Il aime les livres; mais, par-dessus tout, il aime la mer! On dirait qu'il se ressent d'avoir été bercé par elle, et tous les musées du monde ne le consoleraient pas d'en être loin!

— Mais nous avons aussi la mer à Stockholm, dit en souriant le docteur, ému malgré lui de cette affectueuse résistance.

— Enfin, reprit le pêcheur en se croisant les
bras, que voulez-vous, décidément? que proposez-
vous, monsieur le docteur?

— Là!... vous voyez bien qu'après tout vous
sentez la nécessité de faire quelque chose?... Eh
bien, voici ma proposition. Erik a douze ans, bientôt treize, et paraît être un enfant exceptionnellement bien doué. Peu importe d'où il vient... Lais-
sons de côté cette question d'origine... Il mérite
qu'on lui donne les moyens de développer et d'utiliser ses facultés : voilà ce qui nous occupe pour le
présent. Moi, je suis riche et je n'ai pas d'enfants.
Je me charge de lui fournir ces moyens, de lui
donner les meilleurs maîtres et toutes les facilités
possibles pour profiter de leurs leçons... L'expérience dure deux ans... Dans cet intervalle, je me
suis mis en campagne, j'ai fait des recherches,
inséré des annonces dans les journaux, remué ciel
et terre pour découvrir les parents de l'enfant!...
Si je n'y arrive pas en deux ans, c'est que je n'y
arriverai jamais!... Les parents sont-ils retrouvés?
ils décident naturellement de tout ce qu'il convient
de faire!... Dans le cas contraire, je vous renvoie
Erik!... Il a quinze ans, il a vu le monde!...
L'heure est arrivée de lui dire la vérité sur sa
naissance; il peut, avec nos conseils, et sur les
jugements motivés de ses maîtres, se décider en
pleine connaissance de cause sur la voie à suivre!...
Veut-il être pêcheur, ce n'est pas moi qui m'y
opposerai!... Veut-il poursuivre ses études, c'est

vraisemblablement qu'il en sera digne, et je m'engage à les lui faire achever, à lui ouvrir la profession de son choix!... Est-ce que tout cela ne vous semble pas raisonnable?

— Plus que raisonnable!... C'est la sagesse même qui parle par votre bouche, monsieur le docteur! s'écria maaster Hersebom vaincu dans ses derniers retranchements. Ce que c'est pourtant que d'avoir étudié! reprit-il en secouant la tête. On a beau jeu avec les ignorants!... Le difficile maintenant sera de répéter tout ça à ma femme!... Ce serait bientôt que vous emmèneriez le petit?...

— Demain!... Je ne puis pas retarder d'un seul jour ma rentrée à Stockholm. »

Maaster Hersebom poussa un soupir, qui ressemblait à un sanglot.

« Demain... c'est bien tôt!... dit-il. Enfin! ce qui sera sera!... Je vais en causer avec ma femme...

— C'est cela. Consultez aussi M. Malarius. Vous verrez qu'il est de mon avis.

— Oh! je m'en doute bien un peu, » répliqua le pêcheur avec un sourire attristé.

Il serra la main que lui tendait M. Schwaryencrona et s'en alla tout songeur.

Le soir, avant l'heure du dîner, le docteur se dirigea de nouveau vers la demeure de maaster Hersebom. Il trouva la famille réunie autour du foyer, comme la veille, mais non plus dans les mêmes sentiments de quiétude et de bonheur. Le

père était assis assez loin du feu, silencieux, les
mains oisives. Katrina, les yeux pleins de larmes,
tenait serrées dans les siennes les mains d'Erik,
qui, les joues animées par l'espoir de ses destinées
nouvelles et le regard assombri par le chagrin de
quitter tout ce qu'il aimait, ne savait trop à quel
sentiment il devait laisser prendre le dessus. La
petite Vanda cachait sa tête sur les genoux du
pêcheur. On ne voyait d'elle que les longues nattes
d'un blond argenté, qui tombaient lourdement sur
ses épaules frêles et gracieuses. Otto, vivement
ému lui aussi de cette séparation imminente, se
tenait immobile auprès de son frère adoptif.

« Comme vous voilà sombres et désolés !...
s'écria le docteur en s'arrêtant au seuil. Erik serait
au moment de partir pour l'expédition la plus lointaine et la plus périlleuse que vous ne pourriez en
témoigner plus de chagrin !... Il n'y a vraiment pas
de quoi, je vous assure, mes bons amis ! Stockholm
n'est pas aux antipodes, et l'enfant ne vous quitte
pas pour toujours ! Il pourra vous écrire et je ne
doute pas qu'il ne le fasse souvent ! Son cas est
celui de tous les garçons qui s'en vont au collège.
Dans deux ans, il vous reviendra grand et fort
instruit, accompli de tout point ! Y a-t-il là si grand
sujet de se désoler ?... Sérieusement, ce n'est pas
raisonnable ! »

Katrina s'était levée avec la dignité native des
paysannes du Nord.

« Herr docteur, Dieu m'est témoin que je vous

suis profondément reconnaissante de ce que vous faites pour notre Erik, dit-elle. Il ne faut pas nous en vouloir si son départ nous attriste. Hersebom m'a expliqué que c'est une séparation nécessaire. Je me soumets. N'exigez pas que ce soit sans regrets!

— Mère, s'écria Erik, je ne partirai pas, si cela vous fait trop de peine !

— Non, mon enfant, reprit la digne femme en le serrant dans ses bras. L'éducation est un bienfait que nous n'avons pas le droit de refuser pour toi !... Va, mon fils, remercie monsieur le docteur, qui veut te l'assurer, et prouve-lui toujours par ton application à l'étude que tu apprécies ses grandes bontés !

— Voyons, voyons ! dit le docteur, dont les lunettes semblaient se voiler d'un singulier nuage, est-ce que vous voulez m'attendrir, moi aussi ?... Parlons plutôt de choses pratiques, cela vaudra mieux. Vous avez bien compris, n'est-ce pas, qu'il s'agit de partir demain matin à la première heure, et tout sera prêt? Quand je dis tout, ce n'est pas qu'un bien grand trousseau soit nécessaire. Nous n'allons en traîneau que jusqu'à Bergen, où nous prendrons le chemin de fer. Erik n'a besoin que d'un peu de linge et trouvera à Stockholm ce qui lui sera nécessaire...

— Tout sera prêt, répondit simplement dame Hersebom. Vanda, ajouta-t-elle avec la courtoisie norvégienne, monsieur le docteur est encore debout ! »

3.

La fillette s'empressa de pousser vers M. Schwa-ryencrona un grand fauteuil de chêne verni.

« Je m'en vais, déclara le docteur. Malarius m'attend pour dîner... Eh bien, « flicka » (jeune fille), reprit-il en posant sa main sur la tête blonde de l'enfant, vous m'en voulez donc beaucoup de vous prendre votre frère ?

— Non, monsieur le docteur, répondit grave-ment Vanda. Erik sera plus heureux là-bas. Il n'était pas fait pour rester au village !

— Et vous, ma petite, serez-vous malheureuse sans lui ?

— La plage sera déserte, répliqua l'enfant avec douceur. Les mouettes le chercheront sans le trou-ver. Les petites vagues bleues s'étonneront de ne plus le voir, et la maison me semblera vide ! Mais Erik sera content, parce qu'il aura des livres et qu'il deviendra savant.

— Et sa brave petite sœur se réjouira de son bonheur, n'est-ce pas, mon enfant ? dit le docteur en mettant un baiser sur le front de la fillette. Et elle sera fière de lui quand il reviendra !... Allons, voilà une affaire réglée ! Il faut que je me sauve au plus vite ! A demain !

— Monsieur le docteur, murmura timidement Vanda, je voudrais, moi aussi, vous demander une faveur.

— Parlez, flicka !

— Vous partez en traîneau, avez-vous dit ? Je voudrais avec la permission de mon père et de

maman, que vous me laissiez vous conduire jusqu'au premier relais.

— Ah!... ah!... c'est que j'avais déjà arrêté à
cet effet Regnild, la fille de mon gérant!

— Je le sais, et d'elle-même. Mais elle consent
à me céder sa place, si vous daignez l'autoriser.

— Eh bien, en ce cas, il ne vous reste qu'à obtenir la permission de papa et de maman.

— Je l'ai.

— Vous avez donc la mienne, chère enfant, »
dit le docteur en s'en allant.

Le lendemain matin, quand le grand traîneau
s'arrêta devant la maison Hersebom, la petite
Vanda, selon sa demande, tenait les rênes, assise
sur le siège. Elle allait conduire jusqu'au village
voisin, où le docteur louerait un autre cheval et
une autre fillette, et ainsi de suite jusqu'à Bergen.
Ce cocher d'une nouvelle espèce n'eût pas manqué
d'étonner un étranger; mais telle est la coutume
en Suède et Norvège. Les hommes croiraient perdre leur temps en remplissant ces fonctions, et il
n'est pas rare de confier à des enfants de dix à
douze ans de lourds attelages qu'ils savent manier
avec une aisance consommée.

Le docteur était déjà installé dans le fond du
véhicule, et bien emmitouflé dans ses fourrures.
Erik prit place à côté de Vanda, après avoir tendrement embrassé son père et son frère, qui se
contentèrent de lui exprimer par leur tristesse
muette le chagrin que leur causait son départ,

puis la bonne Katrina qui fut plus expansive.

« Adieu, mon fils ! disait-elle au milieu de ses larmes. N'oublie jamais ce que t'ont appris tes pauvres parents ! Sois honnête et brave ! Ne mens jamais ! Travaille de ton mieux ! Protège toujours ceux qui sont plus faibles que toi ! Et si tu ne trouves pas le bonheur que tu mérites, reviens le chercher auprès de nous. »

Vanda toucha le cheval, qui partit au grand trot, en faisant sonner ses clochettes. L'air était froid et la route dure comme du verre. Tout près de l'horizon, un soleil pâle jetait son manteau d'or sur le paysage neigeux. En quelques minutes, Noroë s'effaça dans le lointain.

CHAPITRE IV

A STOCKHOLM

Le docteur Schwaryencrona habitait à Stockholm un magnifique hôtel, situé dans l'île de Stadsholmen. C'est le quartier « le plus » ancien et « le plus » recherché de cette charmante capitale, une « des plus » jolies, « des plus » aimables de l'Europe, — une de celles que les étrangers visiteraient le plus fréquemment, si la mode et le préjugé n'avaient pas sur les plans de voyage du touriste ordinaire au moins autant d'influence que sur la forme de son chapeau.

Placée entre le lac Mélar et la Baltique, sur un groupe de huit îles reliées par des ponts innombrables, et bordée de quais splendides, animée par le mouvement des bateaux à vapeur qui font office d'omnibus, par la gaieté d'une population laborieuse et satisfaite, la plus hospitalière, la plus polie et la plus instruite de l'Europe, Stockholm est, avec ses grands jardins publics, ses bibliothèques, ses musées, ses établissements scientifiques, une véritable Athènes du Nord, en même temps qu'un centre commercial très important.

Erik, cependant, était encore sous l'impression que lui avait laissée Vanda en se séparant de lui après le premier relais. Les adieux avaient été plus graves qu'on ne l'eût attendu de leur âge; ces deux jeunes cœurs n'avaient pu se cacher l'un à l'autre leur profonde émotion.

Mais, quand la voiture, qui était venue attendre Erik à la gare, s'arrêta devant une grande maison de briques rouges dont les doubles fenêtres resplendissaient à la lueur du gaz, Erik fut émerveillé. Le marteau de cuivre de la porte lui parut en or fin. Le vestibule, dallé en marbre, orné de statues, de torchères de bronze, de grands vases de Chine, acheva de le plonger dans la stupeur. Tandis qu'un valet en livrée débarrassait le maître de ses fourrures en s'informant de sa santé avec cette cordialité qui est le ton habituel des domestiques suédois, Erik promenait autour de lui des regards étonnés.

Un bruit de voix attira son attention vers l'escalier à grande rampe de chêne, couvert d'un épais tapis. Il se retourna et vit deux personnes, dont le costume lui parut le dernier mot de l'élégance.

L'une était une dame en cheveux gris et de taille moyenne, qui se tenait toute droite dans une robe de drap noir plissée, assez courte pour laisser voir des bas rouges à coins jaunes et des souliers à

boucles. Un énorme trousseau de clefs retenu par
une chaîne d'acier pendait à sa ceinture. Elle portait haut la tête et promenait de tous côtés des
yeux vifs et perçants. C'était « fru » (madame)
Greta-Maria, la femme de charge du docteur, l'au-
tocrate incontesté de la maison en toutes matières,
culinaires et domestiques.

Derrière elle venait une fillette de onze à douze
ans, qui apparut aux yeux d'Erik comme une
princesse de féerie. Au lieu du costume national,
le seul qu'il eût jamais vu porter à une enfant de
cet âge, elle avait une robe de velours bleu foncé,
sur laquelle ses cheveux jaunes s'étalaient en
nappes soyeuses ; elle était chaussée de bas noirs
et de souliers de satin ; un nœud de ruban cerise,
posé sur sa tête comme un papillon, animait de sa
couleur vive une physionomie étrange et pâle, que
de grands yeux verts éclairaient de leur rayon
phosphorescent.

« Quel bonheur, mon oncle, de vous revoir
enfin !... Avez-vous fait un agréable voyage ? »
s'écria-t-elle en se jetant au cou du docteur.

A peine avait-elle daigné abaisser son regard
sur Erik, qui se tenait modestement à l'écart.

Le docteur lui rendit ses caresses, donna une
poignée de main à la femme de charge, puis il fit
signe à son protégé d'avancer.

« Kajsa et vous, dame Greta, je vous demande
vos bontés pour Erik Herschom, que j'amène de
Norvège, dit-il. — Et toi, mon garçon, n'aie pas

peur ! reprit-il avec bonté. Dame Greta n'est pas
si sévère qu'elle en a l'air, et ma nièce Kajsa sera
bientôt au mieux avec toi !... N'est-il pas vrai, fillette ? » ajouta-t-il, en pinçant doucement la joue
de la petite fée.

La petite fée ne répondit que par une moue
assez dédaigneuse. Quant à la femme de charge,
elle ne paraissait pas non plus très enthousiasmée
de la nouvelle recrue qu'on lui présentait.

« Et s'il vous plaît, herr docteur, dit-elle d'un
air revêche, en remontant l'escalier, peut-on
vous demander quel est cet enfant ?

— Certes, répondit le docteur, on vous le dira
tout au long, dame Greta, n'ayez crainte !... Mais,
si vous le voulez bien, nous allons d'abord manger
un morceau. »

Dans la « matsal », ou salle à manger, la table
toute servie présentait la belle ordonnance de ses
cristaux et de ses « snorgas » dressés sur une
nappe blanche. C'est un luxe dont le pauvre Erik
n'avait même pas idée, car le linge de table est
inconnu chez les paysans de la Norvège ; à peine
les assiettes y ont-elles fait assez récemment leur
apparition ; un grand nombre d'entre eux mangent
encore leur poisson sur des rondelles de pain noir
et ne s'en trouvent pas plus mal. Aussi fallut-il
l'invitation réitérée du docteur pour que le jeune
garçon se mît à table, et la gaucherie de ses mouvements lui attira de la part de « froken » (mademoiselle) Kajsa plus d'un coup d'œil chargé d'iro-

nie. Mais, l'appétit des voyageurs aidant, les choses
n'en marchèrent pas moins bien. Aux « snorgas »
succéda un dîner qui aurait épouvanté un estomac
français par sa solidité massive, et qui aurait pu
par son abondance apaiser l'appétit d'un bataillon
d'infanterie après une étape de vingt-huit kilomètres : soupe au poisson, pain de ménage, oie
farcie de marrons, bœuf bouilli et flanqué d'une
montagne de légumes, pommes de terre en pyra-
mide, œufs durs à la douzaine, pudding aux raisins
secs en grappe, — tout fut gaillardement attaqué
et démantelé.

Ce copieux repas terminé presque sans mot
dire, on passa dans le parloir, vaste salle boisée,
à six fenêtres, dont les embrasures fermées par de
lourds rideaux de drap auraient suffi à un architecte
parisien pour y établir un appartement complet.
Le docteur s'installa au coin du feu dans un grand
fauteuil de cuir ; Kajsa se mit à ses pieds sur un
tabouret, tandis qu'Erik, intimidé et mal à l'aise,
s'approchait d'une fenêtre et avait bonne envie de
se réfugier dans les profondeurs obscures de ce
réduit. Mais le docteur ne lui en laissa pas le temps.

« Eh bien, garçon, viens donc te chauffer,
cria-t-il de sa voix sonore, et dis-nous un peu ce
que tu penses de Stockholm?

— Les rues sont bien noires, bien étroites, et
les maisons bien hautes, dit Erik.

— Oui, un peu plus hautes qu'à Noroë, répondit
le docteur en riant.

— Elles empêchent de voir les étoiles, reprit le jeune garçon.

— C'est que nous sommes ici dans le quartier noble, répliqua Kajsa, piquée de ces critiques. Il n'y a qu'à passer les ponts pour trouver des rues plus larges.

— Je les ai vues en venant de la gare, mais la plus belle est moins large que le fiord de Noroë! riposta Erik.

— Ah! ah!... dit le docteur, est-ce que nous avons déjà le mal du pays?

— Non, répondit résolument Erik, je vous suis trop obligé, cher docteur, pour regretter un instant d'être venu. Mais vous me demandez ce que je pense de Stockholm, je vous le dis.

— Noroë doit être un affreux petit trou! reprit Kajsa.

— Un affreux petit trou! répéta Erik avec indignation. Ceux qui disent pareille chose n'ont donc pas d'yeux, « froken » Kajsa? Si vous pouviez seulement voir la ceinture de granit que les rochers font à notre fiord, et nos montagnes, nos glaciers, nos forêts de pins tout noirs contre le ciel pâle! Et au delà, la grande mer, tantôt tumultueuse et terrible, tantôt douce, comme si elle s'apprêtait à vous bercer. Et les vols de mouettes qui passent, se perdent dans l'infini et reviennent vous effleurer de leur aile!... Oh! tout cela est beau, allez, plus beau que la ville!

— Je ne parlais pas du paysage, mais des maisons, reprit Kajsa. Ce ne sont que des cabanes de paysans, n'est-ce pas, « onkel » ?

— Des cabanes de paysans où ton père et ton grand-père sont nés comme moi, mon enfant, » répondit gravement le docteur.

Kajsa rougit et se tut.

« Ce ne sont que des maisons de bois, reprit Erik, mais elles en valent bien d'autres !... Souvent, le soir, tandis que le père raccommode ses filets et que la mère file à son rouet, nous nous asseyons tous trois sur un petit banc, Otto, Vanda et moi, avec notre grand chien Klaas à nos pieds, et nous répétons en chœur les vieilles « sagas », en regardant les ombres qui jouent sur le plafond. Et quand le vent souffle dehors et que tous les pêcheurs sont rentrés, il fait bon se sentir chaudement enfermé chez nous! On y est aussi bien que dans une belle chambre comme ici...

— Ce n'est pas la plus belle chambre, dit Kajsa avec orgueil. Je pourrais vous montrer le grand salon, vous verriez alors !

— Mais il y a tant de livres ici!... répliqua Erik. Y en a-t-il davantage au salon?...

— Bon, des livres !... Qui parle de cela?... Il s'agit des fauteuils de velours, des rideaux de dentelle, de la grande pendule française, des tapis d'Orient ! »

Erik paraissait peu séduit par cette énumération et jetait un regard d'envie vers une grande bibliothèque de chêne, qui occupait tout un côté du parloir.

« Tu peux examiner ces livres de plus près, et prendre celui qui te plaira, » dit le docteur.

Erik ne se fit pas répéter la permission. Il choisit un volume et, s'installant dans un coin bien éclairé, fut bientôt absorbé dans sa lecture. A peine s'aperçut-il de l'entrée successive de deux vieux messieurs, commensaux fidèles du docteur Schwaryencrona, qui venaient presque tous les soirs faire leur partie de whist.

Le premier s'appelait le professeur Hochstedt. C'était un grand vieillard aux manières froides et majestueuses, qui exprima très académiquement au docteur le plaisir qu'il avait à le voir de retour. A peine était-il installé dans le fauteuil qu'un long usage avait fini par faire appeler « le fauteuil du professeur », quand un coup de sonnette ferme et décidé se fit entendre.

« Voici Bredejord ! » dirent simultanément les deux amis.

La porte s'ouvrit bientôt devant un petit homme mince et guilleret, qui entra comme un coup de vent, serra les deux mains du docteur, mit un baiser au front de Kajsa, échangea avec le professeur un salut affectueux et promena autour du parloir un regard brillant comme celui d'une souris.

C'était M. l'avocat Bredejord, une des illustrations du barreau de Stockholm.

« Tiens... qui avons-nous là? dit-il tout à coup en avisant Erik. Un jeune pêcheur de morue, —

ou plutôt un mousse de Bergen?... Et qui lit Gibbon en anglais!... reprit-il, après avoir d'un coup
d'œil vérifié quel était le livre si absorbant dans
lequel était plongé le petit.paysan. — Et cela vous
intéresse, mon garçon? demanda-t-il.

— Oui, Monsieur, c'est un ouvrage que je dési-
rais lire depuis longtemps, le premier volume de
la *Décadence de l'empire romain,* répondit naïvement Erik.

— Malepeste! s'écria M. l'avocat, il paraît que
les mousses de Bergen aiment les lectures sérieuses!... Mais êtes-vous bien de Bergen? reprit-il
.presque aussitôt.

— Je suis de Noroë, qui n'en est pas loin,
répondit Erik.

— Ah!... A-t-on généralement les yeux et les
cheveux aussi bruns que vous, à Noroë?

— Non, Monsieur: Mon frère, ma sœur, et tous
les autres sont blonds, à peu près comme mademoiselle, reprit Erik. Mais ils ne s'habillent pas
comme elle, ajouta-t-il en souriant. Aussi ne lui
ressemblent-ils guère.

— Non, je m'en doute, dit M. Bredejord. Mademoiselle Kajsa est un produit de la civilisation.
Là-bas, c'est la belle nature, « qui n'a pour parure
que sa simplicité [1] ». Et que venez-vous faire à
Stockholm, mon garçon, si je ne suis pas trop
curieux ?

1. Most adorned when unadorned.

— Monsieur le docteur a la bonté de me mettre au collège, dit Erik.

— Ah ! ah !... » fit M. l'avocat en tapant sa tabatière du bout de ses doigts.

Et son regard fin semblait interroger le docteur sur ce problème vivant. Mais il vit à un signe presque imperceptible qu'il fallait ajourner cette enquête, et changea aussitôt de conversation.

On parla donc de la cour, de la ville, de ce qui s'était passé dans le monde depuis le départ du docteur. Puis, dame Greta vint ouvrir la table à jeu, préparer les jetons et les cartes. Et bientôt le silence se fit, tandis que les trois amis se plongeaient dans les savantes combinaisons du whist.

Le docteur avait l'innocente prétention d'être de première force à ce jeu, et l'habitude moins innocente de se montrer impitoyable pour les erreurs qui échappaient à ses partners. Il ne manquait pas d'exulter bruyamment quand ces erreurs le faisaient gagner, et de maugréer quand elles le faisaient perdre ; il se donnait encore, après chaque « rubber, » le plaisir d'expliquer au délinquant par où il avait péché, quelle carte il aurait dû jouer après telle levée, quelle « rentrée » il aurait dû se ménager après telle autre. C'est un travers assez fréquent parmi les joueurs de whist, mais qui n'en est pas plus aimable, quand il dégénère en manie et s'exerce tous les soirs sur les mêmes victimes.

Heureusement pour lui, le docteur avait affaire à deux amis qui le désarmaient toujours, — le professeur par son flegme inaltérable, et l'avocat par la sérénité de son scepticisme.

« Vous avez raison, disait gravement le premier, en réponse aux reproches les plus acerbes.

— Mon cher Schwaryencrona, vous savez bien que vous perdez vos peines à me sermonner ! disait en riant M. Bredejord. Toute ma vie je commettrai au whist les fautes les plus grossières, et le pis, c'est que je ne m'en repens pas ! »

Que faire avec des pécheurs aussi endurcis ? Le docteur se voyait obligé de rengainer ses critiques ; mais c'était pour les renouveler un quart d'heure plus tard, car il était incorrigible.

Le hasard voulait précisément, ce soir-là, qu'il perdît à tout coup. Aussi sa mauvaise humeur se fit-elle jour par les observations les plus dures pour le professeur, pour l'avocat et même pour le « mort », quand ce personnage imaginaire n'avait pas le nombre d'atouts que le docteur se croyait en droit de trouver chez lui.

Mais le professeur alignait imperturbablement ses fiches, et l'avocat ne répondait que par des facéties aux reproches les plus amers.

« Pourquoi voulez-vous que je change de méthode, puisque je gagne en jouant mal, tandis que vous perdez en jouant à merveille? » disait-il au docteur.

On arriva ainsi à dix heures. Kajsa fit le thé dans

un magnifique « samovar » de cuivre, et le servit
avec beaucoup de bonne grâce ; puis elle s'éclipsa
discrètement. Bientôt dame Greta vint appeler Erik
pour le conduire à l'appartement qui lui était destiné, — une jolie petite chambre blanche et pro-
prette au deuxième étage de la maison, et les trois
amis se trouvèrent seuls.

« Nous direz-vous enfin quel est ce jeune pêcheur de Noroë qui lit Gibbon dans le texte original ? demanda alors M. Bredejord, en sucrant sa
deuxième tasse de thé. Ou bien ce sujet doit-il être
soigneusement réservé et interdit à notre indiscrétion ?

— Le sujet n'a rien de mystérieux, et je vous
dirai volontiers l'histoire d'Erik, si vous êtes capable de la garder pour vous, répondit M. Schwaryencrona avec un reste de ressentiment.

— Ah ! je savais bien qu'il devait y avoir une histoire ! s'écria l'avocat, en s'installant commodé-
ment dans un fauteuil. Nous vous écoutons, cher
ami, et soyez sûr que votre confidence sera bien
placée !... Je vous avoue que ce petit bonhomme
m'intrigue déjà comme un problème.

— C'est bien un problème vivant, en effet,
reprit le docteur, flatté de la curiosité de son
ami, — un problème dont j'ose croire que j'ai
très probablement trouvé la solution. Je vais vous
en communiquer toutes les données. A vous
de me dire si votre conclusion est conforme à la
mienne. »

M. Schwaryencrona s'adossa au grand poêle de
faïence, et, prenant les choses au point où com-
mence ce récit, il dit comment il avait été amené
à remarquer Erik à l'école de Noroë et à s'enquérir
de lui. Il conta ce qu'il avait appris de M. Malarius
et de maaster Hersebom, n'omit aucun détail, parla
de la bouée au nom de *Cynthia,* des petits vêtements que lui avait montrés dame Katrina, du
chiffre brodé sur ces vêtements, du hochet de corail, de la devise, enfin des caractères ethnographiques si nettement accusés chez Erik.

« Vous êtes maintenant en possession des éléments du problème tel qu'il s'est posé devant moi,
reprit-il. Et je m'empresse de vous faire remarquer que le degré de l'instruction de l'enfant, tout
exceptionnel qu'il est, n'est qu'un phénomène
secondaire, dû à l'intervention de Malarius, et dont
il n'y a pas à tenir compte. C'est ce degré d'instruction qui m'a fait remarquer le sujet et m'a amené
à m'enquérir de lui. En réalité, il n'a pas de rôle
important dans la question que je pose ainsi :
« D'où venait cet enfant ? Où faut-il porter les
recherches en vue de retrouver sa famille ? »

« Les vrais éléments du problème, les seuls qui
puissent nous guider sont donc :

« 1° Les indices physiques de la race chez l'enfant ;

« 2° Le nom de *Cynthia,* écrit sur la bouée.

« Sur le premier chef, pas de doute possible :
l'enfant est de race celtique. Il présente même

4

le type celte dans toute sa beauté et sa pureté.

« Passons au second point. *Cynthia* est certainement le nom du navire auquel appartenait la bouée. Ce nom peut convenir à un navire allemand comme à un navire anglais. Mais il n'était pas écrit en lettres gothiques. Donc, le navire était anglais, — disons anglo-saxon, pour être plus précis.

« Tout confirme, d'ailleurs, cette hypothèse; car il n'y a guère qu'un navire anglais allant à Inverness ou aux Orcades, ou en venant, qui ait pu se trouver poussé par la tempête dans les parages de Noroë. Et vous n'oubliez pas que la petite épave vivante n'avait pas dû flotter bien longtemps, puisqu'elle avait résisté au jeûne et aux dangers de sa périlleuse navigation! .. Eh bien, tout cela posé, quelle est votre conclusion, mes chers amis? »

Ni le professeur ni l'avocat ne jugèrent à propos de souffler mot.

« La conclusion, vous ne la voyez pas sans doute, reprit le docteur d'un ton où perçait un secret triomphe. Peut-être même croyez-vous apercevoir une contradiction entre ces deux éléments, — un enfant de race celte, — un navire de nom anglo-saxon? C'est tout simplement parce que vous négligez une circonstance capitale, l'existence aux flancs de la Grande-Bretagne d'un peuple de race celte, de l'île sœur, — de l'Irlande!... Moi non plus je n'y avais pas songé tout d'abord, et c'est ce qui m'empêchait d'apercevoir nettement la solution du problème. Désormais, cette solution s'impose : l'enfant est Irlandais ! N'est-ce pas votre avis, Hochstedt?... »

S'il y avait quelque chose au monde que le digne professeur aimât peu, c'était d'énoncer sur un sujet quelconque une opinion positive. Et il faut bien convenir que, dans le cas présentement soumis à son jugement impartial, toute opinion était au moins prématurée. Aussi se contenta-t-il de hocher évasivement la tête, en disant :

« Il est incontestable que les Irlandais appartiennent au rameau celtique de la race aryenne. »

Ce qui n'était assurément pas un de ces aphorismes qu'on peut taxer de hardiesse excessive.

Mais le docteur Schwaryencrona n'en demanda pas davantage, et il y vit l'entière confirmation de sa théorie.

« Vous en convenez vous-même ! s'écria-t-il avec feu. Les Irlandais étant des Celtes, l'enfant ayant tous les caractères de la race celtique, et le *Cynthia* étant un navire anglais, il me paraît que nous sommes en possession du fil nécessaire pour retrouver la famille du pauvre petit. C'est en Grande-Bretagne qu'il faut la chercher. Quelques annonces dans le *Times* suffiront probablement pour nous mettre sur sa trace ! »

Le docteur allait sans doute développer son plan de recherches, quand il remarqua le silence obstiné que gardait l'avocat et le regard légèrement ironique avec lequel il semblait accueillir ses déductions.

« Si vous n'êtes pas de mon avis, Bredejord, il faut le dire. Vous savez que je ne crains pas la discussion! fit-il en s'arrêtant court.

— Je n'ai rien dit! répondit M. Bredejord. Hochstedt est témoin que je n'ai rien dit...

— Non, mais je vois bien que vous ne partagez pas mon opinion!... Et je serais curieux de savoir pourquoi? demanda le docteur, repris par l'humeur querelleuse que le whist avait développée en lui. *Cynthia* est-il un nom anglais? ajouta-t-il avec véhémence. Oui, puisqu'il n'était pas écrit en lettres gothiques, ce qui aurait indiqué un navire allemand... Les Irlandais sont-ils des Celtes? Assurément! Vous venez d'entendre un homme aussi compétent que notre éminent ami Hochstedt le proclamer devant vous!... L'enfant a-t-il tous les caractères de la race celtique? Vous avez pu en juger vous-même, et vous en avez été frappé avant que j'eusse ouvert la bouche sur ce sujet! Je conclus donc qu'il faudrait une mauvaise foi insigne pour ne pas se ranger à mon avis et ne pas reconnaître avec moi que l'enfant doit appartenir à une famille irlandaise!

— Mauvaise foi est vif, répliqua M. Bredejord. Si le mot s'adresse à moi, je n'ai pas encore exprimé la moindre opinion...

— Non, mais vous montrez assez que vous ne partagez pas la mienne!

— C'est peut-être mon droit!...

—. Encore faudrait-il donner un motif valable à l'appui de votre thèse!

— Qui vous dit que j'en aie une?

— Alors c'est de l'opposition systématique, c'est le besoin de me contredire en tout comme en matière de whist?

— Rien n'est plus loin de ma pensée, je vous assure! Votre raisonnement ne me semble pas péremptoire, voilà tout!

— Et en quoi, s'il vous plaît? Je serais curieux de le savoir!...

— Ce serait trop long à vous dire. Voilà onze heures qui sonnent!... Je me contente de vous offrir une gageure : Parions votre Pline d'Alde Manuce contre mon Quintilien, édition princeps de Venise, que vous n'avez pas deviné juste et que cet enfant n'est pas Irlandais!

— Vous savez que je n'aime pas à parier, dit le docteur, enfin radouci par cette bonne humeur inaltérable. Mais j'aurais tant de plaisir à vous confondre que j'accepte votre défi.

— Eh bien! voilà une affaire entendue... Combien de temps vous faut-il pour vos recherches!

— Quelques mois suffiront, je l'espère; mais j'ai pris deux ans avec Herschom pour être plus sûr de mon fait.

— Eh bien! je vous assigne à deux ans. Hochstedt nous servira d'arbitre. Et sans rancune, n'est-ce pas?

4.

— Sans rancune, assurément. Mais je vois votre Quintilien en grand danger de venir rejoindre mon Pline, » répliqua le docteur.

Et, après avoir serré la main de ses deux amis, il les reconduisit jusqu'à la porte.

CHAPITRE V

TRETTEN YULE DAGE

Dès le lendemain, la nouvelle existence d'Erik prit son cours normal. Le docteur Schwaryencrona, après l'avoir conduit chez un tailleur, qui l'équipa en citadin, le présenta au directeur d'une des meilleures écoles de la ville. C'était une de celles qui répondent à nos lycées et portent en Suède le nom de « Hogre elementar larovek ». On y apprend les langues anciennes et vivantes, les sciences élémentaires et tout ce qu'il est indispensable de savoir avant d'aborder l'enseignement supérieur des universités. Comme en Allemagne et en Italie, tous les élèves sont externes. Ceux qui n'ont point leur famille en ville habitent chez des professeurs ou des répondants. La rétribution scolaire est des plus modiques ; elle se réduit même à zéro, pour peu que l'enfant n'ait pas les moyens de la payer. De grands gymnases sont attachés à chacune de ces hautes classes élémentaires. Aussi

l'instruction physique marche-t-elle toujours de
pair avec la culture intellectuelle.

Erik se plaça d'emblée à la tête de sa division.
Il apprenait tout avec une extrême facilité et avait
par suite beaucoup de temps à lui. C'est pourquoi
le docteur jugea bientôt qu'il pourrait utiliser ses
soirées à suivre les cours de la « Slodjskolan » ou
grande école industrielle de Stockholm. C'est un
établissement spécialement consacré à la pratique
des sciences, aux expériences de physique et de
chimie, aux constructions géométriques, à tout ce
qu'on ne peut apprendre au collège que théorique-
ment. M. Schwaryencrona pensait avec raison que
l'enseignement de cette école, — une des mer-
veilles de Stockholm, — donnerait un élan nouveau
aux rapides progrès d'Erik ; mais il n'aurait jamais
osé espérer des résultats comme ceux que devait
donner ce double entraînement.

En effet, son jeune protégé s'assimilait à vue
d'œil des connaissances qui le faisaient pénétrer
au fond même de toutes les sciences fondamenta-
les. Au lieu de ces notions vagues et superficiel-
les, lot ordinaire de tant d'élèves, ile mmagasi-
nait toute une provision d'idées justes, précises,
définitives. Le développement ultérieur de ces
excellents principes n'était qu'une question de
temps. Désormais il pourrait aborder, sans peine
et comme en se jouant, toutes les parties les plus
élevées de l'enseignement universitaire. Le même
service que M. Malarius lui avait rendu pour les

langues, l'histoire, la géographie et la botanique, en lui en faisant d'abord approfondir longuement les principes, la «Slodjskolan» le lui rendait pour les sciences en lui inculquant cet A B C des arts industriels, sans lequel les plus belles leçons peuvent si longtemps rester lettre morte.

Loin de fatiguer le cerveau d'Erik, la multiplicité et la variété de ces exercices le fortifiaient beaucoup plus que n'auraient fait des études trop spéciales. D'ailleurs, le gymnase était toujours là pour donner sa revanche au corps, quand l'esprit avait eu son tour, et, au gymnase comme sur les bancs de l'école, Erik était le premier. Puis, les jours de congé, il ne manquait guère d'aller voir la mer qu'il aimait d'une tendresse filiale, causant avec les matelots et les pêcheurs, leur donnant parfois un coup de main et rapportant au logis quelque beau poisson, toujours bien accueilli par dame Greta.

La bonne femme s'était bientôt prise d'une véritable affection pour le nouvel hôte de la maison. Erik était si doux, si naturellement courtois et obligeant, si studieux et en même temps si brave, qu'il semblait presque impossible de le connaître et de ne pas l'aimer. En huit jours, il était devenu le favori de M. Bredejord et du professeur Hochstedt, comme il était déjà celui du docteur Schwaryencrona. Une seule personne lui tenait rigueur, c'était Kajsa. Soit que la petite fée se jugeât atteinte en cette souveraineté incontestée qu'elle avait jusqu'à ce jour exercée dans la maison, soit qu'elle gardât rancune à Erik des sarcasmes, pourtant fort anodins, que ses airs de princesse avaient inspirés au docteur, elle persistait à traiter le nouveau venu avec une froideur dédaigneuse, dont aucune prévenance ne parvenait à triompher. Les occasions de déployer ces dédains se trouvaient heureusement assez rares, Erik étant toujours dehors ou enfermé dans sa chambrette.

Les choses suivaient donc un cours des plus paisibles, et le temps s'écoulait sans incidents notables. On en profitera pour franchir avec le lecteur un intervalle de deux années et le ramener à Noroë.

Noël revenait pour la seconde fois depuis le départ d'Erik. C'est dans toute l'Europe centrale et septentrionale la grande fête annuelle, parce qu'elle coïncide avec la morte saison de presque toutes les industries. En Norvège spécialement on prolonge cette fête pendant treize jours, *tretten Yule dage* (les treize jours de Noël), et l'on en fait l'occasion de réjouissances exceptionnelles. C'est le moment des réunions de famille, des dîners et même des fiançailles. Les provisions s'entassent dans les plus humbles demeures. Partout l'hospitalité la plus large est à l'ordre du jour. La *Yule ol* ou bière de Noël coule à pleins bords. Tout visiteur s'en voit offrir une rasade dans la coupe de bois montée en or, en argent ou en cuivre que les familles, même les plus modestes, se transmettent de temps immémorial, et qu'il est de rigueur de vider debout, en échangeant avec son hôte les souhaits de « joyeuse saison et bonne année ». C'est enfin à Noël que les domestiques de tout ordre reçoivent les habits neufs qui constituent souvent le plus clair de leurs gages; — que les bœufs mêmes, les moutons et jusqu'aux oiseaux du ciel ont droit à la double ration ou à des largesses exceptionnelles. On dit en Norvège d'un pauvre homme : « Il est si pauvre qu'il ne peut même pas donner aux moineaux leur dîner de Noël. »

Des treize jours traditionnels, la veille de Noël est le plus gai. Il est d'usage pour les jeunes garçons et les fillettes de s'en aller par bandes dans la campagne, montés sur leurs « schnee-shuhe », ou souliers à neige, pour s'arrêter devant les maisons et chanter en chœur les vieilles mélodies nationales. Leurs voix claires, éclatant tout à coup dans l'air frais de la nuit au milieu de la solitude des vallées couvertes de leur parure hivernale, sont d'un effet aussi charmant que bizarre. Les portes s'ouvrent aussitôt; on invite chanteurs et chanteuses à entrer; on leur offre des gâteaux, des pommes sèches et de l'ale; parfois même on les fait danser. Puis, après ce frugal souper, la troupe joyeuse repart, comme un vol de mouettes, pour aller recommencer plus loin. Les distances ne sont rien avec les « schnee-shuhe », véritables glissoires en bouleau, de deux à trois mètres de

long que rattachent sous les pieds des courroies de
cuir, et sur lesquelles les paysans norvégiens, s'aidant d'un fort bâton pour se lancer et accélérer
leur course, franchissent avec une rapidité mer-
veilleuse des distances de plusieurs milles.

Cette année-là, la fête allait être complète chez les
Hersebom. On attendait Erik. Une lettre de
Stockholm annonçait son arrivée pour la veille
même de Noël. Aussi ni Otto ni Vanda ne pou-
vaient-ils tenir en place. A tout instant ils cou-
raient à la porte pour voir si le voyageur n'arrivait
pas. Dame Katrina, tout en les réprimandant de
leur impatience, la partageait pleinement. Seul,
maaster Hersebom fumait silencieusement sa pipe,
semblant partagé entre le désir de revoir son fils
adoptif et la crainte de ne pas le garder assez longtemps.

Pour la centième fois peut-être, Otto était allé
à la découverte, quand il revint tout à coup en
criant :

« Mère Vanda ! je crois que c'est lui ! »

Tout le monde se précipita vers la porte. Au
loin, sur la route de Bergen, on distinguait effectivement un point noir.

Ce point noir grandit rapidement, prit la forme
d'un jeune homme, vêtu de drap sombre, coiffé
d'un bonnet de fourrure et portant gaillardement
sur ses épaules un havresac en cuir verni. Il
était monté sur des souliers à neige et se rappro-
chait à vue d'œil.

Bientôt il n'y eut plus de doute : le voyageur avait aperçu ceux qui l'attendaient devant la maison, et, ôtant aussitôt son bonnet, il l'agitait au-dessus de sa tête.

Deux minutes plus tard, Erik tombait dans les bras de dame Katrina, d'Otto, de Vanda, de maaster Hersebom, qui avait quitté son fauteuil pour s'avancer jusqu'au seuil.

On le serrait à l'étouffer, on le dévorait de caresses, on s'extasiait sur sa belle mine. Dame Katrina surtout n'en revenait pas.

Quoi! c'était là l'enfant chéri qu'elle avait bercé sur ses genoux!... Ce grand garçon à l'air franc et résolu, aux larges épaules, à la tournure élégante, dont la lèvre s'estompait déjà d'un ombre de moustache!... Était-ce possible?...

La brave femme se sentait saisie d'une sorte de respect pour son ancien nourrisson. Elle était fière de lui, fière surtout des larmes de bonheur qu'elle voyait dans ses yeux bruns. Car, lui aussi, il était profondément ému.

« Mère, c'est bien vous! disait-il. Enfin je vous revois et je vous tiens!... Que ces deux années m'ont paru longues!... Est-ce que je vous ai manqué à tous comme vous m'avez manqué?...

— Certes! dit gravement maaster Hersebom. Pas un jour ne s'est passé sans que nous ayons parlé de toi!... Le soir, à la veillée, ou le matin, à table, c'est ton nom qui venait constamment sur nos lèvres!... Mais toi, garçon, tu ne nous as pas

5

oubliés, dans la grande ville?... Tu es content de
revenir voir le vieux pays et la vieille maison?

— Vous n'en doutez pas, j'imagine! dit Erik
qui se remit de plus belle à embrasser tout le
monde. Vous étiez toujours présents à ma pensée!
Mais c'est surtout quand le vent soufflait en tempête que je songeais à vous, père!... Je medisais:
Où est-il? Est-il rentré au moins!... A-t-il eu soin
de se mettre à l'abri?... Et le soir, je consultais le
bulletin météorologique dans le journal du docteur, pour savoir si le temps avait été le même sur
cette côte que sur celle de Suède. Et je trouvais
que vous aviez bien plus souvent que Stockholm
des ouragans qui vous arrivent d'Amérique et
viennent se buter sur nos montagnes!... Ah!
comme j'aurais voulu, dans ces moments, être
avec vous dans la barque, vous aider à assurer la
voile, à vaincre toutes les difficultés!... Quand il
faisait beau, d'autre part, il me semblait que
j'étais emprisonné dans cette grande ville entre
les maisons à trois étages! Oui! j'aurais donné
tout au monde pour être une heure en mer et me
sentir, comme autrefois, libre et joyeux sous la
brise! »

Un sourire éclairait le visage hâlé du pêcheur.

« Les livres ne l'ont pas gâté! dit-il, avec une
satisfaction profonde. Joyeuse saison et bonne année, mon enfant! ajouta-t-il. Allons, viens te mettre à table! Le dîner n'attend que toi! »

Une fois assis à sa place de jadis, à la droite

de la bonne Katrina, Erik put enfin regarder autour de lui et constater les changements que ces
deux années avaient amenés dans la famille.
Otto était maintenant un grand et robuste garçon de seize ans, qui en paraissait vingt. Quant
à Vanda, ces deux années l'avaient aussi singulièrement grandie et embellie. Son joli visage avait
pris une expression plus affinée. Les magnifiques
cheveux d'un blond cendré, qui tombaient en
lourdes nattes sur ses épaules, formaient autour
de son front un léger nuage d'argent. Modeste et
douce comme toujours, elle s'occupait, sans se
mettre en évidence, à faire que chacun ne manquât
de rien.

« Vanda est devenue une grande fille, dit la
mère avec fierté. Et si tu savais, Erik, comme
elle est sage, comme elle travaille à s'instruire
depuis que tu es parti ! C'est la plus savante de
l'école, maintenant. M. Malarius dit qu'elle seule
peut le consoler de ne plus t'avoir parmi ses élèves.

— Ce cher M. Malarius, je serai bien heureux de
l'embrasser aussi ! s'écria Erik. Ainsi notre Vanda
est devenue si savante que cela ? reprit-il avec intérêt, tandis que la fillette rougissait jusqu'aux
cheveux de ces éloges maternels.

— Elle apprend aussi à jouer de l'orgue, ajouta
dame Katrina, et M. Malarius dit qu'elle a la plus
jolie voix de tout le chœur !

— Oh ! mais, décidément, c'est une jeune per-

sonne accomplie que je retrouve! dit Erik, en
riant pour dissiper l'embarras de sa sœur. Il faudra
qu'elle nous montre tous ses talents, dès demain! »

Et, sans affectation, il mit la causerie sur les
bonnes gens de Noroë, demandant des nouvelles
de chacun, s'enquérant de ses camarades, de ce
qui s'était passé depuis son départ, des aventures
de pêche, de tous les détails de la vie locale; puis,
à son tour, il dut satisfaire la curiosité de la
famille, conter son existence à Stockholm, parler
de dame Greta, de Kajsa et du docteur.

« Cela me rappelle que j'ai une lettre pour vous,
père, dit-il, en la tirant de la poche intérieure de
sa veste. J'ignore ce qu'elle contient, mais le docteur m'a dit d'en prendre soin, car elle me regarde. »

Maaster Hersebom prit le large pli cacheté et
le déposa auprès de lui sur la table.

« Eh bien, demanda Erik, est-ce que vous n'allez pas nous la lire ?

— Non, répondit laconiquement le pêcheur.

— Mais puisqu'elle me concerne! insista le jeune
garçon.

— L'adresse est bien pour moi, dit maaster
Hersebom, en portant la lettre à ses yeux. Oui!...
Je la lirai donc à mon heure! »

L'obéissance filiale est la base de la famille
norvégienne. Erik courba la tête. On se leva de
table, et les trois enfants, s'asseyant sur leur

petit banc sous la cheminée, comme ils avaient fait si souvent jadis, entamèrent une de ces bonnes causeries intimes où l'on se conte tout ce qu'on a soif de savoir, où l'on se redit tout ce qu'on s'est dit cent fois.

Cependant, Katrina allait et venait dans la salle, mettant chaque chose en ordre et exigeant que Vanda « fît la dame », comme elle disait, c'est-à-dire que, pour une fois, elle ne s'occupât point du ménage.

Quant à maaster Hersebom, il s'était établi dans son grand fauteuil et fumait silencieusement sa pipe. Ce fut seulement après avoir mené à bonne fin cette importante opération qu'il se décida à ouvrir la lettre du docteur.

Il la lut sans mot dire, puis il la referma, la mit dans sa poche et bourra une seconde pipe, qu'il fuma comme la première, sans prononcer une parole. Toute la soirée, il resta ainsi absorbé dans ses réflexions.

Quoiqu'il n'eût jamais été bavard, ce silence ne laissait pas de paraître singulier. Dame Katrina, qui avait enfin terminé sa besogne et qui était venue à son tour s'asseoir auprès du feu, fit une ou deux tentatives pour obtenir une réponse de son mari. Mais, se voyant repoussée, elle tomba bientôt dans une profonde mélancolie, et les enfants eux-mêmes, après avoir bavardé jusqu'à perdre haleine, commencèrent à se sentir gagnés par la tristesse évidente de leurs parents.

Une vingtaine de voix fraîches, éclatant subitement en chœur devant la porte, créèrent fort à point une diversion. Toute une bande joyeuse d'écoliers et d'écolières avait eu la bonne idée d'apporter sa cordiale bienvenue à Erik.

On se hâta de les faire entrer, de leur offrir le goûter traditionnel, tandis que, s'empressant autour de leur ancien camarade, ils lui exprimaient le vif plaisir qu'ils éprouvaient à le revoir. Erik, très ému de cette visite impromptu de ses amis d'enfance, voulut absolument les accompagner, quand ils parlèrent de reprendre leur promenade de Noël. Otto et Vanda se mirent naturellement de la partie. Dame Katrina leur recommanda de ne pas trop s'éloigner et de ramener promptement leur frère, qui devait avoir besoin de repos.

A peine la porte s'était-elle refermée, que la digne femme revint vers son mari.

« Eh bien, le docteur a-t-il appris quelque chose? » demanda-t-elle avec anxiété.

Pour toute réponse, maaster Hersebom reprit la lettre dans sa poche, l'ouvrit et se mit à la lire à haute voix, non sans hésiter à diverses reprises devant certains mots un peu nouveaux pour lui.

« Mon cher Hersebom, écrivait le docteur, depuis bientôt deux ans que vous m'avez confié votre cher enfant, j'ai eu tous les jours un nouveau plaisir à constater ses progrès en tout genre. Son intelligence est aussi vive et alerte que son cœur est

généreux. Erik est véritablement une nature
d'élite, et les parents qui ont perdu un tel fils auraient, s'ils pouvaient connaître l'étendue de leur
perte, toutes raisons de la déplorer. Mais il est
plus que douteux, désormais, que ses parents exis-
tent encore. Comme nous en étions convenus, je
n'ai rien négligé pour retrouver leurs traces. J'ai
écrit à plusieurs personnes en Angleterre, chargé
une agence spéciale de faire des recherches, inséré
des annonces dans vingt journaux anglais, irlandais, écossais. Pas la moindre lueur n'est venue
éclaircir le mystère, et même je dois dire que tous
les renseignements reçus jusqu'à ce jour contri-
buent plutôt à les obscurcir.

« Le nom de *Cynthia* est, en effet, très répandu
dans la marine anglaise. Le bureau du Lloyd ne
m'a pas signalé moins de dix-sept navires de tout
tonnage portant cette dénomination. De ces navires, les uns appartiennent aux ports de l'Angleterre, les autres aux ports de l'Écosse et de l'Irlande. Mon hypothèse sur la nationalité de l'enfant
est donc aussi confirmée que possible, et il est de
plus en plus évident pour moi qu'Erik appartient
à une famille irlandaise. Je ne sais si je vous
avais fait part de cette conclusion, mais je l'avais
déjà signalée, dès mon retour à Stockholm, à
deux de mes amis intimes. Tout est venu la corroborer, je le répète.

« Soit que cette famille irlandaise ait entièrement disparu ou qu'elle ait intérêt à ne pas se

faire connaître, elle n'a pas donné le moindre signe de vie.

« Autre circonstance singulière, et à mon sens plus suspecte encore, aucun naufrage, enregistré par le Lloyd ou les compagnies d'assurances maritimes, ne paraît se rapporter à la date de l'arrivée de l'enfant sur nos côtes. Deux *Cynthia* ont péri, il est vrai, dans ce siècle, mais l'un dans la mer des Indes, il y a trente-deux ans, et l'autre en vue de Portsmouth, il y en a dix-huit.

« Il faut donc arriver à la conclusion que l'enfant n'a pas été victime d'un naufrage. Sans doute il a été volontairement exposé sur les flots !... C'est ce qui expliquerait que toutes mes annonces soient restées sans effet.

« Quoi qu'il en soit, après avoir fait successivement interroger tous les armateurs ou propriétaires de navires portant le nom de *Cynthia*, après avoir épuisé tous les moyens d'investigation, je crois pouvoir conclure qu'il n'y a plus aucune chance de retrouver la famille d'Erik.

« La question qui se pose devant nous, et plus spécialement devant vous, mon cher Herscbom, est donc de savoir ce qu'il convient de dire à l'enfant et de faire pour lui.

« Si j'étais à votre place, je vous le déclare en toute sincérité, je lui confierais dès maintenant ce qui le touche, et je le laisserais libre de prendre son parti. Vous savez que nous étions convenus d'adopter cette ligne de conduite, si mes recherches restaient infructueuses. Le moment est venu de tenir parole. J'ai voulu vous laisser le soin de tout conter à Erik. En rentrant à Noroë, il ignore encore qu'il n'est pas votre fils, et il ne sait pas s'il reviendra à Stockholm ou s'il restera auprès de vous. C'est à vous de parler.

« Rappelez-vous bien que, si vous reculiez devant ce devoir, Erik aurait peut-être un jour le droit de s'en étonner. Rappelez-vous surtout que c'est un enfant dont l'intelligence est trop remarquable pour qu'on le condamne sans appel à une vie obscure et illettrée. Une telle sentence aurait déjà été imméritée, il y a deux ans; elle serait, maintenant qu'il a obtenu à Stockholm les plus brillants succès, absolument injustifiable.

« Je vous renouvelle donc mes offres. Je lui ferai achever ses études et prendre à Upsal le titre de docteur en médecine; il continuera d'être élevé comme mon fils et n'aura qu'à suivre le grand chemin pour arriver aux honneurs et à la fortune.

« Je sais qu'en m'adressant à vous et à l'excellente mère adoptive d'Erik, je laisse son sort en bonnes mains. Aucune considération personnelle ne vous empêchera, j'en suis sûr, d'accepter ma proposition. Prenez en tout ceci l'avis de Malarius. En attendant votre réponse, monsieur Hersebom, je vous serre affectueusement la main, et je vous prie de présenter mes meilleurs souvenirs à votre digne femme et à vos enfants.

« R. W. Schwaryencrona, M. D. »

5.

Quand Hersebom eut achevé cette lecture, dame Katrina, qui l'avait écouté en pleurant, lui demanda ce qu'il comptait faire.

« C'est bien clair : parler au garçon, dit-il.

— C'est mon avis aussi, et il faut en finir ou nous n'aurions plus de repos ! » murmura-t-elle en s'essuyant les yeux.

Et tous deux retombèrent dans le silence.

Il était minuit passé, quand les trois enfants rentrèrent de leur expédition. Le teint animé par la course au grand air, les yeux brillants de plaisir, ils reprirent leur place au coin du feu et se disposèrent à terminer gaiement la veillée de Noël, en croquant un dernier gâteau devant l'énorme bûche qui se creusait en une caverne ardente

CHAPITRE VI

LA DÉCISION D'ERIK

Le lendemain, le pêcheur fit venir Erik, et devant dame Katrina, Vanda et Otto, il lui dit :

« Erik, la lettre du docteur Schwaryencrona te concerne en effet. Elle atteste que tu as donné toute satisfaction à tes maîtres, et le docteur propose de subvenir jusqu'au bout aux frais de tes études, si tu dois les poursuivre. Mais cette lettre exige que tu décides toi-même, en connaissance de cause, la question de savoir si tu changeras définitivement de condition, ou si tu resteras avec nous à Noroë, comme nous l'aimerions beaucoup mieux, tu n'en doutes pas !... Et, à ce propos, il faut que je te dise un grand secret, — un secret que ma femme et moi nous aurions préféré garder pour nous ! »

A ce moment, dame Katrina, impuissante à retenir ses larmes, éclata en sanglots et prit la main d'Erik qu'elle serra contre son cœur, comme pour protester contre ce que le jeune homme allait entendre.

« Ce secret, poursuivit Hersebom d'une voix
que l'émotion altérait de plus en plus, c'est que tu
es seulement notre fils d'adoption!... Je t'ai trouvé
en mer, mon enfant, et recueilli alors que tu avais
huit ou neuf mois à peine. Dieu m'est témoin que
je n'aurais jamais songé à te le dire, et que ni ta
mère ni moi n'avons jamais fait la moindre différence entre toi et Otto ou Vanda!... Mais le docteur Schwaryencrona l'exige!... Prends donc connaissance de ce qu'il m'écrit! »

Erik était subitement devenu d'une pâleur
mortelle. Otto et Vanda, bouleversés de ce qu'ils
apprenaient, avaient, chacun de son côté, poussé
un cri d'étonnement. Et, presque aussitôt, ils
avaient fait comme leur mère. Après avoir passé
un bras autour du cou d'Erik, ils le tenaient étroitement serré entre eux, l'un à droite, l'autre à
gauche. Puis Erik prit la lettre du docteur, et, sans
chercher à cacher l'émotion que lui causait cette
lecture, il la lut jusqu'au bout.

Maaster Hersebom reprit alors par le menu le
récit qu'il avait fait au docteur. Il expliqua comment M. Schwaryencrona s'était mis en tête de
découvrir la famille d'Erik, et comment il se trouvait, en fin de compte, que lui, Hersebom, n'avait
pas été si mal inspiré en ne s'inquiétant pas de
résoudre ce problème insoluble. Puis, dame Katrina se leva, courut au coffre de chêne, en tira les
vêtements que portait le bébé, montra le hochet
qu'il avait au cou. Par un effet naturel, le récit

revêtit aussitôt pour les trois enfants un intérêt
dramatique, qui en effaça toute l'amertume. Ils
regardaient émerveillés les dentelles et le velours,
l'or du hochet et sa devise, — à peu près comme
ils auraient assisté à un conte de fées en action.
L'impossibilité même, constatée par le docteur,
d'obtenir aucun résultat pratique de ces indices,
bien réels pourtant, semblait les rendre quasi
sacrés.

Erik les contemplait comme en rêve, et sa pensée
s'envolait vers cette mère inconnue, qui l'avait sans
doute habillé elle-même de ces vêtements, et plus
d'une fois avait dû agiter ce même hochet devant
les yeux de son enfant pour le faire sourire. Il lui
semblait, en touchant ces choses, qu'il se trouvait
en communion directe avec elle, à travers le temps
et l'espace!... Et pourtant où était-elle, cette
mère?... Vivait-elle encore, ou bien avait-elle péri?
Pleurait-elle son fils, ou bien ce fils devait-il au
contraire la regarder comme à jamais perdue?..

Il était depuis plusieurs minutes absorbé dans
ses pensées, la tête penchée sur sa poitrine, quand
un mot de dame Katrina la lui fit relever.

« Erik, tu es toujours notre enfant!... » cria-
t-elle, inquiète de ce silence.

Les yeux du jeune garçon, en se portant autour
de lui, rencontrèrent toutes ces bonnes figures
aimantes, le regard maternel de la digne femme,
la face loyale de maaster Hersebom, celle d'Otto,
plus affectueuse encore qu'à l'ordinaire, celle de

Vanda, sérieuse et attristée. En lisant la tendresse et l'inquiétude sur toutes ces physionomies, Erik sentit son cœur se fondre, comme on dit. Il revint subitement au sentiment de sa situation ; revit toute la scène telle que le père venait de la lui conter, — ce berceau abandonné à la merci des vagues, recueilli par un rude pêcheur et simplement apporté à sa femme, ces gens, humbles e pauvres comme ils étaient, n'hésitant pas à garder l'enfant étranger, l'adoptant, le chérissant à l'égal de leur propre fils, — ne lui parlant même pas de ces choses pendant quatorze ans, et, à cette heure, suspendus à ses lèvres comme s'ils attendaient un verdict de vie ou de mort.

Tout cela le remua si profondément, que soudain ses larmes coulèrent. Un sentiment irrésistible de reconnaissance et d'amour étreignit tout son être. Il éprouva une sorte de soif de se dévouer, lui aussi, de rendre à ces bons êtres un peu de cette tendresse aveugle qu'ils lui témoignaient, en refusant de les quitter, en s'attachant pour jamais à eux et à Noroë, en se contentant de leur humble condition !

« Mère, dit-il, — et il se jeta dans les bras de Katrina, — pensez-vous que je puisse hésiter, maintenant que je sais tout?... Nous écrirons au docteur pour le remercier de ses bontés et lui dire que je reste!... Je serai pêcheur comme vous, mon père, comme toi, Otto!... Puisque vous m'avez fait une place à votre foyer, je demande à la garder!... Puisque vous m'avez nourri du travail de vos mains, je demande à rendre à vos vieux ans ce que vous avez donné si généreusement à mon enfance!

— Dieu soit loué! s'écria dame Katrina en serrant Erik sur son cœur, dans un emportement de tendresse et de joie.

— Je savais bien, moi, que l'enfant préférait la mer à tous ses livres! dit simplement maaster Herschom, sans se rendre compte du sacrifice que représentait la décision prise par Erik. Allons!... Voilà une affaire réglée!... Ne parlons plus de tout cela, et ne songeons qu'à passer de bonnes fêtes de Noël! »

Tout le monde s'embrassa, les yeux humides de bonheur, en jurant de ne se séparer jamais.

Lorsque Erik fut seul, s'il ne parvint pas à étouffer un soupir en songeant à tous les rêves de travail et de succès auxquels il fallait renoncer, du moins y avait-il dans le sacrifice même une joie austère qu'il sut savourer.

« Puisque c'est le vœu de mes parents d'adoption, se disait-il, qu'importe tout le reste? Je dois me résigner et travailler pour eux dans la sphère où le sort et leur dévouement m'ont placé!... Si j'ai parfois ambitionné une plus haute fortune, n'était-ce pas pour leur en faire part? Puisqu'ils sont heureux ainsi et ne désirent pas un autre sort, il faut m'en contenter, en m'efforçant seulement par ma bonne conduite et mon travail de leur

donner toute satisfaction! Adieu donc aux livres,
et vive la mer! »

Ainsi il songeait, et bientôt sa pensée, revenant
à ce qu'il avait appris, se reprenait à chercher d'où
il arrivait, quand Hersebom l'avait trouvé tout petit
flottant sur la cime des vagues; quelle était sa
patrie, quels étaient ses parents!... Vivaient-ils
encore?... Avait-il, dans quelque contrée lointaine,
des frères ou des sœurs qu'il ne connaîtrait
jamais?

A Stockholm aussi, chez le docteur Schwaryencrona, Noël avait été l'occasion d'une veillée extraordinaire. C'est à cette date, on se le rappelle
sans doute, qu'avait été fixé le jugement du pari
tenu par M. Bredejord contre son éminent ami, et
dont le professeur Hochstedt devait être le juge.

Depuis deux ans, pas un mot n'avait été dit par
l'un ou l'autre sur le sujet de leur gageure. Le
docteur poursuivait patiemment ses recherches en
Angleterre, écrivait aux agences maritimes, mul-
tipliait les annonces dans les journaux, mais n'avait
garde d'avouer que ses efforts restaient à peu près
stériles. Quant à M. Bredejord, il évitait, avec une
réserve du meilleur goût, de mettre la conversation
sur ce sujet et se contentait, quand il en trouvait
l'occasion, de faire une allusion discrète à la beauté
de l'exemplaire de Pline, sorti des presses d'Alde
Manuce, qui rayonnait dans la bibliothèque du
docteur.

Et, rien qu'à la façon narquoise dont il frappait

du bout de ses doigts sur sa tabatière, dans ce moment-là, on était obligé de se dire qu'il pensait:

« Voilà un Pline qui ne fera pas trop mal entre mon Quintilien, édition princeps de Venise, et mon Horace à grandes marges sur papier de Chine, des frères Elzevir ! »

C'est ainsi, en tout cas, que le docteur interprétait généralement cette pantomime, qui avait le don spécial de lui agacer les nerfs. Ces soirs-là, il se montrait particulièrement impitoyable au whist et ne passait rien à son infortuné partner.

Mais le temps n'en suivait pas moins son cours, et l'heure avait enfin sonné où il fallait soumettre la question à l'arbitrage impartial du professeur Hochstedt.

Le docteur Schwaryencrona le fit avec une grande franchise. A peine Kajsa l'avait-elle laissé seul avec ses deux amis qu'il leur avoua, comme il l'avait avoué par lettre à maaster Hersebom, le résultat négatif de ses investigations. Rien n'était venu éclaircir le mystère qui enveloppait l'origine d'Erik, et le docteur, en toute sincérité, se voyait obligé de conclure que ce mystère lui paraissait insoluble.

« Toutefois, poursuivit-il, je serais injuste envers moi-même si je ne déclarais pas avec une égale sincérité que je ne crois pas le moins du monde avoir perdu mon pari. Je n'ai pas retrouvé la famille d'Erik, c'est vrai ; mais les renseignements que j'ai recueillis sont plutôt de nature à

corroborer ma conclusion qu'à l'infirmer. Le
Cynthia est ou était si bien un navire anglais, qu'il
n'y en a pas moins de dix-sept portant ce nom sur
les registres du Lloyd. Quant aux caractères ethnographiques, ils sont toujours aussi évidemment
celtiques que par le passé. Mon hypothèse sur la
nationalité d'Erik sort donc, je puis le dire, victo-
rieuse de l'enquête. Plus que jamais il est certain
pour moi qu'il est Irlandais, comme je l'avais
pressenti. Mais je ne puis naturellement pas obli-
ger la famille à se manifester, si elle a des raisons
pour ne pas le faire, ou bien si elle a disparu!...
Voilà, mon cher Hochstedt, ce que j'avais à dire.
A vous de prononcer si vous ne jugez pas que le
Quintilien de notre ami Bredejord doit légitime-
ment être transféré à ma bibliothèque! »

A ces mots, qui parurent lui causer une prodigieuse envie de rire, l'avocat se renversa dans son
fauteuil en agitant faiblement la main comme pour
protester; puis il fixa ses petits yeux brillants sur
le professeur Hochstedt pour voir comment il allait
se tirer d'affaire.

Le professeur Hochstedt ne se montra pas aussi
embarrassé qu'on aurait pu le croire. Il l'aurait
certainement été si quelque argument invincible,
produit par le docteur, l'avait mis dans la douloureuse nécessité de se prononcer en faveur de l'une ou
de l'autre partie Son caractère prudent et irrésolu
le portait à préférer en tout les solutions indécises.
Il excellait, en pareil cas, à montrer l'un après l'au-

e les deux aspects de la question et nageait dans le
ague comme un poisson dans l'eau. Aussi se trou-
a-t-il, ce soir-là, à la hauteur des circonstances.

« Il est incontestable, articula-t-il en hochant
la tête, qu'il y a, dans ce fait de dix-sept navires
anglais portant le nom de *Cynthia,* un indice des
plus sérieux en faveur de la conclusion exprimée
par notre éminent ami. Cet indice, rapproché
comme il l'est des caractères ethnographiques du
sujet, est assurément d'un grand poids, et je n'hésite pas à dire qu'il me paraît presque décisif. Je ne
fais même aucune difficulté d'avouer que, si j'avais
une opinion personnelle à exprimer sur la nationalité d'Erik, cette opinion serait la suivante : les
probabilités sont en faveur de la nationalité irlandaise !... Mais autre chose est une probabilité, autre
chose une certitude, et, si j'ose le dire, c'est une
certitude qu'il faudrait pour décider le pari en question. Les probabilités ont beau être grandes, en effet, en faveur de l'opinion de Schwaryencrona, Bredejord peut toujours alléguer que la preuve absolue
n'est pas faite. Je ne vois donc aucune raison suffi-
sante de déclarer que le Quintilien est gagné par le
docteur, et je n'en vois pas davantage de dire que le
Pline soit perdu ?... A mon sens, la question restant
indécise, le pari doit être annulé, et c'est encore ce
qui peut arriver de plus heureux en pareil cas ! »

Comme tous les jugements qui renvoient les
parties dos à dos, celui du professeur Hochstedt ne
parut pas satisfaire l'une plus que l'autre.

Le docteur dessina avec sa lèvre inférieure une moue qui l'indiquait assez nettement. Quant à M. Bredejord, il sauta sur ses pieds en s'écriant :

« Tout beau, mon cher Hochstedt, ne vous hâtez pas tant de conclure!... Schwaryencrona, dites-vous, n'ayant pas suffisamment établi un fait qui vous paraît d'ailleurs probable, vous ne sauriez prononcer qu'il a gagné?... Que répondriez-vous donc, si je vous prouvais ici, à l'heure même, que le *Cynthia* n'était pas du tout un navire anglais ?

— Ce que je répondrais? dit le professeur, quelque peu troublé par cette attaque soudaine. Ma foi, je n'en sais rien!... Je verrais, j'examinerais la question sous ses divers aspects...

— Examinez-la donc tout à votre aise! répliqua l'avocat en plongeant sa main droite dans la poche intérieure de sa redingote pour y prendre un portefeuille où il choisit une lettre, contenue dans une de ces enveloppes jaune serin qui indiquent au premier coup d'œil une origine américaine. Voici un document que vous ne récuserez pas, ajouta-t-il en plaçant cette lettre sous les yeux du docteur qui lut à haute voix :

« *A monsieur l'avocat Bredejord, Stockholm.*

« New-York, 27 octobre.

« Monsieur, en réponse à votre honorée du 5 courant, je m'empresse de vous informer des faits ci-dessous :

« 1º Un navire dénommé *Cynthia,* capitaine Bar-on, propriété de la Compagnie générale des Trans-ports canadiens, a péri corps et biens, il y a tout juste quatorze ans, à la hauteur des îles Feroë.

« 2º Ce navire était assuré à la *General Steam navigation insurance Company,* de New-York, pour la somme de trois millions huit cent mille dollars.

« 3º La disparition du *Cynthia* étant restée in-expliquée et les causes du sinistre n'ayant pas paru suffisamment claires à la Compagnie d'assu-rances, un procès s'est engagé, et ce procès a été perdu par les propriétaires dudit navire.

« 4º La perte de ce procès a entraîné la disso-lution de la Société des Transports canadiens, la-quelle n'existe plus depuis onze ans, à la suite de liquidation.

« Dans l'attente de nouveaux ordres, je vous prie d'agréer, Monsieur, nos sincères salutations.

« JÉRÉMIE SMITH, WALKER ET Cº,
agents maritimes. »

« Eh bien! que dites-vous de cette pièce? de-manda M. Bredejord, quand le docteur eut achevé sa lecture. Voilà un document qui a sa valeur, vous en conviendrez?

— J'en conviens volontiers, répondit le docteur. Comment diable vous l'êtes-vous procuré?

— Le plus simplement du monde. Le jour où vous m'avez parlé du *Cynthia* comme d'un navire

nécessairement anglais, j'ai pensé tout de suite
que vous limitiez trop le champ de vos recherches
et que le navire pouvait fort bien être américain.
Voyant que le temps passait et que vous n'arriviez
à rien, car vous nous l'auriez dit, j'ai eu l'idée
d'écrire à New-York. A la troisième lettre, j'ai
obtenu le résultat que voilà! Ce n'est pas plus
compliqué!... Ne pensez-vous pas qu'il est fait
pour m'assurer sans conteste la possession de
votre Pline?

— La conclusion ne me paraît pas forcée! répliqua le docteur, qui relisait la lettre en silence
comme pour y chercher de nouveaux arguments
à l'appui de sa thèse.

— Comment, pas forcée? s'écria l'avocat. Je
vous prouve que le navire était américain, qu'il a
péri à la hauteur des îles Feroë, c'est-à-dire tout
près de la côte norvégienne, précisément à l'époque
qui répond à l'arrivée de l'enfant, et vous n'êtes
pas convaincu de votre erreur?

— Pas le moins du monde! Notez, mon cher
ami, que je ne conteste nullement la très grande
valeur de votre document. Vous avez trouvé ce que
j'ai été impuissant à découvrir, le véritable *Cynthia,* qui est venu se perdre à peu de distance de
nos côtes à l'époque voulue!... Mais permettez-
moi de vous faire remarquer que cette trouvaille
confirme précisément ma théorie. Car enfin le
navire était canadien, c'est-à-dire anglais, et, l'élément irlandais étant fort considérable au Canada,

j'ai désormais une raison de plus d'être sûr que l'enfant est d'origine irlandaise!

— Ah! voilà ce que vous trouvez dans ma lettre! s'écria M. Bredejord, plus vexé qu'il ne voulait le paraître. Et sans doute vous persistez à croire aussi que vous n'avez pas perdu votre Pline?

— Assurément.

— Peut-être même pensez-vous avoir quelques droits à mon Quintilien?

— J'espère, en tout cas, arriver à établir ces droits, grâce à votre découverte même, si vous voulez seulement m'en donner le temps et renouveler notre pari!

— Soit! je le veux bien! Combien de temps vous faut-il?

— Prenons deux ans encore, et ajournons-nous à la seconde fête de Noël qui suivra celle-ci!

— C'est convenu! répondit M. Bredejord. Mais je vous assure, mon cher docteur, que vous feriez aussi bien de m'envoyer tout de suite votre Pline!

— Ma foi, non! Il fera trop belle figure dans ma bibliothèque à côté de votre Quintilien! »

CHAPITRE VII

L'OPINION DE VANDA

Au commencement, Erik, tout entier à la fer-
veur du sacrifice, se jeta à corps perdu dans la vie
de pêcheur, en essayant de bonne foi d'oublier
qu'il en eût connu une autre. Toujours levé le
premier, il était le premier aussi à parer la barque
de son père adoptif, à tout préparer pour que
maaster Hersebom n'eût plus qu'à empoigner la
barre et partir. La brise manquait-elle, Erik prenait
les lourds avirons, ramait avec emportement, semblait chercher les besognes les plus rudes et les
plus fatigantes. Rien ne le rebutait, ni les longues
stations dans le tonneau à double fond, où le pêcheur de morue attend que le poisson morde sa
ligne, ni les préparations variées par lesquelles
doit passer sa capture, lui ôtant d'abord la langue,
qui est un morceau des plus délicats, puis la tête,
puis les os, avant de la jeter dans le réservoir, où
elle subit sa première salaison. Quel que fût son

6

travail, Erik le faisait non seulement en conscience,
mais avec une sorte de passion. Il étonnait la pla-
cidité d'Otto par son application aux moindres
détails du métier.

« Comme tu as dû souffrir à la ville ! lui disait
naïvement le brave garçon. Tu ne parais te trouver
dans ton élément qu'une fois sorti du fiord et arrivé
en pleine mer ! »

Presque toujours, quand la causerie prenait ce
chemin, Erik restait silencieux. D'autres fois, au
contraire, il abordait lui-même le sujet, essayait
de prouver à Otto, ou, pour mieux dire, de se
prouver à lui-même qu'il n'y avait pas d'existence
plus belle que la leur.

« C'est bien ainsi que je l'entends ! » disait
l'autre avec son sourire calme.

Et le pauvre Erik se détournait pour étouffer
un soupir.

La vérité, c'est qu'il souffrait cruellement d'avoir
renoncé à ses études, de se voir condamné à un
travail purement manuel. Quand ces pensées lui
venaient, il se raidissait pour les écarter et se
battait pour ainsi dire corps à corps avec elles.
Mais, en dépit de tout, il se sentait envahi par
l'amertume et les regrets. Pour rien au monde, il
n'eût voulu laisser deviner ce découragement. Il le
renfermait donc en dedans de lui-même et n'en
souffrait que plus vivement. Une catastrophe, qui
se produisit au commencement du printemps, vint
donner à ces ennuis un caractère encore plus aigu.

Ce jour-là, il y avait beaucoup d'ouvrage au hangar pour empiler les morues salées. Maaster Hersebom, après avoir confié ce travail à Erik et à Otto, était parti seul pour la pêche. Il faisait un temps gris et accablant, assez peu en rapport avec la saison. Les deux jeunes gens, tout en poussant leur besogne avec activité, ne pouvaient s'empêcher de remarquer combien elle leur était exceptionnellement pénible. On aurait dit que toutes choses autour d'eux pesaient plus qu'à l'ordinaire, compris l'air atmosphérique.

« C'est singulier, remarqua Erik, j'ai des bourdonnements dans les oreilles comme si je me trouvais en ballon à une hauteur de quatre ou cinq mille mètres ! »

Et presque aussitôt il se mit à saigner du nez. Otto éprouvait aussi des symptômes analogues, quoiqu'il sût moins exactement les définir.

« J'imagine que le baromètre doit être singulièrement bas ! reprit Erik. Si j'avais le temps de courir chez M. Malarius, j'irais l'observer.

— Tu as tout le temps, répondit Otto. Vois donc, notre ouvrage est presque achevé, et, même si tu t'attardais, je pourrais aisément le terminer seul !

— Eh bien, je pars, répliqua Erik. Je ne sais pourquoi l'état de l'atmosphère m'inquiète... Je voudrais bien savoir le père rentré ! »

Comme il se dirigeait vers l'école, il trouva en route M. Malarius.

« Te voilà, Erik ! lui dit l'instituteur. Je suis

content de te voir et d'être sûr que tu n'es pas en
mer!... J'allais précisément m'en enquérir!... Le
baromètre a baissé avec une telle rapidité depuis
une demi-heure!... Je n'ai jamais vu chose pareille. Il est actuellement à 718 millimètres. Nous
allons sûrement avoir un changement de temps! »

M. Malarius n'avait pas achevé qu'un gronde-
ment lointain, suivi d'une sorte de piaulement
lugubre, déchira les airs. Le ciel, qui s'était presque
instantanément couvert dans la direction de l'ouest
d'une tache d'un noir d'encre, s'obscurcit de tous
côtés avec une rapidité prodigieuse. Puis, tout à
coup, après un intervalle de silence complet, les
feuilles d'arbre, les brins de paille, le sable, les
cailloux furent balayés sur le sol par une rafale.
L'ouragan arrivait.

Il fut d'une violence inouïe. Les cheminées, les
volets des fenêtres, en certains endroits les toitures
mêmes, étaient emportés comme des plumes. Des
maisons s'effondraient. Tous les hangars sans exception furent enlevés et détruits par le vent. Dans
le fiord, ordinairement aussi calme qu'un puits au
cours des plus terribles tempêtes du large, des
lames énormes se formaient et venaient se briser
sur la côte avec un fracas étourdissant.

Le cyclone fit rage pendant une heure, puis,
arrêté par les hauts sommets de la Norvège, s'in-
fléchit au sud et s'en alla balayer l'Europe conti-
nentale. Il est resté dans les annales de la météorologie comme un des plus extraordinaires et des

plus désastreux qui aient jamais franchi l'Atlantique. Ces grands mouvements de l'atmosphère sont aujourd'hui le plus souvent annoncés et devancés par le télégraphe. La plupart des ports d'Europe, avertis par dépêche, eurent heureusement le temps de signaler la tourmente aux navires en partance ou mal abrités au mouillage. Les désastres furent donc atténués dans une certaine mesure. Mais, sur les côtes peu fréquentées, dans les villages de pêcheurs et en mer, le nombre des naufrages échappa à toute évaluation. Le seul bureau Veritas, en France, et le Lloyd n'en enregistrèrent pas moins de sept cent trente.

La première pensée de toute la famille Herschom, comme de milliers d'autres familles de pêcheurs, en ce jour néfaste, s'était naturellement portée vers celui qu'elle avait à la mer. Maaster Herschom allait le plus souvent sur la côte occidentale d'une assez grande île, située à deux milles environ en dehors de l'entrée du fiord, — celle-là même où il avait recueilli Erik enfant. On pouvait espérer, d'après l'heure de la tempête, qu'il avait eu le temps de se mettre personnellement à l'abri, fût-ce en échouant son bateau sur la côte basse et sablonneuse. Mais l'inquiétude ne permit pas à Erik et à Otto d'attendre le soir pour vérifier si l'hypothèse était fondée.

A peine le fiord avait-il repris sa tranquillité habituelle, après le passage de l'ouragan, qu'ils décidèrent un de leurs voisins à leur prêter sa

6.

barque afin d'aller aux nouvelles. M. Malarius insista pour accompagner les jeunes gens dans cette expédition. Ils partirent donc tous trois, suivis d'un regard anxieux par dame Katrina et sa fille.

Sur le fiord, le vent était presque tombé, mais il soufflait de l'ouest, et, pour gagner le goulet, il fallut marcher à l'aviron. Cela prit plus d'une heure.

En y arrivant, on se trouva en présence d'un obstacle inattendu. La tempête se déchaînait toujours sur l'Océan, et les lames, en se brisant sur l'îlot qui ferme l'entrée du fiord de Noroë, déterminaient deux courants, qui venaient se rejoindre en arrière de cet îlot et s'engouffrer avec violence dans la passe comme dans un entonnoir. On ne pouvait songer à la franchir dans ces conditions; un bateau à vapeur n'y serait parvenu qu'avec peine; à plus forte raison une faible barque conduite à l'aviron avec vent debout.

Il fallut rentrer à Noroë et attendre.

L'heure habituelle du retour arriva sans ramener maaster Hersebom. Mais elle ne ramenait non plus aucun des autres pêcheurs qui étaient sortis ce jour-là. Il y avait donc lieu d'espérer qu'un empêchement commun les retenait hors du fiord, plutôt que de croire à un désastre personnel. La soirée n'en fut pas moins profondément triste à tous les foyers où il manquait quelqu'un. Et, à mesure que la nuit s'écoulait sans que les absents reparussent, l'anxiété allait grandissant. Chez les

Hersebom, personne ne se coucha. On passa ces longues heures d'attente, assis en cercle autour du feu, silencieux et navrés.

Le jour vient encore tard en mars dans ces hautes latitudes. Du moins vint-il clair et brillant. La brise de terre soufflait vers le large ; on pouvait espérer franchir la passe. Une véritable flottille de bateaux, formée de presque tous ceux qui se trouvaient disponibles à Noroë, se préparait à aller à la découverte, quand plusieurs embarcations furent signalées venant du goulet et bientôt arrivèrent au village.

C'étaient celles qui étaient parties la veille, avant le cyclone, — toutes, moins le bateau de maaster Hersebom.

Personne ne put donner de ses nouvelles. Le fait même qu'il ne rentrait pas avec les autres rendait cette exception plus inquiétante, car tous les pêcheurs avaient couru de grands dangers. Les uns avaient été surpris par le cyclone et jetés à la côte, où leur embarcation s'était échouée. D'autres avaient pu à temps se réfugier dans une anse abritée contre l'ouragan. Le plus petit nombre s'était trouvé à terre au moment critique.

On décida que la flottille, étant prête au départ, irait à la recherche de celui qui manquait. M. Malarius voulut encore faire partie de l'expédition, en compagnie d'Erik et d'Otto. Une grande bête jaune, qui donnait des marques évidentes d'agitation, obtint aussi la permission de se joindre à eux. C'était Klaas, le chien groënlandais que maaster Hersebom avait ramené d'un voyage au cap Farewell.

Au sortir de la passe, tous les bateaux se dispersèrent, les uns à droite, les autres à gauche, pour explorer les côtes des îles innombrables qui sont semées aux environs du fiord de Noroë comme sur toute la côte norvégienne.

Quand ils rallièrent à midi la pointe sud du goulet, selon le mot d'ordre, aucune trace de maaster Hersebom n'avait été découverte. Comme les recherches semblaient avoir été bien conduites, tout le monde était d'avis qu'il n'y avait malheureusement plus qu'à rentrer.

Mais Erik ne voulut pas se tenir pour battu ni renoncer si aisément à tout espoir. Il déclara qu'ayant visité les îles du sud, il voulait maintenant explorer celles du nord. M. Malarius et Otto appuyèrent sa requête. Ce que voyant, on fit selon leur désir. On leur confia une yole facile à manœuvrer, pour tenter une croisière suprême ; puis on leur dit adieu.

Cette insistance devait être récompensée. Vers deux heures comme l'embarcation longeait un îlot voisin de la grande terre, Klaas se mit tout à coup à aboyer avec fureur. Puis, avant qu'on pût le retenir, il se jeta à l'eau et nagea vers les récifs.

Erik et Otto firent force de rames dans la même direction. Bientôt ils virent le chien aborder l'îlot et bondir en poussant des hurlements autour de ce qui leur parut une forme humaine, étendue sur un rocher gris.

A leur tour, ils accostèrent.

C'était bien un homme qui gisait là, et cet homme était Hersebom !... Hersebom tout sanglant, pâle, immobile et froid, inanimé, — mort peut-être !... Klaas lui léchait les mains en gémissant.

Le premier mouvement d'Erik fut de se jeter à genoux auprès de ce corps glacé et d'appuyer son oreille au niveau du cœur.

« Il vit !... Je sens un battement !... » s'écria-t-il.

M. Malarius, qui avait saisi un des bras de maaster Hersebom et cherché le pouls, secoua tristement la tête en signe de doute ; mais il n'en voulut pas moins essayer tous les moyens prescrits en pareil cas. Après avoir déroulé une large ceinture de laine qu'il portait autour des reins, il la déchira en trois lambeaux, en remit un à chacun de ses jeunes amis et se mit en devoir de frictionner vigoureusement avec eux la poitrine, les jambes et les bras du pêcheur.

Il devint bientôt manifeste que ce simple traitement produisait son effet et ranimait la circulation. Les pulsations du cœur s'accentuèrent, la poitrine se souleva, une faible respiration s'échappa des lèvres... Finalement, maaster Hersebom sortit de son évanouissement pour exhaler une plainte indistincte.

M. Malarius et les deux jeunes gens, l'enlevant

de terre, s'empressèrent alors de l'emporter. Comme ils le déposaient au fond de l'embarcation, sur un lit de voiles, il ouvrit les yeux.

« A boire! » dit-il d'une voix faible.

Erik lui mit aux lèvres une bouteille de brandwin. Il en avala une gorgée et parut avoir conscience de ce qui lui arrivait, autant qu'on pouvait en juger par son regard affectueux et reconnaissant. Mais, la fatigue l'emportant presque aussitôt, il retomba dans un sommeil qui ressemblait à une léthargie complète.

Jugeant avec raison qu'ils ne pouvaient rien faire de mieux que de rentrer au plus vite, ses sauveurs reprirent les avirons et poussèrent activement vers la passe. Ils y arrivèrent bientôt, et, favorisés par la brise, furent en très peu de temps rentrés à Noroë.

Maaster Herschom, transporté dans son lit et couvert de compresses d'arnica *montana*, lesté d'un bouillon et d'un verre de bière, reprit décidément connaissance. Il n'avait rien de grave qu'une fracture de l'avant-bras et des contusions ou des coupures sur tout le corps. Mais M. Malarius n'en exigea pas moins qu'il restât en repos et ne se fatiguât pas à parler. Il s'endormit paisiblement.

Le lendemain seulement, on lui permit d'ouvrir la bouche et d'expliquer en quelques mots ce qui lui était arrivé.

Surpris par le cyclone au moment où il hissait sa voile pour rentrer à Noroë. Herschom avait été jeté contre les récifs de l'îlot, où son bateau s'était brisé en mille pièces, aussitôt emportées par la tempête. Lui-même, il s'était jeté à la mer un instant avant le désastre pour échapper à cet épouvantable choc. Mais peu s'en était fallu qu'il ne fût brisé sur les roches, et c'est avec mille peines qu'il était arrivé à se traîner hors de la portée des lames. Épuisé de fatigue, un bras cassé, tout le corps couvert d'ecchymoses, il était resté sans force et n'avait plus conscience de la manière dont il avait passé ces vingt heures d'attente, allant sans doute d'un accès de fièvre à un évanouissement.

Maintenant il se voyait hors d'affaire, mais ce fut pour commencer à se désoler sur la perte de son embarcation et sur son bras immobilisé entre deux éclisses. Qu'allait-il devenir, même en admettant qu'il pût encore se servir de ce bras après huit ou dix semaines de repos? Le bateau était l'unique capital de la famille, et ce capital venait de disparaître sous un souffle de vent! Travailler au compte des autres était bien dur à son âge! Et trouverait-il seulement du travail? C'était au moins douteux, car personne à Noroë n'occupait d'auxiliaires, et l'usine elle-même avait dû récemment réduire son personnel.

Telles étaient les amères réflexions de maaster Hersebom, tandis qu'il gisait sur son lit de douleur, et surtout quand, une fois remis sur pied, il lui fut possible de s'asseoir dans son grand fauteuil, le bras en écharpe.

En attendant sa guérison complète, la famille vivait de ses dernières ressources et du produit des morues salées qu'elle avait encore en magasin. Mais l'avenir était noir, et personne ne voyait comment il pourrait s'éclaircir.

Cette détresse imminente fit bientôt prendre un nouveau cours aux méditations d'Erik. Pendant deux ou trois jours, le bonheur d'avoir sauvé la vie à maaster Hersebom — c'était bien son dévouement passionné qui en avait l'honneur — suffit à occuper sa pensée. Comment n'aurait-il pas été fier, quand il voyait le regard de dame Katrina ou celui de Vanda s'arrêter sur lui, tout humide de reconnaissance, comme pour lui dire :

« Cher Erik, le père t'avait sauvé des eaux ; mais tu l'as, à ton tour, arraché à la mort !... »

Certes, c'était la plus haute récompense qu'il pût souhaiter pour l'abnégation dont il avait fait preuve en se condamnant à la vie de pêcheur. Se dire qu'il avait en quelque sorte rendu à sa famille d'adoption tous ses bienfaits à la fois, quelle pensée plus fortifiante et plus douce ?

Mais cette famille, qui avait si généreusement partagé avec lui les fruits de son travail, se trouvait maintenant à la veille de n'avoir plus de pain. Fallait-il rester un fardeau pour elle ? N'était-ce pas plutôt le devoir de tout tenter pour lui venir en aide ?

Erik avait nettement conscience de cette obligation. C'est seulement sur le moyen qu'il hésitait,

antôt songeant à aller à Bergen s'engager comme
natelot, tantôt rêvant de quelque autre moyen de
e rendre immédiatement utile.

Un jour, il s'ouvrit de ses doutes avec M. Ma-
arius, qui écouta ses raisons, les approuva, mais
e récria sur le projet de partir en qualité de ma-
elot.

« Je comprenais, tout en le déplorant, lui dit-il,
ue tu fusses résigné à rester ici pour partager la
ie de tes parents d'adoption! Je ne comprendrais
as que tu allasses te condamner loin d'eux à une
rofession sans avenir, quand le docteur Schwa-
yencrona s'offre à t'ouvrir une carrière libérale!
Réfléchis, mon cher enfant, avant de prendre une
elle décision! »

Ce que M. Malarius ne disait pas, c'est qu'il avait
léjà écrit à Stockholm pour mettre le docteur au
ourant de la situation, telle que le cyclone du
3 mars venait de la faire pour la famille d'Erik. Il
ie fut donc pas surpris en recevant, à trois jours
le là, une lettre qu'il alla immédiatement communiquer aux Hersebom. Elle était ainsi conçue :

« Stockholm, le 17 mars.

« Mon cher Malarius,

« Je te remercie cordialement de m'avoir fait
connaître les désastreuses conséquences qu'a eues
pour le digne maaster Hersebom l'ouragan du
3 courant. Je suis heureux et fier d'apprendre

7

qu'Erik s'est conduit dans ces circonstances, comme toujours, en brave garçon et en fils dévoué. Tu trouveras ci-joint un billet de cinq cents kroners que je te prie de lui remettre de ma part. Dis-lui que, s'il n'y a pas assez pour acheter à Bergen la meilleure barque de pèche qu'il soit possible de se procurer, il me le fera savoir sans délai. Il donnera à cette barque le nom de *Cynthia,* puis il l'offrira à maaster Herscbom en souvenir filial. Cela fait, si Erik veut m'en croire, il reviendra me rejoindre à Stockholm et reprendre ses études. Sa place est toujours libre à mon foyer ; et, s'il faut un motif pour le décider à y rentrer, j'ajoute que j'ai maintenant des données certaines et l'espoir de pénétrer le mystère de sa naissance. Crois-moi toujours, mon cher Malarius, ton ami sincère et dévoué,

« R.-W. SCHWARYENCRONA, M. D. »

On peut penser si cette lettre fut accueillie avec joie. Le docteur montrait, en adressant son cadeau à Erik, qu'il avait bien compris le caractère du vieux pècheur. Offerte directement, il est peu probable que maaster Herscbom eût accepté la barque. Mais le moyen de la refuser de son enfant d'adoption, et sous ce nom de *Cynthia* qui rappelait comment Erik était entré dans la famille !...

Le revers de la médaille, la pensée qui assombrissait déjà tous les fronts, c'était la perspective de le voir maintenant repartir. Personne n'osait en parler, quoique tout le monde y pensât. Erik lui-même, la tête penchée sur sa poitrine, se trouvait partagé entre le désir bien naturel de satisfaire le docteur en réalisant le vœu secret de son propre cœur, et le désir non moins naturel de ne pas offenser ses parents adoptifs.

Ce fut Vanda qui se chargea de rompre la glace.

« Erik, dit-elle de sa voix douce et grave, tu ne peux pas dire non au docteur sur une lettre pareille! Tu ne peux pas, parce que ce serait à la fois lui montrer de l'ingratitude et pécher contre toi-même! Ta place est parmi les savants, non parmi les pêcheurs? Il y a longtemps que je le pense! Puisque personne n'ose te le dire, je te le dis!...

— Vanda a raison! s'écria M. Malarius avec un sourire.

— Vanda a raison! » répéta dame Katrina en essuyant une larme.

Et c'est ainsi que, pour la seconde fois, le départ d'Erik fut résolu.

CHAPITRE VIII

PATRICK O'DONOGHAN

Ce que le docteur Schwaryencrona avait appris
de nouveau n'était pas d'une bien grande importance, mais enfin c'était de nature à le lancer sur
une piste.

Il savait le nom de l'ex-directeur de la Compagnie des transports canadiens, M. Joshua Churchill.

A la vérité, on ignorait ce qu'était devenu ce
personnage depuis la liquidation de la Société. Les
recherches étaient naturellement dirigées dans ce
sens. Qu'on arrivât à retrouver M. Joshua Churchill, et peut-être on pourrait par lui obtenir communication des anciens registres de la Compagnie,
— peut-être avoir ainsi la liste des passagers
du *Cynthia*. Or le bébé devait y être mentionné
avec sa famille ou les personnes chargées de sa
garde. Et, dès lors, le champ des investigations deviendrait singulièrement limité. Voilà le conseil

donné par le solicitor, qui avait eu jadis ces registres en main, comme liquidateur de la Société, mais qui, depuis dix ans au moins, ne savait rien de ce qu'était devenu M. Joshua Churchill.

Un instant, le docteur Schwaryencrona avait eu une fausse joie, en constatant que les journaux américains ont l'habitude de publier la liste des passagers embarqués à destination d'Europe. Il s'était dit qu'il suffirait probablement de recourir à une collection de vieilles gazettes pour retrouver la liste du *Cynthia*. Mais, après l'expérience, l'hypothèse s'était trouvée mal fondée, — l'habitude de publier ces listes étant toute récente et datant de quelques années à peine. Les vieilles gazettes n'en avaient pas moins eu leur utilité, en donnant la date exacte du départ du *Cynthia,* qui avait quitté le 3 novembre, non pas un port canadien, comme on le croyait d'abord, mais le port de New-York, pour se rendre à Hambourg.

C'est donc dans cette dernière ville d'abord, puis aux États-Unis, que le docteur faisait présentement chercher des renseignements.

A Hambourg, ils furent à peu près nuls. Les consignataires de la Compagnie des transports canadiens ne savaient rien sur les passagers du *Cynthia* et purent simplement indiquer la nature de son fret, qu'on connaissait déjà.

Erik était, depuis six mois, revenu à Stockholm, quand on crut enfin savoir de New-York que l'ex-directeur Joshua Churchill avait, depuis sept ans déjà, rendu le dernier soupir dans un hôpital de la Neuvième Avenue, sans laisser d'héritiers connus ni probablement d'héritage. Quant aux registres de la Compagnie, sans doute ils avaient depuis longtemps été vendus comme papiers de rebut et débités en cornets par les marchands de tabac de New-York.

La piste ne conduisait donc nulle part, et le seul résultat de cette longue investigation fut de faire émettre à M. Bredejord les sarcasmes les plus douloureux pour l'amour-propre de son ami, quoique les plus anodins au fond.

L'histoire d'Erik était maintenant de notoriété commune dans la maison du docteur. On ne se gênait plus pour en parler ouvertement, et toutes les phases de l'enquête étaient discutées à table ou au parloir. Peut-être le docteur avait-il été mieux inspiré pendant les deux premières années, quand il tenait ces circonstances secrètes, car elles offraient un aliment aux bavardages de dame Greta et de Kajsa, en même temps qu'aux réflexions d'Erik lui-même. Et ces réflexions étaient souvent des plus mélancoliques.

Ne pas connaître ses parents, s'ils vivaient encore, se dire que jamais peut-être il ne saurait le secret de sa naissance, était déjà chose pénible en elle-même. Mais ce qu'il y avait de plus triste encore, c'était de ne pas savoir quelle était sa patrie.

« Le plus pauvre enfant des rues, le plus misérable paysan sait au moins quel est son pays et à

quelle grande famille humaine il se rattache! se
disait-il parfois quand il songeait à ces choses. Moi,
je l'ignore! Je suis sur le globe terrestre comme
une épave, comme un grain de poussière apporté
par le vent et qui ne sait pas d'où il vient! Je n'ai
pas de racines, pas de traditions, pas de passé! La
terre où ma mère est née, où ses restes reposent
ou reposeront, peut être déshonorée par l'étranger,
foulée aux pieds par lui, sans qu'il me soit donné
de la défendre et de verser mon sang pour elle! »

Cette pensée attristait le pauvre Erik. Dans ces
moments, il avait beau se dire qu'il avait trouvé
une mère en dame Katrina, un foyer chez maaster
Hersebom, une patrie à Noroë, il avait beau se jurer de leur rendre ces bienfaits au centuple, et
toujours être pour la Norvège le plus dévoué des
fils, il se sentait dans une situation exceptionnelle.

Il n'est pas jusqu'aux différences physiques qu'il
remarquait entre son entourage et lui, jusqu'à la
couleur de ses yeux et de sa peau, saisie au passage dans un miroir, dans une vitre de magasin,
qui ne le ramenât à chaque instant à cette pensée
douloureuse. Parfois il se demandait quelle patrie
il préférerait dans le monde, s'il avait le choix.
C'est à ce point de vue spécial qu'il étudiait l'histoire et la géographie, qu'il passait en revue les civilisations et les peuples. Il éprouvait une espèce
de consolation à pouvoir se dire au moins qu'il
était de race celtique, et cherchait dans les livres
la confirmation du fait affirmé par le docteur.

Mais, quand le savant lui répétait qu'à son sens il était sûrement Irlandais, Erik éprouvait un serrement de cœur. Quoi! de tous les peuples celtes, fallait-il justement lui choisir le plus opprimé?... Si seulement il en avait eu la preuve absolue, certes il aurait aimé cette patrie malheureuse à l'égal des plus grandes et des plus illustres! Mais cette preuve manquait! Pourquoi ne pas croire plutôt qu'il était Français, par exemple?... En France aussi il y avait des Celtes!... Voilà une patrie comme il en aurait voulu une, avec ses traditions grandioses, son histoire dramatique et les principes féconds qu'elle a semés dans le monde! Oh! comme il aurait aimé avec passion, servi avec dévouement une patrie pareille!... Comme il se serait senti fier de lui appartenir! Comme il aurait été pénétré d'une tendresse filiale en étudiant ses glorieuses annales, en lisant les livres de ses écrivains, en admirant les œuvres de ses artistes!... Mais hélas! c'est précisément cet ordre d'émotions délicates qui lui était fermé à jamais!... Il le voyait bien, jamais ce problème de son origine ne serait résolu, puisque, après tant de recherches, il ne l'était pas encore!

Et pourtant, il semblait à Erik que, s'il pouvait remonter en personne à l'origine des renseignements déjà obtenus, suivre lui-même et sur les lieux les traces nouvelles qu'il serait possible de découvrir, peut-être arriverait-il à un résultat? Ce que les soins d'agents à gages n'avaient pu faire,

7.

pourquoi son activité, à lui, ne parviendrait-elle pas à l'accomplir? N'y apporterait-il pas une ardeur, une volonté de réussir, que rien ne pourrait remplacer?

Cette idée qui l'obsédait exerça insensiblement sur ses travaux une action des plus marquées, et leur donna presque à son insu une direction toute spéciale. Comme si c'était chose arrêtée d'avance qu'il devait voyager, il commença d'étudier à fond la cosmographie, la géographie, l'art nautique, tout le programme des écoles de marine.

« Un jour ou l'autre, se disait-il, je passerai l'examen de capitaine au long cours, et je pourrai alors m'en aller à New-York, à mes propres frais, reprendre l'enquête relative au *Cynthia!* »

Par une pente naturelle, ses causeries reflétaient ce projet d'investigation personnelle et le laissaient éclater avec candeur.

Le docteur Schwaryencrona, M. Bredejord et le professeur Hochstedt finirent par s'en imprégner au point de l'adopter pour eux-mêmes; car la question de l'origine d'Erik, qui n'avait d'abord été à leurs yeux qu'un problème intéressant, les passionnait de plus en plus. Ils voyaient à quel point Erik l'avait à cœur, et, comme ils l'aimaient sincèrement, comme ils sentaient l'importance qu'elle avait pour lui, ils étaient disposés à tout faire pour jeter une lueur sur ce mystère.

C'est ainsi qu'un beau soir naquit chez eux l'idée de partir tous ensemble pour New-York en ex-

cursion de vacances, et d'aller voir par eux-mêmes
s'il n'y avait rien de neuf à tirer de ce qu'on savait
déjà.

Qui formula le premier cette idée? C'est un
point resté obscur et qui servit longtemps de thème
aux discussions du docteur et de M. Bredejord;
chacun prétendait à la priorité. Sans doute ils
l'eurent en même temps, car, à force de la culti-
ver, Erik devait en avoir saturé l'air ambiant. Toujours est-il qu'elle prit corps, qu'elle fut définitivement adoptée, et qu'au mois de septembre de
l'année suivante, les trois amis, accompagnés
d'Erik, s'embarquèrent à Christiania pour les
États-Unis.

Dix jours après, ils étaient à New-York, et, sans
plus tarder, se mettaient en relations avec la maison Jérémie Smith, Walker et Cᵒ, d'où étaient venus les premiers renseignements.

Dès lors, un facteur nouveau, dont personne ne
soupçonnait encore la puissance, allait entrer en
jeu. Ce facteur, c'était l'activité personnelle d'Erik.
De New-York et des États-Unis, de tous ces spectacles si nouveaux pour lui, il voyait surtout ce
qui pouvait se rapporter à l'objet de ses recherches.
Debout, dès le point du jour, il courait au port,
longeait les quais, accostait les navires en rade,
cherchant et collectionnant sans relâche les renseignements les plus minutieux.

« Avez-vous connu la Compagnie des transports
canadiens? Pourriez-vous m'indiquer un officier,

un passager, un matelot qui ait navigué sur le
Cynthia? » demandait-il de tous côtés.

Grâce à sa connaissance parfaite de la langue
anglaise, à sa physionomie douce et sérieuse, à sa
familiarité avec toutes les choses de la mer, il était
partout bien accueilli. On lui indiqua successivement plusieurs anciens officiers, matelots ou em-
ployés de la Compagnie des transports canadiens.
Parfois il put les retrouver. D'autres fois leur trace
s'était perdue. Mais aucun d'eux ne put lui donner
d'informations utiles sur le dernier voyage du
Cynthia. Il fallut quinze jours de marches, de
contremarches, de recherches incessantes, pour
arriver enfin à un renseignement qui tranchait par
sa précision sur la masse confuse des notions parfois contradictoires qu'Erik pouvait recueillir. A
la vérité, ce renseignement semblait valoir son
pesant d'or.

On assurait qu'un matelot nommé Patrick
O'Donoghan avait survécu au naufrage du *Cynthia*
et était même revenu à New-York plusieurs fois
après le naufrage. Ce Patrick O'Donoghan servait,
disait-on, en qualité de novice à bord du *Cynthia*,
lors du dernier voyage de ce navire. Il était spécialement affecté au service du capitaine, et, selon
toute probabilité, il avait dû connaître les passagers
de première classe, qui mangent toujours à la
table de l'arrière. Or, s'il fallait en juger par la
finesse de ses vêtements, on ne pouvait douter que
l'enfant, attaché sur la bouée du *Cynthia,* n'appar-

tînt à cette catégorie. Il pouvait donc être de la plus haute importance de retrouver ce matelot.

Ce fut la conclusion du docteur et de M. Brede-jord, quand Erik leur fit part de sa découverte en rentrant pour dîner à l'hôtel de la Cinquième Ave-nue. Presque aussitôt, d'ailleurs, la discussion dé-via, parce que le docteur voulut tirer de cet élé-ment nouveau une preuve à l'appui de sa thèse favorite.

« Si jamais un nom a été irlandais, s'écria-t-il, c'est à coup sûr celui de Patrick O'Donoghan !... Quand je disais qu'il y avait de l'Irlande dans l'af-faire d'Erik !

— Jusqu'ici je n'en vois guère ! répondit en souriant M. Bredejord. Un novice irlandais à bord né prouve pas grand'chose, et la difficulté serait plutôt, je crois, de découvrir un navire américain qui ne comptât pas dans son équipage un fils de la verte Erin ! »

Il y avait là de quoi épiloguer pendant deux ou trois heures, et l'on ne s'en fit pas faute. De ce jour, Erik concentra tous ses efforts vers ce seul but : retrouver Patrick O'Donoghan.

Il n'y parvint pas, il est vrai ; mais, à force de chercher et de demander, il finit par découvrir, sur le quai de l'Hudson, un matelot qui avait connu ledit personnage et qui put donner quelques dé-tails. Patrick O'Donoghan était bien Irlandais, natif d'Innishannon, dans le comté de Cork. C'était un homme de trente-trois à trente-cinq ans, de taillé moyenne, avec les cheveux rouges, les yeux noirs, le nez écrasé par un accident.

« Un gaillard à reconnaître entre vingt mille ! dit le matelot. Je me le rappelle fort bien, quoique je ne l'aie pas vu depuis sept ou huit ans !

— C'est à New-York que vous le rencontriez habituellement ?

— A New-York et ailleurs. Mais sûrement, la dernière fois, c'était à New-York.

— Vous ne pourriez pas m'indiquer quelqu'un qui me renseignât sur ce qu'il est devenu ?

— Ma foi non... à moins que ce ne soit le propriétaire de l'auberge du *Red Anchor*, à Brooklyn !... Patrick O'Donoghan y logeait quand il débarquait à New-York !... Un M. Bowles, un ancien marin !... Si celui-là ne sait rien, je ne vois pas qui pourra dire où est O'Donoghan ! »

Erik s'empressa de sauter sur un de ces grands bacs à vapeur qui font le service de la rivière de l'Est, et, vingt minutes plus tard, il était à Brooklyn.

Sur la porte du *Red Anchor*, il trouva une vieille femme d'une extrême propreté, fort occupée à éplucher des pommes de terre.

« Mr. Bowles est-il chez lui, Madame ? demanda Erik en saluant avec la politesse de son pays d'adoption.

— Il est chez lui, mais en train de faire la sieste, répondit la bonne dame en jetant un regard curieux à son interlocuteur. Si vous avez quelque

II

C'EST A NEW-YORK ... VOUS LE RENCONTRIEZ ?

chose à lui dire, je puis m'en charger... Je suis mistress Bowles !

— Oh ! Madame, vous pourrez sans doute me renseigner aussi bien que M. Bowles, reprit Erik. Je voudrais savoir si vous connaissez un matelot nommé Patrick O'Donoghan, s'il est présentement chez vous ou si vous pouvez me dire où je le trouverai !

— Patrick O'Donoghan ?... Oui, je le connais ! Il y a bien cinq ou six ans, par exemple, qu'il n'a pas mis les pieds ici !... Et, quant à dire où il peut être, ma foi, j'en serais fort embarrassée. »

La physionomie d'Erik exprima un si profond désappointement que la vieille femme le remarqua et sans doute en fut touchée.

« Vous avez donc bien grand besoin de Patrick O'Donoghan, que vous semblez si fâché de ne pas le trouver ici ? demanda-t-elle.

— Un très grand besoin, Madame, répondit le jeune homme avec tristesse. Lui seul peut-être me donnerait le mot d'un mystère que je chercherai, toute ma vie, à éclaircir ! »

Depuis trois semaines qu'Erik courait de tous côtés pour se renseigner, il avait acquis une certaine expérience des choses humaines. Il vit que la curiosité de mistress Bowles était vivement surexcitée et se dit qu'il ne devait pas y avoir d'inconvénient à l'interroger. Il lui demanda donc s'il ne pourrait pas avoir un verre d'eau gazeuse pour se rafraîchir, et, sur sa réponse affirmative, entra dans l'auberge.

La salle basse où il se trouva était garnie de tables en bois verni et de chaises de paille, mais absolument déserte. Cette circonstance même enhardit Erik à entrer en conférence avec la vieille dame, quand elle revint de la cave avec une petite bouteille de grès.

« Vous vous demandez sans doute, Madame, ce que je puis vouloir à Patrick O'Donoghan, dit-il de sa voix douce, le voici : Patrick O'Donoghan a, paraît-il, assisté au naufrage du *Cynthia,* un navire américain qui s'est perdu, il y a dix-sept ans environ, sur la côte de Norvège !... Or, moi qui vous parle, j'ai été recueilli par un pêcheur norvégien, qui m'a trouvé tout petit, âgé de neuf mois à peine, dans un berceau qui flottait attaché sur une bouée du *Cynthia !*... Je cherche O'Donoghan pour savoir s'il ne pourrait pas me renseigner sur ma famille ou tout au moins sur ma patrie !... »

Un cri poussé par mistress Bowles arrêta net les explications d'Erik.

« Sur une bouée, dites-vous ?... Vous étiez attaché sur une bouée ? »

Et, sans attendre la réponse, elle courut à l'escalier.

« Bowles !... Bowles !... descends vite ! cria-t-elle d'une voix perçante. Sur la bouée ! Vous êtes l'enfant à la bouée ?... Qui se serait attendu à pareille affaire ? » répétait-elle en revenant vers Erik, qui pâlissait de surprise et d'espoir.

Allait-il donc enfin apprendre le secret si passionnément cherché ?

Un pas lourd se fit entendre dans l'escalier de bois, et bientôt un petit vieillard tout rond et tout rose, vêtu d'un costume complet de gros drap bleu, la face encadrée dans une paire de grands favoris blancs, les oreilles garnies d'anneaux d'or, parut sur le seuil de la salle basse.

« Quoi?... qu'est-ce donc?... qu'y a-t-il? demanda-t-il en se frottant les yeux.

— Il y a que nous avons besoin de toi! répondit péremptoirement mistress Bowles. Assieds-toi là et écoute monsieur, qui va te répéter ce qu'il vient de me dire. »

Mr. Bowles obéit sans protestation. Erik fit comme lui. Il répéta à peu près ce qu'il venait de déclarer à la bonne dame.

Sur quoi la figure de Mr. Bowles se dilata comme une pleine lune, sa bouche dessina un large sourire, et il se mit à regarder sa femme en se frottant les mains. Elle, de son côté, ne paraissait pas moins satisfaite.

« Dois-je supposer que vous connaissiez déjà mon histoire? » demanda Erik le cœur palpitant.

Mr. Bowles fit un signe affirmatif, se gratta l'oreille et se décida enfin à parler.

« Je la connais sans la connaître, dit-il enfin, et ma femme aussi la connaît bien!... Nous en avons assez souvent causé sans y rien comprendre! »

Erik, pâle et les dents serrées, buvait ces paroles, espérant un éclaircissement. Mais l'éclaircissement se faisait attendre. Mr. Bowles n'avait pas le don de l'éloquence, ni celui de la clarté. Peut-être aussi ses idées étaient-elles encore un peu troublées par le sommeil. Avant de se retrouver dans son assiette, après avoir dormi, il lui fallait généralement deux ou trois verres d'une liqueur décorée du nom de « Pick me up », qui ressemblait furieusement à du gin.

Ce fut seulement quand sa femme eut placé la bouteille devant lui avec deux verres que le digne homme se décida à parler.

Il s'engagea alors dans une narration fort confuse, sur laquelle quelques faits seulement surnageaient au milieu d'une infinité de détails inutiles. Cette narration ne dura pas moins de deux heures. Il fallut toute l'attention et l'ardent intérêt qu'y apportait le pauvre Erik pour en tirer quelque chose. A force de questions et d'insistance, et grâce au concours de mistress Bowles, il finit pourtant par y arriver.

CHAPITRE IX

CINQ CENTS LIVRES STERLING DE RÉCOMPENSE

Patrick O'Donoghan, autant qu'Erik put le comprendre à travers les réticences et les digressions de M. Bowles, n'était pas précisément un modèle de vertu. Le propriétaire du *Red Anchor* l'avait connu mousse, novice et matelot, avant et après le naufrage du *Cynthia*. Jusqu'à cette époque, Patrick O'Donoghan était pauvre, comme le sont généralement les gens de mer. A la suite de ce naufrage, il était revenu d'Europe avec une grosse liasse de banknotes, prétendant avoir fait un héritage en Irlande, — ce qui semblait assez peu vraisemblable.

M. Bowles n'avait jamais cru à cet héritage. Il pensait même qu'une fortune si subite devait se rattacher d'une manière quelconque, mais probablement peu avouable, au naufrage du *Cynthia*. Car il était certain que Patrick O'Donoghan s'y était trouvé, et, contrairement à l'habitude des marins en pareil cas, il évitait avec soin d'en parler;

il détournait assez maladroitement la conversation,
quand elle se portait sur ce sujet. Il s'était même
empressé de décamper, de faire un voyage au
long cours, au moment du procès civil intenté par
la compagnie d'assurances aux propriétaires du
Cynthia, et cela afin de ne pas être impliqué dans le
procès, fût-ce comme témoin. Cette conduite avait
paru d'autant plus suspecte, que Patrick O'Donoghan était alors le seul survivant connu de l'équipage. M. Bowles n'avait jamais su le fin mot de
cette affaire; mais sa femme et lui l'avaient toujours trouvée louche.

Ce qui le paraissait davantage encore, c'est que
Patrick, pendant son séjour à New-York, n'était
jamais à court d'argent. Il n'en rapportait pourtant
guère de ses voyages. Mais, quelques jours après
son retour, il ne manquait pas d'avoir de l'or et
des billets, et quand il était gris, ce qui lui arrivait
fréquemment, il se vantait de posséder un secret
qui équivalait à une fortune. Et le mot qui revenait
toujours dans ses divagations, c'était « l'enfant sur
la bouée ».

« L'enfant sur la bouée, monsieur Bowles!
disait-il en frappant sur la table. L'enfant sur la
bouée vaut son pesant d'or!... »

Là-dessus, il ricanait, très satisfait de lui-même.
Jamais on n'avait pu lui tirer une explication de
ces paroles, qui étaient restées pendant des années,
pour le ménage Bowles, un sujet de suppositions
à perte de vue.

D'où l'émotion de mistress Bowles, au moment où Erik lui avait appris qu'il était précisément ce fameux « enfant sur la bouée ».

Patrick O'Donoghan, qui avait eu pendant plus de quinze ans l'habitude de loger au *Red Anchor,* quand il se trouvait à New-York, n'y paraissait plus depuis quatre ans environ. Et ici encore il y avait, au dire de M. Bowles, quelque chose de mystérieux. L'Irlandais avait reçu un soir la visite d'un homme qui s'était enfermé avec lui pendant près d'une heure. A la suite de cette visite, Patrick O'Donoghan, ému et pressé, avait précipitamment payé son compte, pris son sac de matelot, et il était parti.

Jamais plus on ne l'avait revu.

Mr. et Mistress Bowles ignoraient naturellement la cause de ce départ subit. Mais ils avaient toujours pensé qu'il devait se rattacher au naufrage du *Cynthia* et à l'histoire de « l'enfant sur la bouée ». Dans leur opinion, le visiteur de Patrick serait venu l'avertir qu'il courait quelque danger grave, et l'Irlandais avait jugé prudent de quitter immédiatement New-York. Les époux Bowles ne pensaient pas qu'il y fût revenu depuis cette époque. Ils l'auraient su, disaient-ils, par d'autres habitués de leur auberge, qui n'eussent pas manqué de s'étonner si Patrick était descendu ailleurs qu'au *Red Anchor,* et d'en demander la raison.

Tel était, dans son ensemble, le récit qu'Erik put obtenir. Il avait hâte de le communiquer à ses amis. Aussi s'empressa-t-il de demander à **Mr.** et à Mistress Bowles la permission d'aller les chercher.

Son rapport fut naturellement accueilli à la Cinquième Avenue avec l'intérêt qu'il méritait. Pour la première fois, après tant de recherches, on se trouvait sur la trace d'un homme qui avait fait des allusions réitérées à « l'enfant sur la bouée ». A la vérité, on ne savait pas où était cet homme ; mais on pouvait espérer le retrouver un jour ou l'autre. Aucun incident de pareille importance ne s'était encore produit. L'affaire parut assez grave pour qu'on décidât de télégraphier à Mistress Bowles en la priant de préparer un dîner de six couverts. M. Bredejord avait suggéré ce moyen de tirer de ces braves gens tout ce qu'ils pouvaient savoir ; on irait s'installer chez eux, on les ferait asseoir à table et l'on causerait.

Erik n'espérait guère apprendre du nouveau. Il connaissait déjà assez bien les époux Bowles pour être convaincu qu'il leur avait fait dire tout ce qu'ils savaient. Mais il comptait sans la grande habitude qu'avait M. Bredejord d'interroger les témoins, dans les cours de justice, et de tirer de leurs réponses ce qu'ils ne soupçonnaient souvent pas eux-mêmes.

Mistress Bowles s'était surpassée. Elle avait dressé la table dans sa plus belle chambre du premier étage, et improvisé, en moins d'une heure, un dîner excellent. Très flattée de se voir invitée

y prendre place avec son mari, elle se prêta de la
ieilleure grâce du monde à l'interrogatoire de
éminent avocat. On récolta ainsi un certain
ombre de faits qui avaient leur importance.

D'abord, Patrick O'Donoghan avait dit en pro-
res termes, au moment du procès intenté par la
ompagnie d'assurances, qu'il s'en allait « pour
e pas être assigné comme témoin ». Preuve évi-
ente qu'il ne se souciait pas de s'expliquer sur les
irconstances du naufrage, comme tout l'ensemble
e sa conduite l'établissait d'ailleurs.

D'autre part, c'était bien à New-York ou aux
nvirons que se trouvait la source des revenus
uspects qu'il semblait se faire avec un secret.
ar, en arrivant, il était toujours sans argent, et,
n beau soir, après avoir passé l'après-midi dehors,
l rentrait avec de l'or plein ses poches.

On ne pouvait douter que ce secret ne se rap-
ortât à « l'enfant sur la bouée », puisqu'il l'avait
it à diverses reprises.

Patrick O'Donoghan avait dû tenter de tirer un
arti définitif de ce secret, et la tentative même
vait dû amener une crise. En effet, la veille même
le son départ soudain, il affirmait qu'il était fati-
ué de naviguer; il ne comptait plus reprendre
a mer et voulait désormais vivre à New-York
n rentier.

Enfin, l'individu qui était venu voir Patrick
)'Donoghan avait un intérêt à le faire partir, car,
lès le lendemain, il était venu demander l'Irlan-

8

dais au *Red Anchor* et avait paru très satisfait de
ne plus l'y trouver. M. Bowles se croyait sûr de
pouvoir reconnaître cet individu, qui, d'après ses
allures et ses manières, lui avait paru être un
« detective » ou un de ces agents de police offi-
cieux comme il y en a dans les grandes villes.

M. Bredejord concluait de ces circonstances
que Patrick avait dû être systématiquement épouvanté par la personne même dont il tirait de l'argent
pendant ses séjours à New-York, et qui lui avait
sans doute dépêché ce detective pour lui donner à
craindre une poursuite criminelle. Cela seul pouvait expliquer que l'Irlandais fût parti précipitamment à la suite de cette visite et n'eût plus jamais
reparu.

Il importait donc d'avoir le signalement du detective en même temps que celui de Patrick O'Donoghan. Mr. et Mistress Bowles le donnèrent très
précis. En compulsant leur livre de comptes, ils
purent aussi retrouver la date exacte du départ de
l'Irlandais, qui remontait à quatre ans moins trois
mois, et non pas à cinq ou six ans, comme ils le
croyaient d'abord.

Le docteur Schwaryencrona fut immédiatement
frappé de ce fait que la date de ce départ, et, par
conséquent, de la visite du detective, correspon-
dait précisément à celle des premières annonces
qu'il avait fait faire en Grande-Bretagne pour rechercher les survivants du *Cynthia*. La concordance était même si frappante qu'il était impossible

le ne pas établir une corrélation entre les deux phénomènes.

Il semblait donc qu'on commençât à voir un peu clair dans le problème. L'abandon d'Erik sur une bouée devait avoir été le résultat d'un crime, — crime dont le novice O'Donoghan, embarqué sur le *Cynthia,* avait été le témoin ou le complice. Il en connaissait l'auteur, qui habitait New-York ou les environs, et il avait longtemps exploité ce secret. Puis, un jour était venu où, las des exigences de l'Irlandais et sous le coup des annonces insérées dans les journaux, on avait suffisamment effrayé Patrick pour le décider à déguerpir.

En tout cas, et même en supposant que ces déductions ne fussent pas rigoureusement fondées, il y avait là les éléments d'une sérieuse enquête judiciaire. Erik et ses amis quittèrent donc le *Red Anchor* avec le ferme espoir d'arriver bientôt à un résultat.

Dès le lendemain, M. Bredejord se faisait présenter par le ministre de Suède au surintendant de la police de New-York, et il le mettait en possession des faits connus. En même temps, il entrait en rapports avec les solicitors de la compagnie d'assurances qui avaient plaidé contre les propriétaires du *Cynthia,* et parvenait à faire exhumer le dossier de ce procès des cartons poussiéreux où il dormait depuis de longues années.

Mais l'examen de ces paperasses ne fournit aucun document d'importance. De part et d'autre, on n'avait pu produire aucun témoin du naufrage. Toute l'affaire avait roulé sur des points de droit et sur l'exagération du chiffre de l'assurance, opposé à la valeur réelle du navire et du fret. Les armateurs du *Cynthia* n'avaient pu établir la bonne foi de leur dire, ni expliquer comment le naufrage s'était produit. L'ensemble de leur défense ayant paru faible, la Cour avait donné gain de cause à la partie adverse. Par contre, la compagnie d'assurances s'était vue obligée de payer plusieurs primes sur la vie aux héritiers de divers passagers. Mais nulle part, dans ces procès ou transactions, il n'y avait la moindre trace d'un enfant de neuf mois.

L'examen de ces dossiers avait duré plusieurs jours. Il venait de prendre fin, quand M. Bredejord reçut avis de se présenter chez le surintendant de police, qui lui dit qu'à son grand regret il n'avait rien trouvé. Personne à New-York ne connaissait de detective officiel ou bénévole qui répondît au signalement donné par M. Bowles. Personne n'avait pu fournir la moindre indication sur un individu ayant intérêt à se débarrasser de Patrick O'Donoghan. Quant à ce matelot, il ne semblait pas avoir mis le pied aux États-Unis depuis quatre ans au moins. Au surplus, note était prise de son signalement, qui servirait peut-être à l'occasion. Mais le surintendant ne pouvait dissimuler à M. Bredejord que l'enquête lui semblait enterrée. Les faits remontaient d'ailleurs à une date si éloignée et si voisine de la prescription de vingt ans, que, même en admettant le retour immédiat de Patrick O'Donoghan, il était au moins douteux que la justice consentît à se saisir de l'affaire.

Au total, elle tombait à plat, cette solution qu'Erik avait cru un instant tenir, et elle lui échappait, peut-être sans retour.

Il n'y avait plus qu'à revenir en Suède en passant par l'Irlande, pour voir si, d'aventure, Patrick O'Donoghan n'y serait pas simplement allé planter ses choux. C'est ce que firent le docteur Schwaryencrona et ses amis, après être allés prendre congé de Mr. et de Mistress Bowles.

Les steamers de New-York à Liverpool faisant toujours escale à Cork, les voyageurs n'eurent qu'à prendre cette voie pour se trouver à quelques milles d'Innishannon. Ils apprirent là que Patrick O'Donoghan n'était jamais revenu dans son pays depuis l'âge de douze ans et n'avait jamais donné de ses nouvelles.

« Où aller le chercher maintenant? demandait le docteur Schwaryencrona, comme on se rembarquait pour Londres, d'où l'on devait gagner Stockholm.

— Dans les ports de mer, évidemment, et en particulier dans les ports non américains, répondit M. Bredejord. Car, notez bien ce point, un matelot, un ancien mousse ne renonce pas, à trente-cinq ans, à son métier. C'est le seul qu'il connaisse.

S.

Patrick navigue donc. Et, les navires ayant pour but d'aller d'un port à un autre, c'est seulement là qu'on peut espérer trouver un homme de mer. Qu'en dites-vous, Hochstedt?...

— Le raisonnement me semble juste, quoique peut-être un peu absolu, répliqua le professeur avec sa prudence habituelle.

— Admettons qu'il le soit, poursuivit M. Bredejord. Étant donné que Patrick O'Donoghan est parti sous le coup d'une terreur véritable, et probablement sous la menace d'une poursuite criminelle, il doit redouter l'extradition. Il y a donc des chances pour qu'il cherche à ne pas être reconnu, et, par suite, qu'il évite ses anciens camarades. Il fréquentera donc de préférence les ports qu'ils n'ont pas l'habitude d'aborder... Ce n'est qu'une hypothèse, je le sais; mais, — supposons provisoirement qu'elle soit fondée, — le nombre de ports où les Américains n'ont pas d'affaires n'est pas si grand qu'on ne puisse aisément en dresser la liste. Je pense qu'on pourrait commencer par là, et faire d'abord demander dans ces ports si l'on n'y a pas de nouvelles d'un individu répondant au signalement d'O'Donoghan.

— Pourquoi n'avoir pas recours tout simplement à l'annonce? demanda M. Schwaryencrona.

— Parce que Patrick O'Donoghan n'aurait garde d'y répondre, s'il se cache, — même en supposant que l'annonce puisse atteindre un matelot.

— Qui nous empêche de la faire rassurante pour

lui, de l'avertir qu'il se trouvera en tous cas abrité par la prescription et qu'il a tout avantage à nous renseigner?

— C'est juste. Mais j'en reviens à mon objection : je crains fort qu'une annonce n'arrive pas à un simple matelot.

— On peut toujours essayer en offrant une récompense à Patrick O'Donoghan, ou à qui le fera retrouver. Qu'en dis-tu, Erik?

— Il me semble que des annonces pareilles, pour avoir un effet, devront être répétées dans un grand nombre de journaux. Elles coûteront donc très cher et pourront effrayer Patrick O'Donoghan, si engageantes qu'elles soient, au cas où il croirait avoir intérêt à se cacher. Ne vaudrait-il pas mieux confier à quelqu'un le soin d'aller faire personnellement une enquête dans les ports où l'on suppose que doit se trouver cet homme?

— Fort bien; mais où trouver l'homme de confiance qui pourrait suivre une pareille enquête?

— Il est tout trouvé si vous le voulez, mon cher maître, reprit Erik. C'est moi.

— Toi, mon cher enfant... Et tes études?...

— Mes études peuvent n'en pas souffrir. Rien ne m'empêcherait de les poursuivre en voyageant... De plus, s'il faut vous l'avouer, docteur, je me suis déjà assuré le moyen de voyager gratis.

— Et comment cela? demandèrent ensemble M. Schwaryencrona, M. Bredejord et M. Hochstedt.

— Tout simplement en me préparant pour l'examen de capitaine au long cours. Je puis le passer demain, s'il est nécessaire. Et, une fois en possession de ce diplôme, rien ne sera plus aisé que de trouver à m'embarquer comme lieutenant pour le premier port venu.

— Comment! tu as fait cela sans m'en rien dire? s'écria le docteur à demi fâché, tandis que l'avocat et le professeur riaient de bon cœur.

— Vraiment, répliqua Erik, je ne crois pas que mon crime soit bien grand jusqu'ici, puisqu'il s'est borné à m'enquérir des matières de l'examen et à les apprendre! Je ne l'aurais pas subi sans vous en demander la permission, et je la sollicite en ce moment même.

— Je te la donne, méchant garçon! dit le docteur, apaisé par l'argument. Mais, quant à te laisser repartir dès maintenant, et tout seul, c'est une autre affaire!... Nous attendrons pour cela que tu aies atteint ta majorité.

— Oh! c'est bien ainsi que je l'entends! » répliqua Erik avec un accent de reconnaissance et de soumission sur lequel il n'y avait pas à se tromper.

Toutefois le docteur ne voulut pas renoncer pour cela à son idée. Selon lui, la recherche personnelle dans les ports ne serait jamais qu'un expédient. L'annonce, au contraire, allait partout à la fois. Si Patrick O'Donoghan ne se cachait pas, ce qui était possible, ce moyen devait le faire arriver tout droit. S'il se cachait, elle pouvait servir à le faire découvrir. Après avoir mûrement pesé toutes choses, on arrêta donc la rédaction suivante, qui, traduite en sept ou huit langues, devait bientôt s'envoler dans les cinq parties du monde sur l'aile des cent journaux les plus répandus :

« PATRICK O'DONOGHAN, matelot absent de New-York depuis quatre ans. Cent livres sterling de récompense à qui le fera retrouver. Cinq cents livres sterling à lui-même, s'il se met en rapport avec le signataire. Rien à craindre, les faits étant couverts par la prescription.

« Dr *Schwaryencrona*. Stockholm. »

Le 20 octobre, le docteur et ses compagnons de voyage étaient rentrés dans leurs pénates. Le lendemain, cette annonce fut déposée à l'Agence générale de publicité de Stockholm, et, trois jours après, elle avait déjà fait son apparition dans plusieurs journaux. Erik ne put retenir un soupir et comme un pressentiment de défaite définitive, en la lisant.

Quant à M. Bredejord, il déclara tout net que c'était la plus grande folie de la terre et qu'il considérait désormais l'affaire comme perdue.

Erik et M. Bredejord se trompaient, ainsi que le démontrera la suite des événements.

CHAPITRE X

TUDOR BROWN, ESQUIRE

Un matin de mai, le docteur était dans son cabinet, quand le domestique lui apporta la carte d'un
visiteur. Cette carte, de proportions minuscules,
comme on les fait en Angleterre, portait un nom :
M. Tudor Brown, et une indication : *on board the
Albatros,* ce qui signifie : M. Tudor Brown, à
bord de l'*Albatros.*

« M. Tudor Brown ? se dit le docteur en cherchant dans ses souvenirs, sans y trouver rien qui
s'adaptât à cette dénomination.

— Ce monsieur demande à voir monsieur le
docteur, reprit le domestique.

— Ne pourrait-il venir à l'heure de ma consul-
tation ?

— Il dit que c'est pour affaires personnelles.

— Faites-le donc entrer, » dit le docteur avec
un soupir.

Il releva la tête en entendant la porte se rouvrir,

et considéra avec quelque surprise le singulier personnage qui répondait au prénom féodal de Tudor en même temps qu'au nom très plébéien de Brown.

Qu'on se figure un homme d'une cinquantaine d'années : front couvert d'une multitude de petites boucles « à la Titus », de couleur carotte, que l'examen le plus superficiel montrait comme composées, non pas de cheveux, mais de soie grège ; nez crochu, surmonté d'une énorme paire de besicles d'or à verres fumés ; dents longues comme celles d'un cheval ; joues glabres, encadrées dans un énorme faux-col, d'où sortait, sous le menton, un pinceau de barbe rousse ; une tête bizarre, surmontée d'un chapeau haut de forme qui semblait y être vissé, car son propriétaire ne faisait même pas le simulacre d'y porter la main ; — le tout reposant sur un grand corps maigre, anguleux, grossièrement équarri, vêtu de pied en cap d'une étoffe de laine à carreaux verts et gris. Une épingle de cravate, munie d'un diamant aussi gros qu'une noisette, une chaîne de montre serpentant dans les replis d'un gilet à boutons d'améthyste, une douzaine de bagues sur des doigts aussi noueux que ceux d'un chimpanzé, complétaient l'ensemble le plus prétentieux, le plus hétéroclite, le plus grotesque qu'il fût possible de voir.

Ce personnage entra dans le cabinet du docteur comme il aurait pu entrer dans une station de chemin de fer, sans même ébaucher un salut. Il s'arrêta pour dire d'une voix qui ressemblait à celle de

)lichinelle, tant l'accent en était à la fois gutturul
nasal :

« C'est vous le docteur Schwaryencrona?

— C'est moi, » répondit le docteur, fort étonné
e ces manières.

Il se demandait déjà s'il ne devait pas sonner
ur faire reconduire ce grossier personnage,
iand un mot du nouveau venu arrêta net cette
elléité.

« J'ai vu votre annonce au sujet de Patrick
'Donoghan, disait l'étranger, et j'ai pensé que
ous aimeriez connaître ce que je sais de lui.

— Monsieur, prenez donc la peine de vous as-
eoir, » allait répondre le docteur.

Mais il s'aperçut que l'étranger n'avait pas
ttendu son invitation. Après avoir choisi le fau-
uil qui lui parut le plus confortable, il était déjà
1 train de le rouler près du docteur; puis il s'y
istallait, mettait ses mains dans ses poches, éle-
ait et appuyait ses deux talons sur le bord de
fenêtre voisine et regardait son interlocuteur
'un air satisfait.

« J'ai pensé, reprit-il, que vous accueilleriez ces
étails avec plaisir, puisque vous offrez cinq cents
vres pour les connaître! C'est pourquoi je vous
es apporte. »

Le docteur s'inclina sans mot dire.

« Sans doute, reprit l'autre de sa voix nasillarde,
ous vous demandez déjà qui je suis. Je vais donc
ous le dire. Comme ma carte a pu vous l'ap-

9

prendre, je m'appelle Tudor Brown, sujet britannique.

« — Irlandais, peut-être ? » demanda le docteur avec intérêt.

L'étranger, visiblement surpris, hésita un instant, puis reprit :

« — Non, Écossais... Oh ! je sais que je n'en ai pas l'air et qu'on me prend plutôt pour un Yankee. Mais cela ne fait rien, je suis Écossais ! »

Et, en réitérant cette affirmation, il regardait M. Schwaryencrona comme pour dire :

« Vous pouvez en croire ce que vous voudrez, cela m'est parfaitement indifférent.

« — D'Inverness peut-être ? » suggéra le docteur, qui poursuivait son dada favori.

L'étranger eut encore un moment d'hésitation.

« Non, d'Édimbourg, répondit-il. Mais, peu importe, après tout, et cela n'a rien à voir dans la question !... J'ai une fortune indépendante et je ne dois rien à personne. Si je vous dis qui je suis, c'est parce que cela me fait plaisir, car rien ne m'y oblige !

« — Permettez-moi de vous faire observer que je ne vous l'ai pas demandé, dit le docteur en souriant.

« — Non ; eh bien ! alors, ne m'interrompez pas, ou nous n'arriverons jamais au bout. Vous publiez des annonces pour savoir ce qu'est devenu Patrick O'Donoghan, n'est-ce pas ? C'est donc que vous avez besoin de ceux qui le savent !... Moi qui vous parle, je le sais !

— Vous le savez? demanda le docteur en rapprochant son siège de celui de l'étranger.

— Je le sais! Mais, avant de vous le dire, il faut que je vous demande quel intérêt vous avez à cette recherche.

— C'est trop juste! » répliqua le docteur.

En quelques mots, il conta l'histoire d'Erik, que son visiteur écouta avec une profonde attention.

« Et ce garçon vit toujours? demanda Tudor Brown.

— Assurément! Il vit, il est en bonne santé et va commencer au mois d'octobre prochain ses études médicales à l'université d'Upsal.

— Ah! ah! reprit l'étranger, qui parut réfléchir. Et, dites-moi un peu, n'avez-vous pas d'autre moyen de percer le mystère de sa naissance que de vous adresser à Patrick O'Donoghan?

— Je n'en connais pas d'autre, répliqua le docteur. Après de longues recherches, je suis arrivé à savoir que cet O'Donoghan était en possession du secret, que lui seul peut-être pouvait m'en dire le mot, et c'est pourquoi je demande de ses nouvelles par la voie des journaux. Du reste, c'est sans grand espoir d'en obtenir par ce moyen.

— Pourquoi cela?

— Parce que j'ai lieu de croire qu'O'Donoghan a des motifs graves de se cacher. Il est, par conséquent, peu probable qu'il réponde jamais à mes annonces. Aussi ai-je l'intention de recourir prochainement à un autre procédé. Je possède son

signalement, je sais quels sont les ports qu'il doit
fréquenter de préférence, et je me propose de l'y
faire rechercher par des agents spéciaux. »

Le docteur Schwaryencrona ne disait pas ces
choses à la légère. Il les énonçait avec l'intention
formelle de voir quel effet elles produiraient sur
l'homme qu'il avait devant lui. Aussi remarqua-t-il
fort bien, en dépit du flegme affiché par l'étranger, un battement de paupières et une légère con-
traction de la commissure des lèvres sur la face
glabre de Tudor Brown. Mais, presque aussitôt,
celui-ci se redressa.

« Eh bien, docteur, dit-il, si vous n'avez pas
d'autre moyen d'être renseigné que de retrouver
O'Donoghan, vous ne le serez jamais !... Patrick
O'Donoghan est mort. »

Si douloureusement surpris que fût le docteur
par cette nouvelle, il ne sourcilla pas et se contenta
d'observer son visiteur, qui continua ainsi :

« Mort et enterré, ou pour mieux dire, mort et
noyé par trois cents brasses de fond ! Le hasard a
voulu que cet homme, dont le passé me semble
mystérieux et que j'avais remarqué pour cette raison, fût, il y a trois ans, employé en qualité de
gabier à bord de mon yacht, l'*Albatros*. Il faut vous
dire que mon yacht est un navire sérieux, à bord
duquel je fais des croisières de sept à huit mois.
Or, il y a trois ans environ, comme nous passions
par le travers de Madère, le gabier Patrick
O'Donoghan tomba à la mer. J'avais fait stopper,

mettre les embarcations à l'eau, et on le chercha si
bien qu'il fut retrouvé et qu'on put lui donner à
bord tous les soins imaginables. Mais ce fut en
vain. O'Donoghan était mort. Il fallut rendre à la
mer la proie que nous avions tenté de lui arracher!... Procès-verbal de l'accident fut naturellement dressé sur le livre du bord. Pensant que cet
acte pourrait vous être utile, j'en ai fait prendre
une copie certifiée et je vous l'apporte. »

Ce disant, M. Tudor Brown tira son portefeuille,
y prit une feuille de papier couverte de timbres et
la présenta au docteur.

Celui-ci la parcourut rapidement. C'était bien un
extrait du livre de bord de l'*Albatros,* propriétaire
Tudor Brown, portant décès du gabier Patrick
O'Donoghan, par le travers de l'île de Madère, le
tout dûment certifié sous serment par deux témoins
patentés, comme conforme à l'original, et enregistré à Londres, à Somerset House, par les commis-
saires de Sa Majesté britannique.

Cet acte avait évidemment les caractères de l'authenticité. Mais la manière dont il arrivait en ses
mains était si étrange que le docteur ne put s'empêcher de formuler tout haut l'étonnement qu'il
éprouvait. Il le fit toutefois avec sa courtoisie habituelle.

« Permettez-moi une question, une seule question, Monsieur, dit-il à son visiteur.

— Parlez, docteur.

— Comment se fait-il que vous ayez en poche

un tel acte, tout préparé, dûment certifié et léga-
lisé?... Et pourquoi me l'apportez-vous ?

— Si je compte bien, cela fait deux questions,
répondit Tudor Brown. Je réponds donc point par
point. J'ai cet acte en poche par la raison qu'ayant
vu vos annonces, il y a deux mois, et pouvant vous
fournir le renseignement que vous demandez, j'ai
voulu vous le donner complet et définitif, autant
qu'il est en mes moyens... Je vous l'apporte par la
raison que, me promenant dans ces parages à
bord de mon yacht, j'ai trouvé naturel de vous
présenter en personne ce petit papier pour satisfaire à la fois ma curiosité et la vôtre ! »

Il n'y avait rien à répondre à ce raisonnement.
Aussi le docteur alla-t-il à la seule conclusion qu'il
dût en tirer.

« Vous êtes donc ici avec l'*Albatros?* demanda-
t-il vivement.

— Sans doute.

— Et avez-vous encore à bord quelques matelots
qui aient connu Patrick O'Donoghan ?

— Plusieurs assurément.

— Me permettriez-vous de les voir?

— Tant qu'il vous plaira ! Voulez-vous venir à
mon bord à l'instant même ?

— Si vous n'y avez pas d'objection ?

— Aucune, » dit l'étranger en se levant.

M. Schwaryencrona toucha un timbre, se fit
donner sa pelisse fourrée, sa canne, son chapeau,
et partit avec Tudor Brown. En cinq minutes,

ils arrivèrent au quai où était amarré l'*Albatros*.

Ils furent reçus par un vieux loup de mer à la face rubiconde et aux favoris gris, dont la physionomie respirait la franchise et la loyauté.

« Monsieur Ward, voici un gentleman qui désire être renseigné sur le sort de Patrick O'Donoghan, dit Tudor Brown en l'abordant.

— Patrick O'Donoghan !... répondit le vieux marin. Dieu ait son âme !... Il nous a donné assez de mal pour le repêcher, le jour où il s'est noyé par le travers de l'île de Madère ! Et à quoi bon, je le demande, puisqu'il a fallu le rendre aux poissons !

— Vous le connaissiez depuis longtemps ? demanda le docteur.

— Ce requin-là ?... Ma foi, non ! Depuis un an ou deux peut-être ! Je crois bien que c'est à Zanzibar que nous l'avions embauché ! Pas vrai, Tommy Duff?

— Qui me hèle ? demanda un jeune matelot, fort occupé à polir une boule de cuivre à la rampe de l'escalier.

— Ici ! répondit l'autre. C'est bien à Zanzibar, n'est-ce pas, que nous avions recruté Patrick O'Donoghan?

— Patrick O'Donoghan ? dit le matelot, comme si ses souvenirs n'étaient pas d'abord très précis. Ah ! oui, je me rappelle !... Ce gabier qui s'est laissé périr en tombant à l'eau par le travers de Madère ! Oui, monsieur Ward, c'est bien de Zanzibar qu'il venait ! »

Le docteur Schwaryencrona se fit décrire Patrick O'Donoghan et s'assura que le signalement répondait bien à celui qu'il possédait. Tous ces gens semblaient honnêtes et sincères. Ils avaient de bonnes figures ouvertes et naïves. L'uniformité de leurs réponses pouvait bien sembler un peu étrange et concertée. Mais, après tout, n'était-ce pas la conséquence naturelle des faits mêmes ? N'ayant connu Patrick O'Donoghan qu'un an au plus, ne se rappelant guère de lui que son signalement et sa mort, ils ne pouvaient savoir que fort peu de chose et dire que ce qu'ils savaient.

D'autre part, l'*Albatros* était un yacht si bien tenu, que s'il eût eu quelques canons, il aurait pu passer pour un navire de guerre. La propreté la plus rigoureuse régnait à bord. Les hommes étaient bien portants, bien vêtus, admirablement disciplinés, car ils restaient à leur poste alors que d'un saut ils se seraient trouvés à terre. Bref, l'ensemble des choses emportait une conviction qui agit invinciblement sur l'esprit du docteur.

Il se déclara donc entièrement satisfait et poussa l'esprit de sacrifice ou d'hospitalité jusqu'à ne pas se retirer sans inviter à dîner M. Tudor Brown, qui se promenait de long en large sur la dunette, en sifflotant un air à lui connu.

Mais M. Tudor Brown ne jugea pas à propos d'accepter cette invitation. Il la déclina dans ces termes courtois :

« Non. Puis pas !... Ne dîne jamais en ville ! »

Il ne restait plus à M. Schwaryencrona qu'à se retirer. C'est ce qu'il fit, sans avoir obtenu le moindre coup de chapeau de cet étrange personnage.

Son premier soin fut d'aller conter l'aventure à M. Bredejord, qui l'écouta sans mot dire et se promit, à part lui, d'ouvrir une contre-enquête.

Mais, quand il voulut la commencer dans la journée même, en compagnie d'Erik, qui avait tout appris en rentrant de l'école, pour le dîner de midi, il se heurta à une légère difficulté. L'*Albatros* avait quitté Stockholm sans dire où il allait et sans laisser l'adresse de M. Tudor Brown.

Tout ce qui restait de l'affaire, c'était l'acte de décès dûment certifié de Patrick O'Donoghan.

Cet acte avait-il une valeur sérieuse? C'est ce que M. Bredejord se permettait de révoquer en doute, en dépit du témoignage du consul général d'Angleterre à Stockholm, qu'il avait saisi de la question et qui déclarait reconnaître la parfaite authenticité des timbres et signatures apposés sur le document. Il avait aussi fait prendre des informations à Édimbourg, où personne ne connaissait Tudor Brown, ce qui semblait suspect.

Mais le fait indéniable, devant lequel toute opposition finit graduellement par tomber, c'est qu'on n'entendait plus parler de Patrick O'Donoghan et que les annonces restaient sans nouvel effet.

Or, Patrick O'Donoghan disparu pour tou-

9.

jours, aucun espoir ne subsistait d'arriver à percer
le mystère de la naissance d'Erik. Lui-même, il en
convenait et se voyait obligé de reconnaître que
tout supplément d'enquête était désormais sans
objet.

Aussi ne fit-il aucune difficulté, à l'automne suivant, de commencer ses études médicales à l'université d'Upsal, selon le vœu du docteur. Il voulut
seulement passer d'abord l'examen de capitaine au
long cours. Et cela seul aurait suffi à montrer qu'il
ne renonçait pas à ses projets de voyage.

C'est qu'il avait maintenant au cœur un autre
souci, un souci cuisant, auquel il ne voyait d'autre
remède que l'agitation et le mouvement des grandes aventures. Sans que le docteur s'en doutât,
Erik éprouvait le besoin de trouver un prétexte
pour quitter son foyer, dès que ses études seraient
terminées, et ce prétexte, il ne pouvait guère le
voir que dans un plan général de voyages. La
cause de ce besoin était l'aversion de plus en plus
manifeste que froken Kajsa, la nièce du docteur,
ne perdait aucune occasion de lui témoigner, et
qu'il n'aurait d'ailleurs, à aucun prix, voulu laisser
soupçonner à l'excellent homme.

Ses rapports avec la jeune fille avaient toujours
été des plus singuliers. Aux yeux d'Erik, après sept
ans comme au premier jour de son arrivée à Stockholm, la petite fée était restée le modèle de toutes
les élégances et de toutes les perfections mondaines. Il lui avait voué une admiration sans ré-

serve et avait fait des efforts héroïques pour devenir son ami. Mais Kajsa ne s'était jamais habituée
à l'idée de voir cet « intrus », comme elle l'appelait, prendre pied chez le docteur, y être traité
en fils adoptif et devenir le favori des trois amis.
Les succès scolaires d'Erik, sa bonté, sa douceur,
loin de lui faire trouver grâce devant elle, devenaient plutôt de nouveaux motifs de jalousie. Au
fond, Kajsa ne pardonnait pas au jeune garçon de
n'être qu'un pêcheur et qu'un paysan. Il lui semblait que cela faisait déchoir la maison et elle-
même du haut degré où elle aimait à se croire per-
chée sur l'échelle sociale.

Mais ce fut bien autre chose quand elle sut
qu'Erik était moins encore qu'un paysan, — un
enfant trouvé. Cela lui parut tout uniment monstrueux et déshonorant. Elle n'était pas éloignée
de penser qu'un enfant trouvé prenait place, dans
la hiérarchie des êtres, au-dessous du chat et du
chien. Et ce sentiment se manifestait chez elle par
les regards les plus dédaigneux, les silences les
plus mortifiants, les avanies les plus cruelles. Erik
était-il invité avec elle à une réunion d'enfants dans
une maison amie? elle refusait tout net de danser
avec lui. A table, elle affectait de ne pas répondre à
ce qu'il disait, ou de n'en tenir aucun compte. En
toute occasion, elle prenait à tâche de l'humilier.

Le pauvre Erik avait deviné la cause de cette
conduite peu charitable. Il lui était impossible de
comprendre pourquoi ce malheur affreux de ne

pas connaître sa famille et sa patrie devenait un
grief contre lui. Il essaya un jour d'en raisonner
avec Kajsa, de lui faire entendre l'injustice et la
cruauté d'un pareil préjugé ; mais elle ne daigna
même pas l'écouter. Plus ils grandissaient tous
deux, plus cet abîme qui les séparait semblait
s'élargir. A dix-huit ans, Kajsa avait fait ses dé-
buts dans le monde. Elle y était choyée et adulée
comme une héritière, et ces hommages la confir-
maient dans l'opinion qu'elle était faite d'une autre
pâte que le commun des mortels.

Erik, d'abord affligé de ces dédains, avait fini
par s'en indigner et par se jurer d'en triompher.
Ce sentiment d'humiliation avait même une grande
part dans l'ardeur passionnée qu'il apportait à ses
études. Il rêvait de se placer si haut dans l'estime
publique, à force de travail, que chacun fût obligé
de s'incliner. Mais il se jurait aussi de partir à la
première occasion, de ne pas rester sous ce toit où
chaque jour était marqué pour lui par une secrète
humiliation. Seulement il fallait que le bon docteur
ignorât les motifs de ce départ. Il fallait qu'il l'at-
tribuât uniquement à la passion des voyages. Et
c'est pourquoi Erik parlait fréquemment de s'engager, au terme de ses études, dans quelque expédition scientifique. C'est pourquoi, tout en suivant
à Upsal les cours de l'école de médecine, il se préparait par les travaux et les exercices les plus
sévères à la vie de fatigues et de dangers qui est
le lot des grands voyageurs.

CHAPITRE XI

On était au mois de décembre 1878. Erik venait d'entrer dans sa vingtième année et de passer son premier examen de doctorat. La préoccupation à peu près unique de la Suède savante, et l'on peut dire du monde entier, était la grande expédition arctique du navigateur Nordenskiold. Après avoir préparé son entreprise par plusieurs voyages aux régions polaires, après avoir étudié à fond toutes les données du problème, Nordenskiold tentait, une fois de plus, la découverte de ce passage nord-est de l'Atlantique au Pacifique, qui, depuis trois siècles, avait déjoué les efforts de toutes les nations maritimes.

Le programme de cette expédition avait été tracé par le navigateur suédois dans un mémoire magistral, où il établissait les motifs qui le portaient à croire le passage nord-est praticable en été, et les moyens par lesquels il espérait arriver à réaliser ce *desideratum* géographique. L'intelligente libéralité de deux armateurs scandinaves et le concours du gouvernement suédois lui avaient permis d'organiser l'expédition dans les conditions mêmes qu'il croyait propres au succès.

C'était le 21 juillet 1878 que Nordenskiold avait quitté Tromsoë, à bord de la *Véga*, pour tenter d'atteindre le détroit de Behring en passant au nord de la Russie et de la Sibérie. Le lieutenant Palanders, de la marine suédoise, commandait le navire, à bord duquel se trouvait, avec le chef et l'inspirateur du voyage, tout un état-major de botanistes, de géologues, de médecins et d'astronomes. La *Véga,* spécialement aménagée pour l'expédition, sur les plans mêmes de Nordenskiold, était un navire de cinq cents tonneaux, récemment construit à Brême et muni d'une hélice avec une machine de soixante chevaux. Trois bateaux à charbon devaient l'accompagner jusqu'à des points déterminés et successifs sur la côte sibérienne. Tout était prévu pour une campagne de deux ans, s'il devenait nécessaire d'hiverner en route. Mais Nordenskiold ne cachait pas son espoir d'arriver avant l'automne au détroit de Behring, grâce à la précision des mesures qu'il avait prises, et toute la Suède partagea son espoir.

Partie du port le plus septentrional de la Norvège, la *Véga* arrivait, le 29 juillet, à la Nouvelle-Zemble, le 1er août, à la mer de Kara, le 6 août, à l'embouchure de l'Yéniséï. Le 9 août, elle doublait

le cap Tchelynskin ou Nord-Est, point extrême
du vieux continent qu'aucun navire n'avait encore
franchi. Le 7 septembre, elle mouillait à l'embouchure de la Léna et se séparait du troisième de
ses bateaux à charbon. Et, dès le 16 octobre, une
dépêche télégraphique, déposée à Irkoutsk par ce
bateau même, annonçait au monde le succès de la
première partie de l'expédition.

On peut juger de l'impatience avec laquelle les
nombreux amis du navigateur suédois attendaient
les détails de ce voyage. Ces détails n'arrivèrent
que dans les premiers jours de décembre. Car, si
l'électricité franchit les distances avec la rapidité
de la pensée, il n'en est pas de même de la poste
sibérienne. Les lettres de la *Véga*, déposées à
Irkoutsk en même temps que la dépêche, mirent
plus de six semaines à parvenir à Stockholm. Mais
enfin elles y arrivèrent, et, dès le 5 décembre,
un des grands journaux suédois publiait, sur la
première partie du voyage, une correspondance due
à la plume d'un jeune docteur en médecine attaché
à l'expédition.

Ce même jour, en déjeunant, M. l'avocat Bredejord était occupé à parcourir avec un vif intérêt les détails donnés dans ces quatre colonnes,
quand ses yeux tombèrent sur un paragraphe qui
lui fit faire un soubresaut. Il le relut avec attention,
le relut encore; puis, se levant brusquement, il
sauta sur sa pelisse, sur son chapeau, et ne fit
qu'un bond chez le docteur Schwaryencrona.

« Avez-vous lu la correspondance de la *Véga?*
cria-t-il en entrant comme un ouragan dans le
« matsal », où son ami était en train de déjeuner
avec Kajsa.

— Je n'ai fait que commencer, répondit le docteur, et je me disposais à achever tout à l'heure
cette lecture en fumant ma pipe.

— Alors vous n'avez pas vu encore, reprit
M. Bredejord hors d'haleine, vous n'avez pas vu
ce que contient cette correspondance?

— Non, reprit M. Schwaryencrona avec un
calme parfait.

— Eh bien! écoutez ceci, s'écria M. Bredejord en
se rapprochant de la fenêtre... C'est le journal
d'un de vos confrères, aide-naturaliste à bord de
la *Véga...* Écoutez ceci :

« 30 et 31 juillet. — Nous entrons dans le détroit de Jugor, et nous mouillons devant un village
samoyède nommé Chabarova. Descendu à terre.
Examiné quelques naturels pour vérifier par la
méthode de Holmgren l'étendue de leur sens de
la couleur. Trouvé ce sens normalement développé
chez eux... Acheté d'un pêcheur samoyède deux
magnifiques saumons...

— Pardon, interrompit en souriant le docteur.
Est-ce que c'est une charade? J'avoue que l'intérêt de ces détails m'échappe.

— Ah! l'intérêt de ces détails vous échappe !
s'écria M. Bredejord d'un ton triomphant. Eh bien,
attendez, vous allez voir...

« Acheté d'un pêcheur samoyède deux magnifiques saumons d'espèce non décrite, que j'ai retenus pour notre cuve à l'alcool, en dépit des protestations du maître coq. Incident : ce pêcheur tombe à l'eau en quittant le navire, au moment où nous allions appareiller. On le repêche à demi asphyxié, raidi par le froid comme une barre de fer, et, par surcroît, blessé à la tête. Transporté sans connaissance à l'infirmerie de la *Véga,* déshabillé et couché, on reconnaît que ce pêcheur samoyède est un Européen. Il a les cheveux rouges, son nez a été écrasé par un accident, et, sur la poitrine, au niveau du cœur, ces mots sont tatoués dans un écusson : *Patrick O'Donoghan, Cynthia...* »

Ici, M. Schwaryencrona poussa un cri de surprise.

« Attendez, voici la suite, » dit M. Bredejord.

Et il poursuivit sa lecture.

« Sous l'action d'un massage énergique, il revient à la vie. Mais il est impossible de le débarquer en cet état. Nous le gardons. Il a de la fièvre et du délire. Voilà nos expériences sur le sens de la couleur chez les Samoyèdes singulièrement mises à néant.

« 3 août. — Le pêcheur de Chabarova est tout à fait remis de ses fatigues. Il a paru surpris de se trouver à bord de la *Véga* et en route pour le cap Tchelynskin, mais en a bientôt pris son parti. Sa connaissance de la langue samoyède pouvant nous être utile, nous l'avons décidé à longer avec nous

la côte de Sibérie. Il parle anglais avec un accent
nasal comme les Yankees, prétend être Écossais
et s'appeler Johnny Bowles. Il serait venu à la
Nouvelle-Zemble avec des pêcheurs russes et serait établi depuis douze ans dans ces parages.
Le nom tatoué sur sa poitrine est, dit-il, celui
d'un de ses amis d'enfance, mort depuis fort longtemps...

— C'est évidemment notre homme ! s'écria le
docteur en proie à une vive émotion.

— N'est-ce pas qu'il ne peut y avoir de doute ?
répondit l'avocat. Le nom, le navire, le signalement, — tout y est. Il n'est pas jusqu'au choix de
son pseudonyme — Johnny Bowles, — jusqu'à ce
soin d'affirmer que Patrick O'Donoghan est mort,
— qui ne soient des preuves surabondantes ! »

Tous deux gardèrent le silence, en réfléchissant
aux conséquences possibles de cette révélation.

« Comment aller le chercher si loin ? dit enfin
le docteur.

— C'est difficile évidemment, répliqua M. Bredejord. Mais enfin c'est déjà quelque chose de savoir qu'il existe et de connaître la partie du monde
où il se trouve ! Et puis, il faut compter avec
l'imprévu !... Peut-être restera-t-il jusqu'au bout
à bord de la *Véga* et viendra-t-il nous apporter à
Stockholm même les explications que nous sou-
haitons ! Dans le cas contraire, peut-être trouve-
rons-nous tôt ou tard une occasion de communiquer avec lui ? Les voyages à la Nouvelle-Zemble

ront devenir plus fréquents par suite de l'expédition même de Nordenskiold. Des armateurs
parlent déjà d'envoyer tous les ans des navires à
l'embouchure de l'Yéniséï... »

Sur ce thème, la discussion était inépuisable.
Les deux amis étaient encore en train de le traiter,
quand Erik arriva d'Upsal, à deux heures. Lui
aussi, il avait lu la grosse nouvelle, et il avait pris
le train sans perdre un seul instant. Mais, chose
singulière, ce n'était pas la joie, c'était plutôt l'inquiétude qui dominait chez lui.

« Savez-vous ce que je crains maintenant? dit-il
au docteur et à M. Bredejord. Je crains qu'il ne
soit arrivé malheur à la *Véga*... Songez donc que
nous sommes au 5 décembre, et que les chefs de
l'expédition comptaient arriver avant le mois d'octobre au détroit de Behring!... Si cette prévision
s'était réalisée, nous le saurions maintenant, car la
Véga serait depuis longtemps au Japon, ou tout
au moins à Pétropaulosk, aux îles Aléoutiennes,
à une station du Pacifique d'où l'on aurait eu de
ses nouvelles!... Or les dépêches et les lettres venues par la voie d'Irkoutsk sont datées du 7 septembre, c'est-à-dire que, depuis trois mois entiers,
on ne sait rien de ce qu'est devenue la *Véga*...c'est-
à-dire qu'elle n'est pas arrivée à temps au détroit de Behring... c'est-à-dire qu'elle a subi le sort
commun de toutes les expéditions parties depuis
trois siècles pour découvrir le passage nord-est!
Voilà la déplorable conclusion qui s'impose à moi!

— La *Véga* peut avoir été obligée d'hiverner
dans les glaces comme ses prévisions le compor-
taient, objecta le docteur.

— Évidemment, mais c'est l'hypothèse la plus
favorable, et un hivernage pareil est entouré de
tant de dangers qu'il équivaut presque à un naufrage. En tous cas, un fait est désormais hors de
doute, c'est que, si nous devons jamais avoir des
nouvelles de la *Véga,* nous n'en aurons pas avant
l'été prochain.

— Pourquoi cela?

— Par la raison même que, si la *Véga* n'a pas
péri, elle est actuellement enfermée dans les glaces
et ne pourra en sortir qu'en juin ou juillet, en
mettant les choses au mieux!

— C'est vrai, répondit M. Bredejord.

— Quelle conclusion tires-tu de ce raisonnement? demanda le docteur, inquiet du ton saccadé
qu'avait pris la voix d'Erik en l'énonçant.

— La conclusion, c'est qu'il m'est impossible
d'attendre aussi longtemps, sans être fixé sur une
question qui a pour moi une si grande importance!...

— Que veux-tu faire? Il faut bien accepter
l'inévitable!...

— A moins que cet inévitable ne soit simplement
apparent! répondit Erik. Les lettres sont bien venues des mers arctiques par la voie d'Irkoutsk!
Pourquoi n'irais-je pas, moi, par la même voie?...
Je suivrais la côte de Sibérie!... Je chercherais

m'informer auprès des gens du pays, à savoir si
on n'a pas entendu parler d'un navire naufragé
ou pris dans les glaces!...

Peut-être arriverais-je à retrouver Nordenskiold... et Patrick O'Donoghan!... C'est une entreprise qui vaut qu'on la tente!

— En plein hiver?

— Pourquoi pas? C'est la saison favorable pour
voyager en traîneau dans les hautes latitudes.

— Oui, mais tu oublies que tu n'y es pas encore, à ces hautes latitudes, et que le printemps y
sera arrivé avant toi.

— C'est vrai, » dit Erik, obligé de reconnaître
la force de cette objection.

Et il resta les yeux fixés sur le parquet, absorbé
dans sa pensée.

« N'importe! reprit-il tout à coup. Il faut que
Nordenskiold soit retrouvé, et avec lui Patrick
O'Donoghan!... Ils le seront, ou il ne tiendra pas
à moi!... »

L'idée d'Erik était très simple. Elle consistait
tout uniment à communiquer aux journaux de
Stockholm, sous forme de note impersonnelle, son
dilemme sur le sort probable de la *Véga :* — Ou
elle a péri, ou elle est actuellement enfermée dans
les glaces, — en concluant à la nécessité d'envoyer
à sa recherche.

Le raisonnement était assez serré, et l'intérêt qui
s'attachait à la tentative de Nordenskiold assez
universel, pour que le jeune étudiant d'Upsal fût

certain de voir la question discutée avec ardeur
dans les cercles scientifiques. Mais l'effet de sa note
dépassa son attente. Tous les journaux sans exception la commentèrent en l'approuvant. Les corps
savants et la masse même de la nation la prirent à
cœur. L'opinion publique se prononça avec une
unanimité sans égale en faveur d'une expédition
de secours. Des comités se formèrent, des sous-
criptions s'ouvrirent pour la préparer. Le commerce, l'industrie, les écoles, les cours de justice,
toutes les classes, voulurent contribuer à l'entreprise. Un riche armateur offrit d'équiper à ses propres frais un navire, qui partirait sur les traces de
la *Véga* et qu'il appellerait *Nordenskiold*.

L'enthousiasme ne fit que grandir à mesure que
les jours s'écoulaient sans apporter de nouvelles
positives de Nordenskiold. Dès la fin de décembre,
les fonds souscrits atteignaient déjà un chiffre considérable. Le docteur Schwaryencrona et l'avocat
Bredejord tenaient la tête de la liste avec une souscription de dix mille kröners chacun. Ils faisaient
partie du comité directeur, qui avait choisi Erik
pour secrétaire.

Celui-ci en était véritablement l'âme. Son ardeur,
sa modestie, sa compétence évidente sur toutes les
questions relatives à l'entreprise qu'il étudiait et
creusait sans relâche, lui eurent bientôt conquis
l'influence la plus décisive. Il n'avait pas caché,
dès le premier jour, que son rêve était de faire partie de l'expédition, fût-ce à titre de simple matelot;

qu'il y avait un intérêt personnel et supérieur; et cela même donnait plus de poids à toutes les excellentes idées qu'il apportait aux organisateurs de l'entreprise. Aussi dirigea-t-il en personne tous les travaux préparatoires.

Tout d'abord, il fut convenu qu'un second navire serait adjoint au *Nordenskiold,* pour que les recherches fussent complètes, et que ce navire serait, comme la *Véga,* un navire à vapeur. Nordenskiold lui-même avait démontré que la principale cause d'insuccès, dans toutes les tentatives antérieures, avait été l'emploi des navires à voiles. Les navigateurs arctiques, spécialement dans un voyage d'exploration, ont en effet tout intérêt à ne pas être subordonnés au vent, à pouvoir compter sur une vitesse moyenne, au besoin forcer leur marche pour franchir un passage périlleux, enfin, et surtout, à pouvoir toujours aller chercher la mer libre où elle est : toutes choses souvent impossibles à la voile.

Ce point fondamental établi, il fut décidé en outre que le navire serait couvert d'un revêtement de chêne vert de six pouces d'épaisseur et divisé en compartiments étanches, — ce qui le rendrait indépendant des avaries partielles causées par le choc des glaces; qu'il serait d'un faible tirant d'eau; que tout son aménagement serait préparé en vue d'emporter une provision relativement considérable de charbon.

Parmi les offres qui furent faites au comité, son

choix s'arrêta sur un schooner de cinq cent quarante tonneaux, récemment achevé à Brême, qu'un
équipage de dix-huit hommes pouvait aisément
manœuvrer. Ce schooner, tout en conservant sa
mâture, fut muni d'une machine à vapeur de qua-
tre-vingts chevaux, et d'une hélice disposée de
manière qu'on pût la remonter à bord si les glaces
la mettaient en danger. Le foyer d'une des chau-
dières était aménagé en vue de brûler des huiles ou
des graisses, qu'on peut aisément se procurer dans
les régions arctiques, si le charbon venait à manquer. La coque, protégée par son revêtement de
chêne, fut en outre renforcée de poutres transver-
sales, de manière à offrir une grande résistance à
la pression des glaces. Enfin, l'avant était cuirassé
et armé d'un éperon d'acier, pour se frayer une
route dans la banquise même, si son épaisseur ne
dépassait pas la limite du tirant d'eau.

Le schooner, acheté et remis sur chantier, fut
baptisé l'*Alaska*, à raison de la direction à laquelle
il était destiné. Il avait en effet été décidé que, le
Nordenskiold partant par la route même qu'avait
suivie la *Véga*, le second navire prendrait autour du
monde la route opposée, pour aborder l'océan Si-
bérien par la presqu'île d'Alaska et le détroit de
Behring. Les chances de retrouver l'expédition
suédoise, si elle était en détresse, ou ses traces, si
elle avait péri, devaient ainsi se trouver doublées,
puisque, tandis que l'un des navires partirait derrière elle, l'autre irait en quelque sorte au-devant.

Erik, à qui était due cette idée, s'était bien sou-
nt demandé à laquelle des deux voies il donne-
t la préférence, et il avait fini par s'arrêter à la
conde.

« Le *Nordenskiold*, s'était-il dit, va suivre la
ême route que la *Véga*. Il est donc indispensable
'il soit aussi heureux qu'elle dans la première
rtie de son voyage, ne fût-ce que pour arriver à
ubler le cap Tchelynskin, et rien ne prouve
'il parviendra jamais aussi loin, puisque ce résul-
t n'a encore été atteint qu'une seule fois ! D'autre
rt, aux dernières nouvelles, la *Véga* ne se trou-
it plus qu'à deux ou trois cents lieues du détroit
e Behring : c'est donc en arrivant au-devant d'elle
ar cette voie qu'il y a le plus de chances de la ren-
ontrer. Le *Nordenskiold* peut la suivre pendant
es mois sans l'atteindre, même en mettant les
hoses au mieux. Ceux qui vont en sens inverse ne
euvent manquer de la rencontrer, si elle existe
ncore, puisqu'elle longe la côte sibérienne. »

Or, aux yeux d'Erik, la grande affaire était de
encontrer la *Véga* le plus tôt possible, afin de re-
rouver Patrick O'Donoghan le plus tôt possible
ussi.

Le docteur et M. Bredejord approuvèrent pleinement ces motifs, quand ils leur furent exposés.

Cependant les travaux d'aménagement de l'*A-
laska* étaient activement poussés ; les approvision-
nements, les vivres, les vêtements choisis confor-
mément à des principes consacrés par l'expérience ;

10

l'équipage composé de matelots d'élite, endurci
au froid par des campagnes de pêche en Island
ou au Groënland. Enfin le commandant, choisi par
le comité, était un officier de la marine suédoise
présentement au service d'une compagnie mari
time, et bien connu par ses voyages dans les mer
arctiques, le lieutenant Marsilas. Il devait avoi
pour premier lieutenant Erik lui-même, désign
pour ce poste par l'énergie qu'il avait mise au ser
vice de l'entreprise, et qualifié d'ailleurs par sor
diplôme de capitaine au long cours ; pour second
et troisième officiers, on fit choix de deux marins
éprouvés, M. Bosewitz et M. Kjellquist.

L'*Alaska* allait emporter des matières explosi-
bles, pour faire au besoin sauter les glaces, et d'a-
bondantes provisions de conserves antiscorbuti-
ques, pour lutter contre les maladies arctiques. Il
était muni d'un calorifère, afin de conserver, à
toutes les latitudes, une température douce et régulière, et pourvu de cet observatoire portatif,
appelé « nid de corbeau », qu'on hisse au sommet
du grand mât, dans la région des glaces flottantes,
pour signaler l'arrivée des icebergs. Sur la proposition d'Erik, cet observatoire reçut un puissant
foyer de lumière électrique, alimenté par la machine même du navire, et qui devait permettre
d'éclairer, la nuit, la route de l'*Alaska*. Sept bateaux auxiliaires, dont deux baleinières et un cutter
à vapeur, six traîneaux, un jeu de « schnee-shuhe »
ou souliers à neige pour chaque homme de l'équi-

ge, furent également embarqués avec quatre
nons Gattling, trente fusils à répétition et les
unitions nécessaires.

Ces préparatifs touchaient à leur fin, quand
maaster Hersebom et son fils Otto, arrivant de No-
ë avec leur grand chien Klaas, sollicitèrent la
veur d'être engagés comme matelots à bord de
Alaska. Ils savaient, par une lettre d'Erik, le puis-
ant intérêt personnel qu'il avait à ce voyage, et
oulaient en partager les périls avec lui. Maaster
Iersebom faisait valoir son expérience des parages
roënlandais et l'utilité dont pouvait être son chien
Klaas comme chef de file, dans l'attelage d'un
raîneau. Otto n'avait à mettre en ligne que sa
belle santé, sa force herculéenne et son dévouement. Grâce à l'appui du docteur et de M. Bredejord, ils furent tous trois agréés par le comité.

Au commencement de février 1879, tout était
prêt. L'Alaska avait ainsi cinq mois pleins pour se
trouver au détroit de Behring à la fin de juin, époque jugée la plus favorable pour son exploration.
Il allait d'ailleurs s'y rendre par la voie la plus
directe, c'est-à-dire par la Méditerranée, le canal
de Suez, l'océan Indien et les mers de Chine, en
relâchant successivement, pour faire du charbon, à
Gibraltar, Aden, Colombo de Ceylan, Singapour,
Hong-Kong, Yokohama et Petropaulosk.

De toutes ces stations, l'Alaska devait télégraphier à Stockholm, et il était naturellement convenu
que, si, dans l'intervalle, on avait des nouvelles

de la *Véga*, on ne manquerait pas de l'en avertir.

Le voyage de l'*Alaska*, en vue d'une expédition arctique, allait donc commencer par un voyage à travers les mers tropicales et le long des continents les plus favorisés du soleil. Le programme n'en avait pas été tracé à plaisir; il était le résultat d'une impérieuse nécessité, puisqu'il s'agissait d'arriver au détroit de Behring par le plus court chemin, et en restant jusqu'au dernier moment en communication télégraphique avec Stockholm.

Mais une difficulté assez grave menaçait de retarder le départ. On avait si bien fait les choses pour l'armement du navire, que les fonds menaçaient d'être un peu courts pour les crédits indispensables à l'expédition. Il fallait, en effet, compter sur des achats considérables de charbon et sur divers autres frais. Un nouvel appel de fonds était nécessaire. Comme il venait d'être lancé, le comité fut mis en émoi, le 2 février, par deux lettres chargées qui lui arrivèrent ensemble.

La première était de M. Malarius, instituteur public à Noroë, lauréat de la *Société de botanique*. Elle contenait un billet de cent kröners et la demande d'être attaché en qualité d'aide-naturaliste à l'expédition de l'*Alaska*.

La seconde contenait un chèque de vingt-cinq mille kröners, avec cette note laconique :

« Pour le voyage de l'*Alaska*.

« De la part de M. Tudor Brown, à la condition qu'il sera admis comme passager. »

CHAPITRE XII

PASSAGERS IMPRÉVUS

La demande de M. Malarius avait un caractère trop touchant pour ne pas être accueillie avec bienveillance par le comité directeur. Elle fut donc votée d'enthousiasme, et le digne instituteur, dont la réputation comme botaniste était plus étendue qu'il ne le soupçonnait lui-même, fut nommé aide-naturaliste de l'expédition.

Quant à la condition mise par Tudor Brown au versement de ses vingt-cinq mille kröners, le docteur Schwaryencrona et M. Bredejord furent d'abord vivement tentés de la combattre. Mais, quand ils durent avouer quels étaient les motifs de leur répugnance, ils se virent fort empêchés. Quelle raison donner au comité pour lui demander de repousser une souscription aussi importante? Ils n'en avaient pas de valable. Tudor Brown était venu apporter à M. Schwaryencrona l'acte de décès de Patrick O'Donoghan, et maintenant Patrick O'Donoghan paraissait être vivant. Mais où était la preuve de la mauvaise foi de Tudor Brown en cette affaire, voilà ce que le comité demanderait à juste titre avant de refuser une somme qui le tirait d'embarras. Tudor Brown pouvait fort bien soutenir qu'il avait été sincère. Sa démarche présente semblait le prouver. Peut-être son but était-il uniquement d'aller, lui aussi, vérifier comment Patrick O'Donoghan, qu'il croyait noyé par le travers de Madère, se trouvait sur la côte de Sibérie. En supposant même d'autres projets chez Tudor Brown, il pouvait y avoir un intérêt à le surveiller, à le connaître, à l'avoir sous la main. Car, enfin, de deux choses l'une : ou il n'avait rien à démêler avec l'enquête qui occupait depuis si longtemps les amis d'Erik, et alors il était inutile de le traiter en adversaire ; ou, au contraire, il avait un intérêt personnel dans cette affaire si obscure, et alors mieux valait cent fois le voir agir pour le combattre.

Le docteur et M. Bredejord commencèrent donc par se décider à ne pas s'opposer à son embarquement. Puis, graduellement, ils furent pris du désir d'étudier par eux-mêmes cet homme singulier et de savoir pourquoi il prenait passage sur l'*Alaska*. Or, comment y arriver sans s'embarquer comme lui? Ce ne serait pas si absurde, après tout! L'itinéraire de l'*Alaska* était bien séduisant, au moins dans sa première partie. Bref, le docteur Schwaryencrona, grand amateur de voyages, demanda à partir comme passager, ne fût-ce que pour accompagner l'expédition jusqu'aux mers de Chine, en payant le prix que le comité jugerait convenable.

Aussitôt son exemple agit avec une force irrésistible sur M. Bredejord, qui rêvait depuis longtemps une excursion aux pays du soleil. Lui aussi sollicita une cabine dans les mêmes conditions.

Tout Stockholm crut alors que le professeur Hochstedt allait en faire autant, moitié par curiosité scientifique, moitié par terreur de passer de longs mois sans ses deux amis. Mais l'attente de Stockholm fut trompée. Le professeur, assez vivement tenté de partir, pesa si bien le pour et le contre, qu'il trouva impossible d'arriver à une décision. Il joua donc le voyage à pile ou face, et le sort lui ordonna de rester.

Le départ était irrévocablement fixé au 10 février. Le 9, Erik attendait M. Malarius. Il fut agréablement surpris de voir arriver aussi dame Katrina et Vanda, qui avaient pris le train pour venir lui faire leurs adieux. Elles étaient modestement descendues dans une auberge de la ville ; mais le docteur exigea qu'elles vinssent demeurer chez lui, au grand déplaisir de Kajsa, qui ne trouvait pas ces hôtes assez distingués.

Vanda était maintenant une grande jeune fille, dont la beauté avait tenu toutes ses promesses. Elle venait de subir avec succès à Bergen des examens fort difficiles et qui pouvaient lui permettre de prétendre à une chaire de professeur dans une école supérieure. Mais elle préférait rester à Noroë, auprès de sa mère, et allait suppléer M. Malarius pendant son absence. Toujours sérieuse et douce, elle puisait dans cette instruction solide, qui n'avait rien changé à la simplicité de ses habitudes domestiques, un charme étrange et profondément original. Rien d'imprévu comme de voir cette belle personne, dans son pittoresque costume norvégien, dire tranquillement son mot sur les plus hautes questions scientifiques, ou s'asseoir au piano et jouer avec un talent consommé une sonate de Beethoven. Mais ce qu'il y avait de tout à fait charmant en elle, c'était l'absence de prétention et le naturel parfait de ses manières. Elle ne cherchait pas à se faire valoir et ne songeait pas plus à être vaine de ses talents qu'elle ne songeait à rougir de ses souliers à boucles. Elle s'épanouissait dans sa grâce comme une fleur sauvage, choisie au bord du fiord et cultivée par son vieux maître en son petit jardin derrière l'école.

Dans la soirée, une réunion intime rassembla au parloir toute la famille d'adoption d'Erik. M. Bredejord et le docteur jouèrent avec M. Hochstedt une dernière partie de whist. On découvrit alors que M. Malarius était de première force à ce noble jeu, — ce qui allait permettre de charmer les loisirs à bord de l'*Alaska*. Malheureusement, le digne instituteur révéla en même temps que, sujet au mal de mer, il restait presque toujours couché quand il mettait le pied sur un navire. Il n'avait fallu rien moins, pour le décider à s'embarquer, que son affection pour Erik, jointe à l'ambition toujours caressée, pendant une laborieuse existence, d'ajouter quelques variétés nouvelles aux familles botaniques déjà cataloguées.

Après le whist, on fit un peu de musique. Kajsa joua d'un air dédaigneux une valse à la mode. Vanda chanta, avec une voix d'une étendue et d'une justesse surprenantes, une vieille mélodie scandinave. Puis on servit le thé, et l'on but un grand bol de punch au succès de l'expédition. Erik remarqua que Kajsa affectait de ne pas toucher son verre.

« Ne nous souhaiterez-vous pas un heureux voyage? lui demanda-t-il à demi-voix.

— A quoi bon souhaiter ce qu'on n'espère pas? » répondit-elle.

Le lendemain, au point du jour, tout le monde se trouvait à bord, sauf Tudor Brown. Depuis l'envoi de la lettre chargée, il n'avait pas donné signe de vie.

Le départ était indiqué pour dix heures. Au premier coup, le commandant Marsilas fit lever l'ancre et sonner la cloche du départ pour avertir les visiteurs de redescendre à terre.

« Adieu, Erik? s'écria Vanda en lui jetant ses bras autour du cou.

— Adieu, mon fils! dit Katrina en pressant le jeune lieutenant sur son cœur.

— Et vous, Kajsa, ne me direz-vous rien? demanda-t-il en s'avançant vers elle comme pour l'embrasser aussi.

— Je vous souhaiterai de ne pas avoir le nez gelé et de découvrir que vous êtes un prince déguisé! répliqua-t-elle en riant avec impertinence.

— Si cela était, y gagnerais-je au moins un peu de votre amitié? dit-il en essayant de sourire pour dissimuler l'amertume que ce sarcasme lui mettait au cœur.

— En doutez-vous? » répondit Kajsa en se retournant vers son oncle pour bien indiquer que les adieux étaient finis.

Ce fut tout. Les avertissements de la cloche devenaient plus impérieux. La foule des visiteurs regagnait l'escalier, autour duquel les embarcations se pressaient pour les recevoir. Au milieu de cette confusion, presque personne ne remarqua l'arrivée d'un retardataire, qui débouchait sur le pont, une valise à la main.

Ce retardataire était Tudor Brown. Il se présenta au capitaine et réclama sa cabine, qui lui fut indiquée sur l'heure.

Une minute plus tard, après deux ou trois coups de sifflet stridents et prolongés, l'hélice entrait en jeu, un bouillonnement d'écume blanchissait les eaux de l'arrière, et l'*Alaska,* glissant majestueusement sur les eaux vertes de la Baltique, sortait de Stockholm au milieu des acclamations de la foule, qui agitait chapeaux et mouchoirs.

Erik, debout sur la passerelle, commandait la manœuvre. M. Bredejord et le docteur, accoudés aux bastingages de bâbord, envoyaient un dernier adieu à Kajsa et à Vanda sur la jetée. M. Malarius, déjà pris d'un affreux malaise, était allé s'allonger sur sa couchette. Tout entiers au souci de la séparation, ni les uns ni les autres n'avaient remarqué l'arrivée de Tudor Brown.

Aussi le docteur ne put-il réprimer un mouvement de surprise, quand, en se retournant, il le vit surgir des profondeurs du navire et marcher droit à lui, les mains dans ses poches, vêtu comme il l'était lors de leur unique entrevue et le chapeau toujours vissé sur la tête.

« Beau temps, » dit Tudor Brown, en manière de salut et d'introduction.

Le docteur était stupéfait de cet aplomb. Il attendit quelques instants que l'étrange personnage ébauchât au moins une excuse, donnât une explication de sa conduite. Voyant que rien ne venait, il ouvrit le feu.

« Eh bien, Monsieur, il paraît que Patrick O'Donoghan n'est pas aussi mort qu'on le disait? s'écriat-il avec sa vivacité ordinaire.

— C'est précisément ce qu'il s'agit de savoir, riposta l'étranger avec un flegme imperturbable, et c'est pour en avoir le cœur net que j'ai tenu à être du voyage. »

Sur quoi, Tudor Brown tourna les talons, et, jugeant sans doute l'explication parfaitement satisfaisante, se mit à arpenter le pont en sifflotant son air favori.

Erik et M. Bredejord avaient suivi ce rapide colloque avec une curiosité assez naturelle. La personne de Tudor Brown était nouvelle pour eux. Aussi l'étudiaient-ils attentivement, — plus attentivement encore que ne faisait le docteur. Il leur sembla que l'étranger, tout en affectant l'indifférence, jetait de temps à autre un regard furtif de leur côté, comme pour voir l'impression qu'il produisait. Aussi feignirent-ils immédiatement, sans même s'être donné le mot, de ne point s'occuper de sa présence. Mais bientôt, après être descendus dans le salon sur lequel s'ouvraient les cabines, ils tinrent conseil.

Quel pouvait avoir été le but de ce Tudor Brown en cherchant à établir la mort de Patrick O'Donoghan? Et quel but pouvait-il maintenant poursuivre en partant avec l'*Alaska?* C'était impossible à dire. Mais il était difficile de ne pas croire que cette double démarche se rapportait plus ou moins directement à l'histoire du *Cynthia* et de « l'enfant sur la bouée ». Tout l'intérêt qui s'attachait à Patrick O'Donoghan, pour Erik et ses amis, était en effet lié à sa connaissance supposée de l'affaire, et c'est seulement à raison de cette connaissance qu'on avait besoin de retrouver l'Irlandais. Or, on se trouvait en présence d'un homme qui, sans y être invité, était venu déclarer que Patrick O'Donoghan avait péri. Et cet homme s'imposait à l'expédition e recherches, aussitôt que sa déclaration se trouvait démentie de la manière la plus imprévue! Il allait donc conclure qu'il avait dans tout cela un intérêt personnel; et le fait même qu'il fût venu trouver M. Schwaryencrona indiquait la connexité de cet intérêt avec l'enquête instituée par le docteur.

Ainsi tout semblait indiquer que Tudor Brown était dans le problème un facteur au moins aussi important que Patrick O'Donoghan lui-même. Qui sait s'il ne se trouvait pas déjà en possession du secret qu'on allait chercher à élucider? Si cela était ainsi, fallait-il se féliciter de l'avoir à bord ou fallait-il s'en inquiéter? M. Bredejord inclinait vers la dernière opinion et trouvait la figure du personnage fort peu rassurante. Le docteur, au contraire, alléguait que Tudor Brown pouvait fort bien être de bonne foi et cacher sous des allures excentriques un fonds d'honnêteté.

« S'il sait quelque chose, disait-il, on peut toujours espérer arriver à le lui faire dire dans la familiarité qui naît forcément d'un long voyage! Ce serait, dans ce cas, un coup de fortune de l'avoir avec nous! Au pis, nous verrons bien ce qu'il peut avoir à démêler avec O'Donoghan, en admettant que nous arrivions à retrouver l'Irlandais. »

Quant à Erik, il n'osait même pas exprimer le sentiment que l'aspect du personnage avait éveillé en lui. C'était plus que de la répulsion, — de la haine, — une envie instinctive de se ruer sur lui et

11

de le jeter à l'eau. La conviction irrésistible que cet individu devait être pour quelque chose dans le malheur de sa vie s'imposait à sa pensée. Mais il aurait rougi de s'abandonner à une prévention pareille et même de la formuler. Il se contenta donc de dire que, pour son compte, il n'aurait jamais admis Tudor Brown à bord, s'il avait eu voix au chapitre.

Quelle conduite tenir avec lui? Sur ce point aussi les avis étaient partagés. Le docteur alléguait qu'il serait politique de traiter Tudor Brown avec une bienveillance au moins apparente, afin d'arriver à le faire causer. M. Bredejord, comme Erik, éprouvait une répugnance invincible à jouer cette comédie, et il n'était pas bien sûr, en somme, que M. Schwaryencrona lui-même eût la force de se conformer à son programme. On décida de laisser à Tudor Brown et aux circonstances le soin de tracer l'attitude à tenir avec lui.

L'attente ne fut pas longue. A midi précis, la cloche sonna pour le dîner. M. Bredejord et le docteur se rendirent à la table du commandant. Ils y trouvèrent Tudor Brown déjà installé, toujours avec son chapeau, et ne manifestant pas la moindre intention d'entrer en relations avec ses voisins. Cet homme était véritablement d'une grossièreté qui désarmait l'indignation. Il semblait étranger aux plus simples éléments du savoir-vivre, se servait le premier, choisissait les meilleurs morceaux, mangeait et buvait comme un ogre. A deux ou trois reprises, le commandant et M. Schwaryencrona lui adressèrent la parole. Il ne daigna même pas leur répondre, ou ne répondit que par gestes.

Cela ne l'empêcha pas, d'ailleurs, à la fin du repas, et tout en se servant libéralement d'un cure-dent gigantesque, de se renverser sur sa chaise et de s'adresser comme suit à M. Marsilas :

« Quel jour serons-nous à Gibraltar?

—Le 19 ou le 20, je pense, » répondit le capitaine.

Tudor Brown tira un calepin de sa poche et consulta son calendrier.

« Cela nous mettrait le 22 à Malte, le 25 à Alexandrie, et, pour la fin du mois, à Aden, » reprit-il, comme se parlant à lui-même.

Là-dessus, il se leva, remonta sur le pont et se remit à arpenter la dunette.

« Un joli compagnon de route que le comité nous a octroyé là ! » ne put s'empêcher de remarquer M. Marsilas.

M. Bredejord allait lui donner la réplique, quand un vacarme épouvantable, éclatant au haut de l'escalier, lui coupa la parole. C'étaient des cris, des aboiements, des voix confuses. Tout le monde se leva et courut sur le pont.

L'algarade était causée par Klaas, le grand chien groënlandais de maaster Hersebom. Il semblait que la mine de Tudor Brown ne lui revînt pas, car, après avoir témoigné son hostilité par des grognements sourds en le voyant passer et repasser auprès de lui, il avait fini par se jeter sur ses jambes. Tudor Brown avait aussitôt tiré de sa poche un revolver et se disposait à s'en servir, quand Otto était arrivé à point pour l'en empêcher et renvoyer Klaas à sa niche. Une discussion assez confuse s'était alors produite. Tudor Brown, blême de colère ou de terreur, voulait absolument brûler la cervelle au chien. Maaster Hersebom, survenu à la rescousse, protestait vivement contre un pareil projet. Le commandant se montra à propos pour mettre le holà, en priant Tudor Brown de rengainer son revolver, et décrétant que Klaas serait désormais tenu à la chaîne.

Cet incident ridicule fut le seul qui signala les premiers jours du voyage. Tout le monde s'accoutuma peu à peu au mutisme et aux étranges manières de Tudor Brown. A la table du commandant, on finit par ne pas plus s'occuper de lui que s'il n'existait pas. Chacun se créa des habitudes et des distractions. M. Malarius, après deux jours passés au lit, commença à manger, et fut bientôt en état de tenir sa place à d'interminables parties de whist avec le docteur et M. Bredejord. Erik, très occupé à son service, consacrait à la lecture tous ses instants de loisir. La navigation de l'*Alaska* suivait son cours normal et régulier.

Le 11, on avait passé l'île d'Oland, le 12, franchi le Sund, atteint le Skager-Rack le 13, signalé Heligoland le 14, enfilé le 15 le Pas de Calais, et doublé le 16 le cap de la Hague.

Au milieu de la nuit suivante, Erik dormait dans sa cabine, quand il fut réveillé par un grand silence, et s'aperçut qu'il n'entendait pas la trépidation de l'hélice. Il n'avait pas à s'en inquiéter, M. Kjellquist étant de quart; mais, par curiosité, il se leva pour aller aux informations.

Il apprit alors, au rapport du chef mécanicien, que la tige de la pompe de circulation venait de se fausser, — ce qui avait nécessité l'extinction des feux. On naviguait à présent à la voile avec une assez faible brise de sud-ouest.

L'inspection fut assez longue et ne jeta aucun jour sur les causes de l'avarie. Le mécanicien demandait qu'on relâchât au port le plus voisin pour le réparer.

Le commandant Marsilas, après examen personnel, adopta cette opinion. On se trouvait à une trentaine de milles de Brest, et ordre fut donné de mettre le cap sur le grand port français

CHAPITRE XIII

APPUYONS AU SUD-OUEST

Le lendemain, l'*Alaska* entrait en rade de Brest. Son avarie n'était heureusement pas grave. Un ingénieur, immédiatement appelé, promit que tout serait réparé dans trois jours. C'était donc un retard de peu d'importance et qu'on allait compenser dans une certaine mesure en faisant du charbon, — ce qui dispenserait de relâcher à Gibraltar, comme on en avait d'abord l'intention. Le prochain arrêt se trouvant ainsi remis à Malte, on gagnait vingt-quatre heures de ce chef; cela réduisait à deux jours le retard réel. Or, l'itinéraire de l'*Alaska* donnait à l'imprévu une marge de trente jours au moins. Il n'y avait donc pas lieu de s'inquiéter, et tout le monde se sentait désormais en disposition de prendre ce contretemps le plus philosophiquement du monde.

Bientôt il fut évident que le contretemps allait se transformer en fête. En quelques heures, l'arrivée de l'*Alaska* s'était répandue dans la ville, et, comme on connaissait par les journaux le but de son voyage, l'état-major du navire suédois ne tarda pas à se trouver l'objet des démonstrations les plus flatteuses. L'amiral-préfet maritime et le maire de Brest, le commandant du port et ceux des navires en rade vinrent officiellement visiter le capitaine Marsilas. Un dîner et un bal furent offerts aux hardis explorateurs qui partaient à la recherche de Nordenskiold. Si peu épris que fussent le docteur et M. Malarius de ces réunions mondaines, il fallut bien paraître à la table qui se dressait pour eux. Quant à M. Bredejord, il était là dans son véritable élément.

Parmi les convives du préfet, invités pour faire honneur à l'état-major de l'*Alaska,* se trouvait un grand vieillard à la physionomie fine et mélancolique. Il fut bientôt remarqué par Erik, qui lut, dans son regard un peu triste, une sympathie à laquelle il ne pouvait se méprendre. C'était M. Durrieu, consul général honoraire, membre militant de la Société de géographie, bien connu par ses voyages en Asie Mineure et au Soudan. Erik en avait lu la relation avec un très vif intérêt. Il en parla au savant français en homme compétent, quand on les eut présentés l'un à l'autre. Or, si légitimes que puissent être les satisfactions de cet ordre, elles ne sont pas souvent le lot des voyageurs. Il peut leur arriver, quand leurs aventures font du bruit, de récolter l'admiration banale de la foule; il leur arrive moins souvent de voir leurs travaux appréciés, dans un salon, par des juges bien informés. La respectueuse curiosité du jeune lieutenant alla droit au cœur du vénérable géographe et mit un sourire sur ses lèvres pâles.

« Je n'ai pas eu grand mérite à ces découvertes, dit-il en réponse à quelques mots d'Erik sur des fouilles heureuses, récemment exécutées aux environs d'Assouan. J'allais droit devant moi, en homme qui cherche à oublier des peines cruelles et qui se soucie peu des résultats, pourvu qu'il se livre aux travaux de son goût. Le hasard a fait le reste... »

Voyant Erik et M. Durrieu si bons amis, l'amiral eut soin de les faire placer l'un près de l'autre à table, de sorte que leur causerie se poursuivit tout le temps du dîner.

Comme on prenait le café, le lieutenant de l'*Alaska* se vit entrepris par un petit homme chauve, qui lui avait été présenté sous le nom du docteur Kergaridec, lequel lui demanda de but en blanc quel était son pays. D'abord un peu surpris de la question, Erik répondit qu'il était Suédois, ou, pour parler plus exactement, Norvégien, et que sa famille habitait le gouvernement de Bergen. Puis il désira connaître le motif de cette demande.

« Le motif est fort simple, lui répondit son interlocuteur. Voilà une heure que je me permets de vous considérer par-dessus la table, tout en dînant, et je n'ai jamais vu nulle part le type celte

11.

aussi nettement accusé que chez vous!... Il faut
vous dire que je suis fort adonné aux études celtiques!... Or, voici la première fois qu'il m'arrive
de rencontrer le type celte chez un Scandinave!
Peut-être y a-t-il là une indication précieuse pour
la science, et faut-il classer la Norvège parmi les
régions visitées par nos ancêtres gaëls! »

Erik allait sans doute expliquer au savant bres-
tois les raisons qui infirmaient la valeur de cette
hypothèse, quand le docteur Kergaridec se dé-
tourna pour adresser ses hommages à une dame
qui venait d'entrer dans le salon du préfet maritime, et l'entretien en resta là. Le jeune lieutenant
de l'*Alaska* n'aurait même plus pensé à cet incident, si, le lendemain, en passant dans une rue
voisine d'un marché, M. Schwaryencrona ne lui
avait dit tout à coup, à la vue d'un bouvier du Mor-
bihan :

« Mon cher enfant, si j'avais pu conserver un
doute sur ton origine celtique, je le perdrais ici!
Vois donc comme tous ces Bretons te ressem-
blent!... Comme ils ont ton teint mat, ton crâne
osseux, tes yeux bruns, tes cheveux noirs et jusqu'à ton attitude générale!... Bredejord en dira ce
qu'il voudra, mais tu es un Celte pur sang, sois-en
sûr ! »

Erik conta alors ce que lui avait dit la veille le
docteur Kergaridec. Et M. Schwaryencrona en fut
si ravi, qu'il ne parla d'autre chose pendant tout
le jour.

Comme les autres passagers de l'*Alaska,* Tudor Brown avait reçu et accepté l'invitation du préfet maritime. On put même croire un instant qu'il allait s'y rendre dans son costume habituel, car c'est ainsi qu'il s'était fait débarquer à l'heure du dîner. Mais, sans doute, la nécessité d'ôter son précieux chapeau lui parut trop dure, et, au moment même de franchir la porte de son hôte, il rebroussa chemin. On ne le vit plus de la soirée.

En rentrant après le bal, où il avait dansé fort et ferme, Erik apprit d'Hersebom que Tudor Brown était revenu vers sept heures et avait dîné seul. Après quoi il avait pénétré dans l'appartement du commandant pour consulter une carte marine; puis, il était reparti vers huit heures dans le canot qui l'avait ramené de terre.

Ce furent les dernières nouvelles qu'on eut de lui.

Le lendemain soir, à cinq heures, Tudor Brown n'avait pas reparu. Il savait pourtant que les réparations de la machine devaient être terminées, les feux rallumés, et que le départ de l'*Alaska* ne pouvait être retardé. Le commandant avait pris soin d'en avertir tout le monde. Il donna donc l'ordre de lever l'ancre.

Le navire allait larguer ses amarres, quand un canot, lancé à toute vitesse, fut signalé, venant du quai. Tout le monde crut qu'il portait Tudor Brown. On vit bientôt qu'il s'agissait seulement d'une lettre. A la surprise générale, cette lettre était adressée à Erik.

En l'ouvrant, Erik constata qu'elle contenait simplement la carte de M. Durrieu, consul général honoraire, membre de la Société de géographie, avec ces mots au crayon :

« Bon voyage!... Prompt retour!... »

Explique qui pourra ce qui se passa dans l'âme d'Erik. Cette attention d'un savant aimable et distingué lui alla au cœur et fit monter une larme à ses yeux. En quittant cette terre hospitalière, qu'il connaissait depuis trois jours à peine, il lui semblait quitter une patrie. Il serra la carte de M. Durrieu dans son carnet, en se disant que cet adieu d'un vieillard lui porterait bonheur.

Deux minutes plus tard, l'*Alaska* se mettait en mouvement et s'avançait vers le goulet. A six heures, il l'avait franchi, et le pilote lui souhaitait bon voyage.

On était au 20 février. Le temps était clair. Le soleil avait disparu sous une ligne d'horizon aussi nette qu'en un jour d'été. Mais la nuit montait, et bientôt elle allait être profonde, car la lune ne devait se lever qu'à dix heures du soir. Erik, de service pendant le premier quart, se promenait d'un pas léger sur le gaillard d'arrière. Il lui semblait qu'avec Tudor Brown le mauvais génie de l'expédition avait disparu.

« Pourvu qu'il n'aille pas s'aviser de nous rejoindre à Malte ou à Suez! » se disait-il.

Et c'était en effet possible, — probable même, si Tudor Brown avait voulu s'épargner le long dé-

tour que l'*Alaska* devait faire pour se rendre en
Égypte. Pendant que le navire allait contourner
la France et l'Espagne, il pouvait, si bon lui semblait, se donner une semaine de séjour à Paris ou
sur tout autre point du trajet par terre, et rejoindre
ensuite l'*Alaska* par la malle des Indes, soit à
Alexandrie ou à Suez, soit même à Aden, à Colombo de Ceylan, à Singapour ou à Yokohama.

Mais enfin ce n'était qu'une possibilité. La réalité du moment, c'est qu'il ne se trouvait plus là,
et il n'en fallait pas davantage pour mettre tout le
monde en gaieté.

Aussi le dîner, qui eut lieu à six heures et de-
mie, comme à l'ordinaire, fut-il le plus cordial
qu'on eût encore vu. Au dessert, on but au succès
de l'expédition, que chacun associait, plus ou
moins distinctement, au fond de sa pensée, avec
l'absence de Tudor Brown. Puis on monta sur le
pont pour fumer un cigare.

La nuit était profonde. Au loin, vers le nord, on
voyait briller le feu du cap Saint-Mathieu, celui
des Pierres-Noires et celui d'Ouessant. Vers le sud,
on laissait à l'arrière le grand feu fixe du Bec-du-
Raz et le feu clignotant à éclipses de Tevennec. Le
petit feu fixe de la falaise du Bec-du-Raz, qui n'é-
claire que deux secteurs, l'un de 41 degrés, l'autre
de 30, vers l'ouest, venait d'être signalé, ce qui
montrait qu'on était en bonne route. Par le travers
même de l'*Alaska*, à bâbord, brillait le feu de l'île
de Sein, feu à éclats, se succédant de quatre se-

condes en quatre secondes, précédés et suivis
d'éclipses. Une bonne brise de nord-est accélérait
la marche du navire en l'appuyant fortement sur
sa hanche de bâbord. Aussi roulait-il peu, quoique
la mer fût assez houleuse.

Comme les dîneurs arrivaient sur le pont,
l'homme de service à l'arrière achevait de tirer le
loch.

« Dix nœuds un quart, dit-il au commandant qui
s'avançait vers lui pour savoir le résultat de l'opération.

— C'est une jolie marche, à laquelle on s'abon-
nerait pour cinquante ou soixante jours ! dit le docteur en riant.

— En effet, répondit le commandant, et nous
n'aurions plus, en ce cas, beaucoup de charbon à
brûler pour arriver au détroit de Behring. »

Sur ces mots, il quitta le docteur et redescendit
à sa chambre. Là, il choisit, dans un grand casier
ouvert sous ses baromètres et ses montres marines,
une carte doublée de toile qu'il déploya sur son bureau, à la vive lueur d'une énorme lampe Carcel
suspendue au plafond. C'était une carte de l'amirauté britannique, indiquant tous les détails de la
région maritime dite armoricaine et présentement
parcourue par l'*Alaska,* entre le 47e et le 49e degré
de latitude nord, le 4e et le 5e degré de longitude
ouest de Greenwich. La carte avait près d'un
mètre carré de surface. Les côtes, les îles, les feux
fixes et tournants, les bancs de sable, les profon-

deurs et jusqu'aux directions à suivre y étaient marqués par le menu. Avec une carte pareille et une boussole, il semblait qu'un enfant même eût pu guider le plus gros navire dans ces parages pourtant si périlleux, où naguère encore un officier distingué de la marine française, le lieutenant Mage, l'explorateur du Niger, vint se perdre corps et biens avec tous ses compagnons de la *Magicienne,* après le *Sané* et tant d'autres.

Le hasard voulait que le commandant Marsilas n'eût jamais navigué dans ces eaux. En fait, la nécessité seule de relâcher à Brest l'y avait amené, sans quoi il eût passé fort au large. Aussi ne pouvait-il se fier qu'à une étude attentive de la carte du soin de rester en bonne route. Mais la chose semblait des plus simples. Laissant sur sa gauche la Pointe-du-Van, le Bec-du-Raz et l'île de Sein, séjour légendaire des neuf Druidesses, presque toujours voilé par la poussière des lames mugissantes, il n'avait qu'à courir droit à l'ouest, pour virer au sud quand il se trouverait au large. Le feu fixe de l'île indiquait nettement sa position, et, d'après la carte, à moins d'un quart de mille à l'ouest de ce feu, l'île finissait à pic par de hautes falaises, bordée par la mer libre à des profondeurs qui atteignaient rapidement cent mètres. Ce point de repère étant précieux par une nuit aussi sombre, le commandant, après un examen minutieux de la carte, se décida à le ranger de plus près qu'il n'aurait fait peut-être en plein jour, c'est-à-dire à trois ou quatre milles au large. Il remonta donc sur le pont, donna un coup d'œil à la mer et dit à Erik d'appuyer de vingt-cinq degrés au sud-ouest.

L'ordre parut surprendre le jeune lieutenant.

« C'est bien au sud-ouest? demanda-t-il respectueusement, croyant avoir mal entendu.

— J'ai dit au sud-ouest, répéta un peu sèchement le commandant. Cette route n'est pas de votre goût?

— Puisque vous me posez la question, commandant, je dois vous avouer que non, répondit franchement Erik. J'aurais préféré courir plus longtemps à l'ouest.

— A quoi bon?... Pour perdre une nuit de plus? »

Le ton du commandant ne permettait pas d'insister. Erik donna l'ordre tel qu'il l'avait reçu. Après tout, son chef était un marin éprouvé et dans lequel on pouvait avoir pleine confiance.

Si léger qu'il fût, le changement de direction avait suffi pour modifier sensiblement l'allure du navire. L'*Alaska* commençait à rouler fortement et, à chaque embardée, piquait son avant dans la lame. Tout autour de lui, c'était maintenant un bouillonnement confus de petites vagues à crête blanche. Le loch indiquait quatorze nœuds, et, comme la brise fraîchissait encore, Erik jugea prudent de faire prendre deux ris.

Le docteur et M. Bredejord, en proie à un malaise subit, ne tardèrent pas à descendre dans leurs cabines. Le commandant, qui s'était pendant quelques minutes promené de long en large sur le pont, fit bientôt comme eux.

Il était à peine arrivé dans sa chambre, quand Erik en personne s'y présenta.

« Commandant, dit le jeune homme, je viens d'entendre à bâbord des bruits suspects! On dirait des lames qui se brisent sur les rochers!... Je me crois en conscience obligé de vous dire qu'à mon estime nous suivons une route dangereuse!...

— Décidément, Monsieur, vous avez l'inquiétude tenace! s'écria le commandant. Quel danger pouvez-vous craindre tant que nous avons ce feu à trois bons milles de nous, si ce n'est quatre? »

Et, d'un doigt impatient, il montrait sur la carte, toujours étalée sur son bureau, l'île de Sein, qui se dressait comme une sentinelle avancée à la pointe extrême du musoir breton.

Erik suivit la direction de ce doigt. Il vit clairement qu'en effet aucun danger n'était signalé aux abords de l'île taillée à pic et entourée d'eaux profondes. Rien ne pouvait être, aux yeux d'un marin, plus rassurant et plus décisif. Pourtant, ce n'était pas une illusion, non plus, ces bruits de lames brisées qu'il avait perçus à sa gauche, c'est-à-dire sous le vent, et conséquemment à une faible distance.

Chose bizarre, qu'Erik osait à peine se dire à lui-même, il lui semblait ne pas reconnaître, dans les profils de côtes qu'il avait sous les yeux, l'image

sinistre et perfide que sa mémoire gardait de ces
parages, tels qu'il les avait vus décrits dans les
traités de géographie. Mais quoi! opposer une impression fugitive, un vague souvenir, à un fait
aussi brutal et aussi précis qu'une carte de l'amirauté britannique!... Erik ne l'osa pas. Les cartes
sont faites précisément pour garantir les navigateurs contre les erreurs ou les illusions de leur
mémoire. Il salua son chef et remonta.

Il n'avait pas encore mis le pied sur la passerelle
que ces cris retentirent :

« Brisants à tribord! » suivis presque aussitôt
d'un second appel : « Brisants à bâbord!... »

Il y eut aussitôt sur le pont un coup de sifflet
accompagné d'un trépignement confus, une série
de manœuvres effectuées l'une sur l'autre. L'*Alaska*
ralentit sa marche et fit machine en arrière... Le
commandant se précipita vers l'escalier.

A ce moment, il perçut un bruit sourd qui ressemblait à un froissement de traîneau sur la neige.
Soudain une secousse terrible le jeta à la renverse
en faisant frémir le navire de la quille à la pointe
de ses mâts!... Puis le silence se fit, et l'*Alaska*
resta immobile.

Il venait de se loger comme un coin entre deux
rochers sous-marins.

Le commandant Marsilas, la tête ensanglantée
par sa chute, se releva pour monter sur le pont.
Tout y était dans une confusion inouïe. Les matelots éperdus se précipitaient vers les chaloupes.

Les lames se brisaient avec fureur sur cet écueil nouveau que leur opposait le navire naufragé. Les deux yeux lumineux de Tevennec et de l'île de Sein, ouverts sur l'*Alaska* avec une fixité implacable, semblaient lui reprocher de s'être jeté sur les dangers qu'ils avaient pour fonction de signaler. Erik, debout sur la passerelle et se penchant à tribord, cherchait à percer la nuit du regard et à mesurer l'étendue du désastre.

« Enfin, Monsieur, qu'y a-t-il donc? lui cria le commandant encore à demi étourdi de sa chute.

— Il y a, monsieur, qu'en appuyant au sud-ouest, selon vos ordres, nous nous sommes jetés sur des brisants ! » répliqua Erik.

Le commandant Marsilas ne dit pas un mot. Qu'aurait-il pu répondre?... Il tourna sur ses talons et revint vers l'escalier.

Chose étrange, la situation était tragique et elle ne semblait pas immédiatement périlleuse. L'immobilité même du navire, la présence de ces deux feux, le voisinage de la terre qui ne se révélait que trop par ces roches entre lesquelles l'*Alaska* se trouvait pris comme dans une pince, — tout concourait à faire de ce désastre une aventure plus morne encore qu'effrayante. Erik, pour son compte, n'y voyait qu'un fait : l'expédition arrêtée court, l'occasion perdue de retrouver Patrik O'Donoghan !...

Il n'avait pas plutôt laissé échapper la réponse un peu vive, dictée par l'amertume dont son cœur

était rempli, qu'il l'avait regrettée. Il quitta donc
la passerelle pour redescendre sur le pont et chercher des yeux son chef, avec l'intention généreuse
de le réconforter, s'il était possible.

Mais le commandant avait disparu, et trois minutes ne s'étaient pas écoulées qu'une détonation
retentit dans sa chambre.

Erik y courut. La porte était fermée intérieurement. Il l'enfonça d'un coup de pied.

Le commandant Marsilas gisait sur le tapis, le
front ouvert et fracassé, un revolver dans la main
droite.

Voyant le navire perdu par sa faute, il s'était
fait sauter la cervelle. La mort avait été instanta-
née. Le docteur et M. Bredejord, accourus derrière le jeune lieutenant, ne purent que la constater.

Mais l'heure n'était pas aux vains regrets. Erik,
laissant aux deux amis le soin de relever le cadavre et de le déposer sur la couchette, avait le devoir de remonter sur le pont et de songer au salut
de l'équipage.

Comme il passait devant la cabine de M. Malarius, l'excellent homme, réveillé par l'immobilité
du navire ou par le coup de feu, ouvrit sa porte et
passa au dehors sa tête blanche, coiffée de l'inévitable bonnet de soie noire. Depuis Brest il
n'avait pas cessé de dormir et ne s'était aperçu de
rien.

« Eh bien! qu'est-ce donc?... Qu'y a-t-il? demanda-t-il avec douceur.

— Ce qu'il y a? lui répondit Erik. Il y a, mon cher maître, que l'*Alaska* est à la côte et que le commandant vient de se tuer !

— Oh! s'écria M. Malarius au comble de la surprise. Mais alors, mon enfant, adieu notre expédition !

— Ceci, cher maître, est une autre affaire, répliqua Erik. Je ne suis pas mort, moi, et, tant qu'il me restera un souffle de vie, je dirai : En avant ! »

CHAPITRE XIV

LA BASSE-FROIDE

L'*Alaska* s'était jeté entre les roches avec une telle violence qu'il s'y trouvait comme incrusté, et restait absolument immobile. Il ne semblait pas être dans une situation immédiatement critique pour l'équipage. Les lames, rencontrant cet obstacle inaccoutumé, venaient bien le battre, en balayant le pont et jetant leurs embruns jusque dans la mâture; mais la mer n'était pas assez grosse pour que cela constituât un danger pressant. Si le temps ne changeait pas, on pouvait compter arriver au jour sans nouveau désastre.

Erik vit cela d'un coup d'œil. Il avait naturellement pris le commandement, en sa qualité de premier officier. Après avoir donné l'ordre de fermer avec soin les sabords et les hublots et de jeter des bâches goudronnées sur toutes les ouvertures, pour le cas où la mer deviendrait plus forte, il descendit à fond de cale, en compagnie du maître charpentier. Là il constata avec une vive satisfaction qu'aucune voie d'eau ne s'était produite. Le revêtement extérieur de l'*Alaska* avait évidemment protégé sa coque interne, et la précaution prise en vue des glaces polaires s'était trouvée des plus efficaces contre le récif armoricain. A la vérité, la machine à vapeur s'était arrêtée net, détraquée par l'effroyable secousse. Mais il ne s'était pas produit d'explosion, et l'on n'avait pas d'avarie vitale à déplorer. Erik résolut d'attendre le jour pour débarquer son monde, si cela était nécessaire.

Il se contenta donc de faire tirer le canon, pour demander du secours à l'île de Sein, et de mettre à la mer la chaloupe à vapeur pour la dépêcher à Lorient.

« Nulle part, se disait-il avec raison, il n'avait chance de trouver des moyens de sauvetage plus prompts et plus puissants que dans ce grand arsenal maritime de la France occidentale ! »

Ainsi, à cette heure tragique, où chacun à bord croyait tout perdu sans retour, il commençait déjà à espérer. Ou plutôt son âme intrépide était de celles qui ne connaissent pas le découragement et jamais ne s'avouent vaincues.

« Qu'il soit seulement possible de dégager l'*Alaska*, pensait-il, et nous verrons bien qui aura le dernier mot ! »

Mais il n'avait garde d'exprimer encore cet espoir, que les autres auraient sans doute trouvé chimérique. Il dit seulement, en revenant de la visite

ıns la cale, que tout allait bien pour le présent,
qu'on avait largement le temps de recevoir du
scours. Puis, il ordonna une distribution de thé
ı rhum à tout l'équipage.

Il n'en fallait pas plus pour mettre ces grands
nfants en belle humeur. Le lancement de la cha-
ıupe à vapeur s'opéra donc avec beaucoup d'en-
;ain.

Comme il s'achevait, des fusées, parties du phare
e Sein, annoncèrent que l'on venait au navire
ıaufragé. Bientôt des feux rouges se montrèrent
lans la nuit, et passèrent au vent de l'*Alaska*. Des
roix hélèrent. On put leur répondre et savoir qu'on
ıtait naufragé sur la Basse-Froide de la chaussée de
Sein. Une grande heure s'écoula avant qu'un canot
ıût accoster, tant le ressac était fort et l'opération
périlleuse. Mais, enfin, les six hommes qui le mon-
taient parvinrent à saisir un grelin et à se hisser
sur l'*Alaska*.

C'étaient six rudes pêcheurs de Sein, — grands
et intrépides gaillards, — qui n'en étaient pas à
leur premier sauvetage. Ils approuvèrent pleinement l'idée de demander de l'aide à Lorient, car le
petit port de l'île ne pouvait offrir les ressources
nécessaires. Il fut convenu que deux d'entre eux
partiraient dans la chaloupe à vapeur avec maaster
Hersebom et Otto, dès que la lune arriverait au-
dessus de l'horizon. En attendant, ils donnèrent
quelques renseignements sur le théâtre du naufrage.

12

La chaussée de Sein est un haut-fond, en forme
de pointe, qui part de l'île de Sein, dans la direction de l'ouest et s'étend à neuf milles de distance
de cette île. Elle se divise en deux parties : le Pont
de Sein et la Basse-Froide.

Le Pont de Sein a environ quatre milles de longueur sur un mille et demi de large. Il se compose
d'une suite de roches assez élevées, qui forment
une chaîne au-dessus des eaux. La Basse-Froide
prolonge le Pont de Sein sur cinq milles de longueur et deux tiers de mille de largeur moyenne ;
elle présente également un très grand nombre d'é-
cueils, qui ne s'élèvent pas au-dessus des hautes
mers, et dont un très petit nombre seulement dé-
couvrent à mer basse. Les principaux sont Cornen-
gen, Schomeur, Cornoc-ar-Goulet, Bas-Ven, Ma-
diou et Ar-men. Ce sont les moins redoutables,
parce qu'ils sont visibles. Le nombre et l'irrégula-
rité des pointes sous-marines, encore incomplè-
tement connues, l'extrême violence de la mer sur
ce banc de sable, les courants qui le balayent en
tous sens, en font le plus dangereux des abords et
le plus fécond en naufrages. Aussi les phares de
l'île de Sein et du Bec-du-Raz ont-ils été établis de
manière à donner l'alignement de la chaussée, qui
peut ainsi être reconnue et évitée par les navires
venant de l'ouest. Mais elle est restée si périlleuse
pour ceux qui viennent du sud, qu'on a dû se
préoccuper, de longue date, d'en signaler la pointe
par un feu spécial. Malheureusement, il n'existe à

tte extrémité aucun îlot ou rocher où l'on puisse
nstruire, et la violence habituelle de la mer ne
rmet pas de songer à un feu flottant. Il a donc
llu se résoudre à élever le phare sur la roche
'Armen, située à trois milles de la pointe ex-
ême. Encore les travaux sont-ils entourés de si
randes difficultés, que ce phare, commencé
n 1867, douze ans plus tard, en 1879, n'était ar-
ivé qu'à moitié hauteur, c'est-à-dire à treize mères au-dessus des eaux. On cite telle année où il
'a été possible d'y travailler que pendant huit
eures, quoique les ouvriers fussent constamment
à guetter l'instant favorable. Le phare n'existait
onc encore qu'en projet, au moment de la cata-
trophe de l'*Alaska*.

Mais cela ne suffisait pas à expliquer qu'on fût
venu se jeter, en sortant de Brest, sur un danger
pareil. Erik se promit d'approfondir la question
aussitôt après le départ de la chaloupe à vapeur.

Ce départ put bientôt s'effectuer, la lune n'ayant
pas tardé à paraître. Le jeune commandant décida
alors que la bordée de quart resterait seule sur le
pont, l'autre allant se reposer comme à l'ordinaire;
puis, il descendit à la chambre d'honneur.

M. Bredejord, M. Malarius et le docteur veil-
laient auprès du cadavre. Ils se levèrent en voyant
entrer Erik.

« Mon pauvre enfant, qu'est-ce enfin que ce
drame, et comment tout ceci est-il arrivé? demanda
le docteur.

— C'est inexplicable, répondit le jeune homme en se penchant sur la carte étalée sur le bureau du mort. Je sentais instinctivement, et je l'avais dit, que nous n'étions pas en bonne route. Mais, à mon estime et à celle de tout le monde, nous sommes à trois milles au moins de l'ouest de ce feu, — à peu près ici, ajouta-t-il en montrant un point sur la carte, — et vous le voyez, aucun danger n'y est indiqué... ni banc de sable, ni récifs!... La couleur foncée des grandes profondeurs!... C'est inconcevable!... On ne peut pourtant pas supposer une erreur dans une carte de l'amirauté britannique, et sur une région maritime aussi connue, aussi minutieusement relevée depuis des siècles!... Ce qui se passe est absurde comme un cauchemar!

— Ne peut-il y avoir eu erreur sur la position? N'a-t-on pas pris et ne prend-on pas encore un feu pour un autre? demanda M. Bredejord.

— C'est à peu près impossible dans un trajet aussi court que le nôtre, depuis notre sortie de Brest! dit Erik. Songez donc que nous n'avons pas un instant perdu les terres de vue et que nous sommes constamment allés d'un repère à l'autre! Il faudrait supposer qu'un des feux portés sur la carte n'a pas été allumé, où qu'un feu supplémentaire a été ajouté, — supposer en un mot l'invraisemblable!... Sans compter que cela ne suffirait pas, car notre course a été si régulière, notre loch si soigneusement relevé, qu'il n'y a pour ainsi

lire pas d'erreur admissible ! Nous pouvons donner, à cinq cents mètres près, le graphique de notre route. Le terme de ce graphique correspond
exactement à la position que l'observation nous
assigne actuellement par rapport au feu de l'île
de Sein !... Et pourtant, le fait est que nous
sommes sur un écueil, quand, d'après la carte,
nous devrions être sur trois cents mètres d'eau !...

— Mais comment cela va-t-il finir ? Voilà ce
qu'il faudrait savoir ! s'écria le docteur.

— Nous le saurons bientôt, répondit Erik, si
les autorités maritimes veulent mettre quelque
empressement à nous envoyer du secours. Pour le
présent, nous n'avons qu'à attendre, et le mieux
pour tout le monde sera d'aller paisiblement dormir, comme si nous étions à l'ancre dans la baie la
plus sûre ! »

Le jeune commandant n'ajoutait pas que, personnellement, il se réservait le soin de veiller pendant que ses amis se livreraient au repos. Et c'est
ce qu'il fit toute la nuit, tantôt se promenant sur
le pont et s'assurant que les hommes de quart
faisaient bonne garde, tantôt redescendant quelques minutes au salon.

Comme le jour allait poindre, il eut la satisfaction de constater que la houle tombait à vue d'œil
avec la brise. Il s'aperçut aussi que la marée était
au plus bas, et allait bientôt laisser l'*Alaska* presque à sec. Cela lui donnait l'espoir de vérifier
promptement l'étendue du désastre, et, en effet,

12.

vers sept heures du matin, il lui fut possible de procéder à cet examen.

Le navire se trouvait comme piqué sur ces dents de rochers, qui sortent du banc de sable. Trois de ces pointes avaient crevé le bordage extérieur de l'*Alaska* au moment du naufrage, et le maintenaient comme auraient pu le faire des étais. La direction même de ces étais, qui étaient inclinés vers le nord, c'est-à-dire en sens contraire de la marche de l'*Alaska* au moment du naufrage, expliquait qu'ils l'eussent arrêté net au bord même du banc de sable, et empêché d'aller se jeter plus avant sur l'écueil. La manœuvre suprême, commandée par Erik, avait aussi contribué à rendre le choc moins terrible. Le navire, ayant fait machine en arrière quelques secondes avant de toucher, n'avait été porté sur le récif que par ce qui lui restait de vitesse acquise et par le courant. Nul doute que, sans cela, il eût été mis en pièces. D'autre part, la brise et les lames, s'étant tenues toute la nuit dans le même sens, avaient aidé à maintenir l'*Alaska* en place, au lieu de le fixer sur les roches, comme cela n'aurait pas manqué avec un changement de vent. Au total, il n'était pas possible d'avoir plus de bonheur dans un désastre. Toute la question maintenant restait d'arriver à dégager le navire, avant qu'une saute de vent vînt modifier des conditions si favorables.

Erik résolut de ne pas perdre une minute. Aussitôt après le déjeuner de l'équipage, il mit tout le monde au travail pour élargir, à grands coups de hache, les trois plaies principales faites au bordage extérieur par les pointes de rocher. Qu'un remorqueur, envoyé de Lorient, arrivât à temps maintenant, et il deviendrait possible, à marée haute, de dégager l'*Alaska* presque sans effort. On peut penser si le jeune commandant épiait, avec impatience, l'apparition du moindre panache de fumée sur l'horizon.

Tout vint à souhait comme il le désirait. Et d'abord, le temps resta aussi calme, aussi doux qu'on pouvait l'espérer. Puis, vers midi, un aviso, suivi de près par un remorqueur, parut dans les eaux de l'*Alaska*. L'aviso était commandé par un lieutenant de vaisseau, qui venait se mettre courtoisement à la disposition des naufragés.

Erik et l'état-major du navire suédois le reçurent à la coupée, comme cela se doit ; puis, on descendit au salon.

« Mais expliquez-moi donc, demanda le lieutenant, comment vous avez pu vous jeter sur la chaussée de Sein, en sortant de Brest, demanda-t-il à Erik.

— Cette carte vous l'expliquera, répondit Erik. Il n'y est fait aucune mention de ce danger ! »

L'officier français examina avec curiosité d'abord, puis avec stupeur, le tracé géographique qui lui était soumis.

« En effet, la Basse-Froide n'y est pas marquée... ni le Pont de Sein !... s'écria-t-il. C'est

une négligence inouïe !... Comment ! la teinte
bleue des grandes profondeurs au ras de l'île !...
Et ce profil à pic !... jusqu'à la position du phare
qui est inexactement donnée !... Vous me voyez
aller de surprise en surprise !... C'est pourtant une
carte de l'amirauté britannique !... Mais pour une
mauvaise carte, assurément c'en est une !... On
dirait qu'on a pris plaisir à la faire erronée, trom-
peuse et perfide !... Les navigateurs d'autrefois
jouaient volontiers de ces aimables tours à leurs
rivaux ! Je n'aurais jamais cru que l'Angleterre
pût avoir conservé de pareilles traditions !

— Est-il bien sûr que ce soit l'Angleterre ? demanda M. Bredejord de sa voix flûtée. Pour moi,
il me vient un autre soupçon ; c'est que cette
carte pourrait bien être l'œuvre d'un faussaire, et
avoir été placée, par une main criminelle, dans le
casier de l'*Alaska*...

— Par Tudor Brown ! s'écria impétueusement
Erik. Le soir du dîner chez le préfet de Brest !...
quand il s'est introduit dans la chambre d'honneur, sous prétexte de consulter une carte !... Oh !
l'infâme !... C'est donc pourquoi il n'est pas revenu à bord ?...

— Cela semble trop évident ! dit le docteur
Schwaryencrona. Et pourtant, une action si noire
suppose de tels abîmes de scélératesse !... Dans
quel but l'aurait-il commise ?...

— Et dans quel but est-il venu à Stockholm,
tout exprès pour vous dire que Patrick O'Dono-

ghan était mort? répliqua M. Bredejord. Dans que
but a-t-il souscrit vingt-cinq mille kröners pour le
voyage de l'*Alaska,* quand ce voyage ne pouvait plus
faire de doute?... Dans quel but s'est-il embarqué
avec nous pour nous quitter à Brest?... En vérité,
je trouve qu'il faudrait être aveugle pour ne pas
voir maintenant, entre ces faits, un enchaînement
aussi logique qu'effrayant! Quel est dans tout cela
l'intérêt de Tudor Brown? Je l'ignore. Mais cet intérêt doit être bien grave, bien redoutable, pour
qu'il n'ait pas reculé devant de pareils moyens
d'arrêter notre conquête! Car, j'en suis convaincu,
maintenant, c'est lui qui nous a fait relâcher à
Brest, c'est lui qui nous a conduits comme par la
main sur l'écueil où nous devions trouver la mort!

— Il semble pourtant difficile qu'il ait prévu la
route que choisirait le capitaine! objecta honnête-
ment M. Malarius.

— Pourquoi? Cette route n'était-elle pas tout
indiquée par la modification même qu'il avait fait
subir à la carte? Après trois jours de retard, il
était certain que le commandant Marsilas voudrait
regagner le temps perdu et irait au plus court!
Croyant la mer libre au bord de Sein et allant au
sud, il y avait neuf à parier sur dix qu'il se jetterait
sur la Chaussée!...

— C'est vrai, dit Erik, mais la preuve que le
procédé était bien incertain, c'est que j'avais in-
sisté auprès du commandant pour qu'il courût encore à l'ouest.

— Et qui dit que d'autres cartes n'étaient pas
prêtes pour nous tromper sur d'autres parages, si
nous avions échappé à la Basse-Froide? s'écria
M. Bredejord.

— C'est facile à vérifier, » répliqua Erik, en allant prendre dans le casier toutes les cartes de détail qui s'y trouvaient.

La première qu'il ouvrit était celle de la Co-
rogne, — et d'un coup d'œil, l'officier français y
signala deux ou trois erreurs graves. La seconde
était celle du cap Saint-Vincent. Il en était de
même. La troisième était celle de Gibraltar. Ici encore les fausses indications éclataient aux yeux ! Un
plus ample examen eût été superflu, et aucun
doute ne pouvait subsister. Si le naufrage de l'*A-
laska* ne s'était pas produit à la Chaussée de Sein,
il devait nécessairement se produire avant d'arriver à Malte !

Quant au procédé employé pour préparer ses at-
tentats, un examen attentif des cartes suffit à le
révéler. C'était bien des cartes de l'amirauté anglaise, mais effacées en partie par un lavage chi-
mique, et retouchées de manière à donner des indications fausses parmi les indications vraies. Si
habiles que fussent ces retouches, elles se distin-
guaient à de légères différences de teinte et de
ton, maintenant qu'on en était averti. Enfin, une
circonstance mettait hors de doute la préméditation
du coupable : les cartes de l'*Alaska* portaient le
timbre du ministère de la marine suédoise ; celles

qu'on avait introduites dans la collection n'avaient
pas de timbre. Le faussaire avait jugé qu'on n'y
regarderait pas de si près pour courir à la mort.

Ces découvertes successives avaient plongé dans
la consternation tous ceux qui prenaient part à
l'enquête. Erik sortit le premier du profond silence
qui avait succédé à la discussion.

« Pauvre commandant Marsilas ! dit-il d'une
voix émue, c'est lui qui aura payé pour nous tous !...
Mais, puisque nous avons échappé, presque par
miracle, au sort qui nous était réservé, tâchons au
moins de ne plus rien laisser au hasard !... La
marée monte et sera bientôt assez haute pour
qu'il soit possible de dégager l'*Alaska !...* Si vous
le voulez bien, Messieurs, nous allons nous en
occuper sans délai ! »

Il parlait avec une autorité simple, une dignité
modeste que lui inspirait déjà le sentiment de la
responsabilité. Se voir à son âge investi du commandement d'un navire, dans de telles circonstances et au début d'une expédition aussi hasar-
deuse, était certes une aventure assez imprévue.
Mais il avait, depuis la veille, la certitude de se
trouver à la hauteur de tous les devoirs ; il savait
qu'il pouvait compter sur lui-même, sur son équipage, et cette idée le transfigurait. L'enfant d'hier
était aujourd'hui un homme. La flamme des héros
brillait dans son regard. Son ascendant s'imposait
invinciblement à tout son entourage. M. Bredejord
et le docteur le subissaient comme les autres.

L'opération, préparée par les travaux de la matinée, fut plus facile encore qu'on ne l'espérait. Soulevé par le flot, le navire ne demandait en quelque sorte qu'à s'arracher aux pointes de rocher qui le retenaient. Il suffit au remorqueur de se mettre en marche et d'exercer une traction sur les amarres de l'arrière, pour qu'avec un grincement de bois traîné et de bordages déchirés, le navire échappât à la terrible étreinte, et, tout à coup, se retrouvât libre, — alourdi, il est vrai, par l'eau qui inondait ses compartiments étanches, privé du secours de son hélice qui avait talonné, et de sa machine qui restait inerte et silencieuse, — mais maniable, après tout, obéissant à la barre et prêt à naviguer, s'il l'avait fallu, sous ses deux focs et son hunier.

Tout l'équipage, assemblé sur le pont, avait suivi avec une émotion assez concevable les péripéties de cet effort décisif, et il salua d'un hurrah la délivrance de l'*Alaska*. L'aviso français et le remorqueur répondirent à ce cri de joie par des acclamations pareilles. Il était trois heures après midi. Tout près de l'horizon un beau soleil de février inondait de lumière la mer calme et scintillante, qui achevait de recouvrir les sables et les rochers de la Basse-Froide, comme pour effacer jusqu'au souvenir des drames de la nuit.

Le soir même, l'*Alaska* était en sûreté dans la rade de Lorient. Dès le lendemain, les autorités maritimes françaises, avec une bonne grâce par-

aite, autorisaient sa mise à sec dans un des bas-
ins de radoub de Caudan. Les avaries de la coque
n'avaient rien de grave. Celles de la machine
étaient plus compliquées, mais non pas sans remède. Peut-être auraient-elles, néanmoins, nécessité partout ailleurs de très longs délais. Mais,
comme Erik l'avait prévu, nulle part au monde il
n'aurait pu trouver, du jour au lendemain, les
précieuses ressources que lui offraient les chan-
tiers de construction navale, les forges et les fon-
deries de Lorient. La maison Gamard, Norris
et Cie s'engagea à tout réparer en trois semaines.
On était au 23 février; le 16 mars, on pourrait
se remettre en route, avec de bonnes cartes, cette
fois.

Cela laissait trois mois et demi pour arriver au
détroit de Behring à la fin de juin. L'entreprise
n'avait rien d'impossible, quoiqu'elle se trouvât
resserrée dans des limites assez étroites. Erik n'admettait même pas qu'on pût l'abandonner. Il ne
craignait qu'une chose, c'était de s'y voir contraint.
Aussi avait-il refusé d'adresser à Stockholm un
rapport sur le naufrage, de peur d'être rappelé, et
de déposer une plainte en justice contre l'auteur
présumé de l'attentat, de peur d'être retardé par
l'instruction criminelle.

Qui sait pourtant si l'impunité n'allait pas
encourager Tudor Brown à semer de nouveaux
obstacles sur la route de l'*Alaska*? C'est ce que
M. Bredejord et le docteur se demandaient, en

13

jouant au whist avec M. Malarius dans le petit salon de l'hôtel où ils étaient descendus en arrivant à
Lorient.

Pour M. Bredejord, la question ne faisait pas
doute. Un sacripant comme ce Tudor Brown, s'il
connaissait l'échec de sa tentative, — et comment
douter qu'il la connût? — ne devait reculer devant rien pour la renouveler. Croire qu'on arriverait jamais au détroit de Behring était donc plus
qu'une illusion, c'était de la démence. M. Bredejord ne savait pas comment Tudor Brown s'y
prendrait pour l'empêcher; mais il était certain
qu'il en trouverait le moyen. Le docteur Schwaryencrona inclinait à penser de même, et M. Malarius ne se trouvait guère plus rassuré. Le découragement planait donc sur ces parties de whist, et
les promenades que les trois amis faisaient aux
alentours de la ville n'étaient pas non plus bien
gaies. Leur grande affaire était de surveiller les
travaux du mausolée qu'ils élevaient au commandant Marsilas, dont tout Lorient avait suivi les
obsèques. Et la vue de ce monument funèbre n'était
pas faite pour donner aux survivants de l'*Alaska*
des idées couleur de rose.

Mais il leur suffisait de retrouver Erik pour se
reprendre à espérer. Sa résolution à lui était si
inébranlable, son activité si soutenue, il montrait
une volonté si ferme d'aborder tous les obstacles,
quels qu'ils fussent, avec la certitude de les vaincre, qu'il devenait impossible de manifester ou

même de conserver intérieurement des sentiments moins héroïques.

Un fait nouveau vint pourtant donner la preuve que Tudor Brown poursuivait un programme défini. Le 14 mars, au soir, Erik avait vu les travaux de la machine presque achevés. Il ne restait plus qu'à ajuster une des pompes, et cela devait être fait le lendemain. A l'heure dite, on allait être prêt. Or, dans la nuit du 14 au 15, ce corps de pompe disparut des ateliers de MM. Gamard, Norris et Cie, et il fut impossible de le retrouver. Comment s'était fait cet enlèvement? Quels en étaient les auteurs? C'est ce que l'enquête la plus minutieuse ne put établir.

Toujours est-il qu'il fallait maintenant dix jours de plus pour refaire ce travail, ce qui ajournait au 25 mars le départ de l'*Alaska*.

Chose singulière, cet incident eut plus d'influence sur l'esprit d'Erik que n'en avait eu le naufrage même. Il y vit, en effet, la marque certaine d'une volonté persistante d'empêcher le voyage de l'*Alaska*. Et cette évidence redoubla encore, s'il est possible, l'ardent désir qu'il avait de la mener à bien.

Ces dix jours de délai furent presque exclusivement consacrés par lui à examiner la question sous toutes ses faces. Plus il l'étudiait, plus il arrivait à se convaincre que se donner pour mandat d'arriver au détroit de Behring en trois mois, par un itinéraire connu de Tudor Brown, quand l'*Alaska* se trouvait encore à Lorient, quarante jours après avoir quitté Stockholm, c'était courir à l'insuccès, sinon au désastre irréparable.

Cette conclusion ne l'arrêta pas; mais elle l'amena à penser qu'une modification aux plans originaux était indispensable. Il n'eut garde, d'ailleurs, d'en rien dire, jugeant avec raison que le secret était la condition première de la victoire. Il se contenta de surveiller plus étroitement que jamais les travaux de réparation.

Mais ses compagnons crurent remarquer qu'il était désormais moins pressé de repartir. Ils en conclurent qu'au fond il voyait l'entreprise irréalisable, comme, pour leur compte, ils le croyaient désormais.

En quoi ils se trompaient.

Le 25 mars, à midi, l'*Alaska* sortait du bassin, descendait la rade et reprenait le large.

CHAPITRE XV

LE PLUS COURT CHEMIN

Les côtes de France venait de disparaître à l'horizon, quand Erik convoqua au salon ses trois amis et conseillers pour une communication grave.

« J'ai beaucoup réfléchi, leur dit-il, aux circonstances qui ont marqué notre voyage depuis le jour où nous avons quitté Stockholm. Une conclusion s'impose, c'est que nous devons nous attendre à rencontrer encore sur notre route des obstacles ou des contretemps. Celui qui a osé nous envoyer à la mort sur la Basse-Froide ne se tiendra pas pour battu!... Peut-être nous guette-t-il déjà à Gibraltar, à Malte ou ailleurs... S'il n'arrive pas à causer notre perte, il me paraît au moins certain qu'il parviendra à nous retarder... Nous n'arriverons donc pas au détroit de Behring pour la saison d'été, la seule pendant laquelle l'océan Glacial soit abordable!

— C'est aussi ma conclusion, déclara M. Bre-

dejord. Je la gardais pour moi, parce qu'il ne me
convenait pas de t'enlever tout espoir, mon cher
enfant. Mais j'en suis convaincu, nous devons
désormais renoncer à franchir en trois mois la distance qui nous sépare du détroit de Behring.

— C'est mon avis, » dit le docteur.

De son côté, M. Malarius indiqua d'un signe
de tête qu'il partageait cette opinion.

« Eh bien, reprit Erik, cela posé, quelle ligne
de conduite nous reste-t-il à adopter?

— Il n'y en a qu'une de raisonnable et de
conforme au devoir, répondit M. Bredejord, c'est
de renoncer à une entreprise que nous reconnais-
sons irréalisable et de rentrer à Stockholm. Tu l'as
compris, mon enfant, et je te félicite au nom de
nous tous de savoir regarder cette nécessité en
face.

— Voilà un compliment que je ne saurais accepter, s'écria Erik en souriant, car je ne le mérite en
rien. Non! je ne songe nullement à renoncer à
notre entreprise, et je suis loin de la regarder
comme irréalisable!... Je crois seulement que, pour
la mener à bien, il est nécessaire de déjouer les
machinations du scélérat qui nous guette, et, dans
ce but, la première mesure à prendre est de changer entièrement notre itinéraire.

— Un changement d'itinéraire pourra seulement
compliquer les difficultés, répliqua le docteur,
puisque nous avons arrêté le plus direct. S'il nous
est malaisé d'arriver en trois mois au détroit de

Behring par la Méditerranée et le canal de Suez,
ce serait tout à fait impossible par la voie du cap
de Bonne-Espérance ou du cap Horn, et l'une ou
l'autre de ces routes nous prendrait nécessairement cinq à six mois.

— Il y en a une autre qui abrégerait le voyage
au lieu de l'allonger, et où nous serions sûrs de
ne pas rencontrer Tudor Brown, dit Erik, sans s'é-
mouvoir de l'objection.

— Une autre route? répliqua M. Schwaryencrona. Ma foi, je ne la connais pas; à moins que
tu ne veuilles parler de la voie de Panama!... Or,
elle n'est pas encore praticable aux navires, que
je sache, et ne le sera pas avant plusieurs années!

— Je ne songe ni à la voie de Panama ni à
celle du cap Horn, ni à celle du cap de Bonne-
Espérance, reprit le jeune commandant de l'*Alaska*.
La route dont je parle, la seule par laquelle nous
puissions arriver en trois mois au détroit de
Behring, c'est l'océan Glacial, le passage du nord-
ouest! »

Puis, voyant ses auditeurs stupéfaits de cette
conclusion inattendue, Erik la développa.

« Le passage du nord-ouest n'est plus aujour-
d'hui ce qu'il était jadis, reprit-il, l'épouvante et
le tourment des navigateurs. C'est une voie inter-
mittente, — puisqu'elle n'est guère ouverte chaque
année que pendant huit à dix semaines, — mais
parfaitement connue maintenant, tracée sur d'excellentes cartes, fréquentée par des centaines de

navires baleiniers. Il est encore rare qu'on la
prenne pour se rendre de l'Atlantique au Pacifique, j'en demeure d'accord. La plupart de ceux
qui l'abordent de l'un ou de l'autre côté, ne la par-
courent que partiellement. Il pourra même arriver,
si les circonstances ne sont pas favorables, qu'elle
reste fermée devant nous, ou que nous ne la trouvions pas ouverte précisément à l'heure où nous
aurions besoin qu'elle le fût. C'est une chance à
courir !... Mais je dis qu'il y a beaucoup de motifs
d'espérer le succès par cette voie, tandis qu'il n'y
en a pour ainsi dire plus aucun par les autres. Et,
cela étant, notre devoir, le mandat que nous avons
reçu de nos souscripteurs, celui que nous nous
sommes imposé à nous-mêmes, est d'adopter le
seul moyen qui nous reste d'arriver à temps au
détroit de Behring. Un navire ordinaire, armé pour
la navigation des mers tropicales, pourrait hésiter
devant cette nécessité. Un navire comme l'*Alaska,*
armé précisément en vue de la navigation circumpolaire, ne saurait hésiter. Pour mon compte, je
le déclare, je rentrerai peut-être à Stockholm sans
avoir retrouvé Nordenskiold !... je n'y rentrerai
point sans avoir tout tenté pour le rejoindre ! »

Le raisonnement d'Erik était si serré que personne n'essaya de le réfuter. Qu'auraient pu objec-
ter le docteur, M. Bredejord et M. Malarius? Ils
voyaient bien les difficultés du nouveau plan. Mais,
du moins, ces difficultés pouvaient n'être pas insurmontables, tandis que tout autre système était

à peu près sans espoir. Aussi n'hésitèrent-ils pas à convenir qu'il serait, en tout cas, plus glorieux de tenter l'aventure que de rentrer l'oreille basse à Stockholm.

« Je ne vois, pour ma part, qu'une objection sérieuse, dit le docteur Schwaryencrona, après être resté quelques minutes absorbé dans ses réflexions. C'est la difficulté de se procurer du charbon dans ces régions arctiques. Or, sans charbon, adieu la possibilité de franchir à point le passage du nord-ouest, en profitant du temps, souvent très court, pendant lequel il est praticable !

— J'ai prévu la difficulté, qui est en effet la seule, répliqua Erik, et je ne la crois pas insoluble. Au lieu de nous diriger sur Gibraltar et Malte, où nous attendent sans doute de nouvelles machinations de Tudor Brown, nous allons nous rendre à Londres. De là, j'enverrai, par câble transatlantique, à une maison de Montréal, l'ordre de dépêcher sans délai un bateau à charbon qui s'en ira nous attendre dans la baie de Baffin, et à une maison de San-Francisco, l'ordre d'en envoyer un autre au détroit de Behring. Nous avons les fonds nécessaires et au delà, car la quantité de houille indispensable sera, en tout cas, très inférieure à celle qu'il nous aurait fallu par la voie d'Asie, le trajet étant beaucoup plus court. Il est inutile que nous arrivions à la mer de Baffin avant la fin de mai, et nous ne pouvons en aucune façon espérer d'être au détroit de Behring avant la fin de juin.

13.

Nos correspondants de Montréal et de San-Francisco auront donc largement le temps d'exécuter nos ordres, couverts par des dépôts de fonds chez un banquier de Londres... Dès lors, la question se réduira à trouver le passage du nord-ouest praticable. Cela ne dépend évidemment pas de nous. Mais, si nous le trouvons fermé, du moins aurons-nous la consolation de nous dire que nous n'avons rien négligé de ce qui pouvait nous donner le succès!

— C'est évident! s'écria M. Malarius. Mon cher enfant, il n'y a rien à répondre à tes arguments!

— Doucement, doucement! dit M. Bredejord. Ne nous emportons pas! J'ai une autre objection, moi! Crois-tu, mon cher Erik, que l'*Alaska* pourra passer inaperçu dans les eaux de la Tamise? Non, n'est-il pas vrai? Les journaux parleront de son arrivée. Les agences télégraphiques le signaleront. Tudor Brown en aura connaissance. Il saura en conclure que nos plans sont modifiés. Qui l'empêchera alors de modifier les siens? Crois-tu qu'il lui sera bien difficile d'empêcher, par exemple, l'arrivée des bateaux à charbon, sans lesquels tu ne pourras rien?

— C'est vrai, répondit Erik, et cela prouve comme il faut penser à tout! Nous n'irons donc pas à Londres! Nous allons relâcher à Lisbonne, comme si nous étions toujours en route pour Gibraltar et Suez. Puis, l'un de nous partira incognito pour Madrid, et, sans expliquer pourquoi ni comment, se mettra en communication télégraphique avec Montréal et San-Francisco, pour commander les bateaux à charbon. Ces bateaux, on ne saura pas à qui ils sont destinés, et ils resteront aux points désignés à la disposition du capitaine qui leur apportera un mot d'ordre convenu.

— Parfait! Il devient presque impossible ainsi que Tudor Brown retrouve notre trace!

— Vous voulez dire « ma » trace, car j'espère bien que vous n'allez pas vous engager avec moi dans les mers arctiques! dit Erik.

— Ma foi! si, et je veux en avoir le cœur net! répondit le docteur. Il ne sera pas dit que ce scélérat de Tudor Brown m'aura fait reculer!

— Moi non plus! » s'écrièrent ensemble M. Bredejord et M. Malarius.

Le jeune commandant voulut combattre cette résolution, expliquer à ses amis les dangers et la monotonie du voyage qu'ils prétendaient faire avec lui. Mais il ne put rien contre une décision arrêtée. Les périls déjà courus en commun, disaient-ils, leur faisaient maintenant un devoir d'honneur d'aller jusqu'au bout. Le seul moyen de rendre un tel voyage acceptable pour les uns et les autres était de ne pas se séparer. Toutes les précautions n'avaient-elles pas été prises à bord de l'*Alaska* pour ne pas souffrir du froid outre mesure? Ce n'étaient pas des Suédois ou des Norvégiens qui craignaient une gelée!

Bref, Erik dut capituler, et il resta entendu que

la modification de l'itinéraire ne changerait rien au personnel du navire.

On glissera rapidement sur la première partie du voyage. Le 2 avril, l'*Alaska* était à Lisbonne. Avant que les journaux portugais eussent seulement signalé sa présence, M. Bredejord s'était rendu à Madrid et mis en rapport, par l'intermédiaire d'une maison de banque et du câble transatlantique français, avec deux importantes maisons de Montréal et de San-Francisco. Il avait conclu l'envoi de bateaux à charbon à des points désignés et indiqué le mot d'ordre par lequel Erik se ferait reconnaître. Ce mot d'ordre n'était autre que la devise trouvée sur lui quand il flottait sur la bouée du *Cynthia : Semper idem.* Enfin, le 9 avril, ces transactions bien et dûment terminées, M. Bredejord rentré à Lisbonne, l'*Alaska* reprenait le large.

Le 25 du même mois, après une heureuse traversée de l'Atlantique, il arrivait à Montréal, y faisait du charbon et s'assurait que ses ordres avaient été ponctuellement exécutés. Le 29, il quittait les eaux de Saint-Laurent pour franchir le lendemain le détroit de Belle-Isle, qui sépare le Labrador de Terre-Neuve. Le 10 mai, il trouvait à Godhaven, sur la côte du Groënland, le bateau à charbon qui l'y avait précédé.

Erik savait fort bien qu'à cette date, il ne pouvait songer à franchir le Cercle arctique, ni s'engager dans les tortueux détours du passage du nord-

ouest, encore fermé par les glaces sur la plus grande
partie de sa longueur. Mais il comptait avec raison
prendre dans ces parages, si fréquentés par les
baleiniers, des informations précises sur les meilleures cartes. Il put aussi acheter, à un prix d'ailleurs assez élevé, une douzaine de chiens qui
devaient avec Klaas composer au besoin l'attelage des traîneaux.

Comme toutes les stations danoises de la côte
du Groënland, Godhaven n'est qu'un pauvre village et sert d'entrepôt aux marchands d'huile ou
de fourrures du pays. A cette époque de l'année,
le froid n'y est guère plus vif qu'à Stockholm ou
à Noroë. Mais Erik et ses amis constataient avec
surprise combien deux pays, situés à la même
distance du pôle, peuvent être profondément diffé-
rents. Godhaven se trouve précisément à la même
latitude que Bergen. Or, tandis que la Norvège
méridionale est, en avril, toute verte de forêts,
d'arbres à fruits et même de vignes cultivées en
espaliers sur des couches d'engrais, le Groënland
est encore, en mai, caché sous les glaces et les
neiges, et pas un arbre n'en égaye la monotonie.
La forme du littoral norvégien, profondément dé-
coupé en fiords et abrité par des chaînes d'îles,
contribue presque autant que la tiédeur du Gulf-
Stream à relever la température générale du pays.
Au Groënland, au contraire, les côtes basses et
régulières reçoivent de première main les brises
du pôle. Aussi sont-elles bordées jusqu'au milieu

de l'île d'une bande de glace de plusieurs pieds
d'épaisseur.

Quinze jours s'écoulèrent dans cette relâche;
puis l'*Alaska* remonta le détroit de Davis en lon-
geant la côte groënlandaise et franchit le cercle
polaire.

Le 28 mai, il rencontra pour la première fois
des glaces flottantes par 70° 15′ de latitude nord
avec une température de deux degrés au-dessous
de zéro. Ces premières glaces étaient, il est vrai,
dans un état complet d'émiettement ou dérivaient
par petites bandes isolées. Mais bientôt elles devinrent plus denses, et il fallut fréquemment, pour
avancer, se frayer un passage à coups d'éperon.
La navigation n'offrait encore ni dangers sérieux
ni difficultés réelles. A mille signes on s'apercevait
pourtant que c'était là un monde nouveau. Tous
les objets un peu éloignés semblaient sans couleur
et pour ainsi dire sans corps. L'œil ne savait où
se reposer dans la perpétuelle mobilité des hori-
zons, dont l'aspect se modifiait à chaque minute
par l'action dissolvante des lames ou du soleil sur
les masses flottantes. Mais c'était surtout la nuit, et
sous les rayons du foyer électrique allumé dans le
« nid de corbeau » de l'*Alaska,* que la mer de Baffin,
où l'on venait d'entrer, prenait des aspects fantasti-
ques.

« Qui pourrait, a dit un témoin oculaire, rendre
ces images mélancoliques, les bruissements du flot
sous les glaçons errants, le bruit singulier des

rrappes de neige qui s'abîment soudain et s'étei-
gnent dans l'eau comme une flamme qui grésille?
Qui pourrait se figurer les splendides cascades qui
ruissellent de tous côtés, les soulèvements d'écume
produits par leur chute, l'effroi comique des oiseaux de mer en train de dormir sur un radeau de
glace, et qui, perdant tout à coup leur point d'appui, s'envolent en tournoyant pour aller bientôt se
poser derechef sur quelque autre?... Et, le matin,
quelle bizarre fantasmagorie, quand le soleil, avec
sa brillante auréole de cirrus, perce subitement le
brouillard, laissant voir d'abord un petit pan de
ciel bleu, qui va peu à peu s'agrandissant, et semble
poursuivre, jusqu'aux limites de l'horizon, les
nuées vaporeuses emportées dans une folle dé-
route? »

Ces spectacles et tous ceux que présentent les
mers glaciales, Erik et ses amis purent les contempler à loisir en quittant la côte du Groënland,
qu'ils avaient longée jusqu'à la hauteur d'Upper-
nawik, pour se diriger ensuite vers l'ouest, et
traverser la mer de Baffin dans toute sa largeur.
Ici les difficultés devinrent plus sérieuses, car cette
mer est le grand chemin des glaces polaires, entraî-
nées par les innombrables courants qui y débou-
chent. L'*Alaska* avait presque incessamment à se
frayer une voie à travers d'immenses champs de
glace. Par moments, il se trouvait arrêté devant
des barrières insurmontables qu'il fallait tourner,
ne pouvant les rompre. Ou bien il était assailli par

des tempêtes de neige, qui couvraient le pont; les mâts et tous les agrès d'une ouate épaisse. Assiégé par des amoncellements de glaçons que le vent poussait tout à coup sur lui, il était menacé de s'ensevelir sous leur masse. Ou encore, il s'engageait dans une « wacke », sorte de lac entouré par la banquise et fermé comme une impasse. En sortait-il pour retrouver la mer libre? c'est alors surtout qu'il fallait ouvrir l'œil pour ne pas être pris en flanc par quelque iceberg monstrueux, arrivant du nord avec une vitesse vertigineuse, et dont la masse effrayante aurait écrasé l'*Alaska* comme une noisette. Mais un danger plus grave encore était celui des glaces sous-marines, que la quille heurtait et faisait basculer, — véritables paradoxes hydrostatiques, qui n'attendaient qu'un contact pour se redresser avec une violence souvent terrible en brisant tout sous leur coup de bélier. L'*Alaska* perdit ainsi ses deux chaloupes et se vit parfois obligé de hisser son hélice à bord afin d'en redresser les ailes. Il faut avoir passé par ces épreuves et les dangers de tous les instants que présente la navigation dans les mers arctiques, pour s'en faire une idée même approximative. Après une ou deux semaines d'un pareil régime, l'équipage le plus intrépide est à bout de forces. Un repos lui est nécessaire.

Du moins ces épreuves et ces dangers avaient-ils une compensation dans la rapidité avec laquelle les degrés de longitude s'égrenaient sur le livre de bord. Il y eut des jours où l'on en comptait dix et jusqu'à douze. Il y eut des jours où l'on n'en comptait qu'un et moins encore. Mais enfin, le 11 juin, l'*Alaska* revit la terre et jeta l'ancre à l'entrée du détroit de Lancastre.

Erik avait cru qu'il serait obligé d'attendre quelques jours avant de s'engager dans ce long couloir. A sa surprise et à sa joie, il le trouva libre, — du moins à l'entrée. Il y pénétra donc résolument. Mais ce fut pour se voir, le lendemain, bloqué par les glaces pour trois jours entiers. Grâce aux courants violents, qui balayent ce canal arctique, il ne tarda pas, toutefois, à se trouver dégagé, comme le lui avaient annoncé les baleiniers de Godhaven, et il put continuer sa route.

Le 17, il arrivait au détroit de Barrow et le brûlait à toute vapeur. Mais, le 19, au moment de déboucher dans Melville-Sound, à la hauteur du cap Walk, il se vit encore barré par les glaces.

Tout d'abord, il prit son mal en patience, attendant la débâcle. Mais les jours succédaient aux jours, et la débâcle ne venait pas.

A la vérité, les distractions ne manquaient point aux voyageurs. Arrêtés tout près de la côte et munis de tout ce qui pouvait rendre leur position moins précaire, ils purent entreprendre des promenades en traîneau, chasser le phoque, voir au loin les baleines prenant leurs ébats. Le solstice d'été approchait; depuis le 15, l'*Alaska* avait le spectacle étonnant, et nouveau — même pour des

Norvégiens ou des Suédois du sud, — de ce soleil
de minuit, rasant l'horizon sans le quitter, puis
remontant dans les cieux. En gravissant une hauteur sans nom, qui s'élève dans ces parages désolés, on pouvait voir l'astre du jour décrire en
vingt-quatre heures un cercle complet sur l'espace.
Le soir, tandis qu'on restait baigné dans sa lumière, au loin toutes les régions du sud étaient
plongées dans la nuit. Cette lumière, il est vrai,
est pâle et languissante; les formes perdent leur
saillie; l'ombre des objets devient de plus en plus
molle; la nature entière revêt l'apparence d'une
vision. On sent alors plus vivement encore dans
quel monde extrême on se trouve, et combien
près du pôle!... Et pourtant le froid n'était pas vif.
La température ne descendait guère au-dessous
de 4 ou 5 degrés centigrades. Parfois l'air était
si doux qu'on avait peine à se persuader qu'on
fût véritablement au cœur de la zone arctique.

Mais ces curiosités ne suffisaient point à remplir l'âme d'Erik ni à lui faire perdre de vue son
but suprême. Il n'était venu là ni pour herboriser,
comme M. Malarius, qui rentrait tous les soirs plus
ravi de ses explorations à terre et des plantes in-
connues dont il augmentait son herbier, ni pour
savourer, avec le docteur et M. Bredejord, la nou-
veauté des aspects que leur offrait la nature circumpolaire. Il s'agissait de retrouver Nordenskiold
et Patrick O'Donoghan, de remplir un devoir sacré,
tout en découvrant peut-être le secret de sa propre

naissance. Et c'est pourquoi, sans relâche, il cherchait à rompre le cercle de glace dans lequel il se
trouvait enfermé. Excursions en traîneau, courses
en « schnee-shuhe » jusqu'au bord de l'horizon,
reconnaissances en chaloupe à vapeur, — pendant
dix jours, il essaya de tout sans arriver à trouver
une issue. A l'ouest, comme au nord et à l'est, la
banquise restait fermée.

On était au 26 juin et si loin encore de la mer
de Sibérie! Fallait-il s'avouer vaincu? Erik ne le
voulut pas. Des sondages répétés lui avaient révélé
l'existence sous les glaces d'un courant dirigé vers
le détroit de Franklin, c'est-à-dire vers le sud ; il
se dit qu'un effort, même disproportionné, suffirait
peut-être à provoquer la débâcle, et résolut de le
tenter.

Sur une longueur de sept milles marins, il fit
creuser dans la banquise une chaîne de chambres
de mine, espacées de deux à trois cents mètres,
et qui reçurent chacune un kilogramme de dynamite. Ces chambres furent reliées par un fil de
cuivre à gaine isolante en gutta-percha. Et, le
30 juin, à huit heures du matin, Erik, du pont
de l'*Alaska* même, mit le feu aux poudres en pressant le bouton d'un appareil électrique.

Une explosion formidable retentit aussitôt dans
l'air. Cent volcans de glace pilée jetèrent à la fois
leur gerbe vers le ciel. La banquise frémit et s'agita
comme par l'effet d'un tremblement sous-marin.
Des nuées d'oiseaux de mer, terrifiés, se mirent

à tournoyer en poussant des cris rauques. Quand
le silence se fut rétabli, une longue traînée noire,
coupée dans tous les sens de prodigieuses fissures
latérales, zébrait à perte de vue le champ de glace.
Soulevée par l'explosion des gaz, déchirée par la
force brisante du terrible agent, la banquise s'était
rompue. Il y eut un moment d'attente et, pour ainsi
dire, d'hésitation; puis, la débâcle s'opéra comme
s'il ne lui avait manqué que le signal. Craquant
de toutes parts, lézardée, morcelée, la banquise se
désagrégea, céda à l'action du courant qui la ron-
geait à sa base, et bientôt s'en alla en dérive. Çà
et là, un continent ou une presqu'île de glace s'al-
longeait encore, comme pour protester contre cette
violence. Mais, dès le lendemain, le passage était
libre; l'*Alaska* pouvait rallumer ses feux. Erik et
la dynamite avaient fait ce que le pâle soleil
arctique n'eût accompli peut-être qu'un mois plus
tard.

Le 2 juillet, l'expédition arrivait au détroit de
Banks; le 4, elle débouchait sur l'océan Glacial
proprement dit. Dès lors, la route était ouverte, en
dépit des icebergs, des brumes et des neiges.
Le 12, l'*Alaska* doublait le cap Glacé; le 13, le cap
Lisburne; le 14, à dix heures du matin, il entrait
dans le golfe de Kotsebue, au nord du détroit de
Behring, et y trouvait, selon la consigne, le bateau à charbon venu de San-Francisco. Ainsi s'était
accompli, en deux mois et seize jours, le programme arrêté dans le golfe de Gascogne.

L'*Alaska* n'avait pas plus tôt stoppé, qu'Erik se
tait dans la baleinière et accostait le bateau à
tarbon :

« *Semper idem,* dit-il en abordant le patron.

— Lisbonne, répondit le Yankee.

— Il y a longtemps que vous m'attendez ici ?

— Cinq semaines ! Nous avons quitté San-Fran-
isco un mois après l'arrivée de votre dépêche !

— Était-on toujours sans nouvelles de Norden-
kiold ?

— À San-Francisco, on n'en avait pas de cer-
aines. Mais, depuis que je suis ici, j'ai parlé à
lusieurs baleiniers qui disent avoir entendu
apporter par les naturels de Serdze-Kamen qu'un
avire européen est, depuis neuf ou dix mois,
rrêté dans les glaces à l'ouest de ce cap. Ils
ensent que c'est la *Véga*.

— En vérité ! s'écria Erik avec une joie facile à
comprendre. Et vous croyez qu'elle y est encore et
n'a pas franchi le détroit ?

— Je l'affirme. Pas un navire n'a passé par
ici depuis cinq semaines, sans que je lui aie
parlé.

— Dieu soit loué ! Nos peines n'auront pas été
sans récompense, si nous arrivons à retrouver
Nordenskiold !

— Vous ne serez pas les premiers, dit le Yankee
avec un sourire ironique. Un yacht américain vous
précède. Il a passé ici, il y a trois jours, et, comme
vous, s'est enquis de Nordenskiold.

— Un yacht américain ? demanda Erik avec stupeur.

— Oui, l'*Albatros*, capitaine Tudor Brown, venant de Vancouver. Je lui ai dit ce que je savais, et il a immédiatement mis le cap sur Serdze-Kamen ! »

CHAPITRE XVI

DE SERDZE-KAMEN A LJAKOW

Tudor Brown avait donc eu vent du changement de route de l'*Alaska!* Il avait donc pu le de-
vancer au détroit de Behring?... Comment et par
quel chemin? Cela semblait presque surnaturel, et
cependant cela était.

Si péniblement impressionné que fût Erik de
cette nouvelle, il n'en témoigna rien à personne.
Mais il pressa de tout son pouvoir le transbordement du charbon, et, ses soutes pleines, mit sans
perdre une minute le cap sur la mer de Sibérie.

Serdze-Kamen est un long promontoire asiatique, situé à une centaine de milles à peine à
l'ouest du détroit de Behring, et que les navires
baleiniers du Pacifique visitent tous les ans. En
vingt-quatre heures de navigation, l'*Alaska* y arrivait, et bientôt, au fond de la baie de Koljutschin,
il lui était donné de reconnaître, derrière un entassement de glaces, la fine mâture de la *Véga*, arrêtée
depuis neuf mois entiers.

La barrière, qui tenait Nordenskiold captif,
n'avait pas dix kilomètres de large. Après l'avoir
contournée, l'*Alaska* revint vers l'est pour mouiller
dans une petite crique, restée libre parce qu'elle
se trouvait abritée des vents du nord. Puis, Erik
débarqua avec ses trois amis et se rendit par terre
à l'établissement que la *Véga* avait formé sur la
côte sibérienne pour passer ce long hivernage,
et que signalait une colonne de fumée.'

Cette côte de la baie de Koljutschin est formée
par une plaine basse, légèrement ondulée et
sillonnée de vallons d'érosion. Pas de bois, mais
seulement quelques touffes de saules nains, des
tapis de camarines et de licopodes, çà et là quelques
pieds d'artémise. Au milieu de ces broussailles,
l'été faisait déjà poindre quelques plantes que
M. Malarius reconnut pour des espèces fort com-
munes en Norvège, notamment l'aire, le rouge, et
le pissenlit.

Le campement de la *Véga* se composait d'abord
d'un grand dépôt de vivres, établi, sur les ordres
de Nordenskiold, pour le cas où la pression des
glaces aurait inopinément détruit son navire,
comme il arrive si fréquemment en hiver dans
ces redoutables parages. Détail touchant : les pauvres populations de cette côte, toujours affamées,
et pour lesquelles ce dépôt de vivres représentait
une richesse incalculable, l'avaient respecté, quoiqu'il fût à peine gardé. Les huttes de peaux de ces
Tschoutskes s'étaient groupées peu à peu autour

e la station. La construction la plus imposante
n était la « Tintinjaranga », ou maison de glace,
spécialement aménagée pour servir d'observatoire
magnétique, et où tous les appareils nécessaires
vaient été débarqués. Elle avait été bâtie en
eaux parallélipipèdes de glace, délicatement
bintés en bleu et reliés par de la neige en guise de
iment; le toit de planches était couvert d'une
bile.

Les voyageurs de l'*Alaska* y furent cordialement
ccueillis par le jeune savant, qui s'y trouvait au
moment de leur arrivée, avec un homme de garde.
l s'offrit avec la meilleure grâce du monde à les
onduire à la *Véga* par le sentier tracé sur la glace,
ui mettait le navire en communication avec la
erre ferme, et qu'une corde portée sur des pieux
ordait pour servir de guide dans les nuits noires.
Chemin faisant, il leur conta les aventures de l'expédition depuis que le monde n'avait plus de ses
nouvelles.

En quittant l'embouchure de la Léna, Nordenskiold s'était dirigé vers les îles de la Nouvelle-
Sibérie, qu'il désirait explorer; mais, trouvant
presque impossible de les accoster, à cause des
glaces dont elles étaient entourées et du peu de
profondeur de la mer sur une zone de plusieurs
milles, il s'était bientôt résigné à reprendre sa
navigation vers l'est. La *Véga* n'avait pas rencontré de grandes difficultés jusqu'au 10 septembre.
Mais, vers cette date, des brumes continuelles et

14

des gelées nocturnes avaient commencé à ralentir sa marche ; la profonde obscurité des nuits nécessitait des arrêts fréquents. Le 27 septembre seulement, la *Véga* était arrivée au cap de Serdze-Kamen. Elle avait jeté l'ancre sur un banc de glace, espérant, le lendemain, pouvoir franchir les quelques milles qui la séparaient encore du détroit de Behring, c'est-à-dire des eaux libres du Pacifique. Mais le vent du nord, se levant dans la nuit, avait poussé tout autour du navire des amas de glaces, qui n'avaient fait, les jours suivants, que s'épaissir. La *Véga* s'était trouvée enfermée et condamnée à l'hivernage au moment même de toucher au but.

« Le désappointement a été grand pour nous, comme vous pouvez l'imaginer, dit le jeune astronome ; mais nous en avons bientôt pris notre parti en nous organisant de notre mieux pour faire tourner ce retard au profit de la science. Nous sommes entrés en relations avec les Tschoutskes du voisinage, qu'aucun voyageur n'avait encore étudiés de près. Nous avons pu former un vocabulaire de leur langue, réunir une collection de leurs ustensiles, armes et outils. Nos observations magnétiques n'auront pas été sans utilité. Les naturalistes de la *Véga* ont ajouté un grand nombre d'espèces nouvelles à la flore et à la faune des régions arctiques. Enfin, le but principal de notre voyage est atteint, puisque nous avons doublé le cap Tchélynskin et franchi les premiers la distance qui sépare les bouches de l'Yenisséi de

celles de la Léna. Désormais, le passage du nord-
est est trouvé et reconnu. Il aurait été plus
agréable pour nous de l'effectuer en deux mois,
comme il s'en est fallu de si peu, — de quelques
heures à peine. Mais, à tout prendre, pourvu que
nous soyons prochainement débloqués, comme
de nombreux symptômes permettent de l'espérer,
nous n'aurons pas à nous plaindre, et nous pourrons revenir avec la certitude d'avoir fait œuvre
utile! »

Tout en écoutant leur guide avec un profond
intérêt, les voyageurs faisaient du chemin. Ils
étaient maintenant assez près de la *Véga* pour distinguer son avant couvert d'une grande toile,
tendue jusqu'à la passerelle, et qui laissait seulement la dunette en plein air, ses flancs protégés
par de hauts amas de neige, ses manœuvres ré-
duites aux haubans et aux étais, sa cheminée
soigneusement matelassée pour prévenir les effets
de la gelée.

Les abords immédiats du navire étaient plus
étranges encore. Il ne se trouvait pas, comme on
aurait pu s'y attendre, encastré dans un lit de
glace unie, mais en quelque sorte suspendu au
milieu d'un véritable labyrinthe de lacs, d'îles
et de canaux, entre lesquels il avait fallu jeter des
passerelles de bois.

« L'explication du mystère est des plus simples,
répondit le jeune savant à une des questions
d'Erik. Tout bâtiment, qui passe des mois au milieu

d'un radeau de glace, voit se former autour de lui
une couche de détritus, dont la cendre de charbon
brûlé constitue l'élément principal. Ces objets
étant plus foncés que la neige et absorbant plus
de calorique, il s'ensuit qu'ils accélèrent la fonte
ou l'empêchent en agissant comme isolateurs,
selon qu'ils se trouvent en amas. plus ou moins
denses ou considérables. Aussi, quand le dégel
arrive, la zone attenante au navire prend-elle
bientôt l'aspect que vous lui voyez, et devient-
elle un véritable chaos de dépressions grandes ou
petites, de creux en forme d'entonnoir et de
plates-formes déchiquetées ! »

L'équipage de la *Véga,* en tenue arctique, et
deux ou trois officiers, groupés sur la dunette,
regardaient déjà venir ces visiteurs européens
que leur amenait l'astronome. Leur joie fut grande
de s'entendre saluer en suédois et de reconnaître,
parmi les nouveaux venus, la physionómie si populaire du docteur Schwaryencrona.

Ni le professeur Nordenskiold, ni le fidèle compagnon de ses voyages arctiques, le capitaine Pa-
lender, ne se trouvaient à bord. Ils étaient en
excursion géologique dans l'intérieur des terres,
et ne devaient pas rentrer avant cinq ou six
jours[1]. Ce fut une première déception pour les

---

1. Ils rentrèrent plus tôt, car le 18 juillet, la débâcle s'opéra, et
la *Véga,* après deux cent soixante-quatre jours de captivité dans
les glaces, put reprendre son voyage. Le 20 juillet, elle sortait du
détroit de Behring et faisait route pour Yokohama.

voyageurs, qui avaient naturellement espéré, en retrouvant la *Véga*, présenter leurs hommages et leurs félicitations au grand explorateur. Mais cette déception ne devait pas être la seule.

A peine entrés au carré des officiers, Erik et ses amis apprirent que la *Véga* avait eu, trois jours plus tôt, la visite d'un yacht américain ou du moins de son propriétaire, M. Tudor Brown. Ce gentleman avait apporté des nouvelles du monde extérieur, dont les internés de la baie de Koljutschin étaient naturellement très friands. Il leur avait appris ce qui se passait en Europe depuis leur départ, l'anxiété que la Suède et toutes les nations civilisées éprouvaient sur leur sort, l'envoi de l'*Alaska* à leur recherche. Ce M. Tudor Brown venait de l'île de Vancouver, sur le Pacifique, où son yacht l'attendait depuis trois mois.

« Mais, du reste, vous devez le connaître ! s'écria ici un jeune médecin attaché à l'expédition, car il nous a dit s'être embarqué d'abord avec vous, et ne vous avoir quittés à Brest que parce qu'il doutait de vous voir mener votre entreprise à bonne fin...

— Il avait en effet d'excellentes raisons pour en douter, répliqua froidement Erik, non sans un frémissement intérieur.

— Son yacht se trouvant à Valparaiso, il lui a télégraphié d'aller l'attendre à Victoria, sur la côte de Vancouver, reprit le jeune médecin ; puis, il s'y est rendu lui-même par la ligne de Liverpool à

14.

New-York et le chemin de fer du Pacifique. C'est
ce qui explique qu'il soit arrivé ici avant vous.

— Vous a-t-il dit ce qu'il venait y faire? demanda M. Bredejord.

— Il venait nous porter secours si nous en
avions besoin, et puis aussi, s'informer d'un personnage assez bizarre, dont j'avais incidemment
parlé dans ma correspondance, et auquel M. Tudor
Brown semble porter un vif intérêt. »

Les quatre visiteurs échangèrent un regard.

« Patrick O'Donoghan?... N'est-ce pas ainsi
que s'appelle cet homme? demanda Erik.

— Précisément! C'est du moins le nom qui est
tatoué sur sa peau, quoiqu'il prétende que ce ne
soit pas le sien, mais celui d'un ami! Il se fait appeler Johany Bowles...

— Puis-je vous demander si cet homme est ici?

— Il nous a quittés depuis dix mois déjà. Nous
avions cru d'abord qu'il pouvait nous être utile
comme intermédiaire avec les naturels de la côte,
à cause de sa connaissance apparente de la langue
samoyède; mais nous nous sommes aperçus que
cette connaissance était très superficielle, réduite
à quelques mots à peine. Et puis, le hasard a voulu
que, depuis Chabarova jusqu'ici, nous n'eussions
aucun rapport avec les habitants des pays que nous
longions. Un interprète nous devenait inutile.
D'autre part, ce Johany Bowles ou Patrick O'Donoghan était paresseux, ivrogne, indiscipliné. Sa
présence à bord ne pouvait avoir que des incon-

vénients. Nous avons donc accueilli avec un véritable plaisir sa demande d'être débarqué avec quelques provisions sur la grande île Ljakow, au moment où nous en suivions la côte méridionale.

— Quoi! c'est là qu'il est descendu! s'écria Erik. Mais cette île n'est-elle pas inhabitée!

— Absolument! Ce qui a séduit notre homme, paraît-il, c'est qu'elle est littéralement couverte d'ossements de mammouths et par conséquent d'ivoire fossile. Il avait conçu le plan de s'y établir, de consacrer les mois d'été à réunir la plus grande quantité d'ivoire qu'il pourrait trouver; puis, quand l'hiver serait revenu glacer le bras de mer qui sépare l'île Ljakow du continent, de transporter en traîneau ces richesses à la côte sibérienne, afin de les vendre aux marchands russes, qui viennent jusque-là chercher les produits du pays.

— Vous avez donné ces détails à M. Tudor Brown? demanda Erik.

— Assurément! Il venait d'assez loin les chercher! » répliqua le jeune médecin, sans se douter de l'intérêt profond et personnel qui s'attachait pour le commandant de l'*Alaska* aux questions qu'il lui adressait.

La conversation devint alors plus générale. On parla de la facilité relative avec laquelle s'était réalisé le programme de Nordenskiold. Sur presque aucun point il n'avait rencontré de difficultés sérieuses. De là, les conséquences que la découverte de la nouvelle route pouvait avoir pour le commerce du monde. Non, disaient les officiers de la *Véga,* que cette route dans son entier fût jamais destinée à devenir très fréquentée, mais parce que le voyage de la *Véga* devait nécessairement habituer les nations maritimes de l'Atlantique et du Pacifique à considérer comme possibles les relations directes par mer avec la Sibérie. Et nulle part ces nations ne pouvaient trouver, contrairement à l'opinion vulgaire, un champ aussi vaste et aussi riche pour leur activité.

« N'est-il pas singulier, faisait observer M. Bredejord, què, pendant trois siècles, on ait complètement échoué dans cette tentative, et qu'aujourd'hui vous ayez pu l'accomplir presque sans difficulté ?

— La singularité n'est qu'apparente, répondit un des officiers. Nous avons profité au nord de l'Asie, comme vous venez de le faire au nord du continent américain, de l'expérience acquise, souvent au prix de leur vie, par nos devanciers. Et nous avons aussi profité de la profonde expérience personnelle de notre chef. Le professeur Nordenskiold s'était préparé à cet effort suprême pendant plus de vingt ans au cours de huit grandes expéditions arctiques ; il avait patiemment réuni tous les éléments du problème et marchait, en quelque sorte à coup sûr, à sa solution. Puis, nous avions ce qui manquait à nos prédécesseurs, un navire à vapeur, spécialement aménagé pour ce voyage. Cela nous a permis de franchir en deux mois des dis-

tances, qui nous eussent peut-être pris deux ans
avec un bâtiment à la voile. Nous avons constamment pu, non seulement choisir, mais chercher
notre route, fuir devant les glaces flottantes, gagner de vitesse des courants ou des vents ! Encore
n'avons-nous pas pu éviter un hivernage ! Quelle
ne devait pas être la difficulté pour les marins de
jadis, réduits à attendre la brise favorable, perdant
parfois les plus beaux mois d'été à errer à l'aventure ?... Nous-mêmes, n'avons-nous pas vingt fois
trouvé la mer libre aux points où les cartes indiquaient non seulement des glaces éternelles, mais
aussi des continents ou des îles ?... Alors nous
pouvions aller la reconnaître, au besoin faire machine en arrière et reprendre notre route, tandis
que les navigateurs d'autrefois étaient le plus
souvent réduits aux conjectures ! »

Ainsi causant et discutant, on passa l'après-
midi. Les visiteurs de l'*Alaska,* après avoir accepté
le dîner de la *Véga,* emmenèrent souper à leur
bord les officiers qui n'étaient pas de service. On
se communiqua mutuellement les nouvelles et les
renseignements dont on disposait. Erik prit soin
de s'informer exactement de l'itinéraire suivi par
la *Véga* et des précautions à prendre pour utiliser
son tracé. On but au succès définitif de tous, on
échangea les vœux les plus sincères de retour au
pays, puis on se sépara.

Le lendemain, à la première heure du jour,
l'*Alaska* allait se mettre en route pour l'île de

Ljakow. Quant à la *Véga,* elle devait attendre que la débâcle lui permît de gagner le Pacifique.

La première partie de la tâche d'Erik était donc accomplie. Il avait retrouvé Nordenskiold. Il lui restait à accomplir la seconde, à rejoindre Patrick O'Donoghan, à voir s'il était possible de lui arracher son secret. Ce secret devait être bien redoutable, tout le monde l'admettait maintenant, pour que Tudor Brown mît tant d'acharnement à retrouver seul celui qui le détenait.

Arriverait-on avant lui à l'île Ljakow? C'était peu probable, car il avait trois jours d'avance. N'importe! on tenterait l'aventure. L'*Albatros* pouvait s'égarer, rencontrer des obstacles imprévus, se laisser gagner ou même dépasser. Tant qu'il restait une possibilité de succès, il fallait en courir la chance.

Il faut dire que la douceur de la température était des plus rassurantes. L'atmosphère se maintenait tiède et moite; de légères brumes sur l'horizon indiquaient de tous côtés la mer libre, en dehors de la bande de glaces, qui bordait encore la côte sibérienne, où la *Véga* se trouvait prise. L'été ne faisait que s'ouvrir, et l'*Alaska* pouvait raisonnablement compter sur dix semaines de temps favorable. L'expérience acquise au milieu des glaces américaines avait sa valeur et pouvait faire considérer la nouvelle entreprise comme relativement aisée. Enfin, le passage du nord-est était incontestablement la voie la plus directe pour

revenir en Suède, et, à côté de l'intérêt poignant
qui poussait Erik à la prendre, il y avait un véritable intérêt scientifique à refaire en sens inverse
le trajet accompli par Nordenskiold. Si l'on réus-
sissait, — et pourquoi ne pas réussir? — ce serait
la preuve et l'application pratique du principe posé
par le grand explorateur.

La brise se mit de la partie et voulut aussi favo-
riser l'*Alaska*. Pendant dix jours, elle souffla presque constamment du sud-est, et permit de courir
neuf à dix nœuds en moyenne, sans brûler de
charbon. C'était un précieux avantage, outre que
la direction des vents avait pour objet de refouler
vers le nord les glaces flottantes et, par suite, de
rendre la navigation beaucoup plus facile. C'est à
peine si, dans ces dix jours, on rencontra quelques paquets de drift-ices, ou de glace pourrie,
comme les marins arctiques appellent les résidus
à moitié fondus des banquises hivernales.

Le onzième jour, il est vrai, on eut une tempête
de neige, suivie de brumes assez intenses, qui re-
tardèrent sensiblement la marche de l'*Alaska*.
Mais, le 29 juillet, le soleil reparut dans tout son
éclat, et, le 2 août, au matin, la pointe orientale
de l'île Ljakow fut signalée.

Erik donna aussitôt l'ordre de la contourner, à
la fois pour vérifier si l'*Albatros* ne se cachait pas
dans quelque crique, et pour embosser l'*Alaska*
sous le vent de l'île. Sa reconnaissance opérée, il
fit jeter l'ancre sur un fond de sable, à trois milles

environ de la côte méridionale ; puis, il s'embarqua dans la baleinière en compagnie de ses trois amis et de six hommes de l'équipage. Une demi-heure plus tard, la baleinière accostait une anse assez profonde.

Ce n'est pas sans raison qu'Erik avait choisi la côte méridionale. Il se disait que Patrick O'Donoghan, soit qu'il eût véritablement pour but de faire avec la Sibérie le commerce de l'ivoire, soit qu'il ne proposât de quitter, à la première occasion, l'île où il s'était fait déposer, devait avoir choisi, pour s'y établir, un point d'où il pût surveiller la mer. On pouvait même affirmer, avec quelque degré de certitude, que ce point serait placé sur une hauteur et aussi rapproché que possible de la côte sibérienne. Enfin la nécessité de s'abriter contre les vents polaires devait avoir été un motif de plus pour choisir une exposition méridionale. Erik ne prétendait pas que ces suppositions dussent nécessairement se trouver fondées. Mais il se disait qu'en tout cas, il ne pouvait y avoir aucun inconvénient à les prendre pour base d'une exploration systématique.

L'événement devait pleinement justifier son attente. Les voyageurs n'avaient pas marché une heure le long de la grève, qu'ils aperçurent, sur une hauteur parfaitement abritée par une chaîne de collines et tournée vers le sud, ce qui ne pouvait être qu'une habitation. A leur grande surprise même, cette maisonnette, fort bien construite

en forme cubique, était toute blanche et comme
enduite d'un crépi de plâtre. Il ne lui manquait
que des volets verts pour revêtir l'aspect d'une
bastide marseillaise ou d'un cottage américain.

En approchant, après avoir gravi la hauteur,
ils eurent l'explication du phénomène. La maisonnette n'était pas crépie en plâtre; elle était tout
simplement composée d'ossements gigantesques,
superposés et assemblés avec un certain art et qui
lui donnaient sa couleur blanche. Si étranges que
fussent ces matériaux, il fallait bien convenir,
d'ailleurs, que l'idée de les utiliser était assez naturelle. Outre qu'il n'y en avait pas d'autres sur
l'île, où la végétation semblait des plus pauvres, le
sol de la colline et de toutes les hauteurs voisines
était littéralement couvert de débris osseux que le
docteur Schwaryencrona reconnut à première vue
pour des restes de mammouths, de bisons et d'aurochs.

CHAPITRE XVII

La porte de la cabane était béante. Les quatre visiteurs y pénétrèrent et constatèrent d'un coup d'œil que la chambre unique dont elle se composait avait été récemment habitée. Dans le foyer, formé de trois grosses pierres, les tisons éteints portaient cette cendre légère comme une ouate, qui ne tarde guère à être enlevée au moindre souffle. Le lit, formé d'un cadre de bois sur lequel était tendu un hamac de matelot, portait encore l'empreinte d'un corps humain.

Ce hamac, qu'Erik examina à l'instant, était marqué du timbre de la *Véga*.

Sur une espèce de table formée d'une omoplate fossile portée sur quatre fémurs, on voyait des miettes de biscuit de mer, un gobelet d'étain, une cuiller de bois de fabrication suédoise.

On se trouvait donc, à n'en pas douter, dans la demeure de Patrick O'Donoghan, et, selon toute apparence, il en était sorti depuis fort peu de temps.

Était-ce pour quitter l'île? Était-ce au contraire pour la parcourir? C'est ce qu'aucun indice ne révélait, et ce qu'une exploration du pays pouvait seule faire connaître.

Autour de l'habitation, des tranchées et des terres remuées portaient témoignage de travaux assez actifs. Sur une sorte de plateau, qui formait le sommet de la colline, une vingtaine de défenses d'ivoire fossile, rangées en ligne, indiquait la nature de ces travaux. C'étaient évidemment des fouilles destinées à exhumer ces restes des âges disparus. Les voyageurs s'expliquèrent que les fouilles eussent été nécessaires, en constatant que les nombreux squelettes d'éléphants ou de mammouths gisant à fleur de terre étaient tous privés de leur ivoire. Sans doute, les indigènes de la côte sibérienne n'avaient pas attendu la visite de Patrick O'Donoghan à l'île Ljakow pour venir eux-mêmes en exploiter les richesses, et l'Irlandais n'avait à peu près rien trouvé de précieux à la surface du sol. Il s'était donc vu réduit à le creuser pour exhumer l'ivoire qui pouvait y être enfoui et dont la qualité semblait d'ailleurs très inférieure.

Or, le jeune médecin de la *Véga*, comme le propriétaire de l'auberge du *Red-Anchor*, à New-York, avait déclaré que la paresse était un des traits distinctifs de Patrick O'Donoghan. Il semblait donc peu probable qu'il se fût longtemps résigné à un travail ingrat et peu rémunérateur. Et il était parfaitement possible qu'à la première occasion, il eût quitté l'île Ljakow. Le seul espoir qu'on eût encore de l'y trouver, reposait sur le caractère très récent des indices relevés dans la cabane.

Un sentier redescendait vers la côte par le versant opposé à celui que les explorateurs avaient gravi. Ils le suivirent et arrivèrent bientôt à un bas-fond, où la fonte des neiges avait formé une sorte de petit lac, séparé de la mer par une barrière de rochers. Le sentier suivait les bords de cette eau douce et, contournant la falaise, aboutissait à un véritable port naturel.

Un traîneau était abandonné sur la grève, où l'on voyait aussi la trace d'un feu récent. Erik inspecta le rivage avec soin, mais sans y trouver aucune marque laissée par une embarcation.

Il revenait vers ses compagnons, quand il aperçut, au pied d'un arbuste et tout près de l'emplacement du feu, un objet de couleur rouge qu'il ramassa aussitôt.

Cet objet était une de ces boîtes de fer-blanc, extérieurement peintes en carmin, qui renferment de la conserve de bœuf, communément appelée « endaubage », et que tous les navires du monde emportent maintenant dans leur soute aux vivres. La trouvaille n'avait rien d'extraordinaire au premier abord, puisque Patrick O'Donoghan avait été muni par la *Véga* de provisions de bouche. Mais ce

qui parut significatif à Erik, c'est que la boîte vide
portait sur une étiquette imprimée le nom de
« Martinez Domingo, Valparaiso ».

« Tudor Brown est passé ici ! s'écria-t-il aussitôt. On nous l'a dit à bord de la *Véga*, son navire
se trouvait à Valparaiso, quand il lui a télégraphié d'aller l'attendre à Vancouver !... D'ailleurs,
ce n'est pas la *Véga* qui aurait pu laisser ici une
boîte venue du Chili, et cette boîte est toute fraîche !
Il n'y a pas trois jours, peut-être pas vingt-quatre
heures, qu'elle a été vidée ! »

Le docteur Schwaryencrona et M. Bredejord
hochaient la tête, comme s'ils hésitaient à accepter
une conclusion aussi formelle, quand Erik, qui
tournait et retournait la boîte dans tous les sens,
leur montra un détail de nature à lever tous les
doutes : le mot *Albatros,* écrit au crayon sur le
couvercle même, sans doute par le fournisseur qui
avait livré l'endaubage.

« Tudor Brown est passé ici ! répéta Erik. Et
pourquoi serait-il venu, sinon pour emmener Patrick O'Donoghan ? Allons, l'affaire est claire ! Il a
débarqué dans cette crique ! Ses hommes l'ont
attendu en déjeunant autour du feu ! Il est monté
chez l'Irlandais, et, de gré ou de force, l'a embarqué ! J'en suis aussi certain que si je le voyais ! »

En dépit de cette certitude, Erik voulut explorer
les environs pour s'assurer que Patrick O'Donoghan ne s'y trouvait pas. Mais une promenade
d'une heure suffit à le convaincre que le reste de

l'île était absolument inhabité. Il n'y avait pas trace de sentier, pas le moindre vestige d'être vivant. De tous côtés, des dunes et des vallées s'étendant à perte de vue, sans aucune végétation, sans un oiseau, sans un insecte pour en animer la solitude. Et partout des ossements gigantesques, gisant sur le sol, comme si une armée de mammouths, de rhinocéros et d'aurochs fût venue jadis, devant quelque effrayant cataclysme, se réfugier, pour y mourir, sur cette île perdue. Au dernier plan, derrière ces dunes et ces vallées, un rideau de hauteurs couvertes de neiges et de glaciers.

« Partons! dit le docteur Schwaryencrona. Il n'y a rien à attendre d'une exploration plus complète, et ce que nous voyons suffit à nous assurer qu'il n'aura guère fallu prier O'Donoghan pour le décider à partir! »

Avant quatre heures, la baleinière avait regagné l'*Alaska,* qui se remit en route.

Erik ne se dissimulait pas que ses espérances venaient de recevoir un coup décisif. Tudor Brown ayant réussi à le gagner de vitesse, à visiter le premier l'île Ljakow, et sans doute à emmener Patrick O'Donoghan, il était désormais bien peu probable qu'on arrivât jamais à le retrouver! Un homme capable de faire tout ce qu'il avait osé contre l'*Alaska,* capable de déployer une énergie aussi farouche pour venir enlever l'Irlandais en pareil lieu, ne serait assurément pas en peine d'empêcher désormais qu'on pût l'atteindre. Le monde est grand, et

toute l'étendue des mers était ouverte à l'*Albatros!*
Comment deviner vers quel point de la rose des
vents il emportait O'Donoghan et son secret?

Voilà ce que se disait le commandant de l'*Alaska*
en se promenant sur la dunette, après avoir donné
l'ordre de mettre le cap à l'ouest. Et à ces pensées
douloureuses se mêlaient quelques remords d'avoir
souffert que ses amis partageassent avec lui les
dangers et les fatigues de cette inutile expédition!
Deux fois inutile, puisque Tudor Brown avait retrouvé Nordenskiold avant l'*Alaska*, comme il avait
précédé l'expédition suédoise à l'île Ljakow! On
allait donc rentrer à Stockholm, — si l'on y rentrait, — sans avoir atteint aucun des objets du
voyage. C'était en vérité trop de malechance!...
Ah! du moins, que le retour servît à quelque chose
et fût la contre-épreuve du voyage de la *Véga*.
Que le passage nord-est restât consacré par une
seconde expérience!... A tout prix il fallait atteindre le cap Tchelynskin et le doubler de l'est à
l'ouest! A tout prix, il fallait revenir en Suède par
la mer de Kara!

C'est donc vers ce redoutable cap Tchelynskin,
naguère encore réputé infranchissable, que l'*Alaska*
voguait maintenant à toute vapeur. L'itinéraire
qu'il suivait n'était pas exactement celui de la *Véga*,
partie de l'embouchure de la Léna, où elle avait
relâché pour se rendre à l'île Ljakow. Erik n'avait
aucune raison de redescendre à la côte sibérienne
Laissant à tribord les îles Stolbovoï et Seme-

noffski, signalées le 4 août, il cingla droit à l'ouest, en suivant à peu près le 76° parallèle, et fit si bonne route qu'en huit jours, il franchit trente-cinq degrés de longitude, du 140° au 105° à l'est de Greenwich. A la vérité, ce ne fut pas sans brûler beaucoup de houille, car l'*Alaska* avait presque constamment vent debout. Mais Erik pensait avec raison qu'il fallait tout subordonner à la nécessité de sortir au plus tôt de ces dangereux parages. Une fois arrivés aux bouches de l'Yénisséï, on s'arrangerait toujours pour faire du combustible.

Le 14 août, à midi, les observations solaires ne furent pas possibles, à cause d'une brume épaisse qui voilait le ciel et l'horizon. Mais, à l'estime, on devait approcher du grand promontoire asiatique. Aussi Erik prescrivit-il la plus extrême vigilance, en même temps qu'il faisait ralentir la marche du navire. Vers le soir, il donna même l'ordre de stopper.

Ces précautions n'étaient pas inutiles. Le lendemain, au jour, en jetant la sonde, on ne trouva que trente brasses, et, une heure plus tard, la terre fut signalée. L'*Alaska* louvoya jusqu'à ce qu'il fut en vue d'une baie, dans laquelle il jeta l'ancre.

On résolut d'attendre que les brumes se fussent dissipées pour aller à terre. Mais, les journées du 15 et du 16 s'étant passées sans amener de résultat, Erik se décida à accoster, en compagnie de M. Bredejord, de M. Malarius et du docteur.

15.

Une reconnaissance sommaire leur montra alors que la baie où l'*Alaska* était mouillé se trouvait placée à l'extrême nord et entre les deux points du cap Tchelynskin. Des deux côtés, les terres étaient assez basses vers la mer ; mais elles s'élevaient graduellement en pente douce vers le sud, jusqu'à des montagnes que le brouillard laissait par moments à découvert, et qui paraissaient toutes de trois à quatre cents mètres. Nulle part on n'apercevait de neiges ni de glaces, si ce n'est au bord même de la mer, où il y en avait une bande comme partout dans les régions arctiques. Le sol argileux était couvert d'une abondante végétation de mousses, de gazons et de lichens. La côte s'animait par la présence d'un assez grand nombre d'oies et de canards sauvages et d'une douzaine de morses. Un ours blanc montrait sa fourrure sur une pointe de rocher. Au total, n'eût été la brume qui couvrait tout de son manteau gris, l'aspect général de ce fameux cap Tchelynskin ou Severo n'avait rien de particulièrement rébarbatif, rien surtout qui justifiât le triste renom qu'il a gardé pendant des siècles.

En avançant sur la pointe extrême à l'ouest de la baie, les voyageurs aperçurent une sorte de monument qui en couronnait la hauteur, et s'empressèrent naturellement de le visiter. Ils virent en approchant que c'était un « cairn » ou amas de pierres, supportant une colonne de bois formée d'une poutre.

Cette colonne portait deux inscriptions. La première disait :

Le 19 août 1878, *la* Véga, *partie de l'Atlantique, a doublé le cap Tchelynskin, en route pour le détroit de Behring.*

La seconde :

Le 12 août 1879, *l'*Albatros, *venant du détroit de Behring, a doublé le cap Tchelynskin, en route pour l'Atlantique.*

Ainsi, là encore, Tudor Brown avait précédé l'*Alaska !* On était au 16 août !... Il y avait seulement quatre jours qu'il avait tracé cette inscription !

Elle prenait aux yeux d'Erik un sens ironique et cruel, comme si elle lui avait dit : « Jusqu'au bout tu seras déçu ! Jusqu'au bout tu seras inutile !... Nordenskiold aura fait l'expérience, Tudor Brown la contre-épreuve ! Quant à toi, tu rentreras humilié et confus, sans avoir rien démontré, rien trouvé, rien appris ! »

Il allait partir, sans ajouter un seul mot aux inscriptions de la colonne. Mais le docteur Schwaryencrona ne voulut pas entendre de cette oreille. Tirant un couteau de sa poche, il écrivit sur le fût de bois :

Le 16 août 1879, *l'*Alaska, *parti de Stockholm, venu par l'Atlantique, la mer de Baffin, les détroits*

*américains arctiques, la mer de Sibérie, a doublé
le cap Tchelynskin, en route pour achever le premier périple circumpolaire.*

Étrange puissance des mots ! Cette simple
phrase, en rappelant à Erik quel tour de force
géographique il était en train d'accomplir, presque sans y songer, suffit à lui rendre sa bonne humeur. C'était bien vrai, après tout, que l'*Alaska*
allait avoir achevé le premier périple circumpolaire !... Avant lui, d'autres voyageurs avaient
franchi les détroits arctiques américains et reconnu
le passage nord-ouest ! Avant lui, Nordenskiöld et
Tudor Brown avaient doublé le Tchelynskin et
franchi le passage nord-est ! Mais ce que personne
n'avait fait encore, c'était d'aller d'un passage à
l'autre, c'était de décrire autour du pôle, par les
mers arctiques, le cercle complet de 360 degrés.
Or, il ne s'en fallait plus guère que de 80, pour
que l'*Alaska* l'eût achevé ! A la rigueur, ce pouvait
être l'affaire de dix jours de navigation.

Cette perspective nouvelle rendit tant d'ardeur
à chacun, qu'on ne songea plus qu'au départ. Erik
voulut pourtant attendre encore au lendemain pour
voir si les brumes se dissiperaient. Mais le brouillard paraissait être la maladie chronique du cap
Tchelynskin, et, le jour s'étant levé une fois de
plus sans ramener le soleil, ordre fut donné de
lever l'ancre.

Laissant au sud le golfe de Taymis, qui donne

son nom à la grande péninsule sibérienne dont le cap Tchelynskin n'est que la pointe extrême, l'*Alaska* se dirigea vers l'ouest et navigua sans relâche pendant toute la journée et la nuit du 17. Le 18 au matin, on sortit enfin du brouillard pour entrer dans une atmosphère pure et ensoleillée. A midi, on put faire le point. Cette opération s'achevait, quand la vigie signala une voile au sud-ouest.

Une voile dans ces mers peu fréquentées était un phénomène trop extraordinaire pour ne pas obtenir une attention toute spéciale. Erik grimpa sans tarder au « nid de corbeau », et, lorgnette en main, examina longuement le navire qui venait de lui être signalé. Il lui parut bas sur l'eau, gréé en schooner et muni d'une cheminée, quoiqu'il ne marchât pas présentement à la vapeur.

En redescendant sur le pont, le jeune commandant était très pâle.

« Cela m'a tout l'air d'être l'*Albatros,* » dit-il au docteur.

Puis, il donna l'ordre de pousser les feux de la machine.

En moins d'un quart d'heure, il fut visible qu'on gagnait sur le navire, dont la coque se dessina bientôt à l'œil nu. Outre qu'il allait à la voile avec une brise des plus faibles, sa direction formait avec celle de l'*Alaska* un angle très aigu.

Mais, soudain, un changement se produisit dans son allure. Une fumée épaisse jaillit de sa cheminée et forma derrière lui un long panache noir. Il allait maintenant à la vapeur et dans la même direction que l'*Alaska*.

« Plus de doute ! c'est l'*Albatros !* » murmura Erik.

Et il donna ordre au chef mécanicien d'activer encore la marche. On filait déjà quatorze nœuds. Un quart d'heure plus tard on en filait seize.

Le navire qu'on poursuivait n'avait pu encore atteindre une pareille vitesse, car l'*Alaska* continuait à gagner sur lui. En trente minutes, on en fut assez près pour distinguer les détails de sa mâture, son sillage, les hommes qui allaient et venaient dans ses manœuvres ; — enfin les moulures de son arrière et les lettres qui formaient ce nom : *Albatros*.

Erik donna ordre de hisser le pavillon suédois. Aussitôt l'*Albatros* hissa le pavillon étoilé de l'Union américaine.

Encore quelques minutes, et les deux navires ne furent plus séparés que par une distance de trois à quatre cents mètres. Alors le commandant de l'*Alaska*, debout sur sa passerelle et muni d'un porte-voix, héla l'*Albatros* en anglais.

« Ohé !... du navire !... Je désire parler à votre capitaine !... »

Quelqu'un monta à la passerelle de l'*Albatros*. C'était Tudor Brown.

« Je suis propriétaire et capitaine de ce yacht, dit-il. Que me voulez-vous ?

— Je désire savoir si vous avez à votre bord Patrick O'Donoghan.

— Patrick O'Donoghan est à mon bord et va vous répondre en personne, » répondit Tudor Brown.

Sur un signe qu'il fit, un homme le rejoignit sur la passerelle.

« Voici Patrick O'Donoghan, reprit le propriétaire de l'*Albatros*. Que lui voulez-vous? »

Erik souhaitait cette entrevue depuis bien longtemps, il venait la chercher de bien loin, et pourtant, en se trouvant inopinément en présence de cet homme aux cheveux rouges, au nez écrasé, qui le regardait d'un air soupçonneux, il se trouva pris au dépourvu et ne sut d'abord que lui demander. Mais enfin, rassemblant ses idées et faisant un effort :

« J'aurais besoin de causer longuement et confidentiellement avec vous, dit-il. Depuis plusieurs années, je vous cherche, et c'est pour vous trouver que je suis venu dans ces mers. Voulez-vous passer à mon bord?

— Je ne vous connais pas et je suis bien où je suis, répondit l'homme.

— Mais je vous connais, moi! Je sais par M. Bowles, de New-York, que vous vous êtes trouvé au naufrage du *Cynthia* et que vous lui avez parlé de « l'enfant sur la bouée »! Je suis cet enfant, et c'est à ce sujet que je voudrais vous demander les détails qui sont en votre possession.

— Il faut donc les demander à un autre que moi, car je ne suis pas d'humeur à les donner!

— Voulez-vous faire supposer qu'ils ne sont pas à votre honneur?

— Supposez ce qu'il vous plaira, cela m'est parfaitement indifférent! » répliqua l'autre.

Erik était décidé à ne pas montrer d'irritation.

« Mieux vaudrait me dire de bon gré ce que j'ai tant d'intérêt à savoir, que vous exposer à vous le voir demander devant une cour de justice, ajouta-t-il froidement.

— Une cour de justice!... Il faudrait d'abord pouvoir m'y amener! » riposta l'homme.

Ici Tudor Brown s'interposa.

« Vous voyez qu'il ne tient pas à moi si vous n'avez pas l'explication que vous souhaitez, dit-il à Erik. Le mieux est donc d'en rester là et de reprendre notre route, chacun de notre côté.

— Pourquoi chacun de notre côté!... Le plus simple n'est-il pas de naviguer de conserve jusqu'à ce que nous arrivions en pays civilisé, pour régler les affaires que nous pouvons avoir ensemble? répondit le jeune commandant de l'*Alaska*.

— Je ne me connais pas d'affaires avec vous, et n'ai besoin de la compagnie de personne! » répliqua Tudor Brown en faisant mine de quitter la passerelle.

Erik l'arrêta d'un signe.

« Propriétaire de l'*Albatros,* s'écria-t-il, je suis porteur d'une commission régulière de mon gou-

III

« JE VOUS ACCUSE D'AVOIR TENTÉ DE FAIRE NAUFRAGER
MON NAVIRE. »

/ernement, et à ce titre officier de police maritime !... Je vous invite à me donner communication
immédiate de vos papiers !... »

Tudor Brown ne répondit même pas et descendit
de la passerelle avec l'homme qu'il y avait appelé.

Erik attendit deux minutes, puis il reprit :

« Propriétaire de l'*Albatros*, je vous accuse
d'avoir tenté de faire naufrager mon navire sur la
Basse-Froide de Sein, et je vous somme de venir
vous expliquer sur cette accusation devant un
tribunal maritime !... Faute par vous d'obtempérer
à cette sommation, mon devoir sera de vous y
contraindre par la force !

— Essayez si le cœur vous en dit ! » cria Tudor
Brown, en donnant l'ordre de se remettre en
marche.

Pendant ce colloque, son navire avait insensiblement viré et s'était mis à angle droit avec
l'avant de l'*Alaska*. Soudain, l'hélice entra en action et battit les eaux, qui blanchirent en bouillon-
nant. Un long coup de sifflet déchira les airs, et
l'*Albatros*, glissant sur les flots, partit à toute
vapeur dans la direction du pôle Nord.

Deux minutes plus tard, l'*Alaska* s'élançait à
sa poursuite.

CHAPITRE XVIII

COUPS DE CANON

En même temps qu'il donnait la chasse à l'*Albatros*, Erik avait commandé de mettre en batterie le canon que l'*Alaska* portait à son avant. Cette opération prit beaucoup de temps. Quand le canon fut débarrassé de son fourreau goudronné, chargé et prêt à partir, il se trouva que l'ennemi était hors de portée. Sans doute il avait profité du temps d'arrêt pour pousser vivement ses feux, et son avance était déjà de trois ou quatre milles. Ce n'est pas, à la rigueur, une distance démesurée pour un gattling ; mais avec le roulis, la vitesse des deux navires et la cible très limitée que le yacht américain offrait au tir, il y avait beaucoup plus de chances de jeter ses obus à l'eau que de les loger au but. Mieux valait donc attendre. Bientôt, du reste, l'avance de l'*Albatros*, sans diminuer, cessa de croître. Expérience faite, il devint évident que les deux navires, lancés à toute vitesse, étaient à

peu près aussi bons marcheurs l'un que l'autre.
L'intervalle qui les séparait resta le même pendant
plusieurs heures.

Toutefois, c'était au prix d'une énorme dépense
de charbon, — denrée qui devenait de plus en plus
rare à bord de l'*Alaska,* — et il y avait à craindre
que cette dépense ne fût en pure perte, si la nuit
arrivait sans qu'on eût pu atteindre l'*Albatros.*
Erik ne se jugea pas en droit de jouer cette dernière carte, sans consulter son équipage. Il le fit
monter sur le pont et exposa franchement la situation.

« Mes amis, dit-il, vous savez de quoi il s'agit, de
voir si nous prendrons, pour le livrer à la justice
maritime, le scélérat qui a tenté de nous faire périr sur la Basse-Froide, — ou si nous lui permet-
trons de s'échapper! C'est à peine s'il nous reste
du charbon pour six jours pleins. Toute déviation
de route nous expose donc à finir notre voyage à
la voile, ce qui peut même en compromettre le
succès. D'autre part, l'*Albatros* compte sûrement
sur la nuit pour nous mettre en défaut. Il sera
essentiel de le garder dans le rayon de notre pro-
jecteur électrique et de ne pas ralentir un instant
notre marche. Nous sommes sûrs, d'ailleurs, que
cette course aura un terme obligé, soit demain
soit le jour suivant, à la barrière de glaces éternelles qui défend les approches du pôle vers le 78e
ou le 79e degré. Mais je n'ai pas voulu continuer
cette poursuite sans vous demander si vous l'ap-

prouvez et si vous acceptez d'avance les complications où elle peut nous jeter ! »

Les hommes se consultèrent à voix basse et chargèrent maaster Hersebom de formuler leur opinion.

« Nous sommes d'avis que le devoir de l'*Alaska* est de tout sacrifier à la capture de ce misérable, dit-il tranquillement.

— Fort bien ! nous allons donc faire de notre mieux pour y arriver, » répliqua Erik.

Sûr désormais que l'équipage était avec lui, il ne ménagea pas le combustible et parvint à se maintenir, en dépit des efforts désespérés que faisait Tudor Brown pour le distancer. A peine le soleil s'était-il couché que l'œil électrique de l'*Alaska* s'alluma à la pointe de son grand mât et se fixa impitoyablement sur l'*Albatros,* pour ne plus le quitter jusqu'au jour. Toute la nuit, l'intervalle resta le même entre les deux navires. L'aube, en se levant, les trouva toujours courant vers le pôle. A midi, l'observation solaire donna comme position de l'*Alaska* 78° 21' 14" de latitude nord, par 98° de longitude est.

Les glaces flottantes, qu'on n'avait plus aperçues depuis dix ou quinze jours, commençaient à redevenir nombreuses. Il fallait par instants les fendre à coups d'éperon, comme naguère dans la mer de Baffin. Erik, convaincu que la banquise n'allait pas tarder à se montrer, eut soin d'obliquer légèrement sur la droite de l'*Albatros,* de manière à lui

barrer le chemin vers l'est s'il était tenté de changer de route en se voyant arrêté au nord.

Cette précaution se trouva pleinement justifiée,
car, vers deux heures, une longue barrière de
glaces se profila sur l'horizon. Aussitôt le yacht
américain se porta vers l'ouest, laissant la banquise à quatre ou cinq milles au large, par tribord.
L'*Alaska* suivit immédiatement sa manœuvre, mais,
cette fois, en obliquant à gauche de l'*Albatros,* de
manière à le couper, s'il tentait de revenir au
sud.

La chasse devenait très émouvante. Certain de
la direction que l'*Albatros* était obligé de suivre,
l'*Alaska* cherchait à le prendre en flanc, de manière
à le pousser de plus en plus contre la banquise. Le
yacht, de plus en plus hésitant, retardé par les
glaces flottantes, changeait à tout moment d'allure, tantôt appuyant au nord, tantôt se jetant
éperdument vers l'ouest.

Erik, monté sur le « nid de corbeau », suivait
avec attention ses moindres feintes, pour les déjouer par des mouvements appropriés, quand tout
à coup il vit le yacht s'arrêter court, virer de bord
et se présenter par l'avant. Une longue ligne blanche, qui s'étendait à l'ouest, disait assez la cause
de cette manœuvre : l'*Albatros* était venu se jeter
au fond d'un véritable golfe, formé par un promontoire méridional de la banquise, et, comme un
fauve acculé par la meute, il lui faisait face.

Le jeune commandant de l'*Alaska* n'avait pas eu

temps de redescendre sur le pont, qu'un obus
passa en sifflant au-dessus de sa tête.

Ainsi, l'*Albatros* était armé et comptait se défendre !

« J'aime mieux qu'il en soit ainsi et qu'il ait
tiré le premier! » se dit Erik en donnant ordre de
poster.

Son obus ne fut pas plus heureux que celui de
Tudor Brown, et s'en alla toucher à deux ou trois
cents mètres du but. Mais le combat était engagé
maintenant, et bientôt le tir se régularisa. Un pro-
jectile américain cassa net la grande vergue de l'*A-
laska,* s'abattit sur le pont et, en éclatant, tua deux
hommes. Un obus suédois porta en plein sur la
lunette de l'*Albatros* et dut y faire de grands rava-
ges. Plusieurs autres projectiles se logèrent de part
et d'autre dans la coque ou dans les manœuvres.

Les deux navires se rapprochaient de plus en
plus, en virant tout à coup pour échanger leurs
bordées, quand un roulement lointain vint se mêler à la voix du canon, et les équipages, en levant
la tête, virent le ciel tout noir du côté de l'est.

Un orage, un rideau de brume ou de neige, allait-il s'interposer entre l'*Albatros* et l'*Alaska,* permettre à Tudor Brown de s'échapper? C'est ce
qu'Erik ne voulait à aucun prix. Il résolut d'en venir à l'abordage. Armant tout son monde de sa-
bres, de haches, de coutelas, et remettant son navire en marche, il le jeta à toute vapeur contre le
yacht.

16

Tudor Brown n'avait garde de l'attendre. Il batt
en retraite, se remit à longer la banquise tout e
tirant de cinq minutes en cinq minutes un coup d
canon par l'arrière. Mais son champ d'action éta
maintenant trop limité. De plus en plus étroite
ment resserré entre le continent de glace et l'*Ala*
ka, il vit qu'il n'avait plus de salut possible, sino
en risquant une pointe audacieuse pour regagne
la haute mer. Il la tenta donc, après quelque
feintes destinées à tromper son adversaire sur s
véritable intention.

Erik le laissa faire. Puis, au moment précis o
l'*Albatros,* lancé à toute vapeur, arrivait à sa por
tée, il se rua sur lui avec son éperon d'acier.

L'effet du choc fut terrible. Une plaie béant
s'ouvrit dans les flancs du yacht, qui s'alourdit
l'instant, s'arrêta et devint presque impossible
manœuvrer. Quant à l'*Alaska,* il s'était prompte
ment rejeté en arrière et se préparait à renouvele
son assaut. L'état de plus en plus menaçant de l
mer ne lui en laissa pas le temps.

La tempête arrivait. C'était un grand vent d
sud-est, accompagné de tourbillons de neige, e
qui n'avait pas seulement pour effet de souleve
des lames formidables, mais refoulait vers le golfe
où se trouvaient les deux navires comme au fon
d'un entonnoir, des masses énormes de glace
flottantes. On aurait dit que, de tous les points de
l'horizon. elles s'y donnaient subitement rendez-
vous. Erik comprit qu'il n'y avait pas une minute

perdre et qu'il fallait sortir sans délai de ce
ul-de-sac, s'il ne voulait s'y voir enfermé peut-
tre sans ressource. Virant de bord vers l'est, il
ie songea plus qu'à lutter contre le vent, contre la
ieige, contre l'armée hurlante des glaçons.

Mais bientôt il fallut s'avouer que l'entreprise
tait sans espoir. La tempête faisait rage avec une
telle puissance que ni la machine de l'*Alaska* ni
son éperon d'acier ne pouvaient plus rien. Non
seulement le navire avançait peu, mais par moments il était forcé de reculer de plusieurs mètres.
Ses mâts gémissaient sous l'effort du vent. Une
neige épaisse, obscurcissant le ciel et aveuglant
l'équipage, couvrait déjà le pont et les manœuvres
sur plus d'un pied d'épaisseur. Les glaces, s'en-
tassant, s'accumulant, élevaient, à chaque rafale,
leur muraille impénétrable. Force fut de revenir à
la banquise, d'y chercher presque à tâtons un petit
havre, de se résigner à attendre une éclaircie.

Le yacht américain avait disparu dans la tourmente, et, dans l'état où l'avait mis le coup de
bélier de l'*Alaska*, il était plus que douteux qu'il
pût y résister. Quant à sortir de l'impasse, Erik ne
supposait même pas que ce fût à craindre.

Au surplus, la situation était assez grave pour
qu'on n'eût plus que des soucis personnels, et, de
minute en minute, elle empirait.

Rien ne peut rendre l'horreur et l'épouvante
de ces tempêtes arctiques, où les forces de la nature
primitive semblent, en quelque sorte, se réveiller

pour donner au navigateur un spécimen de ce
qu'ont dû être jadis les cataclysmes de la période
glaciaire. L'obscurité était profonde, quoiqu'il fût
à peine cinq heures du soir dans les pays où le jour
et la nuit se distinguent l'un de l'autre. La machine à vapeur ayant dû s'arrêter, il n'y avait pas
à songer à allumer le foyer électrique. Aux siffle-
ments de l'ouragan, aux roulements du tonnerre,
au vacarme des glaces flottantes, s'entre-choquant
et s'écroulant les unes sur les autres, s'ajoutaient
dans les ténèbres les craquements de la banquise
qui se disloquait et se brisait de toutes parts.
Chaque crevasse, en se formant, donnait lieu à une
détonation qui se détachait sur la basse conti-
nue de la tempête, comme un coup de canon
en détresse. La fréquence de ces explosions
indiquait que les fissures devaient être innombrables.

Bientôt l'*Alaska* en subit directement le contre-
coup. Le petit havre où il avait pu se réfugier ne
tarda pas à être envahi par le « drift-ice », comme
les moindres recoins du golfe. Un entassement de
glaçons, uni, cimenté par la neige qui tombait
toujours, se forma autour de la coque du navire,
l'assiégea, l'enserra comme dans un étau. Dès
lors, l'*Alaska* se mit à craquer, lui aussi, sous
l'effort des glaces. Ses membrures gémirent à
l'unisson de la banquise dans laquelle il était maintenant incrusté. A tout instant, on pouvait redouter que la coque se rompît, et cela n'aurait assuré-

ment pas manqué, si elle n'avait été renforcée en vue de ces pressions terribles.

Erik, résolu à ne pas du moins succomber sans lutte, avait dès le premier moment employé son équipage à établir autour du navire un revêtement vertical de lourdes poutres, destinées à atténuer autant que possible les pressions en les répartissant sur une plus large surface. Mais ces étais, s'ils eurent pour effet immédiat de protéger la coque, ne tardèrent pas à amener un résultat imprévu et qui menaçait d'être fatal.

Le navire, au lieu de subir un écrasement, se trouva soulevé hors de l'eau à chaque mouvement de la banquise, pour retomber sur les glaces avec la force d'un marteau-pilon. D'un moment à l'autre, dans une de ces chutes effroyables, il pouvait être fracassé, couler bas, disparaître. Or, pour parer à ce danger, il n'y avait qu'une ressource, c'était de renforcer encore, de renforcer sans relâche la barrière de « drift-ice » et de neige qui protégeait tant bien que mal la coque, de manière qu'elle fît partie d'une masse à peu près homogène et pût en suivre les va-et-vient.

Tout le monde s'y employait avec ardeur. Ce fut un spectacle émouvant de voir cette poignée d'hommes faire appel à leurs muscles de pygmées pour résister aux puissances de la nature, essayer, avec des ancres, des câbles, des planches, de recoudre à la hâte les déchirures faites à la glace, combler ces coutures avec de la neige, jusqu'à ce

16.

qu'un seul mouvement respiratoire de l'Océan polaire vînt faire éclater tout ce rapiécetage. Après quatre ou cinq heures d'un travail surhumain, on était à bout de forces, et pourtant le danger ne faisait que croître, car la tempête allait en grandissant.

Erik tint conseil avec ses officiers et se décida à mettre en sûreté sur la banquise un dépôt de vivres et de munitions, pour le cas où l'*Alaska* ne pourrait pas résister à ces épouvantables secousses. Dès le premier moment, d'ailleurs, chaque homme avait reçu des provisions personnelles pour huit jours avec des instructions précises, en cas de désastre, et l'ordre de garder, même au travail, le fusil en bandoulière. L'opération du transbordement d'une vingtaine de tonneaux ne fut rien moins que facile; mais enfin on en vint à bout, et l'amas de vivres fut logé à deux cents mètres environ du navire, sous une bâche goudronnée que la neige eut bientôt couverte d'un épais manteau blanc.

Cette précaution prise, tout le monde se trouva plus rassuré sur les suites immédiates d'un naufrage possible, et l'équipage s'attabla pour réparer ses forces devant un souper supplémentaire, arrosé de thé au rhum.

Tout à coup, au milieu même de ce souper, une secousse plus violente encore que les précédentes agita la banquise. Une pression formidable rompit le lit de glaces et de neige sur lequel reposait l'*Alaska*. Il se trouva étreint par l'arrière et se souleva avec des craquements terribles, en plongeant son avant dans le gouffre comme s'il allait s'y abîmer. Il y eut une panique. Tout le monde se précipita sur le pont. Quelques hommes crurent le moment venu de chercher un refuge sur la banquise, et, sans attendre le signal de leurs chefs, enjambèrent les bastingages.

Quatre ou cinq de ces malheureux parvinrent à sauter sur la neige. Deux autres se trouvèrent pris entre l'amas de glaces qui entourait le navire et le bordage de tribord, au moment même où, reprenant son équilibre, l'*Alaska* se redressait en gémissant.

Leurs cris de douleur et le bruit de leurs os broyés se perdirent dans l'ouragan.

L'accalmie vint et le navire resta immobile.

La leçon était tragique. Erik en prit texte pour recommander à l'équipage de garder son sang-froid, et, en toute occasion, d'attendre des ordres positifs.

« Vous le comprenez, dit-il à ses compagnons, le débarquement est une mesure suprême, à laquelle nous ne pouvons recourir qu'à la dernière extrémité. Tous nos efforts doivent tendre à sauver l'*Alaska!* Si nous ne l'avions plus, notre situation serait étrangement précaire sur la banquise! C'est seulement en cas où le navire deviendrait intenable qu'il faudrait l'évacuer. Il importe, en tout cas, au plus haut point qu'un tel mouvement s'opère avec ordre, sinon il se transformerait en désastre ! Je compte sur vous pour reprendre paisiblement votre souper, et remettez-vous-en à vos officiers du soin de décider ce qu'il convient de faire ! »

La fermeté de ce langage eut pour effet immédiat de rassurer les plus timides, et tous les hommes redescendirent dans l'entrepont.

Erik appela alors maaster Hersebom, lui dit de détacher son bon chien Klaas et de le suivre sans bruit.

« Nous allons passer sur le champ de glace, reprit-il à demi-voix, pour ramener les fugitifs et les faire rentrer dans le devoir. Cela vaut mieux que de les laisser aller à l'aventure. »

Les pauvres diables étaient encore au bord de la banquise, assez honteux de leur escapade. A la première sommation, ils reprirent le chemin de l'*Alaska*.

Erik et maaster Hersebom, après les avoir vus rentrer, poussèrent jusqu'au dépôt de vivres où ils supposaient que quelque autre matelot avait pu chercher un asile. Ils en firent le tour, sans rencontrer personne.

« Je me demande depuis un instant, dit alors Erik, s'il ne serait pas à propos de prévenir une nouvelle panique en procédant tout de suite au débarquement d'une partie de l'équipage ?

— Cela vaudrait peut-être mieux, répondit le pêcheur. Mais il y aurait à craindre que les autres, ceux qui resteraient à bord, ne fussent jaloux et démoralisés par cette mesure qui les inquiéterait!

— C'est vrai! reprit Erik. Il sera plus sage de les occuper tous jusqu'au dernier moment à lutter contre la tempête, et c'est en somme la seule chance que nous puissions avoir de sauver le navire. Mais, puisque nous voici sur la banquise, si nous en profitions pour voir un peu comment elle se comporte? J'avoue que tous ces craquements et ces détonations ne sont pas sans me donner des doutes sur sa solidité! »

Erik et son père adoptif n'avaient pas fait, au delà du dépôt de vivres, trois cents pas vers le nord, quand ils furent arrêtés court. Une crevasse gigantesque s'ouvrait sous leurs pieds. Pour la franchir, il aurait fallu de longues perches dont ils avaient négligé de se munir. Aussi prirent-ils le parti d'en suivre le bord, en obliquant vers l'ouest, afin de voir jusqu'où elle se prolongeait.

Ils trouvèrent alors que cette crevasse ou plutôt cette fissure se continuait dans cette direction sur une très longue ligne, — si longue qu'après avoir marché pendant plus d'une demi-heure, ils n'en voyaient pas la fin. Rassurés par leur exploration sur l'étendue du champ de glace où se trouvait établi le dépôt de vivres, ils revinrent sur leurs pas.

Comme ils étaient à moitié chemin environ de la distance qui les séparait de ce dépôt, une nouvelle vibration de la banquise se produisit, suivie de détonations, de craquements et d'un vacarme assourdissant de glaces entre-choquées. Ils ne s'en inquiétèrent pas outre mesure, mais pressèrent le pas, dans l'impatience de savoir si cette secousse n'avait pas eu de conséquence fâcheuse pour l'*Alaska*.

Le dépôt de vivres fut bientôt atteint, puis le petit havre qui abritait le navire.

Erik et maaster Hersebom se frottèrent les yeux et se demandèrent s'ils ne rêvaient pas : l'*Alaska* n'y était plus !...

Leur première pensée fut qu'il s'était abîmé sous les eaux. Elle était trop naturelle, après une soirée comme celle qu'ils venaient de passer.

Mais, presque aussitôt, ils furent frappés de ce fait qu'aucun débris n'était visible, et aussi de l'aspect tout nouveau pour eux que le petit havre avait pris pendant leur absence. On n'y voyait plus cette bordure de « drift-ice » que la tempête y avait entassée en quelques heures et au milieu de laquelle l'*Alaska* se trouvait incrusté. Tout au contraire, la forme en était nettement découpée, comme si la banquise avait fini par se détacher de toutes pièces de cette bordure accidentelle et par en devenir indépendante.

Presque au même instant, maaster Hersebom constata une circonstance qui n'avait pu le frapper pendant qu'il parcourait la banquise en tout sens, mais qui devenait fort apparente pour lui maintenant qu'il se retrouvait au point de départ : le vent avait tourné et soufflait de l'ouest.

N'était-il pas possible que la tempête, en changeant de direction, eût simplement chassé au fond du golfe les glaces flottantes au milieu desquelles se trouvait fixé l'*Alaska?*

Oui, évidemment, c'était possible. Il restait à vérifier si c'était vrai.

Sans plus tarder, Erik se dirigea vers le fond du golfe, suivi de maaster Hersebom.

Ils marchèrent longtemps, — l'espace de quatre ou cinq kilomètres. Partout le bord de la banquise était libre de « drift-ice » ; les lames furieuses venaient s'y briser comme sur une grève ; mais le fond du golfe ne se montrait point, et, ce qui semblait plus étrange encore, le promontoire qui le fermait vers le sud avait disparu.

Enfin, Erik s'arrêta. Cette fois il avait compris. Il prit la main de maaster Hersebom et la serra dans les siennes.

« Père, dit-il, d'une voix grave, vous êtes de ceux à qui l'on peut dire la vérité!... Eh bien, la vérité, c'est que la banquise s'est rompue, séparée de la masse qui enferme l'*Alaska,* et que nous sommes sur une île de glace de quelques kilomètres de long, de quelques cents mètres de large, emportés sur les eaux au gré de la tempête! »

CHAPITRE XIX

COUPS DE FUSIL

Vers deux heures du matin, Erik et maaster Hersebom, épuisés de fatigue, s'étaient glissés sous la bâche du dépôt de vivres pour s'allonger côte à côte entre deux tonneaux, contre la chaude fourrure de Klaas. Ils n'avaient pas tardé à s'endormir. Quand ils se réveillèrent, le soleil était déjà haut sur l'horizon, le ciel était redevenu bleu et la mer était calme. L'immense lambeau de banquise sur lequel ils flottaient semblait immobile, tant son mouvement était doux et régulier. Mais, le long de ses deux bords les plus rapprochés, d'énormes icebergs étaient emportés avec une vitesse effrayante, se poursuivant, se heurtant, parfois se brisant l'un contre l'autre. Le paysage formé par tous ces gigantesques cristaux, réfléchissant ou décomposant, comme un prisme, les rayons solaires, n'en était pas moins un des plus merveilleux qu'Erik eût jamais contemplés.

17

Maaster Hersebom lui-même, si peu enclin qu'il
pût être en général, et spécialement dans la condition où il se trouvait, à admirer les splendeurs de
la nature arctique, ne put s'empêcher d'en être saisi.

« Que tout cela serait beau à voir du pont d'un
bon navire! dit-il en soupirant.

— Bah! lui répondit Erik avec sa bonne humeur
habituelle, à bord d'un navire, il faudrait songer
seulement à éviter tous ces icebergs et à ne pas
être mis en pièces, tandis que, sur cette île de
glace, nous n'avons pas à nous inquiéter de ces mi-
sères! »

C'était évidemment un point de vue fort opti-
miste. Maaster Hersebom se contenta de sourire
tristement. Mais Erik était décidé à prendre les
choses par le bon côté.

« N'est-ce pas un bonheur extraordinaire que
nous ayons ce dépôt de vivres? reprit-il. Notre cas
ne serait véritablement désespéré que si nous
nous trouvions démunis de tout. Mais, avec vingt
tonneaux de biscuit, de viande fumée et de branvin, avec nos fusils par surcroît et notre ceinture
à cartouches, que pouvons-nous avoir à craindre?
Au pis d'attendre quelques semaines, sans apercevoir une terre où nous puissions aborder!... Vous
verrez, cher père, que nous nous tirerons de cette
aventure comme s'en sont tirés les naufragés de
la *Hansa!*

— De la *Hansa?* demanda maaster Hersebom
avec curiosité.

— Oui, un navire parti en 1869 pour les mers arctiques. Une partie de son équipage se trouva, comme nous, jetée sur un radeau de glace, où elle était en train de transporter des vivres et du charbon. Les braves gens durent s'accommoder de leur mieux sur la banquise flottante. Ils y vécurent six mois et demi, parcourant avec elle une distance de plusieurs milliers de lieues, et finirent par aborder sur les terres arctiques de l'Amérique du Nord.

— Puissions-nous avoir le même bonheur! dit maaster Hersebom en soupirant... Mais nous ferons bien, je pense, de manger un morceau.

— C'est mon avis, répliqua Erik. Un biscuit et une tranche de bœuf fumé seront les bienvenus! »

Maaster Hersebom défonça deux tonneaux pour en extraire les éléments du déjeuner. Avec la pointe de son couteau il fora au flanc d'une pièce de branvin un trou qu'il boucha à l'instant avec un fuseau de bois taillé dans un cercle de barrique et qui devait permettre de la saigner à volonté. Puis, on se mit en devoir de faire honneur aux provisions.

« Est-ce que le radeau de l'équipage de la *Hansa* était aussi grand que le nôtre? demanda le vieux pêcheur, au bout de dix minutes consciencieusement employées à réparer ses forces.

— Je ne le crois pas! Le nôtre doit avoir au moins dix ou douze kilomètres de long. Celui de la *Hansa* en avait deux à peine. Encore était-il réduit à sa plus simple expression, après six mois

de service. Les malheureux naufragés en furent
réduits à l'abandonner alors parce que les vagues
venaient les visiter jusque sur leur refuge. Heureusement pour eux, ils possédaient un grand canot, — ce qui leur permettait de déménager quand
la banquise n'était plus habitable et d'aller en
chercher une autre. Ils passèrent ainsi à plusieurs
reprises de glaçon en glaçon, comme des ours
blancs, jusqu'au moment où il leur fut enfin possible de retrouver la terre ferme.

— Ah! voilà! dit maaster Hersebom, ils avaient
un canot, eux, et nous n'en avons pas!... A moins
de nous embarquer dans une barrique vide, je ne
vois pas trop comment nous pourrons quitter ce
radeau-ci!

— C'est ce que nous verrons, quand il en sera
temps, répondit Erik. Pour le moment, ce que
nous avons de mieux à faire, c'est de procéder à
une exploration complète de notre domaine! »

Maaster Hersebom et lui se levèrent, et tous
deux commencèrent par grimper sur une sorte de
monticule de glaçon et de neige, — un « hummock », tel est le nom technique, — pour prendre
une idée générale de la banquise. Elle se présentait sous la forme d'un long radeau, ou, pour mieux
dire, d'une île, de douze ou peut-être quinze kilomètres d'un bout à l'autre, figurant grossièrement
un prodigieux cétacé, allongé à la surface de
l'Océan polaire. Le dépôt de vivres se trouvait à
peu près au niveau d'une ligne qui aurait délimité

le premier tiers ou la tête du cétacé. Mais il était
assez difficile, en somme, de juger de son étendue
ou de sa forme véritable. Un grand nombre de
hummocks en accidentaient la surface et barraient
la vue de tous côtés. L'extrémité qui correspon-
dait, la veille, au fond du golfe était la plus éloignée. Il fut résolu qu'on se dirigerait d'abord dans
cette direction. Autant qu'il était possible de l'affirmer, d'après la position du soleil, ce bout de
banquise qui s'étendait vers l'ouest, avant de se
détacher de la masse dont elle faisait partie, était
maintenant tourné au nord. Il y avait donc lieu de
supposer que le bateau voguait vers le sud, sous
l'influence des courants ou de la brise, et le fait
qu'on n'aperçut plus trace de la longue barrière
de glaces étendue vers le 78e parallèle de l'est à
l'ouest corroborait pleinement cette hypothèse.

La banquise était entièrement couverte de neige,
et sur cette neige se voyaient, de loin en loin, des
mouchetures noires que maaster Hersebom reconnut immédiatement pour des « ougiouks », c'est-
à-dire pour des morses barbus de grande espèce.
Ces morses habitaient sans doute des crevasses ou
des cavernes de la banquise, et, se croyant parfaitement à l'abri de toute attaque, en profitaient
pour se chauffer au soleil.

Il fallut plus d'une heure de marche à Erik et
à maaster Hersebom pour arriver à la pointe extrême du radeau. Ils en avaient à peu près constamment suivi le bord du côté est, parce que cela

leur permettait d'explorer à la fois la mer et la banquise. A tout instant, Klaas, en se portant en avant, mettait en fuite quelqu'un de ces ougiouks aperçus de loin, et qui se traînaient maladroitement jusqu'au bord du champ de glace pour se jeter à l'eau. Rien n'aurait été plus facile que d'en tuer un grand nombre. Mais à quoi bon, puisqu'on ne pouvait songer à faire du feu pour rôtir ou griller la chair, d'ailleurs si délicate, de ces pauvres bêtes? Erik avait d'autres préoccupations : il examinait avec intention le sol de la banquise et constatait que ce sol était loin d'être homogène. De nombreuses crevasses, des fissures, qui s'étendaient en certains cas sur toute la largeur du champ de glace, pouvaient faire craindre qu'au moindre choc il ne se divisât en plusieurs fragments. Il est vrai que ces fragments auraient encore été d'une belle grandeur. Mais la possibilité seule d'un pareil accident indiquait l'impérieuse nécessité de se tenir le plus possible à portée du dépôt de vivres, si l'on ne voulait être exposé à s'en trouver inopinément séparé. Ces fissures étaient d'ailleurs partout recouvertes par l'épaisse couche de neige tombée la veille, et qui commençait déjà, en fondant, à les fermer ou tout au moins à les calfater. Erik résolut de reconnaître avec soin, parmi les divisions ainsi délimitées, la plus massive et la plus résistante, afin de l'adopter comme quartier général en y transportant le dépôt de vivres.

C'est dans cet esprit que maaster Hersebom et lui reprirent leur exploration du côté ouest, après s'être reposés pendant quelques minutes à la pointe nord. Ils suivaient maintenant ce bord de la banquise, qui, deux heures plus tôt, dessinait encore le rivage du golfe où le yacht américain était venu se faire acculer. Klaas courait en avant, animé par la fraîcheur de l'air, et semblait se trouver dans son véritable élément sur ce tapis de neige, qui lui rappelait sans doute les plaines du Groënland.

Tout à coup, Erik le vit humer l'air, partir comme une flèche, et s'arrêter en aboyant devant un objet encore caché par un amas de glaces.

« Encore un ougiouk ou un phoque ! » se dit-il sans presser le pas.

Ce n'était ni un ougiouk ni un phoque qui gisait au bord de la banquise et motivait l'émoi de Klaas. C'était un homme, un homme inanimé et sanglant, dont le costume de peaux n'appartenait certainement pas à un matelot de l'*Alaska*. Cela frappa tout d'abord Erik comme un souvenir de l'hivernage de la *Véga*. Il souleva la tête de cet homme, elle était couverte d'une épaisse chevelure rouge, et remarquable par un nez écrasé comme celui d'un nègre...

Erik se demanda s'il n'était pas le jouet d'une illusion. Sa main ouvrit le gilet de l'homme, mit à nu sa poitrine. C'était peut-être moins encore pour vérifier si le cœur battait que pour y chercher un nom...

Ce nom s'y trouvait, tatoué en bleu, dans un écusson grossièrement dessiné : « Patrick O'Donoghan, *Cynthia*. »

Et le cœur battait!... Et l'homme n'était pas mort!... Il avait seulement une large blessure à la tête, une autre à l'épaule, et, sur la poitrine, une contusion qui devait grandement gêner ses mouvements respiratoires.

« Il faut le transporter à notre abri, le panser, le rappeler à la vie! » dit Erik à maaster Hersebom.

Et il ajouta à voix basse, comme s'il craignait d'être entendu :

« C'est lui, père, celui que nous cherchons depuis si longtemps sans l'atteindre, Patrick O'Donoghan!... Le voilà et presque sans souffle! »

La pensée que le secret de sa vie était là, sous ce crâne épais et sanglant, où la mort semblait déjà avoir posé son empreinte, allumait dans les yeux d'Erik une flamme sombre. Son père adoptif devina ce qui se passait en lui et ne put s'empêcher de hausser les épaules. Il semblait dire :

« La belle avance, quand même on pourrait tout savoir maintenant!... Et comme tous les secrets du monde importent dans notre position! »

Il n'en prit pas moins le corps par les jambes, tandis qu'Erik le tenait sous les bras, et, chargés de ce fardeau, ils se remirent en marche.

Le mouvement fit ouvrir les yeux au blessé. Bientôt la douleur que lui causaient ses plaies fut si vive, qu'il exhala des plaintes confuses, où le

mot anglais « drink » — à boire — semblait dominer. On était encore loin du dépôt de vivres.
Erik prit le parti de s'arrêter, d'adosser le malheureux contre un hummock sur le lit de neige et de
lui mettre aux lèvres sa bouteille de cuir.

Elle était presque vide, mais la gorgée d'eau-de-
vie que but O'Donoghan sembla lui rendre la vie.
Il regarda autour de lui, poussa un profond soupir
et dit :

« Où est Jones?...

— Nous vous avons trouvé seul au bord de la
banquise, lui dit Erik. Y a-t-il longtemps que vous
étiez là?

— Je ne sais pas, répliqua le blessé avec effort.
Donnez-moi encore à boire! » reprit-il en fixant
ses yeux sur ceux d'Erik.

Il avala une seconde gorgée d'eau-de-vie et retrouva la force de parler.

« Quand la tempête a éclaté, expliqua-t-il, le
yacht allait couler bas. Quelques-uns des hommes
ont eu le temps de se jeter dans les embarcations,
les autres ont péri. Dès le premier moment, M. Jones m'avait fait signe d'aller avec lui dans un
petit « kaïak » de sauvetage, suspendu à l'arrière,
et que tout le monde dédaignait à cause de ses
faibles dimensions, mais qui s'est trouvé insub-
mersible!... C'est le seul qui soit arrivé à la banquise!... Toutes les chaloupes ont chaviré avant
d'y accoster! Nous avons été terriblement meurtris
sur le drift-ice, quand les lames y ont jeté notre

17.

kaïak ; mais enfin nous avons pu nous traîner hors de leur portée et attendre le jour!... Ce matin, M. Jones m'a quitté pour aller voir s'il pouvait trouver à tuer un phoque ou quelque oiseau de mer pour notre nourriture. Je ne l'ai plus revu...

— Ce M. Jones est un officier de l'*Albatros?* demanda Erik.

— C'est le propriétaire et le capitaine, répondit O'Donoghan d'un ton où perçait quelque surprise de la question.

— Le propriétaire n'est donc pas M. Tudor Brown?

— Je... je ne sais pas, » dit en hésitant le blessé, qui parut se demander s'il ne s'était pas trop avancé en parlant comme il l'avait fait.

Erik ne crut pas devoir insister sur ce point. Il avait tant d'autres choses à demander!

« Voyons, dit-il à l'Irlandais en s'asseyant sur la neige auprès de lui, vous avez refusé l'autre jour de venir à mon bord causer avec moi, et ce refus a déjà causé bien des malheurs! Mais, à présent que nous sommes réunis, profitons-en pour parler sérieusement et en gens raisonnables! Vous voici sur une banquise flottante, blessé, sans vivres, incapable d'échapper par vous-même à la mort la plus cruelle!... Mon père adoptif et moi, nous avons ce qui vous manque, des vivres, des armes, du brandevin! Nous ne demandons qu'à vous soigner, à partager toutes ces choses avec vous et à vous remettre sur pied!... En échange de nos soins, ne nous accorderez-vous pas un peu de confiance ? »

L'Irlandais attacha sur Erik un regard indécis, où la reconnaissance paraissait se mêler à la crainte, — une crainte obscure, indéterminée.

« Cela dépend du genre de confiance que vous souhaitez! dit-il évasivement.

— Oh! vous le savez bien! répondit Erik en faisant effort pour sourire et prenant dans ses mains celle du blessé. Je vous l'ai dit l'autre jour; vous savez ce que j'ai besoin d'apprendre, ce que je suis venu chercher dans ces mers lointaines!... Voyons, Patrick O'Donoghan, un petit effort; dites-moi ce secret qui a pour moi une si grande importance, apprenez-moi ce que vous savez sur « l'enfant à la bouée » ! Donnez-moi seulement une indication qui me permette de retrouver ma famille!... Que pouvez-vous craindre? Quel danger y a-t-il pour vous à me satisfaire?... »

O'Donoghan ne répondait pas et paraissait peser dans sa tête obtuse les arguments que lui présentait Erik.

« Mais, dit-il enfin avec effort, si nous nous tirions d'affaire, si nous arrivions dans un pays où il y aurait des juges, vous pourriez me faire avoir du mal!

— Non, je vous le jure!... Je vous le jure surtout ce qu'il y a de plus sacré!... dit Erik avec feu. Quels que soient vos torts envers moi ou envers d'autres, je vous garantis qu'il n'en résultera pour vous aucune conséquence fâcheuse!... D'ailleurs, il y a une chose que vous semblez ignorer, c'est qu'il y a maintenant prescription sur tout cela, — je veux dire que ces événements, quels qu'ils soient, s'étant passés depuis plus de vingt ans, la justice humaine n'a plus le droit de vous en demander compte!

— Vraiment? demanda Patrick avec un reste de défiance. M. Jones m'a dit pourtant que l'*Alaska* était envoyé par la police, et vous-même vous avez parlé de tribunaux...

— C'était à propos de faits tout récents, d'un accident qui nous est arrivé au début de notre voyage! Soyez sûr que M. Jones s'est moqué de vous, Patrick! Sans doute, il a quelque intérêt à ce que vous ne parliez pas!

— Pour sûr, il y a intérêt! dit l'Irlandais avec conviction. Mais enfin, comment avez-vous découvert que je sais le secret? reprit-il en regardant Erik.

— Par M^r. Bowles et mistress Bowles, du *Red-Anchor*, à Brooklyn, qui vous ont souvent entendu parler de « l'enfant sur la bouée ».

— C'est vrai!... » dit l'Irlandais

Et il réfléchit encore.

« Alors, vous n'êtes pas envoyé par la police, bien sûr? reprit-il.

— Mais non, — quelle idée absurde!... Je suis envoyé par moi-même, par l'ardent désir, par la soif que j'ai de savoir quel est mon pays, quels sont mes parents, voilà tout! »

O'Donoghan eut un sourire vaniteux.

« Ah! voilà ce que vous voulez savoir? dit-il.
Eh bien, c'est vrai, je puis vous le dire, moi!...
C'est vrai, je le sais!...

— Dites-le-moi, O'Donoghan, dites-le-moi!
s'écria Erik, qui le vit ébranlé. Dites-le-moi, et je
vous promets le pardon pour vos torts, si vous en
avez, la reconnaissance, s'il m'est donné de vous la
prouver! »

L'Irlandais donna un coup d'œil de convoitise
sur la bouteille de cuir.

« Cela dessèche le gosier de tant parler, dit-il
d'une voix pâteuse. Je boirais bien un peu d'eau-
de-vie, si vous vouliez...

— Il n'y en a plus ici, mais on va aller vous en
chercher au dépôt de vivres! Nous en avons deux
grosses pièces, » répliqua Erik en remettant la
bouteille à maaster Hersebom.

Celui-ci s'éloigna aussitôt, suivi de Klaas.

« Il ne sera pas long à revenir, reprit le jeune
homme en se retournant vers le blessé. Allons,
nom brave, ne me marchandez pas votre confiance!... Mettez-vous un instant à ma place! Supposez que toute votre vie vous ayez ignoré le nom
de votre pays, celui de votre mère, que vous vous
trouviez en présence d'un homme qui sait tout
cela et que cet homme vous refuse un renseignement si précieux pour vous, au moment même où
vous venez de le sauver et de lui rendre la vie!...
Ce serait cruel, n'est-ce pas?... ce serait intolérable!... Je ne vous demande pas l'impossible!..

Je ne vous demande pas de vous accuser, si vous avez quelque chose à vous reprocher!... Donnez-moi seulement une indication, si légère qu'elle soit; mettez-moi sur la voie, c'est tout ce qu'il me faut!...

—Ma foi, autant vous faire ce plaisir, dit Patrick évidemment ému. Vous saurez donc que j'étais novice à bord du *Cynthia*...»

Il s'arrêta court.

Erik était suspendu à ses lèvres... Touchait-il enfin au but?... Allait-il savoir le mot de l'énigme? connaître le nom de sa famille? celui de sa patrie?... En vérité, cet espoir ne semblait plus chimérique... Tout entier aux paroles du blessé, il attachait ses yeux sur lui, prêt à boire avec avidité ce qu'il était au moment d'apprendre. Pour rien au monde il n'aurait troublé ce récit par une interruption ou même par un geste. Il ne remarqua même pas qu'une ombre venait de surgir derrière lui. C'était pourtant la vue de cette ombre qui coupait court au récit de Patrick.

« M. Jones!... » dit-il du ton d'un écolier, surpris en flagrant délit de bavardage.

Erik se retourna et vit Tudor Brown, debout devant un hummock voisin, qui l'avait jusqu'à ce moment caché aux regards. L'exclamation de l'Irlandais confirmait le soupçon qui, tout à l'heure, s'était présenté à sa pensée : MM. Jones et Tudor Brown ne faisaient qu'un seul et même individu!

A peine eut-il le temps de formuler dans sa pensée cette constatation.

Deux coups de feu éclatant à trois secondes d'intervalle venaient de faire deux cadavres.

Tudor Brown, épaulant son fusil, avait frappé au cœur Patrick O'Donoghan, qui se renversa foudroyé.

Avant d'avoir seulement eu le temps d'abaisser son rifle, Tudor Brown recevait une balle au front et tombait sur la face.

« J'ai bien fait de revenir, en voyant des pas suspects sur la neige! » dit maaster Herschom, qui reparut, son fusil fumant à la main.

CHAPITRE XX

LA FIN DU PÉRIPLE

Erik avait poussé un cri et s'était jeté à genoux devant Patrick O'Donoghan, cherchant un dernier souffle de vie, une lueur d'espoir!... Mais l'Irlandais était bien mort, cette fois, emportant son secret.

Quant à Tudor Brown, son corps eut une convulsion suprême, ses mains laissèrent échapper l'arme qu'elles serraient au moment de sa chute, et il expira sans prononcer une parole.

« Père, qu'avez-vous fait? s'écria amèrement Erik. Pourquoi supprimer la dernière chance qui me restait de connaître le mystère de ma vie?... Ne valait-il pas mieux nous jeter sur cet homme et le faire prisonnier?

— Et le temps, crois-tu qu'il nous l'aurait laissé?... répondit maaster Hersebom. Son second coup était pour toi, sois-en sûr!... J'ai vengé le meurtre de ce malheureux, puni le crime de la

Basse-Froide et peut-être d'autres crimes encore?... Quoi qu'il arrive, je ne le regrette pas!...
Qu'importe d'ailleurs le mystère de ta vie, mon
enfant, dans une situation comme la nôtre?... Le
mystère de ta vie, nous irons, avant peu sans doute,
le demander à Dieu! »

A peine achevait-il ces mots, qu'un coup de
canon retentit, répercuté par les icebergs et les
banquises. On aurait dit une réponse aux paroles
découragées du vieux pêcheur. C'en était plutôt
une sans doute aux deux coups de feu qui venaient
d'éclater sur le radeau de glace.

« Le canon de l'*Alaska!...* Nous sommes sau-
vés!... » s'écria Erik en se relevant pour sauter sur
un hummock et explorer du regard la mer sans
limites.

Il ne vit rien d'abord que les icebergs emportés
par la brise et se balançant au soleil. Mais maaster
Hersebom, qui avait immédiatement rechargé son
fusil, ayant tiré en l'air, un coup de canon lui
répondit presque aussitôt.

Cette fois, Erik aperçut nettement un filet de
fumée noire, se dessinant vers l'ouest sur le bleu
du ciel. Coups de fusil et coups de canon se donnèrent dès lors la réplique à des intervalles de
quelques minutes, et bientôt l'*Alaska,* dépassant
un iceberg, apparut courant à toute vapeur vers le
nord de la banquise.

Erik et maaster Hersebom s'étaient jetés, en
pleurant de joie, dans les bras l'un de l'autre. Ils

agitaient leurs mouchoirs, lançaient leurs bonnets en l'air, cherchaient par tous les moyens à se signaler à leurs amis.

Enfin, l'*Alaska* s'arrêta. Une baleinière se détacha du bord, et vingt minutes ne s'étaient pas écoulées qu'elle accostait la banquise.

Comment dire la joie profonde du docteur Schwaryencrona, de M. Bredejord, de M. Malarius et d'Otto en retrouvant sains et saufs ceux qu'ils croyaient perdus !

On se raconta tout : les épouvantes et les désespoirs de la nuit, les vains appels, les impuissantes colères. L'*Alaska,* en se trouvant, au jour, presque libre de glaces, avait eu recours à la mine pour achever de se dégager. M. Bosewitz ayant pris le commandement, en qualité de second officier, on s'était aussitôt mis en quête de la banquise flottante, dans la direction du vent qui l'avait entraînée. Cette navigation au milieu des glaces, mises en mouvement, était la plus périlleuse que l'*Alaska* eût encore accomplie. Mais, grâce aux excellentes habitudes données à l'équipage par son jeune capitaine, à l'expérience acquise, à la précision des manœuvres, on était parvenu à se mouvoir sans encombre entre ces masses errantes. L'*Alaska* avait d'ailleurs bénéficié de cette circonstance qu'il courait dans le sens même des glaces, avec une vitesse supérieure à la leur. Le bonheur avait voulu que sa poursuite ne fût pas vaine. A neuf heures du matin, la grande banquise avait été signalée au vent, on avait pu en reconnaître jusqu'à la forme du haut du « nid du corbeau », et bientôt deux coups de feu donnaient l'espoir que les deux naufragés s'y trouvaient toujours.

Le reste importait peu désormais. On allait cingler directement sur l'Atlantique, et ce serait bien le diable, si l'on n'y arrivait pas, — à la voile, puisqu'il n'y avait plus de charbon.

« Non pas à la voile ! dit Erik. J'ai deux autres idées. La première, c'est de nous faire remorquer par la banquise, aussi longtemps qu'elle ira vers le sud ou l'ouest. Cela nous épargnera des combats incessants avec les icebergs que notre radeau se chargera de chasser devant lui. La seconde, c'est d'y récolter le combustible nécessaire pour achever notre voyage, quand il nous conviendra de reprendre notre autonomie.

— Que veux-tu dire? La banquise recélerait-elle en ses flancs une mine de houille? demanda en riant le docteur.

— Non pas précisément une mine de houille, répondit Erik, mais ce qui revient à peu près au même, une mine de carbone animal, sous la forme de graisse d'ougiouk. Je veux tenter l'expérience, puisque nous avons un foyer spécialement aménagé pour ce genre de combustible. »

Avant tout, on commença par rendre les derniers devoirs aux deux morts, en les jetant à l'eau avec un obus aux pieds.

Puis, l'*Alaska* vint accoster le flanc de la banquise, de manière à en suivre le mouvement, tout en étant protégé par sa masse. Cela permit de remettre aisément à bord les vivres qui avaient été débarqués et qu'il importait de ne pas perdre. L'opération terminée, le navire alla s'amarrer à l'extrémité nord du radeau de glace où il était mieux protégé contre les icebergs. Erik s'était déjà assuré qu'on filait, ainsi remorqué, une moyenne de six nœuds, ce qui était très suffisant jusqu'à nouvel ordre, étant donné surtout qu'on n'avait plus à s'inquiéter des glaces flottantes.

Tandis que la banquise s'en allait ainsi majestueusement vers le sud, comme un continent à la dérive, en traînant un satellite à sa remorque, la chasse aux ougiouks fut régulièrement conduite.

Deux ou trois fois par jour, des partis armés de fusils et de harpons, accompagnés de tous les chiens groënlandais, débarquaient sur le champ de glace et cernaient les monstres marins endormis au bord de leurs trous. On les tuait d'une balle dans l'oreille, on les dépeçait, on levait le lard, dont on chargeait des traîneaux que les chiens tiraient à l'*Alaska*. Cette chasse était si facile et si fructueuse qu'en huit jours, les soutes se trouvèrent littéralement bondées de lard.

L'*Alaska*, toujours remorqué par la banquise, était alors par le 40° degré de longitude est, sur le 74° parallèle, c'est-à-dire qu'il avait laissé derrière lui la Nouvelle-Zemble, en la dépassant au nord.

Le radeau de glace était à ce moment réduit de

près de moitié, et le reste, craquelé par le soleil, traversé de fissures de plus en plus profondes, approchait manifestement de la décomposition. Le moment venait où cette grande île allait se résoudre en « drift-ice ». Erik ne voulut pas l'attendre. Il fit lever l'ancre et mettre le cap droit à l'ouest.

Le lard de morse, immédiatement utilisé dans le foyer *ad hoc* que portait l'*Alaska,* concurremment avec une faible proportion de houille, se trouva un combustible excellent. Son seul défaut était d'encrasser la cheminée et de nécessiter un nettoyage quotidien. Quant à son odeur qui aurait sans doute impressionné désagréablement des passagers méridionaux, elle n'était pour un équipage suédois et norvégien qu'un inconvénient très secondaire.

Toujours est-il que, grâce à ce supplément, l'*Alaska* put rester sous vapeur jusqu'à la dernière heure, franchir rapidement, malgré les vents contraires, la distance qui le séparait encore des mers d'Europe et arriver, le 5 septembre, en vue du Cap-Nord de Norvège, sans même s'arrêter à Tromsoë, comme il l'aurait pu, en cas de besoin; il poursuivit activement sa route, contourna la péninsule scandinave, repassa le Skager-Ragg et revint à son point de départ.

Le 14 septembre, il jetait l'ancre devant Stockholm, dans les eaux mêmes qu'il avait quittées le 10 février précédent.

Ainsi se trouvait accompli, en sept mois et

quatre jours, le premier périple circumpolaire, par un navigateur de vingt-deux ans.

Ce tour de force géographique, qui venait compléter et contrôler si promptement la grande expédition de Nordenskiold, devait bientôt avoir dans le monde un retentissement prodigieux. Mais, pour le moment, les journaux et revues n'en avaient pas encore expliqué les mérites. Quelques initiés à peine étaient en état de les apprécier, et une personne au moins n'avait garde de les soupçonner, — c'était Kajsa.

Il fallait voir le sourire de supériorité avec lequel elle accueillit le récit du voyage.

« S'il y a du bon sens à s'en aller volontairement s'exposer à des dangers pareils ! » dit-elle pour tout commentaire.

Sans compter qu'à la première occasion, elle ne manqua pas d'ajouter à l'adresse d'Erik :

« Enfin, nous voilà toujours débarrassés de cette ennuyeuse affaire, maintenant que le fameux Irlandais est mort ! »

Quelle différence de ce jugement sec et froid avec la lettre pleine d'effusions et de tendresses qu'Erik reçut bientôt de Noroë ! Vanda lui contait dans quelles transes elle et sa mère avaient passé ces longs mois, comme leur pensée n'avait pas cessé d'être avec les voyageurs, comme elles étaient heureuses de les voir enfin revenus à bon port !... Si l'expédition n'avait pas eu tous les résultats qu'en attendait Erik, il ne fallait pas s'en affliger

outre mesure. Erik savait bien qu'à défaut de sa
véritable famille, il en avait une dans le pauvre
village norvégien, qui l'aimait tendrement et s'associait toujours à lui par la pensée. Ne viendrait-il
pas bientôt la revoir, cette famille, qui le considérait toujours comme sien et qui ne voulait pas renoncer à lui ? Il pourrait bien, s'il en cherchait le
moyen, trouver un petit mois à lui donner!... C'é-
tait le vœu le plus cher de sa mère adoptive et de
sa petite sœur Vanda, etc., etc.

Tout cela, enveloppant trois jolies fleurettes
cueillies au bord du fiord, et dans le parfum desquelles il semblait à Erik qu'il retrouvait toute son
enfance insouciante et gaie. Ah ! que ces choses
étaient douces à son pauvre cœur désappointé et
qu'elles lui faisaient porter légèrement le déboire
final de son expédition !

Bientôt, pourtant, il fallut se rendre à l'évidence.
Le voyage de l'*Alaska* était un événement qui éga-
lait en grandeur celui de la *Véga*. Le nom d'Erik
était associé de toutes parts au nom glorieux de
Nordenskiold. Les journaux ne parlaient plus que
du nouveau périple. Les navires de toutes les nations, mouillés à Stockholm, s'entendaient un peu
pour se pavoiser en l'honneur de cette victoire
nautique. Erik, surpris et confus, se voyait accueilli partout par les ovations réservées aux triom-
phateurs. Les Sociétés savantes venaient en
corps souhaiter la bienvenue au commandant et
à l'équipage de l'*Alaska,* les pouvoirs publics

roposaient pour eux une récompense nationale.

Tous ces éloges et ce bruit gênaient Erik. Il avait onscience d'avoir principalement obéi, dans son ntreprise, à des considérations d'ordre personnel, t se faisait scrupule de récolter une gloire qu'il rouvait au moins exagérée. Aussi saisit-il la pre- nière occasion qui se présenta de dire franchement e qu'il était allé chercher dans les mers polaires, — sans l'avoir trouvé d'ailleurs, — le secret de a naissance, de son origine, du naufrage du *Cynthia*.

L'occasion se présenta sous la figure d'un per- onnage imberbe, haut comme une botte, vif omme un écureuil, attaché en qualité de reporter à l'un des principaux journaux de Stockholm, et qui se présenta à bord de l'*Alaska,* pour solliciter a faveur d'une « entrevue personnelle » avec le jeune commandant. Le but de l'intelligent gazetier, disons-le bien vite, était tout uniment de soutirer à sa victime les éléments d'une biographie de cent lignes. Il ne pouvait tomber sur un sujet mieux dis- posé à se soumettre à la vivisection. Erik avait soif de dire la vérité et de proclamer qu'il ne mé- ritait pas d'être pris pour un Christophe Colomb.

Il conta donc tout sans réticence, refit son his- toire, expliqua comment il avait été recueilli en mer par un pauvre pêcheur de Noröe, élevé par M. Malarius, amené à Stockholm par le docteur Schwaryencrona, comment on était venu à savoir que Patrick O'Donoghan connaissait probablement le mot de l'énigme, comment on avait appris qu'il se trouvait à bord de la *Véga*, comment on était allé l'y chercher, comment on avait été conduit à changer d'itinéraire, puis à pousser jusqu'à l'île Ljakow, jusqu'au cap Tchélynskin... Tout cela, Erik le disait pour se disculper en quelque sorte d'être un héros. Il le disait parce qu'il avait honte maintenant de se voir accablé d'éloges pour ce qui lui semblait si naturel et si simple.

Et, pendant ce temps, le crayon du reporter, M. Squirrélius, courait sur le papier avec une rapidité sténographique. Les dates, les noms, les moindres détails, — tout était noté. M. Squirrélius se disait, le cœur palpitant, que ce n'était pas cent lignes, mais cinq ou six cents qu'il allait tirer de cette confession. Et quelles lignes !... Un récit vibrant, pris sur le vif, émouvant comme un feuilleton !

Le lendemain, ce récit remplissait trois colonnes dans le journal le plus répandu de la Suède. Comme il arrive presque toujours en pareil cas, la sincérité d'Erik, loin de diminuer ses mérites, les mit au contraire en valeur, par la modestie qu'elle attestait et l'intérêt romanesque qu'elle apportait à son histoire. La presse et le public s'en emparèrent avec avidité. Ces détails biographiques, bientôt traduits dans toutes les langues, ne tardèrent pas à faire le tour de l'Europe.

C'est ainsi qu'ils arrivèrent à Paris et pénétrèrent un soir, sous la bande encore humide d'un ournal français, dans un modeste salon situé rue le Varennes, au second étage d'un vieil hôtel.

Deux personnes se trouvaient dans ce salon. L'une était une dame en vêtements noirs et en cheveux blancs, quoiqu'elle parût jeune encore, et dont toute la personne portait l'empreinte d'un grand deuil éternel. Assise sous l'abat-jour de la lampe, elle travaillait machinalement à une broderie, tandis que ses yeux se fixaient dans l'ombre sur quelque souvenir inoubliable et accablant.

De l'autre côté de la table, un grand vieillard parcourait d'un regard distrait le journal que son domestique venait de lui apporter.

C'était M. Durrien, consul général honoraire et l'un des secrétaires de la Société de géographie, — celui-là même qui s'était trouvé à Brest, chez le préfet maritime, au moment du passage de l'*Alaska*.

Sans doute, à raison de ce fait, le nom d'Erik frappa particulièrement son attention, car, en lisant l'article biographique consacré au jeune navigateur suédois, il eut comme un tressaillement. Puis, il relut cet article avec une profonde attention. Peu à peu, une pâleur intense se répandit sur son visage déjà si pâle. Ses mains furent prises d'un tremblement nerveux. Son trouble devint si manifeste que sa silencieuse compagne s'en aperçut.

« Mon père, est-ce que vous souffrez? demanda-t-elle avec sollicitude.

« — Je... crois qu'on s'est trop hâté de faire du feu!... Je vais aller prendre l'air dans mon cabinet!... Ce n'est rien!... un malaise passager!... » répondit M. Durrien en se levant pour passer dans la pièce voisine.

Comme par mégarde, il emporta le journal qu'il tenait à la main. Si sa fille avait pu lire dans sa pensée, elle y aurait vu dominer, au milieu de l'afflux tumultueux d'espoirs et de craintes qui s'y heurtaient, la volonté arrêtée de soustraire le journal à ses regards.

Un instant elle songea à suivre M. Durrien dans son cabinet. Mais elle crut deviner qu'il désirait être seul, et se plia discrètement à ce caprice. Bientôt, d'ailleurs, elle se rassura en entendant son père aller et venir, marcher à grand pas, ouvrir et fermer la fenêtre.

C'est seulement au bout d'une heure qu'elle se décida à entre-bâiller la porte, pour voir ce que faisait M. Durrien. Elle constata qu'il s'était assis à son bureau et qu'il écrivait une lettre.

CHAPITRE XXI

UNE LETTRE DE PARIS

Ce qu'elle ne vit pas, c'est qu'il avait, en écrivant, les yeux pleins de larmes.

Depuis son retour à Stockholm, Erik recevait presque chaque jour de tous les pays de l'Europe une correspondance volumineuse. C'étaient des corps savants ou des particuliers qui lui adressaient leurs félicitations, des gouvernements étrangers qui lui décernaient des honneurs ou des récompenses; des armateurs, des négociants qui sollicitaient de lui quelque renseignement applicable à leurs intérêts. Aussi fut-il peu surpris en se voyant remettre, un matin, deux plis au timbre de Paris.

Le premier qu'il ouvrit était une invitation de la Société de géographie de France, pour lui et pour ses compagnons de voyage, à venir en personne recevoir une grande médaille d'honneur, décernée en séance solennelle « à l'auteur du premier périple circumpolaire par les mers arctiques ».

18.

La seconde enveloppe fit tressaillir Erik quand il la rompit. Elle portait en guise de cachet, sur la gomme qui la fermait, un médaillon gravé aux initiales E. D. entourées de la devise *Semper idem...*

Ces initiales et cette devise se trouvaient reproduites au coin de la lettre enfermée dans l'enveloppe, et qui était de M. Durrien. La lettre disait ce qui suit :

« Mon cher enfant, laissez-moi vous donner ce nom à tout événement. Je viens de lire dans un journal français une note biographique traduite du suédois et qui me bouleverse plus que je ne saurais dire. Cette note vous concerne. S'il faut en croire ce qu'elle raconte, vous auriez été recueilli en mer, il y a vingt-deux ans, par un pêcheur norvégien des environs de Bergen, sur une bouée portant le nom de *Cynthia;* votre voyage arctique aurait eu pour but spécial de retrouver un survivant du navire de ce nom, naufragé en octobre 1858 par le travers des îles Féroë; enfin vous seriez revenu de votre expédition sans avoir pu rien apprendre à ce sujet.

« Si tout cela est vrai (oh! que ne donnerais-je pas pour que ce fût vrai!), je vous demande en grâce de ne pas perdre une minute, de courir au télégraphe et de me le dire.

« C'est que dans ce cas, mon enfant, — comprenez mon impatience, mon anxiété et ma joie, — dans ce cas vous seriez mon petit-fils, celui que je pleure depuis tant d'années, celui que j'ai cru perdu à jamais, celui que ma fille, ma pauvre fille, au cœur brisé, hélas! par le drame du *Cynthia,* appelle encore et réclame tous les jours, — son unique enfant, le sourire, la consolation, puis le désespoir de son veuvage!...

« Vous retrouver, vous retrouver vivant et glorieux, serait un bonheur trop extraordinaire et trop grand! Je n'ose pas y croire avant qu'un signe de vous m'y autorise!... Et pourtant, cela semble maintenant si vraisemblable!... Les détails et les dates concordent si rigoureusement!... Votre physionomie et vos manières me rappellent si clairement celles de mon malheureux gendre. Dans l'unique occasion où le hasard nous a rapprochés, je me suis senti entraîné vers vous par une sympathie si soudaine et si profonde!... Il semble impossible que tout cela n'ait pas de raison d'être!

« Un mot, un mot tout de suite au télégraphe!... Je ne vais pas vivre jusqu'à l'arrivée de cette dépêche. Puisse-t-elle me donner la réponse que j'attends, que je désire si ardemment! Puisse-t-elle apporter à ma pauvre fille et à moi un bonheur qui effacera toute une vie de regrets et de larmes!

« E. DURRIEN,

« Consul général honoraire,
104, rue de Varennes, Paris. »

A cette lettre était jointe une note justificative qu'Erik dévora avidement. Elle était également de la main de M. Durrien et contenait ce qui suit :

« J'étais consul de France à la Nouvelle-Orléans, quand ma fille unique, Catherine, épousa un jeune Français, M. Georges Durrien, notre parent éloigné et ainsi que nous d'origine bretonne. M. Georges Durrien était ingénieur des mines. Il venait aux États-Unis pour explorer des sources de pétrole récemment signalées, et comptait y rester quelques années. Accueilli à mon foyer comme devait l'être un homme de son mérite, portant le même nom que nous et fils d'un ami bien cher de ma jeunesse, il me demanda la main de ma fille. Je la lui donnai avec joie. Peu de temps après ce mariage, je fus inopinément désigné au poste consulaire de Riga, et, mon gendre se trouvant retenu aux États-Unis par des intérêts considérables, je dus y laisser ma fille. Elle y devint mère d'un enfant, qui reçut mes prénoms avec celui de son père, et fut appelé *Émile-Henri-Georges*.

« Six mois plus tard, mon gendre trouvait la mort dans un accident de mine. Aussitôt après avoir fait régler ses affaires, ma pauvre fille, veuve à vingt ans, s'embarquait à New-York, sur le *Cynthia*, à destination de Hambourg, pour venir me rejoindre par la voie la plus directe.

« Le 7 octobre 1858, le *Cynthia* faisait naufrage à l'est des îles Féroë. Les circonstances de ce naufrage ont depuis paru suspectes et sont restées inexpliquées. Toujours est-il qu'au milieu du désastre, au moment même où les passagers prenaient place les uns après les autres dans la chaloupe, mon petit-fils, âgé de sept mois, que sa mère venait d'attacher sur une bouée de sauvetage, glissa ou fut poussé à la mer, et disparut emporté par la tempête.

« Ma fille, affolée par cet affreux spectacle, voulait se précipiter dans les flots. Elle fut sauvée de vive force, jetée évanouie dans une embarcation où se trouvaient trois autres personnes, et qui seule échappa au désastre. L'embarcation aborda, au bout de quarante-neuf heures, sur l'une des îles Féroë. C'est de là que ma fille me revint, après une mortelle attente de sept semaines, grâce aux soins dévoués d'un matelot qui l'avait sauvée et qui me la ramena. Ce brave garçon, nommé John Denman, est mort depuis à mon service, en Asie Mineure.

« Nous n'avions aucun espoir sérieux que le pauvre bébé eût pu survivre au naufrage. Je fis pourtant tenter des recherches aux îles Féroë, aux îles Shetland et sur la côte norvégienne au nord de Bergen. L'idée que le berceau fût allé plus loin encore paraissait inadmissible. Je ne renonçai pourtant à mon enquête qu'au bout de trois années, et, pour que Noroë n'y ait pas été compris, il faut que ce soit un point singulièrement reculé et sans rapports directs avec la côte maritime.

« Quand tout espoir fut définitivement perdu,

je me consacrai exclusivement à ma fille, dont la
santé physique et morale exigeait de grands mé-
nagements. J'obtins d'être envoyé en Orient, je
cherchai à la distraire par des voyages et des en-
treprises scientifiques. Elle a été la compagne
inséparable de tous mes travaux ; mais jamais je
n'ai pu arriver à la guérir de son incurable tristesse. Enfin, depuis deux ans j'ai pris ma retraite,
et nous sommes rentrés en France. Nous habitons
alternativement Paris et la vieille maison que je
possède au Val-Féray, près de Brest.

« Nous serait-il donné d'y voir entrer mon
petit-fils, celui que nous pleurons depuis tant d'années? Cet espoir est trop beau pour que j'ose en
parler à ma fille, tant qu'il ne sera pas transformé
en certitude. Ce serait une véritable résurrection.
Et pourtant, s'il fallait maintenant renoncer à
cette idée, la déception serait cruelle !...

« Nous sommes aujourd'hui à lundi. Samedi
prochain, me dit-on à la poste, je pourrais avoir
une réponse !... »

Erik avait peine à achever cette lecture ; les
larmes obscurcissaient sa vue. Lui aussi, il craignait de s'abandonner trop vite à l'espérance, qui
lui était subitement rendue. Il se disait bien que
toutes les vraisemblances se trouvaient réunies,
— la concordance des dates, celle des événements
et des moindres détails. Mais c'était trop beau ! Il
n'osait pas y croire ! Retrouver du même coup une
famille, une vraie mère, une patrie !... Et quelle

patrie!... Celle-là même qu'il aurait choisie entre
toutes, parce qu'elle incarne en quelque sorte les
grandeurs, les grâces et les dons suprêmes de
l'humanité, parce qu'en elle sont venus se réunir
et se fondre le génie des civilisations antiques, la
flamme et l'esprit des temps nouveaux!

Il avait peur que tout cela ne fût qu'un rêve. Si
souvent déjà ses espoirs s'étaient trouvés déçus!...
Peut-être le docteur allait-il d'un mot faire crou-
ler l'échafaudage. Avant tout, il fallait le prendre
pour juge.

Le docteur lut attentivement les documents qui
lui étaient soumis, non sans s'interrompre à plusieurs reprises, en laissant échapper une exclamation de surprise ou de joie.

« Il n'y a pas l'ombre d'un doute à conserver!
dit-il enfin. Tous les détails concordent rigoureusement, jusqu'à ceux-là mêmes que ton correspon-
dant omet de mentionner, — les initiales du
linge, la devise gravée sur le hochet, et qui sont
celles de sa lettre!... Mon cher enfant, ta famille
est retrouvée, cette fois! Il faut immédiatement
télégraphier à ton grand-père...

— Mais que lui dire? demanda Erik pâle de
joie.

— Dis-lui que dès demain tu prendras le courrier
pour aller te jeter dans les bras de ta mère et dans
les siens! »

Le jeune capitaine ne prit que le temps de
serrer sur son cœur la main de l'excellent homme,

et se jeta dans un cabriolet pour courir au télégraphe.

Le jour même, il quittait Stockholm, prenait le
chemin de fer qui le débarquait à Malmö, sur la
côte nord-ouest de la Suède, traversait le détroit
en vingt minutes, se jetait à Copenhague dans
l'express de Hollande et Belgique, puis à Bruxelles
dans le train de Paris.

Le samedi, à sept heures du soir, exactement six
jours après que M. Durrien avait mis sa lettre à la
poste, il avait la joie d'attendre son petit-fils à la
gare du Nord. Des dépêches successives, expé-
diées par Erik au cours du voyage, avaient aidé
à lui faire prendre patience.

Enfin, le train entra en grondant sous la haute
coupole de verre. M. Durrien et son petit-fils tombèrent dans les bras l'un de l'autre. Ils avaient
tant vécu ensemble par la pensée dans ces derniers jours d'attente, qu'il leur semblait s'être
toujours connus.

« Ma mère? demanda Erik.

— Je n'ai pas osé tout lui dire, tant que je ne
te tenais pas! répondit M. Durrien, en adoptant
d'emblée ce tutoiement doux comme une caresse
maternelle, que toutes les langues envient au
français.

— Elle ne sait rien encore?

— Elle soupçonne, elle craint, elle espère!
Depuis ta dépêche, je la prépare de mon mieux à
la joie inouïe qui l'attend! Je parle d'une piste sur

laquelle j'aurais été mis par un officier suédois, par ce jeune marin que j'ai vu à Brest et dont je lui ai souvent parlé!... Elle ne sait pas, elle hésite encore, mais je crois qu'elle doit commencer à démêler la venue prochaine de quelque chose de nouveau! Ce matin, à déjeuner, j'avais une peine extrême à cacher mon impatience! J'ai fort bien vu qu'elle m'observait avec attention! Deux ou trois fois même, j'ai cru qu'elle allait me demander une explication formelle!... J'en avais grand'peur, je l'avoue! Si quelque malentendu, quelque contretemps soudain, ou, pis encore, quelque malheur était venu nous tomber sur la tête!... On craint tout dans une aventure comme la nôtre!... Aussi n'ai-je point dîné avec elle ce soir. J'ai prétexté d'une affaire, et je me suis soustrait par la fuite à une situation intolérable! »

Sans attendre les bagages, on partit dans le coupé qui avait amené M. Durrien.

Cependant, Mme Durrien, toute seule dans le salon de la rue de Varennes, attendait le retour de son père avec impatience. Il avait deviné juste en redoutant, pour le dîner, une demande d'explications. Depuis plusieurs jours, elle était inquiète de ses allures, des dépêches incessantes qu'il recevait, des sous-entendus singuliers que semblaient recéler toutes ses paroles. Habituée à échanger avec lui les moindres pensées et les moindres impressions, elle ne comprenait même pas qu'il pût songer à lui cacher quelque chose. Plu-

19

sieurs fois déjà, elle avait été sur le point de réclamer le mot de l'énigme. Puis, elle s'était tue devant l'évident parti pris de son père.

« Il s'agit sans doute de me préparer quelque surprise, s'était-elle dit. Il ne faut pas marchander son plaisir ! »

Mais, dans les deux ou trois derniers jours et spécialement le matin, elle avait été plus vivement frappée de l'espèce d'impatience qui éclatait dans tous les mouvements de M. Durrien, de l'air de bonheur qui animait son regard, de l'insistance avec laquelle revenaient sur ses lèvres ces allusions si longtemps évitées au désastre du *Cynthia*. Tout à coup, une sorte d'illumination sourde s'était faite en elle. Elle avait vaguement compris qu'il y avait du nouveau, que son père se croyait, à tort ou à raison, sur la trace d'un indice favorable, que peut-être il s'était repris à l'espoir si longtemps caressé de retrouver son enfant, et, sans supposer un instant que les choses fussent bien avancées, elle avait pris la résolution de demander à tout savoir.

Jamais Mme Durrien n'avait définitivement renoncé à l'idée que son fils pût encore être vivant. Tant qu'une mère n'a pas vu de ses yeux son enfant à l'état de cadavre, elle se refuse à sanctionner, pour ainsi dire, par son adhésion, ce fait irréparable de la mort. Elle se dit que les témoins peuvent s'être trompés, que les apparences peuvent les avoir abusés. Elle croit toujours à la possibilité

d'un retour soudain. On pourrait presque dire
qu'elle s'y attend. Des milliers de mères de sol-
dats et de marins ont eu cette illusion touchante.
Mme Durrien avait plus qu'une autre le droit de la
conserver. A la vérité, la scène tragique était toujours devant ses yeux, après vingt-deux ans
comme au premier jour. Elle se représentait le
Cynthia envahi par les eaux et près de couler à
chaque lame qui venait le battre. Elle se voyait
attachant elle-même, de ses mains, son petit
enfant sur une large bouée, tandis que passagers
et matelots se ruaient, s'entassaient sur les chaloupes, puis laissée en arrière, implorant, suppliant
qu'on emmenât au moins le bébé. Un homme lui
prenait des mains le cher fardeau. On la jetait dans
un canot. Et presque aussitôt un coup de mer, une
trombe d'eau sur elle, et l'horreur de voir la bouée
rasant la coque du steamer sur le dos d'une lame,
la tempête s'engouffrant dans la mousseline du
berceau et emportant sa proie comme une plume,
au milieu des embruns! Alors un cri déchirant
parmi tant d'autres cris, une lutte corps à corps,
un plongeon dans la nuit, — et l'inconscience!
Puis, le réveil, le désespoir sans fin, les nuits de
fièvre et de délire! Puis, la douleur incessante, les
longues recherches sans effet, et la conviction de
son impuissance grandissant peu à peu, s'étalant,
submergeant tout!... Oh! oui, elle se rappelait tout
cela, la pauvre femme! Pour mieux dire, son être
tout entier avait reçu de ce drame une si rude se-

cousse, qu'il était resté irréparablement meurtri. Il y avait presque un quart de siècle que ces choses s'étaient passées, et, comme au premier jour, Mme Durrien pleurait son enfant! Ce cœur tout maternel s'était replié sur son deuil et consumait lentement sa vie dans la morne contemplation de l'unique souvenir!

Par une sorte de mirage moral, elle se figurait parfois son fils passant par les phases successives de l'enfance, de l'adolescence et de l'âge viril. D'année en année, elle se le représentait comme il aurait été, comme il était peut-être, — car elle conservait toujours une sorte de croyance obstinée à la possibilité de son retour! Contre cet espoir obscur, rien n'avait jamais prévalu, ni démarches vaines, ni recherches inutiles, ni temps écoulé!

Et c'est pourquoi, ce soir-là, elle attendait son père avec la ferme volonté d'avoir le cœur net de ses soupçons.

M. Durrien entra. Il était suivi d'un jeune homme qu'il présenta en ces termes :

« Ma fille, voici M. Erik Hersebom dont je t'ai souvent parlé, et qui vient d'arriver à Paris. La Société de géographie va lui décerner sa grande médaille d'honneur, et il me fait le plaisir d'accepter notre hospitalité. »

Il avait été convenu dans la voiture que les choses se passeraient ainsi, qu'Erik parlerait plus tard incidemment de l'enfant recueilli à Noroë, et qu'on essayerait de faire arriver, sans secousse

L'ÉPAVE DU CYNTHIA

IV

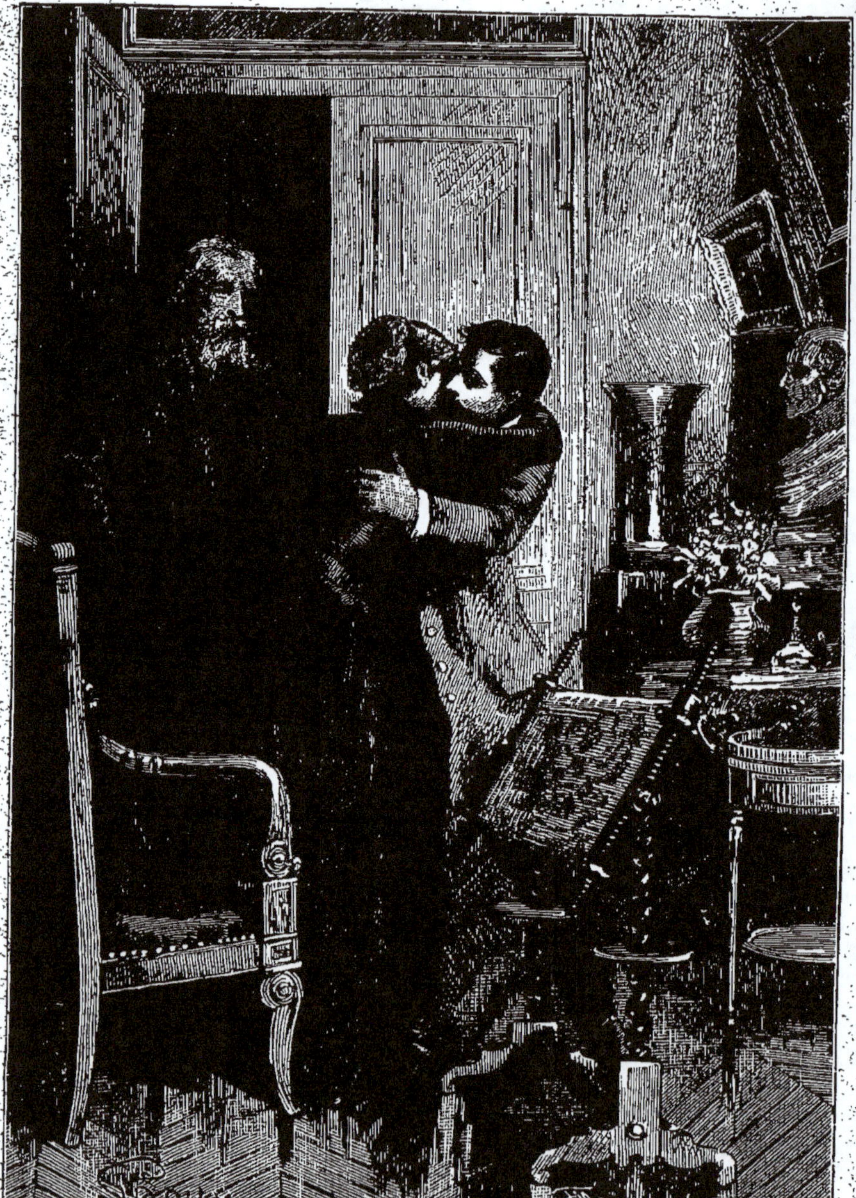

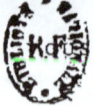

« MON FILS !.. VOUS ÊTES MON FILS ! »

trop subite, l'aveu de son identité. Mais quand il se trouva en présence de sa mère, la force lui manqua pour soutenir ce rôle. Il devint d'une pâleur mortelle et s'inclina profondément sans pouvoir articuler une parole.

Elle, cependant, s'était soulevée sur son fauteuil et le regardait avec bonté. Tout à coup, ses yeux se dilatèrent, sa lèvre frémit, sa main se tendit vers lui.

« Mon fils!... Vous êtes mon fils! » s'écria-t-elle.

Et s'avançant d'un pas vers Erik :

« Oui! tu es mon enfant! dit-elle. Ton père tout entier revit dans chacun de tes traits! »

Et, tandis qu'Erik, fondant en larmes, tombait à genoux devant sa mère, la pauvre femme, lui prenant la tête à deux mains, s'évanouissait de joie et de bonheur en mettant un baiser sur son front.

CHAPITRE XXII

LE VAL-FÉRAY. — CONCLUSION

Un mois plus tard, une fête intime réunissait au Val-Féray, à une demi-lieue de Brest, toute la famille adoptive d'Erik, auprès de sa mère et de son grand-père. Une pensée délicate de Mme Durrien avait voulu associer à sa profonde, à son inexprimable joie les êtres simples et bons qui lui avaient sauvé son fils. Elle avait exigé que dame Katrina et Vanda, que maaster Hersebom et Otto fussent du voyage avec le docteur Schwaryencrona et Kajsa, avec M. Bredejord et M. Malarius.

Au milieu de cette rude nature bretonne, près de cette sombre mer armoricaine. ses hôtes norvégiens se sentaient moins dépaysés qu'ils ne l'eussent été, sans doute. à la rue de Varennes. On faisait de longues promenades dans les bois, on se racontait tout ce qu'on ignorait les uns des autres, on mettait en commun les lambeaux de vérité qu'on possédait sur toute cette histoire

19.

encore obscure. Et peu à peu bien des points
inexpliqués cessaient de l'être. La lueur jaillissait
du rapprochement des circonstances, des longues
causeries, des discussions.

D'abord, qu'était-ce que Tudor Brown? Quel si
grand intérêt avait-il eu à empêcher qu'on fût mis,
par Patrick O'Donoghan, sur la trace de la famille
d'Erik? Un mot du malheureux Irlandais suffisait
à l'établir. Tudor Brown s'appelait en réalité
M. Jones, seul nom sous lequel Patrick O'Donoghan le connût. Or, M. Noah Jones était l'associé
du père d'Erik pour l'exploitation d'une mine de
pétrole découverte par le jeune ingénieur en Pensylvanie. Le seul énoncé du fait jetait un jour
sinistre sur des événements si longtemps restés
mystérieux. Le naufrage suspect du *Cynthia,* la
chute de l'enfant à la mer, peut-être la mort du
père d'Erik, — tout cela, hélas ! devait avoir eu
pour origine un traité d'association que M. Durrien
retrouva dans ses papiers et qu'il élucida de quelques commentaires.

« Plusieurs mois avant son mariage, expliqua-
t-il aux amis d'Erik, mon gendre avait découvert
près de Harrisburg une source de pétrole. Il lui
manquait le capital nécessaire pour s'assurer cette
propriété, et il se voyait exposé à en perdre tous
les avantages. Le hasard le mit en relations avec
ce Noah Jones, qui se donnait pour un marchand
de bœufs du Far-West, mais était en réalité, — on
le sut plus tard. — un importateur d'esclaves de la

Caroline du Sud. Cet individu s'engageait à verser la somme nécessaire pour acheter la source *Vandalia* et l'exploiter. Il sut faire signer à Georges, en échange de son apport, un traité absolument léonin. Ce traité, j'en ignorais la teneur au moment du mariage de ma fille, et, selon toute apparence, Georges lui-même n'y songeait plus. Personne n'était moins expert que lui en pareille matière. Admirablement doué sous plus d'un rapport, mathématicien, chimiste, mécanicien hors ligne, il n'entendait absolument rien aux affaires, et avait deux fois déjà payé d'une véritable fortune ses inexpériences à cet égard. Nul doute qu'il n'ait eu avec Noah Jones son laisser-aller habituel. Très probablement il signa les yeux fermés le traité d'association qui lui fut soumis. En voici les articles principaux, extraits et résumés de la phraséologie anglo-saxonne sous laquelle ils se trouvaient enveloppés :

« ... Art. 3. La propriété de la source *Vandalia* restera indivise entre l'inventeur, M. Georges Durrien, et le commanditaire, M. Noah Jones.

« Art. 4. M. Noah Jones aura l'administration de tous deniers par lui versés pour l'exploitation de la source. Il vendra les produits, encaissera les recettes, soldera les dépenses, à charge par lui d'en justifier tous les ans à son associé et de partager les nets profits avec ledit associé. M. Georges Durrien dirigera les travaux d'art et les services techniques de l'exploitation.

« Art. 5. Au cas où l'un des propriétaires-associés désirerait vendre sa part, il sera tenu de donner le droit de préemption par offre formelle à son associé, qui aura trois mois pleins pour l'accepter, et deviendra propriétaire unique en payant le capital à trois pour cent du revenu net constaté au dernier inventaire.

« Art. 6. Les enfants seuls de chacun des deux associés héritent de ses droits. A défaut d'enfant de l'associé décédé, ou en cas de mort avant l'âge de vingt ans révolus de l'enfant ou des enfants de l'associé décédé, la propriété entière fait retour à l'associé survivant, à l'exclusion de tous autres héritiers du défunt.

« *N. B.* Le présent article est motivé par la nationalité différente des deux associés et par les complications de procédure que ne manquerait pas d'amener tout autre régime. »

« ... Tel était, reprit M. Durrien, le traité qu'avait signé mon futur gendre, à une époque où il ne songeait même pas à se marier, et où tout le monde, sauf peut-être M. Noah Jones, ignorait l'immense valeur que devait acquérir plus tard la source *Vandalia*. On en était encore à la période des tâtonnements et des déboires. Le projet du Yankee se réduisait probablement alors à dégoûter son associé de l'affaire en exagérant les difficultés du début, de manière à s'assurer à peu de frais la propriété exclusive. Le mariage de Georges avec ma fille, la naissance de notre cher enfant et la

constatation soudaine de la prodigieuse richesse
de la source vinrent modifier la situation du tout
au tout. Il ne pouvait plus être question de s'assurer pour un morceau de pain cette splendide
propriété ; mais il suffisait, pour qu'elle fît retour
à Noah Jones, que Georges d'abord, puis son
unique héritier, disparussent de ce monde. Or,
deux ans après son mariage, six mois après la
naissance de mon petit-fils, Georges était relevé
mort auprès d'un puits d'extraction, asphyxié,
dirent les médecins, par des gaz irrespirables. Je
n'étais déjà plus aux États-Unis, ma nomination
de consul à Riga étant survenue dans l'intervalle ;
les affaires de la succession furent réglées par un
solicitor. Noah Jones se montra de bonne compo-
sition et souscrivit à tous les arrangements pris
pour ma fille. Il resta convenu qu'il continuerait à
exploiter le fonds commun et payerait semes-
triellement à la Central-Bank de New-York la part
de nets profits revenant à l'enfant. Hélas ! il ne
devait même pas en solder le premier semestre !...
Ma fille prit passage sur le *Cynthia* pour venir me
rejoindre. Le *Cynthia* se perdit corps et biens dans
des conditions si suspectes que la Compagnie
d'assurances réussit à se faire exonérer de toute
responsabilité, et, dans ce naufrage, l'unique héritier de Georges disparut. Dès lors, Noah Jones
restait seul propriétaire de la source *Vandalia*, qui
lui a donné en moyenne, depuis cette époque,
cent quatre-vingt mille dollars de revenu annuel!

—N'aviez-vous jamais soupçonné son intervention
dans ces drames successifs? demanda M. Bredejord.

— Je l'avais certes soupçonnée, c'était trop naturel, et une pareille accumulation de prétendus
accidents, tournant tous au même but, était malheureusement trop claire. Mais comment donner
un corps à mes soupçons et surtout comment les
établir en justice? Je n'avais sur le fait que des
données trop vagues. Je savais par expérience combien peu il faut compter sur les tribunaux dans
les contestations internationales. Et puis, j'avais à
consoler, tout au moins à distraire ma fille, et
un procès n'aurait fait que raviver ses douleurs,
sans compter que la cupidité seule en aurait paru
le mobile! Bref, je me résignai en silence. Ai-je eu
tort? Faut-il le regretter? Je ne le crois pas, et je
reste convaincu que je n'aurais obtenu aucun résultat. Voyez comme il nous est difficile, encore
aujourd'hui, et même en réunissant toutes nos
impressions, tous les faits à notre connaissance,
d'arriver à une conclusion précise!

— Mais comment s'expliquer dans tout cela
le rôle de Patrick O'Donoghan? reprit le docteur
Schwaryencrona.

— Sur ce point comme sur beaucoup d'autres, nous en sommes évidemment réduits aux
conjectures; mais il me semble qu'en voici une
assez plausible. Cet O'Donoghan, novice à bord
du *Cynthia*, attaché au service personnel du capitaine, était en rapports constants avec les passa-

gers de première classe, qui mangent toujours à
la table du commandant. Il savait donc certainement le nom de ma fille, il connaissait sa nationalité française et pouvait aisément la faire retrouver. Avait-il été chargé par Noah Jones de
quelque mission ténébreuse? A-t-il eu la main
dans le naufrage si suspect du *Cynthia,* ou simplement dans la chute de l'enfant à la mer, —
c'est ce que nous ne saurons jamais exactement,
puisqu'il est mort. Quoi qu'il en soit, il est certain
qu'il connaissait l'importance qu'avait pour l'ex-
associé de Georges « l'enfant sur la bouée ». De
là à exploiter cette notion, il n'y a qu'un très
faible intervalle pour un individu tel qu'on nous
le représente, ivrogne et paresseux. O'Donoghan
savait-il que « l'enfant sur la bouée » était réelle-
ment vivant? Avait-il même aidé à le sauver, soit
en le recueillant en mer, pour le laisser ensuite
près de Noroë, soit par quelque autre moyen?
C'est encore un point douteux. Mais il aura, en
tout cas, affirmé à Noah Jones que « l'enfant sur
la bouée » avait survécu au naufrage; il se sera
vanté de connaître le pays où il avait été recueilli;
sans doute aussi il aura donné à entendre que ses
précautions étaient prises pour tout faire savoir à
l'enfant, s'il lui arrivait malheur, à lui O'Donoghan. Noah Jones se sera vu obligé de payer son
silence. Telle était sans doute la source des revenus
intermittents que l'Irlandais touchait à New-York
chaque fois qu'il y revenait!

— Cela me paraît très vraisemblable, dit M. Bredejord. Et j'ajoute que la suite des événements confirme pleinement cette hypothèse. Les premières annonces du docteur Schwaryencrona sont venues inquiéter Noah Jones. Il a cru indispensable de se débarrasser de Patrick O'Donoghan mais s'est vu obligé d'agir prudemment, précisément parce que l'Irlandais affirmait avoir pris ses précautions. Il s'est donc contenté de l'épouvanter probablement en lui faisant craindre, grâce à ces annonces, une intervention immédiate de la justice criminelle. Cela résulte du récit même que nous a fait à New-York l'aubergiste du *Red-Anchor*, M. Bowles, et de la hâte avec laquelle O'Donoghan a pris la fuite. Il faut évidemment qu'il se soit cru menacé d'extradition pour avoir émigré aussi loin, — jusque chez les Samoyèdes, et sous un nom d'emprunt. Noah Jones, qui lui avait sans doute donné ce conseil, a dû alors se croire à l'abri de toute surprise. Mais les annonces réclamant Patrick O'Donoghan lui ont remis, comme on dit, martel en tête. Il a donc fait le voyage de Stockholm tout exprès pour nous donner l'assurance que Patrick O'Donoghan était mort, et, sans doute aussi, pour voir de ses propres yeux jusqu'où notre enquête avait été poussée. Enfin est survenue la correspondance de la *Véga* et le départ de l'*Alaska* pour les mers arctiques. Noah Jones où Tudor Brown, se voyant alors en péril imminent, — car sa confiance en Patrick O'Dono-

ghan devait être des plus limitées, — n'a plus reculé devant aucun forfait pour s'assurer l'impunité.
Par bonheur, les choses ont bien tourné; mais
nous pouvons maintenant nous dire que nous
l'avons échappé belle !

— Qui sait ! peut-être ces dangers mêmes ont-
ils contribué à nous faire arriver au but ! dit le
docteur. Sans l'affaire de la Basse-Froide, il est
fort probable que nous aurions poursuivi notre
route par le canal de Suez, et que nous serions
arrivés au détroit de Behring trop tard pour y
trouver la *Véga*. Il est au moins douteux encore que
nous eussions pu tirer quelque chose d'O'Donoghan,
si nous l'y avions rejoint en compagnie de Tudor
Brown !... Au fond, notre voyage tout entier a été
déterminé par les tragiques événements du début,
et c'est uniquement au périple accompli par l'*A-
laska,* à la célébrité qui en est résultée pour Erik,
que nous devons d'avoir retrouvé sa famille !

— Oui, dit fièrement Mme Durrien en passant
sa main sur les cheveux de son fils, c'est la gloire
qui me l'a rendu ! »

Et presque aussitôt elle ajouta :

« ... Comme c'est le crime qui me l'avait pris,
— comme c'est votre bonté à tous qui me l'a conservé et qui en a fait un homme supérieur...

— Et comme c'est la scélératesse de Noah
Jones qui aura abouti à faire de notre Erik un des
hommes les plus riches des deux Amériques ! »
s'écria M. Bredejord.

Tout le monde le regarda avec surprise.

« Sans doute, reprit l'éminent avocat. Erik n'est-il pas l'héritier de son père dans sa part de propriété de la source *Vandalia?*... N'a-t-il pas été indûment privé de son revenu depuis vingt-deux ans? Et ne suffira-t-il pas pour l'obtenir d'une simple preuve d'identité filiale à établir, avec nous tous comme témoins, depuis maaster Hersebom que voilà et dame Katrina, jusqu'à M. Malarius et nous-mêmes? Si Noah Jones a laissé des enfants, ces enfants sont responsables de cet énorme arriéré, qui absorbera probablement toute leur part du capital social. S'il n'y a pas d'enfants de ce gredin, aux termes du traité que nous a lu M. Durrien, Erik est le seul héritier de la propriété entière. De toutes façons, donc, il doit avoir en Pensylvanie quelque chose comme cent cinquante ou deux cent mille dollars de rente!

— Eh! eh!... dit en riant le docteur Schwaryencrona, voilà le petit pêcheur de Noroë devenu un assez beau parti!... Lauréat de la Société de géographie, auteur du premier périple circumpolaire, affligé d'un modeste revenu de deux cent mille dollars, c'est un mari comme on n'en trouve pas beaucoup à Stockholm!... Qu'en dis-tu, Kajsa? »

La jeune fille avait vivement rougi à cette interpellation, dont son oncle ne soupçonnait assurément pas la cruauté. Kajsa était précisément en train de se dire, depuis un instant, qu'elle avait été un peu bien maladroite en rebutant un soupirant aussi distingué, et qu'il faudrait à l'avenir lui montrer plus de considération.

Mais Erik, chose singulière, n'avait plus d'yeux pour elle depuis qu'il se sentait au-dessus de ses injustes dédains. Soit que l'absence et les réflexions de ses nuits de quart lui eussent ouvert les yeux sur la sécheresse de cœur de Kajsa, soit que la satisfaction de ne plus être à ses yeux un misérable « enfant trouvé » lui suffît, — il ne lui accordait plus aujourd'hui que la part de stricte courtoisie à laquelle elle avait droit comme jeune fille et comme nièce du docteur Schwaryencrona.

Toutes ses préférences étaient pour Vanda, qui véritablement devenait de plus en plus charmante, en achevant de perdre ses petites gaucheries villageoises sous le toit d'une femme aimable et distinguée. Son exquise bonté, sa grâce native, sa simplicité parfaite la faisaient aimer de quiconque l'approchait. Elle n'avait pas passé huit jours au Val-Féray, que Mme Durrien déclarait hautement qu'il lui serait désormais impossible de se séparer d'elle.

Erik se chargea d'arranger tout en décidant maaster Hersebom et dame Katrina à laisser Vanda en France, sous la condition expresse que, chaque année, elle irait avec lui les embrasser à Noroë. Il avait bien songé à garder en Bretagne toute sa famille adoptive, et offrait même d'y faire transporter de toutes pièces, au bord de la rade de

Brest, la maison de bois où il avait passé son enfance. Mais ce projet d'émigration en masse fut généralement jugé impraticable. Maaster Herscbom et dame Katrina étaient trop âgés pour un pareil changement dans leurs habitudes. Ils n'auraient pu être pleinement heureux dans un pays dont ils ne connaissaient ni la langue ni les mœurs. Force fut donc de les laisser repartir, non sans leur assurer pour leurs vieux jours cette aisance que toute une vie de labeur et d'honnêteté avait été jusqu'alors impuissante à leur conquérir.

Erik aurait voulu au moins garder Otto. Mais, lui aussi, il préférait son fiord à toutes les rades de la terre, et il ne voyait pas d'existence préférable à celle de pêcheur. S'il faut tout dire, les cheveux gris de lin et les yeux bleus de Regnild, la fille du gérant de la fabrique d'huile, n'étaient pas étrangers à cette attraction invincible que Noroë gardait pour Otto. C'est du moins ce qu'il fut permis de conclure, quand on apprit qu'il allait l'épouser à « Yule » (Noël) prochain.

M. Malarius compte bien faire l'éducation de leurs enfants comme il a fait celle d'Erik et de Vanda. Il a modestement repris sa place à l'école du village, après s'être vu associé aux honneurs décernés par la Société de géographie de France au commandant de l'*Alaska*. Il corrige actuellement les épreuves de son magnifique ouvrage sur la flore des mers arctiques, édité aux frais de la Société Linnéenne. Quant au docteur Schwaryencrona, il n'a pas encore mis la dèrnière main au grand Traité iconographique, qui doit transmettre son nom à la postérité.

La dernière affaire judiciaire dont se soit occupé M. l'avocat Bredejord a été le procès engagé par lui pour établir les droits d'Erik à la propriété entière de la source *Vandalia*. Il l'a gagné en première instance et en appel, ce qui n'est pas un mince succès.

Erik a profité de ce succès, et de la grosse fortune qui lui est échue, pour acheter l'*Alaska,* qui est devenu son yacht de plaisance. Il s'en sert tous les ans pour aller, en compagnie de Mme Durrien et de Vanda, voir à Noroë sa famille adoptive. Quoique son état civil ait été rectifié et qu'il porte aujourd'hui légalement son nom d'Émile Durrien, il a tenu à y ajouter celui d'Hersebom, et tous les siens ont conservé l'habitude de l'appeler Erik.

Le vœu secret de sa mère est de lui voir épouser un jour Vanda, qu'elle aime comme sa fille; et ce vœu est trop conforme à sa propre inclination pour qu'un jour ou l'autre il ne soit pas réalisé.

En attendant, Kajsa reste fille, avec le vague sentiment qu'elle a, comme on dit, « manqué le coche ». Le docteur Schwaryencrona, M. Bredejord et le professeur Hochstedt jouent toujours au whist.

Un soir que le docteur se montrait plus mauvais joueur que de raison, M. Bredejord s'est donné le plaisir de lui rappeler, en tapotant sa tabatière, une circonstance trop oubliée :

« Quel jour comptez-vous donc m'envoyer votre Pline d'Alde Manuce? lui dit-il avec un éclair malicieux dans les yeux. Vous ne pensez plus sans doute qu'Erik soit d'origine irlandaise? »

Le docteur resta un instant étourdi sous le coup. Mais, se remettant bientôt :

« Bah! un ex-président de la République française descend bien des rois d'Irlande! dit-il avec conviction. Il n'y aurait rien d'étonnant à ce qu'il en fût de même de la famille Durrien!

— Évidemment, répliqua M. Bredejord. C'est même si vraisemblable que, pour un peu, je vous enverrais mon Quintilien! »

TABLE

Paris. — Typ. G. Chamerot, 19, rue des Saints-Pères. — 1898.

CATALOGUE

DE

J. HETZEL & CIE

LIBRAIRIE SPÉCIALE
De l'Enfance et de la Jeunesse

BIBLIOTHÈQUE D'ÉDUCATION ET DE RÉCRÉATION
A L'USAGE DE L'ENFANCE, DE LA JEUNESSE,
DES INSTITUTIONS DE JEUNES GENS ET DE JEUNES FILLES,
BIBLIOTHÈQUES PUBLIQUES, SCOLAIRES ET POPULAIRES.
LIVRES DE PRIX. — LIVRES D'ÉTRENNES.

BIBLIOTHÈQUE DES PROFESSIONS INDUSTRIELLES
COMMERCIALES ET AGRICOLES

MAGASIN ILLUSTRÉ D'ÉDUCATION
ET DE RÉCRÉATION

BROCHÉS   CARTONNÉS
294 fr.   Collection complète, 42 vol.   **420** fr.

CAHIERS D'UNE ÉLÈVE DE SAINT-DENIS
COURS GRADUÉ D'INSTRUCTION EN SIX ANNÉES

17 volumes et un atlas. — Brochés, **65** francs. — Cartonnés, **69** fr. **50**

LIBRAIRIE GÉNÉRALE
*Poésies — Romans — Voyages — Histoire
Sciences et Arts*

PARIS
18, RUE JACOB, 18

—

Envoi *franco* contre mandat pour toute demande au-dessus de 15 fr.

Catalogue CV.

2   J. HETZEL ET Cie, 18, RUE JACOB

SEUL JOURNAL COURONNÉ

PAR L'ACADÉMIE FRANÇAISE

42 vol. *MAGASIN ILLUSTRÉ 42 vol.

ET

DE RÉCRÉATION

et Semaine des Enfants, réunis

Journal de toute la famille

Encyclopédie morale de l'Enfance et de la Jeunesse

PUBLIÉ PAR

JEAN MACÉ — P.-J. STAHL — JULES VERNE

AVEC LE CONCOURS DES ÉCRIVAINS, SAVANTS ET ARTISTES LES PLUS RÉPUTÉS

Il paraît une livraison de 32 pages tous les quinze jours, depuis le 20 mars 1864; soit un beau volume album tous les six mois.

Les 42 volumes parus contiennent 74 grands ouvrages, 974 contes et articles divers, et environ 4,850 gravures de nos premiers artistes.

ABONNEMENT ANNUEL

Paris : 14 fr. — Départements : 16 fr.

UNION POSTALE : 17 FR.

Les abonnements partent du 1er janvier ou du 1er juillet.

Volume br., 7 fr.; cart. toile, tr. dor., 10 fr.; rel., tr. dor., 12 fr.

COLLECTION COMPLÈTE : 42 VOLUMES

Brochés : **294** fr.; cart. toile, tr. dor. : **420** fr.; reliés, tr. dor. : **504** fr.

Les tomes I à X forment une série complète.

Les tomes XI à XXII en forment une seconde.

Sous presse : Tomes XLIII et XLIV

NOTA. — Les ouvrages marqués d'un ✳ ont été choisis par le ministère de l'Instruction publique pour faire partie des catalogues des bibliothèques publiques scolaires. Le deuxième * plus petit, désigne les ouvrages choisis pour être distribués en prix.

COLLECTION COMPLÈTE
DES QUARANTE-DEUX PREMIERS VOLUMES DU
MAGASIN D'ÉDUCATION
ET DE RECRÉATION
PUBLIÉ SOUS LA DIRECTION DE
MM. JEAN MACÉ — P.-J. STAHL — JULES VERNE
Prix : 294 francs
Payables en 10 termes à répartir en deux ans

Les quarante-deux premiers volumes illustrés parus du *Magasin d'Education et de Récréation* constituent à eux seuls toute une bibliothèque de l'enfance et de la jeunesse. L'examen du catalogue général du *Magasin*, que nous tenons toujours à la disposition des parents, leur montrera que les œuvres principales, et pour ainsi dire complètes, de JULES VERNE, de P.-J. STAHL, de JULES SANDEAU, de E. LEGOUVÉ, d'EGGER, de J. MACÉ, de L. BIART et de bien d'autres ; que les plus heureuses séries de dessins de Frœlich, Froment et d'un grand nombre d'artistes éminents, écrites ou dessinées avec un soin scrupuleux, à l'usage spécial de la jeunesse et de la famille, sont contenues dans ces volumes.

Cette collection grand in-8° représente par le fait la matière de plus de cent volumes in-18 ordinaires. Elle est en outre illustrée de plus de quatre mille cinq cents dessins, *créés expressément pour le Magasin d'Education*.

Le *Magasin d'Education* s'est tenu avec soin en dehors de ce qu'on appelle l'actualité, dont l'intérêt passe et vieillit, pour ne laisser entre les mains de ses lecteurs que des œuvres d'un intérêt durable et permanent. Les premiers volumes, à ce titre, présentent donc un intérêt égal aux derniers, et offrir aux enfants les premières années, s'ils ne les connaissent pas, leur assure des lectures aussi agréables que si on leur donnait les dernières.

*LES TOMES I à XXX
RENFERMENT COMME ŒUVRES PRINCIPALES

Les Aventures du Capitaine Hatteras, Les Enfants du Capitaine Grant, Vingt mille lieues sous les mers, Aventures de trois Russes et de trois Anglais, Le pays des Fourrures, L'Ile mystérieuse, Michel Strogoff, Hector Servadac, Les Cinq cents millions de la Bégum, de Jules VERNE. — La Morale familière, Les Contes Anglais, La Famille Chester, L'Histoire d'un Ane et de deux jeunes Filles, Une Affaire difficile à arranger, Maroussia, Un pot de crème pour deux, de P.-J. STAHL. — La Roche aux Mouettes, de Jules SANDEAU. — Le Nouveau Robinson Suisse, de STAHL et MÜLLER. — Romain Kalbris, d'Hector MALOT. — Histoire d'une Maison, de VIOLLET-LE-DUC. — Les Serviteurs de l'Estomac, Le Géant d'Alsace, Le Gulf-Stream, etc., de Jean MACÉ. — Le Denier de la France, La Chasse, Le Travail et la Douleur, A Madame la Reine, La Fée Béquillette, Un premier Symptôme, Sur la Politesse, Lettre à Mˡˡᵉ Lili, etc., de E. LEGOUVÉ. — Le Livre d'un père, de Victor DE LAPRADE. — La Jeunesse des Hommes célèbres, de MÜLLER. — Aventures d'un jeune Naturaliste, Entre Frères et Sœurs, Voyages et Aventures de deux enfants dans un parc, Les Voyages involontaires, de Lucien BIART. — Causeries d'Economie pratique, de Maurice BLOCK. — La Justice des choses, de Lucie B'''. — Les Aventures d'un Grillon, La Gileppe, par le docteur CANDÈZE. — Vieux Souvenirs, Départ pour la Campagne, Bébé aime le rouge, etc., de Gustave DROZ. — Le Pacha berger, par E. LABOULAYE. — La Musique au foyer, par LACOME. — Histoire d'un Aquarium, Les Clients d'un vieux Poirier, de E. VAN BRUYSSEL. — Le Chalet des Sapins, de Prosper CHAZEL. — L'Odyssée de Pataud et de son chien Fricot, de P.-J. STAHL et CHAM. — Le petit Roi, de S. BLANDY. — L'Ami Kips, de G. ASTON. — La Grammaire de Mlle Lili, de Jean MACÉ. — Histoire de mon oncle et de ma tante, par A. DEQUET. — L'Embranchement de Mugby, Histoire de Bebelle, Une lettre inédite, Septante fois sept, de Ch. DICKENS, etc., etc. — C'est-à-dire une Bibliothèque complète de l'Enfance et de la Jeunesse.

Les petites Sœurs et petites Mamans, Les Tragédies enfantines, Les Scènes familières et autres séries de dessins, par FRŒLICH, FROMENT, DETAILLE; textes de STAHL.

* TOMES XXXI à XLII

La Maison à vapeur, La Jangada, L'École des Robinsons, Kéraban-le-Têtu, L'Étoile du Sud, par JULES VERNE. — L'Épave du Cynthia, par Jules VERNE et André LAURIE. — Leçons de Lecture, par E. LEGOUVÉ. — Les Quatre filles du docteur Marsch, La Première Cause de l'avocat Juliette, Jack et Jane, La Petite Rose, par P.-J. STAHL. — La Vie de collège en Angleterre, Mémoires d'un collégien, Une année de collège à Paris, L'Héritier de Robinson, par André LAURIE. — Les Pupilles de l'Oncle Philibert, par BLANDY. — Le Théâtre de famille, La petite Louisette, par GENNEVRAYE. — Marco et Tonino, Les Pigeons de St-Marc, Un Petit Héros, par M. GÉNIN. — Boulotte, par S. AUSTIN. — Le livre de Trotty, par CRÉTIN-LEMAIRE. — Les Lunettes de grand'maman, par PERRAULT. — La Patrie avant tout, par F. DIÉNY. — Travailleurs et Malfaiteurs microscopiques, par I. A. REY. — Voyage d'une fillette au pays des étoiles, par GOUZY. — Voyage au pays des défauts, par M. BERTIN, etc., etc. — Contes et nouvelles, par C. LEMONNIER, LERMONT, BENTZON, DUPIN DE SAINT-ANDRÉ, NICOLE, BLANDY, BENÉDICT, BERTHE VADIER, SPARK.

PREMIER AGE. — Bibliothèque de Mlle Lili et de son cousin Lucien

57 ALBUMS-STAHL IN-8°

Prix. relié toile, à biseaux, 5 fr.; cart. bradel, 3 fr.

L. BECKER.	L'Alphabet des Oiseaux.
—	Alphabet des Insectes.
COINCHON (A.).	Histoire d'une Mère.
DETAILLE.	Les bonnes Idées de Mlle Rose.
FATH	La Famille Gringalet. — Gribouille.
—	Pierrot à l'école. — Les Méfaits de Polichinelle. — Jocrisse et sa sœur. — Une Folle Soirée chez Paillasse.
—	Le docteur Bilboquet.
FRŒLICH.	Alphabet de mademoiselle Lili.
—	Arithmétique de mademoiselle Lili.
— (texte de Macé) . .	Grammaire de mademoiselle Lili.

FRŒLICH.	L'A perdu de mademoiselle Babet.
—	Bonsoir, petit père.
—	Les Caprices de Manette.
—	Commandements du Grand-Papa.
—	La Crème au Chocolat.
—	Un drôle de chien. — La Fête de Papa.
—	Journée de mademoiselle Lili.
—	Jujules à l'Ecole. — Le petit Diable.
—	Le Jardin de M. Jujules.
—	Mademoiselle Lili aux eaux.
—	Mademoiselle Lili à la campagne.
—	La Fête de Mlle Lili. — M. Toc-Toc.
—	Premier Cheval et première Voiture.
—	Premières armes de Mlle Lili.
—	L'Ours de Sibérie. — Cerf agile.
—	La Salade de la grande Jeanne.
—	Le 1er Chien et le 1er Pantalon.
—	Les Jumeaux.
—	La Journée de Monsieur Jujules.
—	†Mademoiselle Lili en Suisse.
FROMENT.	La Boîte au lait. — Hist. d'un pain rond.
—	La pte Devineresse. — Le pt Escamoteur.
GEOFFROY	Le Paradis de M. Toto.
—	La première Cause de l'avocat Juliette.
GRISET	†La Découverte de Londres.
JUNDT.	L'Ecole buissonnière.
LALAUZE	Le Rosier du petit frère.
LAMBERT.	Chiens et Chats.
LANÇON.	Caporal, le Chien du régiment.
MARIE.	Le petit Tyran.
MATTHIS.	Les deux Sœurs.
MÉAULLE.	Petits Robinsons de Fontainebleau.
PIRODON	Hre de Bob aîné. — Hre d'un Perroquet.
—	La Pie de Marguerite.
SCHULER (TH.)	Les Travaux d'Alsa.
VALTON.	Mon petit Frère.

13 ALBUMS-STAHL IN-8°

Prix : relié toile à biseaux, 7 fr. 50; cartonné bradel, 5 fr.

CHAM	Odyssée de Pataud.
FRŒLICH.	Mlle Mouvette. — La Révolte punie.
—	Petites Sœurs et petites Mamans.
—	Monsieur Jujules.
—	Voyage de Mlle Lili autour du monde.
—	Voyage de découvertes de Mlle Lili.
FROMENT et STAHL . .	La belle petite princesse Ilsée.
—	La Chasse au volant.
GRISET.	Aventures de trois vieux Marins.
—	Pierre le Cruel.
SCHULER (TH.)	Le premier Livre des petits enfants.
VAN BRUYSSEL	Histoire d'un aquarium.

39 ALBUMS-LIVRES IN-4° EN COULEURS

EN CHROMOTYPOGRAPHIE ET CHROMOLITHOGRAPHIE

Prix : relié toile, tranches dorées, 2 fr. 50 ; cartonné bradel, 1 fr.

TROJELLI. . . . . Alphabet musical de Mlle Lili.

FRŒLICH. — Chansons et Rondes de l'Enfance : Au clair de la lune. — La Boulangère. — Le bon roi Dagobert. — Cadet-Roussel. — Compère Guilleri. — Il était une Bergère. — Giroflé-Girofla. — Malbrough s'en va-t-en guerre. — La Marmotte en vie. — La Mère Michel. — M. de la Palisse. — Nous n'irons plus au bois. — Le Pont d'Avignon. — La Tour, prends garde.

Moulin à paroles. — La Bride sur le cou. — Le Cirque à la maison. — Hector le Fanfaron. — Monsieur César. — Le Pommier de Robert. — Mademoiselle Furet. — La Revanche de François. — Jean le Hargneux (16 pl. chromo).

BECKER. . . . . Une drôle d'Ecole.

BOS . . . . Leçon d'Équitation.

COURBE . . . . L'Anniversaire de Lucy

GEOFFROY . . . . Monsieur de Crac.

— . . . . Don Quichotte. — Gulliver.

— . . . . †Le pauvre Ane.

JAZET. . . . . †L'Apprentissage du Soldat.

DE LUCHT . . . . La Pêche au tigre.

MARIE . . . . Mademoiselle Suzon.

MATTHIS . . . . Métamorphoses du papillon.

TINANT . . . . Les Pêcheurs ennemis. — Une Chasse extraordinaire. — La Guerre sur les toits. — La Revanche de Cassandre.

Cours d'études complet et gradué d'Éducation

POUR JEUNES FILLES ET JEUNES GARÇONS, A SUIVRE EN SIX ANNÉES
SOIT DANS LA PENSION SOIT DANS LA FAMILLE

CAHIERS
D'UNE ÉLÈVE DE SAINT-DENIS

PAR DEUX ANCIENNES ÉLÈVES DE LA MAISON DE LA LÉGION D'HONNEUR

ET PAR

LOUIS BAUDE, ancien professeur au Collège Stanislas.

La collection complète : Brochée, 65 fr. — Cartonnée, 69 fr. 50

Chaque volume se vend séparément

Sommaire des 12 cahiers. — Introduction. — Grammaire française. — Dictées. — Histoire sainte. — Mappemonde. — Géographie de l'Histoire sainte. — Anciennes divisions de la France par provinces. — Division de la France par départements. — Table chronologique des rois de France. — Arithmétique. — Système métrique. — Lectures et exercices de mémoire. — Étymologies. — Histoire ancienne. — Eres chronologiques. — Mythologie. — Etudes préparatoires à l'Histoire de France. — Cosmographie. — Géographie de l'Asie Mineure. — Départements et arrondissements de la France. — Géographie de la France. — Histoire romaine. — Histoire de l'Église. — Paris et ses monuments. — Récapitulation de l'Histoire ancienne. — Histoire du moyen âge. — Géographie moderne. — Géographie de l'Europe. — Histoire naturelle. — Précis de l'histoire de la langue française. — Traité de versification. — Histoire moderne. — Géographie de l'Amérique et de l'Océanie. — Curiosités historiques. — Botanique. — Zoologie. — Principales inventions et découvertes. — Principes de littérature. — Histoire de la littérature ancienne et française. — Philosophie. — Table chronologique des principaux événements de l'histoire contemporaine depuis 1789. — Bibliographie. — Philologie des langues européennes. — Précis de l'Histoire générale des études. — Biographie des femmes célèbres. — Notions géographiques complémentaires. — Morceaux choisis.

Sommaire des 4 cahiers préliminaires. — Religion. — Education. — Instruction. — Notions sur les trois règnes de la nature. — Connaissance des chiffres et des nombres. — Lectures. — Exercices de mémoire. — Cours d'écriture (avec modèles).

Sommaire du cahier complémentaire. — Considérations générales. — Histoire de l'Architecture. — De la Sculpture. — De la Peinture. — Gravure. — Lithographie. — Histoire de la Musique. — Astronomie. — Archéologie. — Numismatique. — Paléographie. — Minéralogie. — Algèbre et Géométrie. — De la Vapeur et de ses applications. — Télégraphie électrique. — Galvanoplastie. — De la Chloroformisation. — De la Photographie et de l'Aérostation.

ATLAS COMPLÉMENTAIRE
DES CAHIERS D'UNE ÉLÈVE DE SAINT-DENIS
Atlas classique de Géographie universelle, composé de 24 planches en plusieurs couleurs, dressées par M. Duban, ex-professeur adjoint de géographie à l'Ecole de Saint-Cyr. — 1 volume grand in-8, cartonné bradel. Prix : 8 fr.

ÉTUDES D'APRÈS LES GRANDS MAITRES
Dessins par A. COLIN
Professeur de dessin à l'Ecole polytechnique
ALBUM IN-FOLIO, 20 PLANCHES. — Cartonné bradel, **20** francs
Cartonné toile, tranches dorées, **22** francs
Chaque planche collée sur carton, avec texte au dos, **1 fr. 25.**

Les programmes d'admission aux Écoles de l'Etat se trouvent dans les *Grandes Ecoles civiles et militaires de France,* par MONTIMER D'OCAGNE. — Un beau vol., in-18, 3 fr. (Voir page 20.)
Voir pour les *Classiques français,* p. 18.

BIBLIOTHÈQUE DES FAMILLES

ÉDUCATION
ET RÉCRÉATION

VOLUMES ILLUSTRÉS GRAND IN-8º

ŒUVRES COMPLÈTES
parues :
26 VOLUMES
Brochés. 228 fr.
Toile. . . 306
Reliés . . 356

JULES VERNE
(ŒUVRES COMPLÈTES)

ŒUVRES COMPLÈTES
parues :
26 VOLUMES
Brochés. 228 fr.
Toile. . . 306
Reliés . . 356

Voyages Extraordinaires

COURONNÉS PAR L'ACADÉMIE

TRÈS BELLE ÉDITION POPULAIRE ILLUSTRÉE

Cinq Semaines en Ballon, 80 dessins par Riou. 1 vol., toile, tr. dorées, 7 fr.; broché , ...   5 »
Voyage au Centre de la Terre, 56 dessins par Riou. 1 vol., toile, tr. dorées, 7 fr. ; broché . . . .   5 »
Ces deux ouvrages réunis en un seul volume. Relié, tr. dor., 14 fr.; toile, tr. dor., 12 fr.; broché . . . .   9 »
Les Aventures du capitaine Hatteras (Les Anglais au Pole Nord et Le Désert de Glace). 261 dessins par Riou. 1 vol. Relié, tr. dorées, 14 fr.; toile, tr. dorées, 12 fr.; broché. . . . .   9 »
Vingt mille lieues sous les Mers, 111 dessins par de Neuville. 1 vol. Relié, tr. dorées, 14 fr.; toile, tr. dorées, 12 fr.; broché. . . . .   9 »
Les Enfants du capitaine Grant (Voyage autour du monde), 177 dessins de Riou. 1 vol. Relié, tr. dorées, 15 fr.; toile, tr. dorées, 13 fr.; broché . .   10 »
L'Ile mystérieuse, 154 dessins par Férat. 1 vol. Relié, tr. dorées, 15 fr.; toile, tr. dor., 13 fr.; broché.   10 »

✻***De la Terre à la Lune**, 43 dessins par DE MONTAUT.
1 vol. Toile, tranches dorées, 7 fr.; broché . . . . . 5 »

***Autour de la Lune** (suite de la TERRE A LA LUNE),
45 dessins par Emile BAYARD et DE NEUVILLE.
1 vol. Toile, tranches dorées, 7 fr.; broché. . . . . 5 »
    Ces deux ouvrages réunis en un seul volume. Relié, tranches do-
    rées, 14 fr.; toile, tranches dorées, 12 fr.; broché . . . . 9 »

✻***Aventures de trois Russes et de trois Anglais**,
52 dessins par FÉRAT. 1 vol. Toile, tranches dorées,
7 fr.; broché . . . . 5 »

✻***Une Ville flottante**, suivie des FORÇEURS DE
BLOCUS. 44 dessins par FÉRAT. 1 vol. Toile, tranches
dorées, 7 fr.; broché . . . . 5 »
    Ces deux ouvrages réunis en un seul volume. Relié, tranches
    dorées, 14 fr.; toile, tranches dorées, 12 fr.; broché. . . . . . 9 »

✻***Le Pays des Fourrures**, 105 dessins par FÉRAT
et DE BEAUREPAIRE. 1 vol. Rel. tr. dorées, 14 fr.;
toile, 12 fr.; broché . . . . 9 »

***Les Indes-Noires**, 45 dessins par FÉRAT. 1 vol.
Cartonné toile, tr. dorées, 7 fr.; broché . . . . . . 5 »

✻***Le Chancellor**, 58 dessins par RIOU et FÉRAT.
1 vol. Cartonné toile, tr. dorées, 7 fr.; broché. . . 5 »
    Ces deux ouvrages réunis en un seul volume. Relié, 14 fr.; toile,
    12 fr.; broché . . . . 9 »

✻***Le Tour du Monde en 80 jours**, 80 dessins par
DE NEUVILLE et L. BENETT. 1 vol. Toile, tranches
dorées, 7 fr.; broché . . . . 5 »

✻***Le Docteur Ox**, 58 dessins par SCHULER, BAYARD,
FRŒLICH, MARIE. 1 vol. Cart. toile, tr. dorées, 7 fr.;
broché . . . . 5 »
    Ces deux ouvrages réunis en un seul volume. Relié, tr. dorées,
    14 fr.; toile, tr. dor., 12 fr.; broché . . . . 9 »

✻***Michel Strogoff**, 95 dessins par FÉRAT. 1 vol. Relié,
tranches dorées, 14 fr.; toile, 12 fr.; broché . . . . 9 »

✻***Hector Servadac** (voyages et aventures à travers le
monde solaire). 100 dessins par PHILIPPOTEAUX.
1 vol. Relié, tr. dorées, 14 fr.; toile, tr. dorées,
12 fr.; broché . . . . 9 »

✻***Un Capitaine de 15 ans**, 93 des. par MEYER. 1 vol.
Relié, tr. dorées, 14 fr.; toile, tr. dorées, 12 fr.; broché 9 »

***Les Cinq cents millions de la Bégum**, 48 dessins
par BENETT. 1 vol. Cartonné, toile, tr. dorées,
7 fr.; broché . . . . 5 »

✻***Les Tribulations d'un Chinois en Chine**, 52 dessins par BENETT. 1 vol. Cartonné, toile, tr. dorées,
7 fr.; broché . . . . 5 »
    Ces deux ouvrages réunis en un seul volume. Relié, tr. dorées,
    14 fr.; toile, tr. dorées, 12 fr.; broché. . . . . 9 »

***La Maison à vapeur**, 101 dessins par BENETT. 1 vol.
Relié, tr. dorées, 14 fr.; toile, tr. dorées, 12 fr.; broché 9 »

❋***La découverte de la Terre**, 117 dessins et cartes
par Philippoteaux, Benett, Matthis et Dubail.
1 vol. Relié, tr. dorées, 12 fr.; toile, tr. dorées, 10 fr.;
broché. . . . .   7 »

❋***Les grands Navigateurs du XVIIIᵉ siècle**,
116 dessins et cartes par P. Philippoteaux et
Matthis. 1 vol. Relié, tr. dorées, 12 fr.; toile, tr.
dorées, 10 fr.; broché. . . . .   7 »

❋***Les Voyageurs du XIXᵉ siècle**, 108 dessins et
cartes par Benett. 1 vol. Relié, tr. dorées, 12 fr.;
toile, tr. dorées, 10 fr.; broché . . . .   7 »

***La Jangada** (Huit cents lieues sur l'Amazone),
95 dessins par Benett. 1 vol. Relié, tr. dor., 14 fr.;
toile, 12 fr.; broché. . . . .   9 »

L'Ecole des Robinsons, 51 dessins par Benett. 1 vol.
Cart. toile, tr. dorées, 7 fr.; broché. . . . .   5 »

Le Rayon vert, 44 dessins par Benett. 1 vol. Cartonné
toile, 7 fr.; broché. . . . .   5 »

   Ces deux ouvrages réunis en un seul volume. Relié, tr. dorées,
   14 fr.; toile, tr. dorées, 12 fr.; broché . . . .   9 »

Kéraban-le-Têtu, 101 dessins par Benett. 1 vol. Relié,
tr. dorées, 14 fr.; cartonné toile, tr. dorées, 12 fr.;
broché . . . .   9 »

L'Étoile du Sud (Voyage au pays des Diamants), 63 dessins par Benett. 1 vol. Toile, tr. dorées, 7 fr.
broché. . . . .   5 »

L'Archipel en feu, 51 dessins par Benett. 1 vol. Toile,
tr. dorées, 7 fr.; broché. . . . .   5 »

   Ces deux ouvrages réunis en un seul volume. Prix : Relié,
   tranches dorées, 14 fr. Toile, tranches dorées, 12 fr. Broché. . .   9 »

†**Mathias Sandorf**, 113 dessins par Benett. 1 vol.
Relié, tr. dorées, 15 fr.; toile, tr. dorées, 13 fr.; broché   10 »

**JULES VERNE & D'ENNERY. Les Voyages au
Théâtre**, 65 dessins par Benett et Meyer. 1 vol.
Relié, tr. dorées, 11 fr.; toile, tr. dorées, 10 fr.; broché   7 »

JULES VERNE & ANDRÉ LAURIE. †**L'Épave du
Cynthia**, 26 dessins par Roux. 1 vol. Relié, tr. dorées, 11 fr.; toile, tr. dorées, 10 fr.; broché. . . . .   7 »

JULES VERNE & THÉOPHILE LAVALLÉE.
❋***Géographie illustrée de la France et de
ses Colonies**. Nouvelle édition revue et complétée
par Dubail. 108 grav. par Clerget et Riou, et
100 cartes par Constans et Sédille. 1 vol. grand
in-8°. Relié, tr. dor., 15 fr.; cart. toile, tr. dor., 13 fr.;
broché . . . .   10 »

PETITE BIBLIOTHÈQUE BLANCHE
VOLUMES ILLUSTRÉS GRAND IN-16 COLOMBIER

Chaque volume toile, genre aquarelle, tranches dorées,
3 fr.; broché . . . . 2 fr.

AUSTIN (S.). † Boulotte. . . . . 1 vol.
BAUDE (L.). Mythologie de la jeunesse. . . . . 1 »
BIGNON. Un singulier petit homme. . . . . . . 1 »
DE LA BÉDOLLIÈRE. Histoire de la mère
   Michel et de son Chat. . . . . 1 »
CHAZEL (PROSPER). Riquette . . . . 1 »
CHERVILLE. Histoire d'un trop bon Chien . . . . 1 »
CRETIN (E.-M.). Le Livre de Trotty . . . . . . 1 »
DEVILLERS. Les Souliers de mon Voisin . . . . 1 »
CH. DICKENS. L'Embranchement de Mugby. 1 »
DIENY. La Patrie avant tout . . . . 1 »
A. DUMAS. La Bouillie de la Comtesse Berthe. 1 »
OCTAVE FEUILLET. La Vie de Polichinelle. 1 »
M. GÉNIN. Le petit Tailleur Bouton. . . . . 1 »
  —   Marco et Tonino. . . . . 1 »
  —   *Les Pigeons de Saint-Marc. . . . 1 »
  —   Un petit héros . . . . 1 »
GENNEVRAYE. Petit théâtre de famille . . . . 1 »
GOZLAN (LÉON). Aventures du prince
   Chènevis. . . . . 1 »
KARR (ALPHONSE). Les Fées de la Mer. . . . 1 »
LACOME (P.). La Musique en famille . . . . . . 1 »
LEMOINE. La Guerre pendant les vacances. 1 »
LEMONNIER (C.). Bébés et Joujoux . . . . . . 1 »
  —   Histoire de huit bêtes et d'une
        poupée. . . . . 1 »
P. DE MUSSET. M. le Vent et Mme la Pluie . . . . 1 »
NODIER (CHARLES). Trésor des fèves et fleur
   des pois. . . . . 1 »
NOEL (EUGÈNE) La Vie des Fleurs. . . . . . . 1 »
E. OURLIAC. Le Prince Coqueluche. . . . . . . 1 »
PERRAULT. † Les Lunettes de grand'maman. 1 »
SAND (GEORGE). Histoire du véritable
   Gribouille . . . . 1 »
P.-J. STAHL. Les Aventures de Tom Pouce 1 »
VAN BRUYSSEL. ✳ Les Clients d'un vieux
   Poirier . . . . 1 »
JULES VERNE. ✳*Un Hivernage dans les glaces. 1 »
  —   Christophe Colomb . . . . 1 »
VIOLLET-LE-DUC. *Le Siège de la Rochepont. 1 »

VOLUMES ILLUSTRÉS IN-8 CAVALIER

Chaque volume, toile tranches dorées, 7 fr. Broché, 5 fr.

ALDRICH (traduction BENTZON). **Un Écolier américain** . . . . 1 vol.

ALONE. † **Autour d'un lapin blanc** . . . . 1 »

G. ASTON. **L'Ami Kips** . . . . 1 »

BENTZON. **Pierre Casse-Cou** . . . . 1 »

BIART (LUCIEN). **Voyages et Aventures de deux enfants dans un parc** . . . . 1 »

A. DE BREHAT. **Aventures de Charlot** . . . . . 1 »

CAHOURS ET RICHE. ✳**Chimie des Demoiselles**. 1 »

CHAZEL (PROSPER). **Le Chalet des Sapins**. . . . 1 »

CRETIN-LEMAIRE. **Les Expériences de la petite Madeleine** . . . . 1 »

A. DEQUET. **Histoire de mon oncle et de ma tante**. . . . . 1 »

ERCKMANN-CHATRIAN. **Les Vieux de la Vieille**. . . . . 1 »

FATH. **Un drôle de Voyage** . . . . 1 »

M. GÉNIN. **La Famille Martin**. . . . . 1 »

GOUZY. † **Voyage d'une fillette au pays des étoiles** . . . . 1 »

A. KÆMPFEN. **La Tasse à thé** . . . . 1 »

MULLER. **La Morale en action par l'Histoire**. . 1 »

NERAUD. **La Botanique de ma fille** . . . . 1 »

RATISBONNE (LOUIS). **Dernières scènes de la Comédie enfantine** . . . . 1 »

RECLUS (E.). **Histoire d'une Montagne** . . . . . 1 »

——   ✳ **Histoire d'un Ruisseau** . . . . . 1 »

REY (I.-A.). **Travailleurs et Malfaiteurs microscopiques**. . . . . 1 »

P.-J. STAHL. **La Famille Chester** (adaptation). 1 »

——   ✳* **Mon premier voyage en mer**. 1 »

P.-J. STAHL ET DE WAILLY (LÉON). **Contes célèbres de la Littérature anglaise** . . . . 1 »

RENÉ VALLERY-RADOT. ✳***Journal d'un volontaire d'un an** *(ouvrage couronné)*. . . . . 1 »

VOLUMES ILLUSTRÉS, GRAND IN-8 RAISIN et JÉSUS

Tous les volumes cartonnés toile *et* reliés, *sont* tranches dorées

BENTZON. *Yette, Histoire d'une jeune Créole*, 1 vol., illustré par M. MEYER. Relié, 11 fr.; toile, 10 fr.; broché.   7 »

BIART (LUCIEN). ✳**Aventures d'un jeune Naturaliste**, 1 vol. grand in-8°, 156 dessins par BENETT. Relié, 14 fr.; toile, 12 fr.; broché . . . . 9 »

BIART (LUCIEN). ✻Entre frères et sœurs, 1 vol.,
illustré par LALAUZE. Relié, 11 fr.; toile, 10 fr.;
broché. . . . . 7 »

——— Deux Amis, 1 vol., illustré par
G. BOUTET. Relié, 11 fr.; toile, 10 fr.; broché. . 7 »

✻Monsieur Pinson, 1 vol. illustré
par H. MEYER. Relié, 11 fr.; toile,
10 fr.; broché. . . . . 7 »

Les Voyages
involontaires
{
✻La Frontière indienne, 1 vol.,
illustré par H. MEYER. Relié,
11 fr.; toile, 10 fr.; broché. . . . 7 »

✻Le Secret de José, 1 vol., illustré
par H. MEYER. Relié, 11 fr.; toile,
10 fr.; broché. . . . . 7 »

Lucia, 1 vol., illustré par H. MEYER.
Relié, 11 fr.; toile, 10 fr.; broché. 7 »
}

BLANDY (S.). ✻ Le Petit Roi, 1 vol., illustré par
BAYARD. Relié, 11 fr.; toile, 10 fr.; broché . . 7 »

——— Les Epreuves de Norbert, 1 vol.,
illustré par A. BORGET et BENETT. Relié, 14 fr.;
toile, 12 fr.; broché. . . . . 9 »

Mᵐᵉ B. BOISSONNAS. ✻ ✻Une famille pendant
la guerre 1870-71 (ouvr. couronné par l'Académie
française), 1 vol. illustré par P. PHILIPPOTEAUX.
Relié, 11 fr.; toile, 10 fr.; broché . . . . 7 »

BRÉHAT (ALFRED DE). ✻Les Aventures d'un
petit Parisien, 1 vol., illustré par MORIN. Relié,
11 fr.; toile, 10 fr.; broché . . . . 7 »

CANDÈZE (Dʳ). ✻La Gileppe, 1 vol., illustré par
C. RENARD. Relié, 11 fr.; toile, 10 fr.; broché . 7 »

——— ✻Aventures d'un Grillon, 1 vol.,
illustré par C. RENARD. Relié, 11 fr.; toile, 10 fr.;
broché. . . . . 7 »

CAUVAIN (HENRI). Le Grand Vainou, 1 vol.,
illustré par MAILLART. Relié, 11 fr.; toile, 10 fr.; br. 7 »

CLÉMENT (CHARLES). ✻Michel-Ange.—Raphaël
— Léonard de Vinci, 167 dessins d'après les
grands maîtres. 1 volume gr. in-8. Relié, 15 fr.;
toile, 13 fr., broché. . . . . 10 »

DAUDET (ALPHONSE). Histoire d'un enfant (le
Petit Chose), édition spéciale à la jeunesse, 1 vol.,
illustré par P. PHILIPPOTEAUX. Relié, 11 fr.; toile,
10 fr.; broché. . . . . 7 »

——— Contes choisis. (Édition spéciale à
l'usage de la jeunesse). 1 vol., illustré par BAYARD
et Ad. MARIE. Relié, 11 fr.; toile, 10 fr.; broché . 7 »

DESNOYERS (LOUIS). ✻Aventures de Jean-Paul
Choppart, 1 vol., illustré de nombreuses gravures,
par GIACOMELLI et CHAM. 1 vol. Relié, 11 fr.; toile,
10 fr.; broché. . . . . 7 »

FLAMMARION (CAMILLE).❉*Histoire du Ciel, 1 vol. Nombreuses grav. et une carte sidérale par BENETT. Gr. in-8°. Relié, 14 fr.; toile, 12 fr.; broché . . . . . . 9 »

GENNEVRAYE. Théâtre de famille. 1 vol., illustré par GEOFFROY. Relié, 11 fr.; toile, 10 fr.; broché. . . . 7 »

————   La petite Louisette, 1 vol. in-8°, ill. par AD. MARIE. Relié, 11 fr.; toile, 10 fr.; broché. 7 »

GRAMONT (LE COMTE DE). Les Bébés, poésies de l'enfance, illustrées par OSCAR PLETSCH. 1 vol. in-8°. Relié, 11 fr.; toile, 10 fr.; broché. . . . . 7 »

———— Les bons petits Enfants (volume en prose), vignettes par LUDWIG RICHTER. 1 vol. in-8°. Relié, 11 fr.; toile, 10 fr.; broché . . . . 7 »

GRIMARD (ED.). *La Plante, 1 vol. in-8°, illustré de nombreuses vignettes. Relié, 11 fr.; toile, 10 fr.; broché. . . . . 7 »

———— *Le Jardin d'Acclimatation (Le Tour du Monde d'un naturaliste), 1 vol. grand in-8°, illustré de nombreux dessins par BENETT, LALLEMAND, etc. Relié, 14 fr.; toile, 12 fr.; broché. . . . . 9 »

HUGO (VICTOR).❉*Le livre des Mères (les Enfants), la fleur des poésies de Victor Hugo ayant trait à l'enfance, illustré par FROMENT. 1 vol. Relié, 11 fr.; toile, 10 fr.; broché. . . . . 7 »

LAPRADE (VICTOR DE). ❉Le Livre d'un Père, 1 vol., illustré par FROMENT. Relié, 11 fr.; toile, 10 fr.; broché . . . . 7 »

LAURIE (ANDRÉ). Mémoires d'un collégien. 1 vol., illustré par GEOFFROY. Relié, 11 fr.; toile, 10 fr.; broché . . . . 7 »

————   La Vie de collège en Angleterre, 1 vol., illustré par PHILIPPOTEAUX. Relié, 11 fr.; toile, 10 fr.; broché. . . . . 7 »

————   Une Année de collège à Paris, 1 vol., illustré par GEOFFROY. Relié, 11 fr.; toile, 10 fr.; broché. . . . . 7 »

————   Histoire d'un Ecolier hanovrien, 1 vol., illustré par MAILLARD. Relié, 11 fr.; toile, 10 fr.; broché . . . . 7 »

————   L'Héritier de Robinson, 1 vol. illustré par BENETT. Relié, 11 fr.; toile, 10 fr.; broché. 7 »

————   † Tito le Florentin, 1 vol., illustré par ROUX. Relié, 11 fr.; toile, 10 fr.; broché . . . 7 »

LEGOUVÉ (E.). La Lecture en famille. 1 vol., illustré par BENETT, GEOFFROY, TONY JOHANNOT, etc. Relié, 11 fr.; toile, 10 fr.; broché . . . . 7 »

————   ❉*Nos Filles et nos Fils, 1 vol., illustré par PHILIPPOTEAUX. Relié, 11 fr.; toile, 10 fr.; broché. 7 »

MACÉ (JEAN). ✳*Histoire d'une Bouchée de pain**, illustrée par FRŒLICH. 1 vol. Relié, 11 fr.; toile, 10 fr.; broché. . . . . 7 »

—— ✳*Les Serviteurs de l'Estomac**, 1 vol., illustré par FRŒLICH. Relié, 11 fr.; toile, 10 fr.; broché . . . . 7 »

JEAN MACÉ ✳*Les Contes du Petit Château, illustré par BERTALL. 1 vol. Relié, 11 fr.; toile, 10 fr.; broché. . . . . 7 »

—— ✳*Le Théâtre du Petit-Château**, 1 vol., illustré par FROMENT. Relié, 11 fr.; toile, 10 fr.; broché. . . . . 7 »

—— *Histoire de deux petits marchands de pommes** (*Arithmétique du Grand-Papa*), illustrations de YAN'DARGENT. 1 vol. Relié, 11 fr.; toile, 10 fr.; broché. . . . . 7 »

MALOT (HECTOR). *Romain Kalbris**, dessins de E. BAYARD. 1 vol. Relié, 11 fr.; toile, 10 fr.; broché. 7 »

—— **Sans Famille**, *couronné par l'Académie française*, dessins de E. BAYARD, 1 vol. in-8° jésus. Relié, 15 fr.; toile, 13 fr.; broché . . . . . 10 »

MARELLE (CHARLES). Le Petit Monde, 1 vol. in-8°, illustré de nombreux dessins et vignettes. Relié, 11 fr.; toile, 10 fr.; broché. . . . . 7 »

MAYNE-REID. (AVENTURES DE TERRE ET DE MER.) *Éditions adoptées pour la jeunesse.*

✳*Les Robinsons de terre ferme**, 1 vol. in-8°, illustré par H. MEYER. Relié, 11 fr.; toile, 10 fr.; broché. . 7 »

—— ✳*William le Mousse**, 1 vol. in-8°, illustré par RIOU. Relié, 11 fr.; toile, 10 fr.; broché. . . . . . 7 »

—— *Les Jeunes Esclaves**, 1 vol. in-8°, illustré par RIOU. Relié, 11 fr.; toile, 10 fr.; broché. . . . . . 7 »

—— ✳*Le Désert d'eau**, 1 vol. in-8°, illustré par BENETT. Relié, 11 fr.; toile, 10 fr.; broché. . . . . . 7 »

—— *Les Naufragés de l'île de Bornéo**, 1 vol. illustré par FÉRAT. Relié, 11 fr.; toile, 10 fr.; broché 7 »

—— *La Sœur perdue**, 1 vol. in-8°, illustré par RIOU. Relié, 11 fr.; toile, 10 fr.; broché. . . . . 7 »

—— ✳*Les Planteurs de la Jamaïque**, 1 vol. in-8°, illustré par FÉRAT. Relié, 11 fr.; toile, 10 fr.; broché 7 »

—— ✳* Les deux Filles du squatter**, 1 vol. in-8°, ill. par JOHN DAVIS. Relié, 11 fr.; toile, 10 fr.; broché. 7 »

—— *Les jeunes Voyageurs**, 1 vol. in-8°, illustré par JOHN DAVIS. Relié, 11 fr.; toile, 10 fr.; broché. 7 »

—— *Les Chasseurs de chevelures**, 1 vol. in-8°, ill. par PHILIPPOTEAUX. Relié, 11 fr.; toile, 10 fr.; broché 7 »

—— *Le Petit Loup de Mer**, 1 vol. in-8°, illustré par BENETT. Relié, 11 fr.; toile, 10 fr.; broché . . . . . 7 »

—— **Le Chef au bracelet d'or**, 1 vol. in-8°, illustré par BENETT. Relié, 11 fr.; toile, 10 fr.; broché . . . 7 »

MAYNE-REID. **Les Exploits des Jeunes Boërs**, 1 vol. in-8 illustré par RIOU. Relié, 11 fr.; toile, 10 fr.; broché . . . . 7 »

—— **La Montagne perdue**. 1 vol. in-8°, illustré par RIOU. Relié, 11 fr.; toile, 10 fr.; broché 7 »

—— **Les Emigrants du Transwall**, 1 vol. in-8° illustré par RIOU. Relié, 11 fr.; toile, 10 fr.; broché . . . . 7 »

—— †**La Terre de Feu**, 1 vol., illustré par RIOU. Relié, 11 fr.; toile, 10 fr.; broché. . . . . 7 »

DE MEISSAS (L'ABBÉ). **Histoire Sainte**, comprenant l'Ancien et le Nouveau Testament, avec nombreuses vignettes par GÉRARD SÉGUIN. 1 vol. gr. in-8°. Relié, 14 fr.; toile, 12 fr.; broché. . . . . 9 »

MULLER (EUGÈNE). ✻***La Jeunesse des Hommes célèbres**, illustrations par BAYARD. 1 vol. in-8°. Relié, 11 fr.; toile, 10 fr.; broché. . . . . 7 »

—— **Les Animaux célèbres**, illustrations par GEOFFROY, 1 vol. in Relié, 11 fr.; toile, 10 fr.; broché. 7 »

RATISBONNE (LOUIS). ✻***La Comédie enfantine** *(couronnée par l'Académie française)*. PREMIÈRES ET DERNIÈRES SCÈNES, RÉUNIES EN UN VOLUME IN-8°, AVEC TOUTES LES GRAVURES DE FROMENT ET DE GOBERT. Relié, 11 fr.; toile, 10 fr.; broché. . . . 7 »

SAINTINE (X.-B.). ✻* **Picciola**, 47e édition, illustré par FLAMENG. 1 vol. in-8°. Relié, 11 fr.; toile, 10 fr.; broché. . . . . 7 »

SANDEAU (J.). ✻* **La Roche aux Mouettes**, illustré par BAYARD et FÉRAT. 1 vol. in-8°. Relié, 11 fr.; cart. toile, 10 fr.; broché. . . . . 7 »

—— **Madeleine**, illustré par BAYARD, 1 vol. in-8°. Relié, 11 fr.; cart. toile, 10 fr.; broché . . . . 7 »

—— **Mlle de la Seiglière**, 1 vol. in-8°, illustré par BAYARD. Relié, 11 fr.; toile, 10 fr.; broché. . . . 7 »

SAUVAGE (ÉLIE). **La Petite Bohémienne**, illustrations par FRŒLICH. 1 vol. in-8°. Relié, 11 fr.; toile, 10 fr.; broché. 7 »

SÉGUR (LE COMTE ANATOLE DE). **Fables**, illustrées par FRŒLICH. 1 beau vol. in-8°. Relié, 11 fr.; cart. toile, 10 fr.; broché. . . . . 7 »

P.-J STAHL. ✻***Contes et Récits de Morale familière** *(couronnés par l'Académie française)*, 1 vol. in-8° illustré. Relié, 11 fr.; toile, 10 fr.; broché 7 »

——✻ ***Histoire d'un Ane et de deux jeunes Filles** *(couronnée par l'Académie française)*. Vignettes par TH. SCHULER. 1 vol. in-8°. Relié, 11 fr.; toile, 10 fr.; broché. . . . . 7 »

—— ✻**Les Patins d'argent** (Histoire d'une famille hollandaise), *ouvrage couronné par*

l'Académie française, d'après M. MAPES DODGE.
1 vol. in-8°, illustré par Th. SCHULER. Relié,
11 fr.; toile, 10 fr.; broché. . . . .   7 »

——— ✻* **Maroussia** *(ouvrage couronné par
l'Académie française)*, d'après MARKOVOHZOG,
1 vol. in-8°, illustré par Th. SCHULER. Relié 11 fr.;
toile, 10 fr.; broché. . . . .   7 »

P.-J. STAHL ✻**Les Histoires de mon Parrain,**
1 vol. in-8°, illustré par FRŒLICH. Relié, 11 fr.; toile,
10 fr.; broché. . . . .   7 »

——— **Les Quatre Filles du docteur Marsch,**
1 vol. in-8°, illustré par A. MARIE. Relié, 11 fr.;
toile, 10 fr.; broché. . . . .   7 »

——— **Jack et Jane,** 1 vol. in-8°, illustré par GEOF-
FROY. Relié, 11 fr.; toile, 10 fr;. broché. . . . .   7 »

——— **Les Quatre Peurs de notre général,** 1 v.
in-8°, illustré par BAYARD et A. MARIE. Relié, 11 fr.;
toile, 10 fr.; broché. . . . .   7 »

——— † **La petite Rose, ses six tantes et ses
sept cousins,** 1 vol., illustré par DESTEZ. Relié,
11 fr.; toile, 10 fr.; broché . . . .   7 »

P.-J. STAHL ET MULLER. ✻**Le nouveau
Robinson Suisse**, revu et traduit par P.-J. STAHL
et MULLER, mis au courant de la science moderne
par JEAN MACÉ, environ 150 dessins de YAN'DARGENT.
1 vol. gr. in-8°. Relié, 14 fr.; toile, 12 fr.; broché.   9 »

STEVENSON † **L'Ile au trésor,** 1 vol. illustré par
ROUX. Relié, 11 fr.; toile 10 fr.; broché. . . . . .   7 »

LOUIS DU TEMPLE, CAPITAINE DE FRÉGATE. *Les
Sciences usuelles et leurs applications mises à
la portée de tous. 1 vol. gr. in-8° orné de 300 fig. Relié,
11 fr.; toile, 10 fr.; broché. . . . .   7 »

——— ✻*Communications et transmissions de la
pensée.** 1 vol. in-8° orné de 180 fig. Relié, 11 fr.;
toile, 10 fr.; broché. . . . .   7 »

VIOLLET-LE-DUC ✻*Histoire d'un Dessinateur,**
texte et dessins par VIOLLET-LE-DUC, 1 vol. in-8°.
Relié, 11 fr.; toile, 10 fr.; broché. . . . .   7 »

——— ✻*Histoire d'une Maison.** Texte et dessins par
VIOLLET-LE-DUC. 1 vol. in-8°. Relié, 11 fr.; toile, 10 fr.;
broché. . . . .   7 »

——— ✻*Histoire d'une Forteresse.** Texte et dessins
par VIOLLET-LE-DUC. 1 vol. in-8°. Relié, 14 fr.; toile,
12 fr.; broché. . . . .   9 »

——— ✻*Histoire de l'Habitation humaine.** Texte et
dessins par VIOLLET-LE-DUC. 1 vol. in-8°. Relié,
14 fr.; toile, 12 fr.; broché . . . .   9 »

——— ✻*Histoire d'un Hôtel de ville et d'une
Cathédrale.** Texte et dessins par VIOLLET-LE-DUC.
1 vol. in-8°. Relié, 14 fr.; toile, 12 fr.; broché. . . .   9 »

GRANDS CLASSIQUES ILLUSTRÉS

PERRAULT — GUSTAVE DORÉ

Splendide édition, 40 planches. Préface de P.-J. Stahl. — Reliure d'amateur 30 fr., reliure à l'anglaise . . . . 25 »

DON QUICHOTTE - TONY JOHANNOT

Edition spéciale à la Jeunesse, par Lucien Biart. — 316 dessins.
1 vol. gr. in-8°. Relié, tr. dor., 15 fr. ; toile, tr. dor., 13 fr. ; broché. 10 »

* MOLIÈRE COMPLET
(Édition Tony Johannot et Sainte-Beuve)
630 vignettes, 1 vol. gr. in-8°. Relié, 15 fr. ; toile, 13 fr. ; broché. . . 10 »

FABLES DE LA FONTAINE
(115 grands dessins, d'Eugène Lambert)
1 beau vol. gr. in-8°. Relié, 15 fr. ; toile, 13 fr. ; broché . . . . 10 »

BIBLIOTHÈQUE DES JEUNES FRANÇAIS
VOLUMES GR. IN-16 A 1 FR. 50, BROCHÉS
CARTONNÉS TOILE, TRANCHE JASPÉE, 2 FRANCS

Block (Maurice).※*Petit Manuel d'Economie pratique (ouv. cour.).
— ※* **Entretiens familiers** sur l'**Administration** de **notre Pays** : La France. — Le Département. — La Commune.
(Ouvrages adoptés par les conférences cantonales d'instituteurs et les commissions départementales, et compris dans la circulaire ministérielle du 17 novembre 1883.)

Paris, Organisation municipale. — Paris, Institutions administratives.	Le Budget. — L'Impôt. — L'Industrie. — L'Agriculture. — Le Commerce.

Erckmann-Chatrian. . . . Avant 89 (illustré).
Guichard (V.) . . . . Conférences sur le Code civil.
J. Macé. . . . . La France avant les Francs.
J. Michelet. . . . . . . La Prise de la Bastille et la Fête des Fédérations. — Les Croisades. — François Ier et Charles-Quint. — Henri IV.
Pontis. . . . . . . Petite Grammaire de la prononciation.

COLLECTION DES CLASSIQUES FRANÇAIS
Dédiée à la Jeunesse.
Chaque volume broché, **3 fr.** ; cartonné bradel, **3 fr. 25**

Boileau	※Œuvres poétiques.	2 v.
Bossuet	※Oraisons funèbres.	1 v.
—	※Discours sur l'Histoire universelle	2 v.
P. Corneille .	※Œuvres dramatiques.	3 v.
Fénelon	Les Aventures de Télémaque . . .	2 v.
La Bruyère . .	Les Caractères	2 v.
La Fontaine .	Fables	2 v.
Racine.	※Œuvres dramatiques.	3 v.

4 Fr.   **BIBLIOTHÈQUE d'ÉDUCATION et de RÉCRÉATION**   3 Fr.

Cartonné   Broché

VOLUMES IN-18 ILLUSTRÉS

Brochés, 3 fr. — Cartonnés toile, tranches dorées, 4 fr.

ALDRICH	Un Écolier américain	1 v.
ANQUEZ	✳*Histoire de France	1 v.
ASTON (G.)	*L'Ami Kips	1 v.
AUDOYNAUD	Entretiens sur la Cosmograph.	1 v.
BENTZON	*Yette	1 v.
BERTRAND (Alex.)	✳*Lettres sur les révol. du globe.	1 v.
BIART (Lucien)	✳*Avent. d'un jeune naturaliste.	1 v.
—	✳*Entre frères et sœurs.	1 v.
— Voyages	*Monsieur Pinson.	1 v.
— involontaires	*La Frontière indienne.	1 v.
—	*Le Secret de José.	1 v.
—	Lucia Avila.	1 v.
—	†Voyage et Aventures de deux enfants dans un parc.	1 v.
BLANDY (S.)	✳*Le petit Roi.	1 v.
—	Les Épreuves de Norbert	1 v.
BOISSONNAS (B.)	✳*Une Famille pendant la guerre 1870-71 (*ouv. cour.*)	1 v.
—	✳Un Vaincu	1 v.
BRÉHAT (de)	✳*Aventures d'un petit Parisien.	1 v.
—	Aventures de Charlot.	1 v.
CANDÈZE (Dʳ)	*Aventures d'un Grillon.	1 v.
—	*La Gileppe	1 v.
CHAZEL (Prosper)	Le Chalet des Sapins.	1 v.
CLÉMENT (Ch.)	✳*M.-Ange, Raphaël, L. de Vinci	1 v.
DEQUET	*Histoire de mon Oncle.	1 v.
DESNOYERS (Louis)	*Jean-Paul Choppart	1 v.
ERCKMANN-CHATRIAN	✳*Le Fou Yégof ou l'Invasion.	1 v.
—	✳*Madame Thérèse.	1 v.
—	Les États généraux (1789).	1 v.
— ✳Histoire	La Patrie en danger (1792).	1 v.
— d'un Paysan	L'An I de la République (93).	1 v.
—	Le Citoyen Bonaparte (1794-1815).	1 v.
FARADAY (M.)	✳*Histoire d'une Chandelle.	1 v.
FATH (G.)	Un drôle de Voyage	1 v.
FOUCOU	*Histoire du Travail	1 v.
GÉNIN	La Famille Martin.	1 v.
GENNEVRAYE	Théâtre de famille.	1 v.
GRATIOLET (P.)	✳De la physionomie.	1 v.
GRIMARD	Histoire d'une Goutte de sève.	1 v.
—	*Le Jardin d'Acclimatation.	1 v.
HIRTZ (Mˡˡᵉ)	Méthode de Coupe et de confection pour les vêtements de femmes et d'enfants. 154 gr.	1 v.

IMMERMANN.	La Blonde Lisbeth.	1 v.
LAPRADE (V. de)	✳Le Livre d'un père..	1 v.
LAURIE (André)	La Vie de collège en Angleterre	1 v.
—	Mémoires d'un Collégien . . .	1 v.
→	†Une année de collège à Paris .	1 v.
LAVALLÉE (Th.).	Frontières de la France (*cour.*)	1 v.
LEGOUVÉ (E.) ✳*Les Pères et les En-\Enfance et Adolescence		1 v.
fants au XIXᵉ siècle/La Jeunesse		1 v.
—	✳*Nos Filles et nos Fils	1 v.
LEMAIRE	†Les Expériences de la petite	
	Madeleine	1 v.
LOCKROY (Mᵐᵉ)	Contes à mes Nièces	1 v.
MACÉ (Jean).	*Arithmétique du Grand-Papa.	1 v.
—	✳*Contes du Petit Château . .	1 v.
—	✳*Histoire d'une Bouchée de pain.	1 v.
—	✳*Les Serviteurs de l'estomac..	1 v.
MAURY (commandant).✳*Géographie physique.		1 v.
—	✳Le Monde où nous vivons. . .	1 v.
MAYNE-REID.	✳*William le Mousse	1 v.
—	*Les Jeunes Esclaves.	1 v.
—	✳*Le Désert d'eau	1 v.
—	Les Exploits des jeunes Boërs	1 v.
—	✳*Les Chasseurs de Girafes. . . .	1 v.
—	*Les Naufragés de l'île de Bornéo	1 v.
—	*La Sœur perdue.	1 v.
—	✳*Les Planteurs de la Jamaïque.	1 v.
—	✳*Les deux Filles du Squatter. .	1 v.
—	*Les Jeunes voyageurs.	1 v.
—	✳*Les Robinsons de Terre ferme.	1 v.
—	*Les Chasseurs de Chevelures.	1 v.
—	Le Chef au bracelet d'or. . . .	1 v.
—	*Le petit Loup de mer	1 v.
—	La Montagne perdue.	1 v.
—	†La Terre de Feu..	1 v.
MORTIMER D'OCAGNE.. ✳*Les Grandes Écoles de France		1 v.
MULLER (Eugène). . . . ✳*Jeunesse des Hommes célèbres.		1 v.
—	✳*Morale en action par l'histoire.	1 v.
—	†Les Animaux célèbres	1 v.
NODIER (Ch.).	Contes choisis.	2 v.
NOEL (Eugène).	La Vie des Fleurs.	1 v.
PARVILLE (de).	Un Habitant de la planète Mars.	1 v.
RATISBONNE (Louis) .✳*Comédie enfantine (*ouv. cour.*).		1 v.
RECLUS (Elisée). . . . . ✳Histoire d'un Ruisseau.		1 v.
—	Histoire d'une Montagne . . .	1 v.
RENARD . . . .✳*Le Fond de la Mer..		1 v.
SANDEAU (Jules) . . . .✳*La Roche aux Mouettes. . . .		1 v.
SILVA (de)	Le Livre de Maurice.	1 v.
SIMONIN.. . . . .). ✳Histoire de la Terre		1 v.
STAHL (P.-J.). . . . . .✳*Contes et récits de Morale familière.		1 v.

(Ouvrage couronné adopté par les conférences cantonales d'instituteurs et les commissions départementales, et compris dans la circulaire ministérielle du 17 novembre 1883.)

STAHL (P.-J.)	✻Les Patins d'argent (*ouv. cour.*)	1 v.
	La Famille Chester, adaptation	1 v.
—	✻*Histoire d'un Ane et de deux jeunes Filles (*ouvr. cour.*)	1 v.
—	✻Les Histoires de mon parrain	1 v.
—	✻*Maroussia (*ouv. cour.*)	1 v.
—	Les 4 Peurs de notre général	1 v.
—	Les 4 Filles du Dʳ Marsch	1 v.
—	✻*Mon 1ᵉʳ Voyage en mer	1 v.
—	†Jack et Jane	1 v.
STAHL ET MULLER	✻Le nouveau Robinson suisse	1 v.
STAHL et DE WAILLY	✻Les Vacances de Riquet	1 v.
	*Mary Bell, William et Lafaine	1 v.
TYNDALL	✻*Dans les Montagnes	1 v.
VALLERY-RADOT (René)	✻Journal d'un Volontaire d'un an (*ouvr. couronné*)	1 v.
VERNE (Jules). ✻ Histoire des grands Voyages et des grands Voyageurs.	⎧ Découverte de la Terre	2 v.
	⎨ Les grands Navigateurs du xviiiᵉ siècle	2 v.
	⎩ Les Voyageurs au xixᵉ siècle	2 v.
ZURCHER et MARGOLLÉ	✻*Les Tempêtes	1 v.
—	✻*Histoire de la Navigation	1 v.
—	✻*Le Monde sous-marin	1 v.

VOLUMES IN-18

Brochés, 3 fr. — Cartonnés toile, tranches dorées, 4 fr.

AMPÈRE (A.-M.)	✻Journal et correspondance	1 v.
ANDERSEN	Nouveaux Contes suédois	1 v.
BERTRAND (J.)	*Les Fondateurs de l'astronomie	1 v.
BRACHET (A.)	✻*Grammaire historique (préface de LITTRÉ) (*ouv. couronné*)	1 v.
CARLEN	Un brillant Mariage	1 v.
DUBAIL	Cours classique de Géographie	1 v.
DURAND (Hip.)	Les grands Prosateurs	1 v.
—	Les grands Poètes	1 v.
EGGER	*Histoire du Livre	1 v.
FRANKLIN (J.)	Vie des Animaux	6 v.
GRAMONT (comte de)	Les Vers français (*ouv. cour.*)	1 v.
HIPPEAU (Mᵐᵉ)	✻*Cours d'économie domestique	1 v.
HUGO (Victor)	✻Les Enfants (Le Livre des Mères)	1 v.
LAVALLÉE (Th.)	Histoire de la Turquie	2 v.
LEGOUVÉ (E.)	✻*L'Art de la Lecture	1 v.
—	✻Conférences parisiennes	1 v.
	La Lecture en action	1 v.
MACAULAY	✻Histoire et Critique	1 v.
MICKIEWICZS (Adam)	Histoire de la Pologne	1 v.
ORDINAIRE	Dictionnaire de mythologie	1 v.
	*Rhétorique nouvelle	1 v.
ROULIN (F.)	✻*Histoire naturelle	1 v.
SAYOUS	✻*Conseils à une mère	1 v.
	✻Principes de littérature	1 v.
STEVENSON	†L'Ile au Trésor	1 v.

Susane (général)....	Histoire de la Cavalerie	3 v.
—	Histoire de l'Artillerie.....	1 v.
Thiers.........	✳Histoire de Law.........	1 v.
Verne (Jules).	**Voyages extraordinaires** (*couronnés*) :	
—	✳*Aventures de 3 Russes et de 3 Anglais.	1 v.
— Aventures du	(✳*Les Anglais au pôle Nord...	1 v.
— capitaine Hatteras.	)✳*Le Désert de Glace.......	1 v.
—	✳*Le Chancellor...........	1 v.
—	✳*Cinq semaines en ballon (*ouvr. cour.*)..	1 v.
—	✳*De la Terre à la Lune (*ouvr. cour.*)..	1 v.
—	*Autour de la Lune (*ouvr. cour.*)....	1 v.
—	✳Le docteur Ox...........	1 v.
— Les Enfants	(✳*L'Amérique du Sud......	1 v.
—	)✳*L'Australie...........	1 v.
— du capitaine Grant.	(✳*L'Océan Pacifique.......	1 v.
—	(✳*Les Naufragés de l'air.....	1 v.
— L'Île Mystérieuse.	✳*L'Abandonné.........	1 v.
—	(✳*Le Secret de l'île.......	1 v.
—	✳*Le Pays des Fourrures........	2 v.
—	✳*Vingt mille lieues sous les Mers (*cour.*)	2 v.
—	✳*Le Tour du Monde en 80 jours......	1 v.
—	✳*Une Ville flottante.........	1 v.
—	✳*Voyage au centre de la Terre (*ouv. cour.*)	1 v.
—	✳*Michel Strogoff.............	2 v.
—	*Les Indes-Noires.........	1 v.
—	*Hector Servadac.........	2 v.
—	✳*Un Capitaine de quinze ans......	2 v.
—	*Les Cinq Cents Millions de la Bégum.	1 v.
—	✳Les Tribulations d'un Chinois en Chine	1 v.
—	*La Maison à vapeur.........	2 v.
—	*La Jangada.............	2 v.
—	L'Ecole des Robinsons........	1 v.
—	Le Rayon-Vert..........	1 v.
—	Kéraban-le-Têtu.........	2 v.
—	L'Archipel en feu.........	1 v.
—	L'Etoile du Sud..........	1 v.
—	†Mathias Sandorf..........	3 v.
Wentworth-Higginson.	Histoire des États-Unis ...	1 v.

VOLUMES IN-18. — PRIX DIVERS
(Suite de la Collection *Éducation et Récréation*.)

A. Brachet. *Dictionnaire étymologique de la langue française (*ouv. cour.*), 8 fr. — Chennevières (de). Aventures du petit roi saint Louis devant Bellesme, 5 fr. — Clavé (J.). Principes d'économie politique, 2 fr. — Dubail. ✳Géographie de l'Alsace-Lorraine, 1 fr. — Grimard (Ed.). ✳La Botanique à la campagne, 5 fr. — Legouvé (E.). Petit Traité de la lecture, 1 fr. — L'art de la lecture (complément), 1 fr. — Macé (J.). ✳Théâtre du Petit-Château, 2 fr. — ✳Arithmétique du Grand-Papa, 1 fr. — Petit (A.). Grammaire de la Ponctuation, 3 fr. 50. — Extr. de la gram. de la Ponct., 50 c. — Souviron. *Dictionnaire des termes techniques, 6 fr.

LIBRAIRIE GÉNÉRALE

VICTOR HUGO

ŒUVRES COMPLÈTES (*Ne varietur*)
Édition définitive
SUR LES MANUSCRITS ORIGINAUX

DEVANT COMPRENDRE TOUTES LES ŒUVRES PARUES ET A PARAITRE

POÉSIE

I. *Odes et Ballades.* (Préface inédite). 1 vol.
II. *Les Orientales.* — *Les Feuilles d'automne.* 1 vol.
III. *Chants du Crépuscule.* — *Voix intérieures.* — *Rayons et Ombres.* 1 vol.
IV. *Les Châtiments.* 1 vol.
V.-VI. *Les Contemplations.* 2 vol.
VII.-X. *La Légende des Siècles.* 4 v.
XI. *Chansons des Rues et des Bois.* 1 vol.
XII. *L'Année Terrible.* 1 vol.
XIII. *L'Art d'être grand-père.* 1 vol.
XIV. *Le Pape.* — *La Pitié suprême.* — *Religions et Religion.* — *L'Ane.* 1 vol.
XV.-XVI. *Les Quatre vents de l'Esprit.* 2 vol.

PHILOSOPHIE

I. *Littérature et Philosophie mêlées.* 1 vol.
II. *William Shakespeare.* 1 v.

VOYAGES

Le Rhin. 2 vol.

DRAME

I. *Cromwell.* 1 vol.
II. *Hernani.* — *Marion de Lorme.* — *Le Roi s'amuse.* 1 vol.
III. *Lucrèce Borgia.* — *Marie Tudor.* — *Angelo.* (1 acte inédit.) 1 vol.
IV. *Ruy-Blas.* — *La Esmeralda.* — *Les Burgraves.* 1 vol.

ROMAN

I. *Han d'Islande.* 1 vol.
II. *Bug-Jargal.* — *Dernier jour d'un condamné.* — *Claude Gueux.* 1 vol.
III.-IV. *Notre-Dame de Paris.* 2 vol.
V.-IX. *Les Misérables.* 5 vol.
X.-XI. *Les Travailleurs de la Mer* (précédé de *l'Archipel de la Manche.*) 2 vol.
XII-XIII. *L'Homme qui rit.* 2 vol.
XIV. *Quatre-vingt-treize.* 1 vol.

HISTOIRE

I. *Napoléon le Petit.* 1 vol.
II.-III. *Histoire d'un crime.* 2 vol.

ACTES ET PAROLES

I. *Avant l'exil.* 1 vol.
II. *Pendant l'exil.* 1 vol.
III. *Depuis l'exil.* 1 vol.

VICTOR HUGO raconté. 2 vol.

46 VOL. IMPRIMÉS AVEC LE PLUS GRAND LUXE SUR PAPIER SPÉCIAL
Prix de chaque volume : 7 fr. 50 broché, 10 fr. relié.

L'ŒUVRE DE VICTOR HUGO
EXTRAITS

Édition du monument. Un volume in-18 de 252 pages. . . . . . **1 franc.**

ÉDITIONS POPULAIRES ILLUSTRÉES

VICTOR HUGO

LES TRAVAILLEURS DE LA MER
70 DESSINS PAR CHIFFLART.
L'ouvrage complet : *Broché,* **4** *fr.; cartonné toile,* **6** *fr.* **50** *c.*

ROMANS ILLUSTRÉS
158 DESSINS DE BRION, GAVARNI, BEAUCE ET RIOU.
Un volume grand in-8º, contenant : **Notre-Dame de Paris.** — **Han d'Islande.** — **Bug-Jargal.** — **Dernier jour d'un Condamné et Claude Gueux.**
Broché, **9** *fr.; toile, tr. dorées,* **12** *fr.*

POÉSIES ILLUSTRÉES

ILLUSTRÉES PAR BEAUCÉ, E. LORSAY, GERARD SÉGUIN.
Odes et Ballades. 1 80. — **Voix intérieures. Les Rayons et les Ombres.** 1 35. — **Les Orientales.** ɔ 75. — **Les Feuilles d'automne. Les Chants du Crépuscule.** 1 35.
QUATRE SÉRIES RÉUNIES EN UN VOLUME CONTENANT 77 DESSINS
Br., **4** *fr.* **50**; *cart. toile, tr. dor.,* **7** *fr.*

LE RHIN

120 Dessins par BEAUCÉ et LANCELOT. — Un vol. gr. in-8 illustré
Br., **4** *fr.* **50**; *toile, tr. dor.,* **7** *fr.*

ŒUVRE POÉTIQUE ELZÉVIRIENNE
FORMANT 10 VOL. IN-18 RAISIN
57 fr. 50   Édition elzévirienne sur papier vergé de Hollande   **57 fr. 50**

Dessins et Ornements par E. FROMENT.
Chaque volume se vend séparément :

Odes et Ballades, 1 vol.	7 50
Orientales. 1 vol.	4 ɔ
Feuilles d'automne, 1 vol.	4 ɔ
Chants du crépuscule, 1 vol.	4 ɔ
Voix intérieures, 1 vol.	4 ɔ
Rayons et Ombres. 1 vol.	4 ɔ
Contemplations, 2 vol. à 7 fr. 50.	15 ɔ
La Legende des siècles, 1 vol.	7 50
Les Chansons des rues et des bois, 1 vol.	7 50

Les 10 volumes : **57** *fr.* **50**. — *Reliure d'amateur :* **97** *fr.* **50**

J. MICHELET

HISTOIRE DE FRANCE

Complète en cinq Volumes grand in-8° illustrés

PAR

VIERGE, VIOLLET-LE-DUC, CLERGET, RIOU, ETC., ETC.

Chaque Volume, relié, tr. dorées, **12 fr.**;
toile, tranches dorées, **10 fr.**; broché, **7 fr.**

HISTOIRE DE LA RÉVOLUTION FRANÇAISE

Complète en quatre Volumes grand in-8° illustrés

PAR

VIERGE, VIOLLET-LE-DUC, CLERGET, RIOU, ETC.

Chaque volume broché, **5 francs.**

Les tomes I et II réunis en un volume, toile, **13 fr.**; relié, **15 francs.**
— III et IV — — **13** — **15** —

PUBLICATION

FAITE PAR ORDRE DU MINISTRE DE LA MARINE

LA MARINE

A L'EXPOSITION FRANÇAISE DE 1878

Deux grands volumes in-8° accompagnés de leur Atlas

PRIX : **80** FRANCS

ERCKMANN-CHATRIAN

ŒUVRES COMPLÈTES parues : **43 fr. 20** BROCHÉES	ŒUVRES COMPLÈTES **ROMANS NATIONAUX** ILLUSTRÉS PAR TH. SCHULER, RIOU ET FUCHS.	ŒUVRES COMPLÈTES parues : **49 fr.** CARTONNÉES

Le Conscrit de 1813. . . . . 1 volume à 1 40
*Madame Thérèse. . . . . — 1 40
✳*L'Invasion . . . . — 1 60
✳Waterloo . . . . — 1 80
L'Homme du peuple. . . . . — 1 70
La Guerre. . . . . — 1 40
✳*Le Blocus. . . . . — 1 60

Un très beau volume grand in-8° illustré de 182 dessins.
Broché, **10 *fr.***; toile, tr. dor., **13 *fr.***; relié, tr. dor., **15 *fr.***

CONTES ET ROMANS POPULAIRES
Illustrés par BAYARD, BENETT, GLUCK et TH. SCHULER.

Maître Daniel Rock. . . . . 1 volume à 1 20
L'illustre docteur Matheus . . . . — 1 40
Hugues le Loup. . . . . — 1 40
Contes des bords du Rhin. . . . . — 1 30
Joueur de clarinette. . . . . — 1 60
Maison forestière . . . . — 1 20
L'ami Fritz. . . . . — 1 30
Le Juif polonais. . . . . — 1 50

Un très beau volume grand in-8° illustré de 171 dessins.
Broché, **10** *fr. ; toile, tr. dor.,* **13** *fr. ; relié, tr. dor.,* **15** *fr.*

✳ HISTOIRE D'UN PAYSAN
La Révolution française racontée par un paysan
Illustrations de Théophile SCHULER. L'ouvrage complet, en 1 volume,
broché, **7** fr. ; toile, tr. dor., **10** fr. ; relié, **12** fr.

CONTES ET ROMANS ALSACIENS
Illustrés par SCHULER.

Histoire du Plébiscite.. . . . . 1 volume à . . . . . .   2 »
Les deux Frères . . . . — 1 50
Histoire d'un Sous-Maître . . . . — 1 30
✳*Le Brigadier Frédéric. . . . . —   20
Une Campagne en Kabylie . . . . — 1 40
Maître Gaspard Fix . . . . —   . . . . . .   2 »
Souvenirs d'un ancien Chef de chantier — 1 10

Un très beau volume grand-in-8° illustré de 133 dessins par Schuler.
2 figures allégoriques par MATTHIS, 4 cartes par SÉDILLE.
Broché, **10** *francs ; toile, tr. dor.,* **13** *francs ; relié,* **15** *francs.*

Contes Vosgiens, illustrés par PHILIPPOTEAUX, ... **1 fr. 30**

Le Grand-Père Lebigre, illustré par LALLEMAND et BENETT. **1 fr. 30**

Les Vieux de la Vieille, illustré par LIX. . . . . **1 fr. 40**

Le Banni, illustré par LIX. . . . . 1 fr. **20**

Quelques mots sur l'esprit humain, 1 vol. in-8°, non illustré. **1 fr.**
Les œuvres d'ERCKMANN-CHATRIAN sont publiées aussi en 33 volumes in-18
à 3 fr. chacun et 2 volumes in-18 à 1 fr. 50. — Voir p. 28.

OUVRAGES DIVERS :
GAVARNI-GRANDVILLE

Le Diable à Paris, *Paris à la plume et au crayon,*
1,508 dessins, dont 600 grandes scènes et types avec
légendes de GAVARNI et 908 dessins par GRAND-
VILLE, BERTALL, CHAM, DANTAN, etc.; texte par
BALZAC, ALFRED DE MUSSET, VICTOR HUGO,
GEORGE SAND, STAHL, BARBIER, SUE, LAPRADE,
SOULIÉ, NODIER, GOZLAN, GUSTAVE DROZ,
ROCHEFORT, VILLEMOT, Mme DE GIRARDIN, etc.
L'ouvrage complet forme 4 beaux volumes grand
in-8°. Relié, tranches dorées, 44 fr.; toile, tranches
dorées, 40 fr.; broché.   28   »
      Prix de chaque vol. : relié, tranches dorées,
11 fr.; toile, tranches dorées, 10 fr.; broché.   7   »

GRANDVILLE

Les Animaux peints par eux-mêmes, scènes de la vie privée et publique des animaux, sous la direction de P.-J. Stahl, avec la collaboration de Balzac, Gustave Droz, Benjamin Franklin, Jules Janin, Alfred de Musset, Eugène Sue, Charles Nodier, George Sand, P.-J. Stahl. 1 vol. grand in-8°, contenant 320 dessins. Chef-d'œuvre de Grandville. Relié, tr. dor., 14 fr.; cartonné toile, tr. dor., 12 fr.; broché . . . . 9 »

GŒTHE (KAULBACH)

Le Renard, traduit par E. Grenier, illustré de 60 compositions par Kaulbach. 1 vol. gr. in-8°. Relié, tr. dor., 11 fr.; toile, tr. dor., 10 fr.; broché. 7 »

    Le même ouvrage, en édition populaire grand in-8°. Toile, tranches dorées, 5 fr.; broché. 2 50

GEORGE SAND

Romans champêtres. — 2 beaux vol. in-8°, illustrés par T. Johannot. *La petite Fadette, la Fauvette du Docteur, André, la Mare au Diable, François le Champi, Promenades autour d'un Village*. Chaque vol., rel. tranches dorées, 15 fr.; toile, tranches dorées, 13 fr.; broché . . . . 10 »

TOUSSENEL

L'Esprit des bêtes, 1 vol. toile, tr. dor., 7 fr.; broché. 5 »

HISTOIRE, POÉSIE, VOYAGES, ROMANS, LITTÉRATURE FRANÇAISE ET ÉTRANGÈRE

VOLUMES IN-18 A 3 FR.

Audeval	Les Demi-Dots	1 v.
—	La Dernière	1 v.
Badin (Adolphe) . . .	Marie Chassaing	1 v.
Bentzon (Th.).	Un Divorce.	1 v.
Lucie B.	Une maman qui ne punit pas.	1 v.
—	Aventures d'Edouard et justice des choses.	1 v.
Biart (Lucien)	Le Bizco	1 v.
—	Benito Vasquez.	1 v.
—	La Terre chaude.	1 v.
—	La Terre tempérée.	1 v.
	Pile et Face	1 v.
	Les Clientes du D' Bernagius.	1 v.
Bixio (Beppa).	Vie du Général Nino Bixio. Traduction de l'italien.	1 v.
Cervantes	Don Quichotte (trad. nouvelle par Lucien Biart)	4 v.
Chamfort.	(Édition Stahl)	1 v.

DARYL (Ph.)....	La Vie publique en Angleterre. 1 v.
— La Vie	Signe Meltroë .... 1 v.
— partout.	†En Yacht. .... 1 v.
—	†Le Monde Chinois .... 1 v.
—	Lettres de Gordon à sa sœur. 1 v.
DAUDET (Alphonse)...	Le Petit Chose. .... 1 v.
—	Lettres de mon moulin. .... 1 v.
DOMENECH (l'abbé)...	La Chaussée des Géants .... 1 v.
—	Voyages et avent. en Irlande. 1 v.
DURANDE (Amédée)..	Carl, Joseph et Horace Vernet. 1 v.
ERCKMANN-CHATRIAN.	✻*Le Blocus........... 1 v.
—	✻*Le Brigadier Frédéric ..... 1 v.
—	Une Campagne en Kabylie. . 1 v.
—	Joueur de clarinette...... 1 v.
—	Contes de la montagne. .... 1 v.
—	Contes des bords du Rhin. .. 1 v.
—	Contes populaires........ 1 v.
—	Contes Vosgiens .... 1 v.
—	✻*Le Fou Yégof .... 1 v.
—	La Guerre .... 1 v.
—	✻*Histoire d'un Conscrit de 1813. 1 v.
—	Hist. d'un homme du peuple. 1 v.
—	✻*Hist. d'un paysan, compl. en 4 v.
—	✻*Histoire d'un sous-maître ... 1 v.
—	L'illustre docteur Mathéus .. 1 v.
—	✻*Madame Thérèse. .... 1 v.
—	— *Edition allemande avec les dessins hors texte, 1 v., 3 fr.*
—	✻*Maître Gaspard Fix. ...... 1 v.
—	Le Grand-Père Lebigre .... 1 v.
—	La Maison forestière ...... 1 v.
—	*Maître Daniel Rock ...... 1 v.
—	*Waterloo .... 1 v.
—	✻*Histoire du plébiscite .... 1 v.
—	✻Les deux Frères .... 1 v.
—	Souv. d'un chef de chantier... 1 v.
—	L'ami Fritz, pièce. .... 1 v.
—	*Alsace .... 1 v.
—	Les Vieux de la Vieille .... 1 v.
—	Le Banni .... 1 v.
—	†L'Art et les Grands Idéalistes. 1 v.
—	†Quelques mots sur l'esprit humain (nouvelle édition)... 1 v.
ESQUIROS (Alph.) ...	L'Angleterre et la vie anglaise. 5 v.
FAVRE (Jules)	Discours du bâtonnat. ..... 1 v.
FLAVIO	Où mènent les chemins de traverse .... 1 v.
GENEVRAY	Une Cause secrète. ...... 1 v.
GORDON (Lady)....	Lettres d'Egypte .... 1 v.
GOURNOT	Essai sur la jeunesse contemporaine. .... 1 v.

...AN (Léon)	Émotions de Polyd. Marasquin	1 v.
...MONT (comte de)	Les Gentilshommes pauvres	1 v.
—	Les Gentilshommes riches	1 v.
JANIN (Jules)	La Fin d'un monde. Le Neveu de Rameau	1 v.
—	Variétés littéraires	1 v.
KOECHLIN-SCHWARTZ	Un Touriste au Caucase	1 v.
LABENYT (M.-Casimir)	L'instruct. publique en France	1 v.
LAVALLÉE (Théophile)	Jean sans Peur	1 v.
MORALE UNIVERSELLE	Esprit des Allemands	1 v.
—	— Anglais	1 v.
—	— Espagnols	1 v.
—	— Grecs	1 v.
—	— Italiens	1 v.
—	— Latins	1 v.
—	— Orientaux	1 v.
OFFICIER EN RETRAITE (un)	L'Armée française en 1879	1 v.
OLIVIER (Juste)	Le Batelier de Clarens	2 v.
PICHAT (Laurent)	Gaston	1 v.
—	Les Poètes de combat	1 v.
—	Le Secret de Polichinelle	1 v.
POUJARD'HIEU	Les Chemins de fer	1 v.
—	Liberté et intérêts matériels	1 v.
QUATRELLES	Les 1001 Nuits matrimoniales	1 v.
—	Voyage autour du grand monde	1 v.
—	La Vie à grand orchestre	1 v.
—	Sans Queue ni Tête	1 v.
—	L'Arc-en-ciel	1 v.
—	Petit Manuel du parfait Causeur parisien	1 v.
—	Casse-Cou	1 v.
—	Tout feu tout flamme	1 v.
—	Les Amours extravagantes de la princesse Djalavann	1 v.
—	†Mon petit Dernier	1 v.
RIVE (DE LA)	Souvenirs sur M. de Cavour	1 v.
ROBERT (Adrien)	Le Nouveau Roman comique	1 v.
ROLLAND (A.)	Mendelssohn (Lettres)	1 v.
SAND (George)	Promenades autour d'un vill.	1 v.
SOURDEVAL (DE)	Le Cheval à côté de l'Homme et dans l'histoire	1 v.
STAHL (P.-J.)	LES BONNES FORTUNES PARISIENNES :	
	— Les Amours d'un pierrot	1 v.
	— Les Amours d'un notaire	1 v.
—	Histoire d'un homme enrhumé. Voyage d'un étudiant	1 v.
—	Histoire d'un Prince et Voyage où il vous plaira	1 v.
STAHL (P.-J.)	L'Esprit des Femmes et les Femmes d'esprit	1 v.
—	De l'Amour et de la Jalousie	

TEXIER et KÆMPFEN. .	Paris capitale du monde . . .	1	v.
TOURGUÉNEFF (J.) . . .	Dimitri Roudine.	1	v.
—	Fumée (préface de MÉRIMÉE) .	1	v.
—	Une Nichée de gentilshommes.	1	v.
—	Nouvelles moscovites	1	v.
—	Histoires étranges.	1	v.
—	Les Eaux printanières	1	v.
—	Les Reliques vivantes.	1	v.
—	Terres vierges..	1	v.
—	†Souvenirs d'Enfance	1	v.
—	†Œuvres dernières.	1	v.
TROCHU (Général). . . .	Pour la vérité et pour la justice	1	v.
—	La politique et le siège de Paris	1	v.
VALLERY RADOT (René).	L'Étudiant d'aujourd'hui. . .	1	v.
VILARS (François) . . .	Un Homme heureux.	1	v.
WILKIE COLLINS.	La Femme en blanc.	2	v.
—	Sans Nom.	2	v.
H. WOOD (Mᵐᵉ).	Lady Isabel	2	v.

LIVRES IN-18 EN COMMISSION (3 FR.)

ANONYME.	Mary Briant.	1	v.
ARAGO (Etienne).	Les Bleus et les Blancs.	2	v.
BAIGNIÈRES.	Histoires modernes	1	v.
—	Histoires anciennes.	1	v.
BASTIDE (A.).	Le Christianisme et l'esprit moderne	1	v.
BERCHÈRE	✳L'Isthme de Suez	1	v.
BOULLON (E.).	Chez nous	1	v.
CARTERON (C.)	Voyage en Algérie	1	v.
CHAUFFOUR.	Les Réformateurs du xvⁱᵉ siècle	2	v.
DOLLFUS (Charles) . . .	La Confession de Madeleine.	1	v.
DUVERNET	La Canne de Mᵉ Desrieux . . .	1	v.
FAVIER (F.)	L'Héritage d'un misanthrope.	1	v.
GRENIER	Poèmes dramatiques.	1	v.
HABENECK (Ch.).	Chefs-d'œuvre du théâtre espagnol.	1	v.
HUET (F.)	Histoire de Bordas Dumoulin.	1	v.
LANCRET (A.)	Les Fausses Passions	1	v.
LAVALLEY (Gaston). . .	Aurélien.	1	v.
LAVERDANT (Désiré). .	Don Juan converti	1	v.
—	La Renaissance de don Juan.	2	v.
LEFÈVRE (André). . . .	La Flûte de Pan	1	v.
—	La Lyre intime.	1	v.
—	Les Bucoliques de Virgile. . .	1	v.
LESAACK (Dʳ).	Les Eaux de Spa.	1	v.
NAGRIEN (X.)	Prodigieuse Découverte	1	v.
RÉAL (Antony).	Les Atomes	1	v.
SIMONIN (Louis).	Les Pays lointains	1	v.
STEEL.	Haôma	1	v.
VALLORY (Mᵐᵉ)	A l'aventure en Algérie. . . .	1	v.
WORMS DE ROMILLY . .	Horace (traduction).	1	v.

LIVRES EN COMMISSION

Prix divers

ANONYME	Le Prisme de l'âme	6 fr.
—	Mademoiselle Segeste	2 fr.
—	Rome	6 fr.
ANTULLY (Albéric d')	Fantaisie	2 fr.
BRUIÈRE (S.)	Une Saison en Allemagne	1 fr.
GUIMET (Emile)	L'Orient d'Europe au fusain, in-18	2 fr.
—	Esquisses scandinaves, 1 vol. in-18	3 fr.
—	Aquarelles africaines	2 50
LAVERDANT (Désiré)	Appel aux artistes	1 fr.
PAULTRE (E.)	Capharnaüm	6 fr.
PIRMEZ	Jours de solitude, 1 vol. in-8	6 fr.
RAYNALD	※ Histoire de la Restauration	5 fr.
RIVE (DE LA)	Souvenir de M. de Cavour	6 fr.
SCHNÉEGANS (A.)	Contes. 1 vol. in-18	2 fr.

VOLUMES IN-18 A PRIX DIVERS

ARAGO (E.)	L'Hôtel de Ville et le Gouvernement du 4 sept^bre 1870-71	3 50
Ld AUBERT	Lettres sur l'instruct. oblig.	» 50
BERTHET (André)	Mes Lunes	2 »
CHEVREUX (Mme)	André Marie et J.-J. Ampère. 2 vol. à 3 fr. 50	7 »
CHARRAS (colonel)	Hist. de la Guerre de 1815. 2 vol. avec atlas	7 »
A. DECOURCELLE	Les Formules du docteur Grégoire (Diction. du Figaro)	2 »
ERCKMANN-CHATRIAN	Juif polonais, pièce en 3 actes.	1 50
—	Lettre d'un élect. à son député.	» 50
—	Les Rantzau, comédie	1 50
FAVRE (Jules)	*Conférences et Mélanges	3 50
FERRY (Jules)	Les Affaires de Tunisie	2 »
J. HETZEL	Aux Députés, sur la reprise des échéances	» 50
HUGO (Victor)	Les Châtiments. 1 vol. in-18	2 »
—	Napoléon le Petit. 1 vol. in-18.	2 »
—	†L'Œuvre complète. Extraits. Édition du monument	1 fr.
JAUBERT	Souvenirs de Me Jaubert	3 50
LEGOUVÉ (E.)	Samson et ses élèves	2 »
—	Lamartine	1 50
—	Maria Malibran	» 75
—	La Question des femmes	1 »
—	Une Éducation de jeune fille.	1 »

MACÉ (Jean).........	Morale en action........	1	»
—	Anniv. de Waterloo. 1 v. in-32.	»	15
MACÉ (Jean).........	Une Carte de France; le Gulf-Stream. 1 vol. in-32.	»	25
MERSON (Olivier)....	Ingres, sa Vie et ses Œuvres, 1 vol. in-32..........	1	50
NADAR...........	Le Droit au vol........	1	»
PROUDHON........	La Guerre et la Paix. 2 vol.	2	»
QUATRELLES.......	Une date fatale........	1	»
SÉE (C.).........	La loi Camille Sée.......	3	50
STAHL (P.-J.)......	Entre bourgeois........	»	50
SUSANE (général)....	L'artillerie av. et dep. la guerre.	»	50
UN IGNORANT......	Histoire d'un Savant par un ignorant..	3	50
VERNE (Jules)......	Neveu d'Amérique , comédie en 3 actes........	1	50
VIOLLET-LE-DUC....	Exposé des faits relatifs au Musée de Pierrefonds. ...	»	50

VOLUMES IN-8, A PRIX DIVERS

ABOUT (Edmond)....	Rome contemporaine.....	5	»
—	La Question romaine......	4	»
ANONYME.........	Vingt mois de présidence...	5	»
BERTRAND (J.)......	Arago et sa vie scientifique..	1	»
—	Fondateurs de l'astronomie..	6	»
	*L'Académie et les Académiciens.............	7	50
BLANC et ARTOM....	Œuvre parlementaire du comte de Cavour..........	7	50
CHARRAS (colonel)...	Histoire de la Guerre de 1813 .	7	50
DELAHANTE (A.)....	Une Famille de finance au XVIIIe siècle, 2 vol........	20	»
ERCKMANN-CHATRIAN .	Le Fou Chopine (pièce)....	»	50
LAFOND (Ernest)....	Contemporains de Shakspeare:		
—	Ben Johnson (2 vol.).....	6	»
—	Massinger —	6	»
—	Beaumont et Fletcher......	6	»
—	Webster et Ford........	6	»
PALLAIN..........	Traité de la Législation du Trésor (épuisé)........	8	»
RICHELOT........	Gœthe, ses Mém. et sa Vie (4 vol.), à........	6	»
STRAUSS (D.-F.)....	Nouv. Vie de Jésus (traduite par Ch. Dollfus et A. Nefftzer), 2 vol. à........	6	»
TROCHU..........	L'Empire et la Défense de Paris	8	»
VERNE (Jules)......	Le Tour du Monde en 80 jours (pièce)...........	»	50
—	*Les Enfants du capitaine. Grant (pièce)...... ...	»	50
—	*Michel Strogoff (pièce)....	»	50

ENSEIGNEMENT PROFESSIONNEL
Bibliothèque des Professions
INDUSTRIELLES, COMMERCIALES
ET AGRICOLES

Le cartonnage de chaque volume se paye 0 50 c. en sus des prix marqués

SÉRIE A. — SCIENCES EXACTES

P. Leprince. Principes d'algèbre, 1 vol. . . . .   5 »
Lenoir (A.). ☀Calculs et comptes faits, 1 vol. . . . .   4 »
Ch. Rozan. Leçons de géométrie, 1 vol. et 1 atlas . . .   6 »
Ortolan et Mesta. Dessin linéaire, 1 vol. avec atlas. . .   6 »

SÉRIE B. — SCIENCES D'OBSERVATION
CHIMIE — PHYSIQUE — ÉLECTRICITÉ

Dr Sacc. Éléments de chimie, 2 vol. . . . .   7 »
Hetet. Chimie générale élémentaire, 2 vol. . . . . .   10 »
Chevalier. L'étudiant photographe, 1 vol. . . . . . .   3 »
Gaudry. Essai des matières industrielles, 1 vol. . . . .   4 »
B. Miege. Télégraphie électrique, 1 vol. . . . .   2 »
Du Temple. ☀*Introduction à l'étude de la Physique, 1 vol.   4 »
Fresenius. Potasses, soudes, 1 vol. . . . .   2 »
Liebig. Introduction à l'étude de la Chimie, 1 vol. . .   3 »
J. Brun. Fraudes et maladies du vin, 1 vol. . . . . .   3 »
Dr Lunel. Les falsifications, 1 vol. . . . .   5 »
Noguès. Minéralogie appliquée, 2 vol. . . . .   10 »
Du Temple. Transmissions de la pensée et de la voix, 1 vol.   4 »
Snow-Harris. Leçons d'électricité, 1 vol. . . . . . .   3 »
Laffineur. Hydraulique et hydrologie, 1 vol 3 50
R. Clausius. Théorie mécanique de la chaleur, 2 vol. . .   15 »

SÉRIE C. — ART DE L'INGÉNIEUR
PONTS ET CHAUSSÉES — CONSTRUCTIONS CIVILES

Guy. Guide du géomètre arpenteur, 1 vol. . . . . . .   4 »
Birot. Guide du conducteur des Ponts et Chaussées et de
 l'agent voyer, 1ᵉ partie, *Routes*, 1 vol. avec planches. .   4 »
 —   2ᵉ partie, *Ponts*, 1 vol. avec planches. . .   4 »
G. Cornet. Album des chemins de fer, 1 vol. . . . . .   10 »
Viollet-le-Duc.☀*Comment on construit une maison, 1 vol.   4 »
Frochot. Cubage et estimation des bois, 1 vol. . . . .   4 »
Pernot. ☀Guide du constructeur, 1 vol. . . . .   5 »
Demanet. ☀Maçonnerie, 1 vol. . . . .   5 »
Laffineur. Roues hydrauliques, 1 vol. 3 50
Dinée. Engrenages, 1 vol. 3 50
Bouniceau. Constructions à la mer, 1 vol. et 1 atlas. . .   18 »
Emion. Exploitation des chemins de fer. Voyageurs, 1 vol.   4 »
                                — Marchandises, 1 vol.   4 »

SÉRIE D. — MINES & MÉTALLURGIE
GÉOLOGIE — HISTOIRE NATURELLE

Dana. Manuel du géologue, 1 vol. . . . .   4 »
D.-L. Métallurgie pratique, 1 vol. . . . .   4 »

Landrin. ✳Traité de l'acier. 1 vol. . . . . 5 »
C. et A. Tissier. Aluminium et métaux alcalins. 1 vol. . . 3 »
Guettier. Alliages métalliques. 1 vol. . . . . 3 »
Drapiez. Minéralogie usuelle. 1 vol. . . . . 3 »
Malo. Asphalte et bitumes. 1 vol. . . . . 4 »

SÉRIE E. — PROFESSIONS COMMERCIALES

Emion. La liberté et le courtage des marchandises (*épuisé*). » »
Bourdain (Ed.). † Manuel du commerce des tissus. 1 vol. 3 »

SÉRIE F.—PROFESSIONS MILITAIRES & MARITIMES

Doneaud. Droit maritime, 1 vol. . . . . 3 »
Bousquet. Architecture navale. 1 vol. . . . . 2 »
Tartara. Code des bris et naufrages. 1 vol. . . . . 7 »
Steerk. Poudres et salpêtres. 1 vol. . . . . 6 »

SÉRIE G. — ARTS & MÉTIERS
PROFESSIONS INDUSTRIELLES

Basset. Culture et alcoolisation de la betterave. 1 vol. . . 3 »
Rouland. Nouveaux barêmes de serrurerie. 1 vol. . . . 4 »
Dubief. Guide du féculier et de l'amidonnier. 1 vol. . . . 4 »
Souviron. *Dictionnaire des termes techniques. 1 vol. . . 6 »
Dromart. Carbonisation des bois. 1 vol. . . . . 4 »
A. Ortolan. ✳Guide de l'ouvrier mécanicien.1 vol. avec atlas 12 »
Jaunez. Manuel du chauffeur. 1 vol. . . . . 2 »
Violette. Fabrication des vernis. 1 vol. . . . . 6 »
Th. Chateau. Corps gras industriels. 1 vol. . . . . 5 »
Mulder. Guide du brasseur. 1 vol. . . . . 4 »
Houzé (J.-P.). Le livre des *Métiers manuels*, 1 vol. . . . 5 »
J.-F. Merly. ✳Livre du charpentier. 1 vol. . . . . 5 »
Fol. Guide du teinturier. 1 vol. . . . . 8 »
Leroux. Filature de la laine. 1 vol. . . . . , 15 »
De Courten. Collodion sec au tannin. 1 vol. . . . . . . 4 »
Prouteaux. Fabrication du papier et du carton. 1 vol . . 4 »
Berthoud. La Charcuterie pratique. 1 vol. . . . . 4 »
Moreau (L.). Guide du bijoutier. 1 vol. . . . . 2 »
Dr Lunnel. Guide du parfumeur. 1 vol. . . . . 4 »
— Guide de l'épicerie. 1 vol. . . . . 3 »
Monier. Essai et analyse des sucres. 1 vol. . . . . 3 »
Dubief. Fabrication des liqueurs. 1 vol. . . . . 4 »
— Vinification. 1 vol. . . . . 6 »
Barbot. Guide du joaillier, 1 vol.. . . . . 4 »

SÉRIE H. — AGRICULTURE
JARDINAGE, HORTICULTURE, EAUX ET FORÊTS, CULTURES INDUSTRIELLES, ANIMAUX DOMESTIQUES, APICULTURE, PISCICULTURE, ETC.

Grimard. Manuel de l'herboriseur. 1 vol. . . . . 5 »
Laffineur. Guide de l'ingénieur agricole. 1 vol. . . . . . 3 »
Gayot.✳Habitations des animaux. Écuries et étables. 1 vol. 3 »
— — ✳Bergeries, porcheries. 1 v. 3 »
Pouriau. Sciences physiques appliquées à l'agriculture. 2 vol. 14 »
Kielmann. Drainage. 1 vol. . . . . 2 »
Gobin. Entomologie agricole. 1 vol. . . . . 4 »
Serigne. La vigne et ses maladies. 1 vol. . . . . 3 »

Gossin. Conférences agricoles. 1 vol. . . . . 1 »
Bourgoin d'Orli. Cultures exotiques, 1 vol. . . . . 4 »
Dubos. Choix de la vache laitière. 1 vol. 2 50
Dubief. Le trésor des vignerons et marchands de vins. 1 v. 3 »
Canu et Larbalétrier. Manuel de météorologie agricole.1 vol. 2 »
Mariot-Didieux. ✻L'Éducateur de lapins. 1 vol. 2 50
— Éducation des poules. 1 vol. . . . . . 4 »
— — oies, canards. 1 vol. 2 50
— Le chasseur médecin. 1 vol. . . . . 2 »
Courtois-Gérard. ✻Culture maraîchère. 1 vol. . . . . . 5 »
Gobin. Culture des plantes fourragères. 2 vol. . . . . . . 6 »
Fleury-Lacoste. ✻Le Vigneron. 1 vol. . . . . 3 »
Courtois-Gérard. ✻Jardinage. 1 vol. . . . . 4 »
Koltz. Culture du saule et du roseau. 1 vol. . . . . 2 »
Sicard. Culture du cotonnier. 1 vol. . . . . 2 »
Lunel. Acclimatation des animaux domestiques. 1 vol. . . 3 »
F. Fraîche. Guide de l'ostréiculteur. 1 vol. . . . . 3 »
Touchet. Vidange agricole. 1 vol. . . . . 1 »
Pouriau. Chimiste agriculteur. 1 vol. . . . . 6 »
Lerolle. Botanique appliquée. 1 vol. . . . . 6 »

SÉRIE I. — ÉCONOMIE DOMESTIQUE
COMPTABILITÉ, LÉGISLATION, MÉLANGES

Dubief. Fabrication des vins factices. 1 vol. . . . . 2 »
Lunel. Économie domestique. 1 vol. . . . . 2 »
Germinet. Chauffage par le gaz. 1 vol. . . . . 4 »
Dubief. Le liquoriste des dames. 1 vol. . . . . 3 »
Hirtz. Coupe et confection des vêtements de femmes et
d'enfants. 1 vol. . . . . 3 »
Dufréné. Droits des inventeurs. 1 vol. . . . . 3 »
Baude. Calligraphie. 1 vol. . . . . 5 »
Lescure. Traité de géographie. 1 vol. . . . . 3 »
Block (Maurice). Premiers principes de législation pra-
tique, 1 vol. . . . . 4 »
Emion. Manuel des expropriés. 1 vol. . . . . 1 »
Lunel. Hygiène et médecine usuelle, 1 vol. . . . . 2 »
J. d'Omalius d'Halloy. Manuel d'Ethnographie. 1 vol. . 4 »

SÉRIE J. — FONCTIONS
EMPLOIS DE L'ÉTAT, DÉPARTEMENTAUX ET COMMUNAUX, SERVICES PUBLICS

Mortimer d'Ocagne. ✻Les grandes Écoles de France. 1 v. 3 »
J. Albiot. (*Code départemental.*) Manuel des conseillers
généraux. 1 vol. . . . . 4 »
Lelay. Lois et règlements sur la douane. 1 vol. . . . . . 4 »
Lafolay. Nouveau manuel des octrois. 1 vol. . . . . . . 4 »

SÉRIE K. — BEAUX-ARTS, DÉCORATION
ARTS GRAPHIQUES, ETC.

Viollet-le-Duc. ✻*Comment on devient un dessinateur.
1 vol. orné de 110 dessins par l'auteur.. . . . . 4 »
Pellegrin. Perspective. 1 vol. . . . . 4 »

LIVRES D'AMATEURS

—

GRAND LUXE

ÉDITIONS ILLUSTRÉES

———

Contes de Perrault, illustrés par GUSTAVE DORÉ, la grande édition in-folio. Cartonnage riche . . . . 70 »

Daphnis et Chloé. Traduction d'AMYOT, complétée par P.-L. COURIER. 42 compositions au trait, en couleur dans le texte, par BURTHE. Préface par AMAURY DUVAL. Magnifique édition in-folio en deux couleurs, imprimée par CLAYE. Cartonnage riche. . . . . 50 »

Lemercier (ALFRED) et **Bocquin**. — GAVARNI, aquarelles fac-similé (chromolithographies), album en feuilles composé de 6 planches. Prix. . . . . 30 »

Gavarni. — Œuvres CHOISIES, album in-folio. Cartonné. Quelques exemplaires seulement. . . . . . 22 »

Grandville et **Kaulbach**. — Œuvres CHOISIES, album in-folio. Broché. . . . . 20 »

    —   Cartonné. . . . . 22 »

L'Oraison dominicale, dessins de FRŒLICH. Album in-4°, contenant 10 planches à l'eau-forte, relié, toile. 18 »

Sept Fables de La Fontaine, dessins de FRŒLICH. Album in-4°, illustré de 10 planches, broché . . . . . 5 »

Les Richesses gastronomiques de la France. — LORBAC (CH. DE), texte. — LALLEMAND (CH.), illustrations : LES VINS DE BORDEAUX, 1re partie. *Généralités, cultures, vendanges, classification, châteaux vinicoles,* CRUS CLASSÉS. Broché.. . . . . 25 »

— SAINT-EMILION, *son histoire, ses monuments et ses vins*. Broché . . . . 8 »

IMPRIMERIES RÉUNIES, C., 4284. — MOTTEROZ, DIRECTEUR

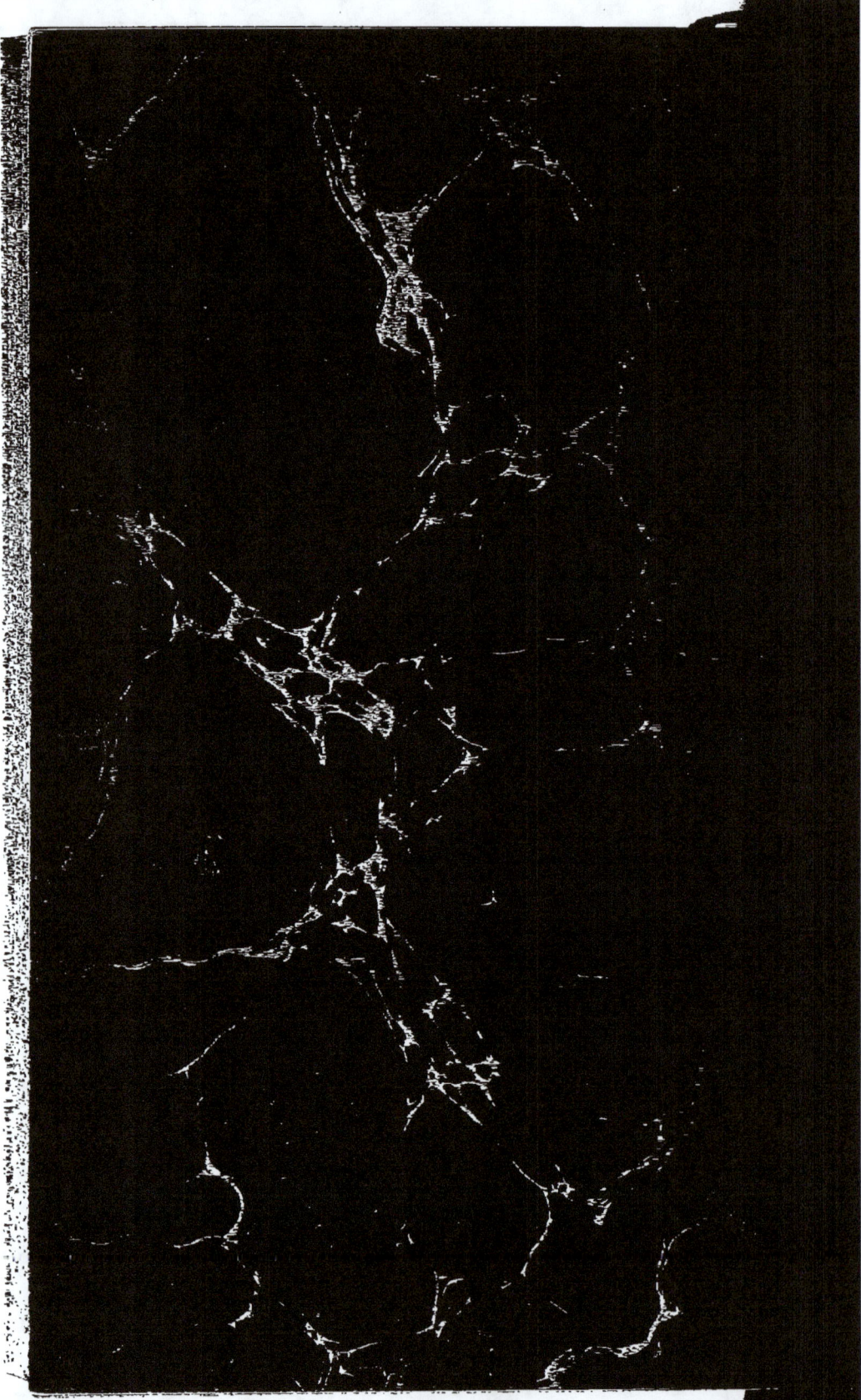